PETER GERDES

Tödlicher Vierer

ALTE FEINDE Auf dem Mittelaltermarkt im ostfriesischen Timmel wird ein Mann ermordet, der in Schwarzgeldschmuggel verstrickt war. Die Leeraner Kripo bittet Hauptkommissar Stahnke in Oldenburg um Amtshilfe. Bei seinen Ermittlungen trifft Stahnke auf einen Rivalen aus alten Zeiten, mit dem er in einem ambitionierten Vierer ruderte. Kurz darauf wird Stahnkes Kollegin bei einem Mordanschlag angeschossen, er selbst läuft in eine Falle und wird vom Dienst suspendiert. Als er dennoch auf eigene Faust weiter ermittelt, wendet sich der Polizeiapparat endgültig gegen ihn: Stahnke muss untertauchen, wird steckbrieflich gesucht. Wer hat so viel Macht, um staatliche Institutionen zu manipulieren und für eigene Ziele zu missbrauchen? Und welche Ziele sind das? Kurz vor seiner Pensionierung muss Stahnke erleben, wie seine scheinbar festgefügte Welt zerbricht. Als Ausgestoßener bekommt er Hilfe von unerwarteter Seite. Aber der Gegner ist mächtig. Kann Stahnke das Ruder noch herumreißen?

Peter Gerdes, 1955 geboren, lebt in Leer (Ostfriesland). Er studierte Germanistik und Anglistik, arbeitete als Journalist und Lehrer. Seit 1995 schreibt er Krimis und betätigt sich als Herausgeber. Von 1999 bis 2024 leitete Gerdes das von ihm gegründete Festival »Ostfriesische Krimitage«. Seine Krimis »Der Etappenmörder«, »Fürchte die Dunkelheit« und »Der siebte Schlüssel« wurden für den Literaturpreis »Das neue Buch« nominiert. Für das SYNDIKAT e. V. organisierte er von 2018 bis 2023 das jährliche Krimifest CRIMINALE. Er ist außerdem Mitglied im PEN Berlin. 2024 wurde Gerdes Senioren-Landesmeister im Bogenschießen.

PETER GERDES

Tödlicher Vierer

KRIMINALROMAN

GMEINER

Bei Fragen zur Produktsicherheit gemäß der Verordnung über die allgemeine Produktsicherheit (GPSR) wenden Sie sich bitte an den Verlag.

Im Ehnried 5, 88605 Meßkirch
Telefon 07575/2095-0
info@gmeiner-verlag.de

1. Auflage 2025

Lektorat: Claudia Senghaas, Kirchardt
Satz: Mirjam Hecht
Umschlaggestaltung: U.O.R.G. Lutz Eberle, Stuttgart
unter Verwendung der Fotos von: © rphfoto / stock.adobe.com und HiltonKi / Shutterstock.com
Druck: CPI books GmbH, Leck
Printed in Germany
ISBN 978-3-8392-0911-0

1.

Joke Reents drückte die Klingel. Lauschte dem Nachhall des Gongs, spürte den beschleunigten Schlag seines Herzens. Ein Wochenendbesuch unter Freunden, klar, aber er hoffte auf mehr.

Die Tür wurde geöffnet, nur einen Spalt. Gundi Lücht grinste ihn an, die blonden Haare neckisch verstrubbelt, die Schultern unbedeckt. »Komm rein!«, rief sie ihm zu. »Komm, ich zeig dir mein Kabinett!« Sie trat zurück, hielt ihm die Tür auf. Sein Herz machte einen Satz. Gundi trug nur Unterwäsche! War heute etwa der Tag?

Er folgte ihr durch den engen Flur, sah sie durch eine Tür huschen. Es raschelte. Joke Reents ließ seine Tasche fallen. Kurze Statusprüfung: War er auch nicht zu verschwitzt von der Reise mit der Borkumfähre und der Bahn? Hatte er eine von den neueren Unterbüxen an? Waren die Socken frisch? Check. Er atmete tief durch und betrat das Zimmer.

Drinnen stand kein Bett, dafür war der Raum auch viel zu voll. Kabinett sollte wohl Kleiderkammer heißen. An der Wand hingen lange Gürtel, Riemen, Schnüre und Lederklamotten mit Nieten. Um Himmels willen, wo war er denn hingeraten! War Gundi Lücht etwa so eine wie in *Fifty Shades of Grey*? Vielleicht sogar anders herum – wollte sie ihn auspeitschen? Er war doll verknallt in diese Frau, würde alles dafür tun, um ihr näherzukommen, so nah, wie es ging. Aber das?

Gundis Gesicht tauchte aus einer Woge raschelnder Seide auf. Das Kleid, das sie sich über den Kopf gezogen hatte, war smaragdgrün und sah entzückend aus zu ihren geröteten Wangen. »Was meinst du?«, fragte sie und strahlte ihn an. »Soll ich als Edeldame gehen? Oder lieber in Musketier-Uniform? Von der Gewandung habe ich zwei, die eine müsste dir passen, dann könnten wir im Partnerlook auftreten.« Sie hob ihre Augenbrauen: »Das heißt, wenn dir das recht ist.«

Partner, dachte Joke Reents. Partner klang gut, viel besser als peitschen. Peitschen hingen hier auch keine in diesem Kabinett, dafür allerhand andere fragwürdige Sachen. Messer zum Beispiel. Schwerter. Äxte und Morgensterne. Und sogar ein Langbogen. »Gehen? Wohin gehen?«, fragte er vorsichtig. »Zum Karneval? Der war doch schon. Oder kommt erst noch.«

»Karneval, von wegen.« Gundi lachte laut. »Das hier sind doch keine Kostüme, das sind Gewandungen! Damit gehen wir aufs Mittelalterfest in Timmel. Hatte ich dir doch erzählt, das weiß ich genau. Und du hast Ja gesagt!«

Natürlich hatte er Ja gesagt! Er hätte allem zugestimmt, was Gundi vorschlug, Hauptsache, sie unternahmen etwas zusammen. Bloß richtig zugehört hatte er nicht. »Fest«, das hatte er verstanden. »Mittelalter« hatte er nur am Rande registriert. Es gab fetzige Bands, die tanzbare Musik in historischem Stil machten, also warum nicht? »Aber von Verkleidung hast du nichts gesagt«, maulte er.

Gundi Lücht packte ihn rechts und links an den Schultern. Damit hatte sie seine volle Aufmerksamkeit, denn sie war fast so groß wie der lange Borkumer und ihr Griff ebenso fest. Zwar arbeitete sie bei der Leeraner Kripo in der Kriminaltechnik und nicht im Streifendienst, trotzdem hatte sie gelernt, wie man Kerle zur Räson brachte. »Es heißt nicht Verkleidung, klar?«, belehrte sie ihn. »Es heißt Gewandung! Und wenn man auf ein Mittelalterfest geht, dann wird das durch die Gewandung erst interessant. Weil man dann nämlich nicht mehr Zuschauer ist, sondern automatisch Teil des Events. Verstehst du?«

»Verstehe«, sagte Oberkommissar Joke Reents gehorsam. Dort, wo Gundis Hände auf seinen Schultern lagen, wurde seine Haut unterm Hemd ganz heiß. »Aber muss es unbedingt eine Uniform sein? Im Dienst renne ich sowieso schon die ganze Woche uniformiert rum.«

Gundi Lücht grinste. »Und alle gucken dich an und denken sich, was für ein schneidiger Typ, und so schick angezogen! Dann weißt du doch, wie das ist. Aber bitte, wenn es etwas anderes sein soll.« Sie machte eine einladende Geste, die den ganzen kleinen Raum umfasste. »Ist ja nicht so, dass ich keine Auswahl hätte.«

Absolut richtig, dachte Joke Reents. Gundis Kabinett enthielt genügend Requisiten für eine mittlere Theatertruppe. Allein an einer Kleiderstange auf Rollen hingen Dutzende von Kostümen, vielmehr Gewandungen. Viele weitere baumelten an Kleiderhaken, darunter standen Stulpenstiefel, Bundschuhe und Sandalen, auf einem Regalbrett waren Hüte und Mützen aufgereiht, und was an Wandfläche noch übrig war, war von Waffen aller Art bedeckt. Während seine Kollegin in den Klamotten wühlte, betastete der Inselpolizist vorsichtig einige der Mordinstrumente. Die Stacheln des Morgensterns waren abgerundet, stellte er fest, und das Messer mit dem Elfenbeingriff, das in einer längs aufgehängten Gürtelscheide steckte, war stumpf – reine Deko also, Gott sei Dank. Die Schneiden der Streitäxte aber waren scharf, und auch die Bögen waren echt.

»Hier, was hältst du davon?« Gundi Lücht hatte ein himmelblaues Ding aus dem Kleiderwust gezogen und hielt es sich vor den Körper. Es sah aus wie eine lange kurzärmelige Robe. »Das müsste dir passen. Weit genug ist es allemal.«

»Ein Kleid?« Joke Reents verzog sein Gesicht. »Für mich? Was soll das werden in Timmel, der CSD des Mittelalters?«

»Hast du etwa Angst vor der Inquisition?« Gundi Lücht schüttelte nachsichtig den Kopf. »Dies ist eine Tunika, das Standardgewand des Mittelalters für alle Zwecke! Gürtel drum, Sandalen an, Barett auf den Kopf – schon bist du top gestylt! Vom gesellschaftlichen Stand her bist du dann allerdings mein Knecht. Oder mein Leibeigener! Also benimm dich entsprechend, wenn du nicht die Peitsche schmecken willst.«

Joke Reents hatte sich längst vergewissert, dass nirgendwo in diesem Kabinett eine Peitsche hing, trotzdem überlief es ihn heiß. *The Things we do for Love*, dachte er und zögerte kurz. Dann fragte er: »Gilt das Angebot mit der Musketier-Uniform noch? Von wegen Partner-Look?«

Gundi lachte und warf ihm einen ausladenden Federhut zu. »Na also, geht doch!«

Sie fuhren über Neermoor nach Timmel, umgingen so das ewige Nadelöhr Hesel. Gundi Lücht fuhr einen heißen Reifen, stellte der Inselpolizist fest. Das gefiel ihm, wie praktisch alles an ihr. Hier war er nicht für die Einhaltung der Verkehrsregeln zuständig, da mochte sie die Geschwindigkeitsbegrenzungen ignorieren, wie es ihr beliebte. Der goldfarbene Mitsubishi war altmodisch eng, lächerlich eng sogar für zwei Menschen ihrer Körperlänge. Joke Reents hatte den Beifahrersitz ganz nach hinten gestellt, trotzdem war es ihm unmöglich, seine langen Gräten auszustrecken. Auch seine Zehen hatten bitter wenig Platz in den Stiefeln aus Gundis Fundus. Zum Glück war das Oberleder dünn und weich.

Gundi Lücht parkte halb legal an einem Wirtschaftsweg, so hatten sie es nicht weit bis zum Festplatzgelände. »Woher hast du eigentlich diese Stiefel?«, fragte er, während er tapfer neben ihr herhumpelte. »Dir sind die doch viel zu groß.« Er biss sich auf die Lippen. Bestimmt von einem Ex-Freund, dachte er mit Verspätung, verdammt, kein gutes Gesprächsthema.

»Danke für die Blumen.« Sie knuffte ihn in die Seite. »Ich trage Größe 41, das sieht man bloß nicht bei meiner Länge. Natürlich habe ich nicht solche Flurschadenbretter wie du! Die Stiefel waren in einem größeren Gewandungspaket. Sonderangebot wegen Aufgabe des Hobbys. War ein Schnäppchen, da habe ich sofort zugeschlagen.«

»Aufgabe des Hobbys, wie kann das denn sein«, murmelte Joke Reents, während er über den unebenen Schotterweg stolperte. Jedes einzelne Steinchen schien sich durch die dünnen Sohlen zu drücken. Die Leute, die ihnen entgegenkamen, trugen Alltagsklamotten und starrten sie unverhohlen an. Der Inselpolizist kam sich vor wie ein Clown. Worauf hatte er sich bloß eingelassen!

Andererseits – war es nicht immer sein größtes Ziel im Leben gewesen, an einem 5. Dezember als *Großer Klaasohm* verkleidet durch die Borkumer Straßen zu laufen und mit einem Kuhhorn herumzufuchteln? Auch wenn das in letzter Zeit in Verruf gekommen war, weil das Verprügeln von Frauen nicht als Traditionspflege anerkannt wurde. Hatte er sich nicht maßlos geärgert, als der Vorsitzende des *Borkumer Jungsvereins* ihm neulich eröffnet hatte, dass daraus nichts werden würde? Schon zu alt, zu lange weg gewesen von der Insel, zu viele Mitbewerber mit besseren Beziehungen – was waren denn das für Argumente! Tja, so war das im Leben: Dort durfte er nicht in Verkleidung herumlaufen, hier musste er. In Gewandung natürlich. Als Musketier, was durchaus schicker aussah als die ungeschlachte *Klaasohm*-Kluft. Ohne die namensgebende Muskete zwar, dafür mit Federhut, buntem Wams, gestreifter Hose und Zierdegen. Und mit engen Stulpenstiefeln.

Je näher sie dem mittelalterlichen Treiben kamen, desto mehr fügten sich seine Zehen in ihr Schicksal. Kaum hatten sie die ersten bunt geschmückten Zelte und Marktstände erreicht, wurde die Menge der Schaulustigen dichter und der Anteil der Gewandeten größer. Wüste Gestalten waren darunter. Einer trug den schwarzen Umhang der Nachtwache aus *Game of Thrones*, sein kleinerer Begleiter war als *Ork* aus *Herr der Ringe* maskiert.

»Das ist aber nicht original Mittelalter«, monierte Joke Reents.

»Genauso wenig wie Musketiere«, gab Gundi Lücht zurück. »Wenn wir es ganz genau nehmen würden, dürften wir nicht einmal Unterwäsche tragen. Auf den meisten Märkten und Festen sieht man das aber nicht so eng.«

Der Inselpolizist nickte verstehend. Keine Unterwäsche, dachte er. Was für Zeiten.

Während sie Seite an Seite durch das Gewimmel schlenderten, musterte er die Stände rechts und links. Töpferwaren und selbst gezogene Kerzen, Honig und Kräuter, Deko-Waffen, Lederzeug und Klamotten. Dazwischen Fressalienstände mit Niesschutz und Festzeltgarnituren, die als Schänken, Tavernen oder Furage-Zelte firmierten, aber im Wesentlichen Bratwurst und Pommes, Schwenkbraten oder Reibekuchen anboten. »Allerhand Kartoffeln«, stellte Joke Reents fest. »Dabei gab es die vor 1492 in Europa gar nicht.«

»Na und?« Gundi hakte ihn unter. »Guck mal, da drüben heißen die Pommes Torfstreifen! Problem gelöst, würde ich sagen. Magst du welche?«

Joke Reents schüttelte den Kopf. Er hatte weder Hunger noch Lust auf Met oder Kirschbier. »Lass uns weiter gucken«, schlug er vor. Gundi Lücht lächelte glücklich.

Sie versuchten sich im Bogenschießen, worin Gundi sich als echte Könnerin entpuppte, und im Axtwerfen, wobei Joke es im vierten Anlauf schaffte, dass alle drei Mini-Äxte dicht nebeneinander in einer Baumscheibe stecken blieben. Der Standbetreiber, ein sonnenverbrannter Typ mit unglaublich langem Bart und einer noch unglaublicheren Wampe, pries seine Künste in den höchsten Tönen, um weitere Kunden anzulocken.

»Der Trick ist ganz einfach«, sagte Joke Reents. »Immer gleiche Armhaltung und gleichbleibender Abstand zur Scheibe. Dann kann das jeder.«

»Pscht!« Gundi legte ihm ihre Hand auf den Mund. »Nichts verraten! Lass uns doch die Illusion. Und dir selbst auch, du großer Axtwurfmeister!«

Illusionen, dachte Joke. Nichts anderes wird hier verkauft. Und das spottbillig! Ein Euro für dreimal Werfen, das ergab nur dann Sinn, wenn der Anbieter ebenso viel Spaß daran hatte wie der Kunde. In den Tavernen war das anders, da wurden zeitgemäße Preise verlangt.

»Was ist eigentlich so faszinierend am Mittelalter?«, platzte Joke heraus. »Antike, okay, das kann ich verstehen. Da fing alles irgendwie an, Wissenschaft, Philosophie und Demokratie, dazu menschliche Götter und gottgleiche Helden. Aber das Mittelalter? Das war doch vor allem Dreck und bittere Armut, Unterdrückung und Pest. Wo ist da der Reiz?«

»Die Antike, das waren Athen, Rom und Karthago«, erwiderte Gundi. »Damals hausten unsere norddeutschen Vorfahren noch im Wald und machten Bären-Wrestling. Als die Antike später auch zu uns kam, haben wir sie bekämpft und besiegt, du weißt doch, in der Varus-Schlacht, kurz nach der Zeitenwende. Wir haben uns der antiken Kultur erfolgreich verweigert.« Sie lachte, weil Joke so verständnislos guckte. »Auch gegen die Christianisierung haben die Friesen sich lange gewehrt, aber irgendwann war es dann doch so weit. Damit wurden wir Teil des Mittelalters. Das, was wir hier feiern, ist also unsere eigene Kultur.«

»Mit Orks, Hobbits und Drachen?«

»Na und, warum denn nicht! Kulturelle Vielfalt ist keine Erfindung der Neuzeit. Außerdem, Fantasie hatten die Leute immer schon.«

»Da hätten die dort aber etwas dagegen gehabt.« Joke deutete auf zwei beleibte Mönche, die neben einer Feldschmiede standen und plauderten. Der eine futterte Pommes aus einer Plastikschale, der andere leckte an einer Eiswaffel. »Die und ihr Verein haben doch immer nur eine Art von Aberglauben zugelassen. Sonst gab's Höllenfeuer statt Drachen.«

»Joke, sei nicht so eine Spaßbremse.« Gundi Lücht klang verstimmt. »Das alles hier ist doch bloß ein Spiel! Lass dich einfach darauf ein.«

Themenwechsel, und zwar flott, dachte der Inselpolizist. »Schau mal, da vorne gibt es Schmuck. Und schöne Steine! Wollen wir?«

»Das sind Heilsteine. Esoterisches Zeug. Aberglaube. Bist du sicher?«

Überall Fettnäpfe, dachte Joke Reents. Dann war es auch egal. Er deutete auf ein kleines dunkelblaues Pagodenzelt, das mit Sternzeichen und anderen Symbolen bemalt war. ›Madame Nirmala‹ stand in verschnörkelten goldenen Buchstaben über dem Eingang. »Lass uns dahin gehen«, schlug er vor. »Vielleicht bringt die uns weiter.«

Verblüffung, Irritation und Erheiterung flogen über Gundis Gesicht wie Wolken über einen Aprilhimmel. »Einverstanden«, sagte sie. »Wenn schon, denn schon!« Langes Übelnehmen war eindeutig nicht ihr Ding.

Neben dem schwarzen Zeltvorhang lag ein Pestkranker mit schmutzigen bloßen Füßen und bleich geschminktem, von Beulen entstelltem Gesicht; die beiden Musketiere achteten darauf, ihm nicht auf die schorfverkrusteten Finger zu treten. Vorsichtig spähte Gundi Lücht durch den Vorhangspalt. Drinnen verbreiteten Kerzen dämmriges Licht, von glimmenden Räucherstäbchen geheimnisvoll vernebelt. Hinter einem winzigen Tischchen saß eine kleine Frau in einem roten Kleid, auf dem Kopf einen federgeschmückten Turban, vor sich die unvermeidliche Glaskugel. Sie deutete auf zwei leere Stühle. »Ich habe euch schon erwartet«, raunte sie mit dunkler Stimme.

Wenn ich jetzt lache, bin ich bei Gundi für alle Zeiten unten durch, dachte Joke Reents. Also beherrschte er sich, folgte dem auffordernden Wink von Madame Nirmala und faltete sich auf dem linken Stuhl zusammen. Gundi Lücht nahm neben ihm Platz. Erwartungsvoll starrte er die Wahrsagerin an. Wie alt mochte sie sein? Unmöglich zu schätzen. Ihre Augen waren braun, mit einem Stich ins Goldene. Sie leckte sich ihre schmalen Lippen, und Joke Reents ertappte sich dabei, dass er zu erkennen versuchte, ob ihre Zunge gespalten war.

»Du trägst Uniform«, sagte die Frau. »Du fragst dich nach dem Sinn. Aber diese Frage darfst du mir nicht stellen.«

»Welche denn dann?«, platzte er heraus.

Aber Madame Nirmala hatte sich bereits seiner Begleiterin zugewandt. »Er will dir etwas schenken«, teilte sie Gundi Lücht mit, als säßen sie beide allein in diesem Zelt. »Er ist altmodisch, also überleg es dir gut.«

»Altmodisch? Ausgerechnet ich?«, brauste Joke Reents auf.

Gundi Lücht ignorierte ihn. »Was soll ich mir gut überlegen?«, fragte sie zurück. »Was bedeutet das?«

»Ganz genau.« Die Wahrsagerin nickte bestätigend. »Überleg dir gut, was das bedeutet. Und dann überleg noch einmal.«

»Können Sie nicht deutlicher werden?«, murrte der Inselpolizist. »Das ergibt doch gar keinen Sinn.«

»Du sollst mich doch nicht nach dem Sinn fragen«, erwiderte Madame Nirmala tadelnd. »Sonst fragst du doch auch nicht nach dem Sinn. Du fragst nur nach den Regeln.«

»Na klar, das ist schließlich …« Stopp, dachte Joke Reents, nicht zu viel verraten! Aber hatte sie seinen Beruf nicht schon erkannt? »Ganz normal«, schob er schwach hinterher.

Madame Nirmala nickte. »Regeln gibt es für alles, das stimmt. Manche sind von Menschen gemacht, andere gibt es schon länger als uns. Oder schon immer.« Sie senkte ihre Lider. »Viele von uns halten sich an all diese Regeln, wenn sie nur können. Andere nur an die bequemen und die, die ihnen nützen.« Jetzt ließ sie ihren Blick zwischen ihren beiden Besuchern und der gläsernen Kugel kreisen. »Es gibt aber auch welche, die folgen nur ihren eigenen Regeln. Die müssen wir erkennen. Die müsst *ihr* erkennen.«

»Die Regeln? Oder diese Menschen?«, fragte Gundi Lücht atemlos.

»Du hast mich verstanden«, sagte die Wahrsagerin und überkreuzte ihre Arme. »Du auch, Regel-Mann?«

»So weit ja«, log der Inselpolizist. »Und sonst? Was sehen Sie sonst noch von uns? Lottogewinn, Hochzeit, Weltreise?« Er versuchte ein spöttisches Grinsen, aber seine Gesichtszüge spielten nicht mit.

»So was mache ich nicht«, erwiderte Madame Nirmala entschieden. »Dafür gibt es Horoskope. Und das Internet. Ich habe alles gesagt, was ich zu sagen habe.«

Das klang nach Rauswurf. Joke und Gundi erhoben sich gehorsam. »Was sind wir schuldig?«, fragte der Inselpolizist und kramte in der Tasche seiner Leihhose, ehe ihm einfiel, dass sein Portemonnaie in der Geldkatze außen am Gürtel steckte.

»Gebt, was es euch wert ist«, sagte Madame Nirmala und wies auf eine Schatulle neben dem Ausgang, ohne hinzuschauen. »Draußen warten schon die nächsten. Schickt sie gleich rein.«

Vor dem Zelt kicherten zwei Teenager, die es wohl kaum erwarten konnten. »Woher wusste die Frau das?«, flüsterte Joke Reents alarmiert. »Hängt hier ’ne Überwachungskamera? Oder kann die durch Zeltwände sehen?«

»Ist gerade ziemlich voll hier, überall ist Andrang«, antwortete Gundi Lücht. »Vermutlich hört man drinnen das Gebrabbel, wir haben nur nicht darauf geachtet. Vielleicht hat sie einfach ihre Erfahrungswerte. Oder sie verfügt wirklich über hellseherische Fähigkeiten.«

»Glaubst du echt?« Der Inselpolizist wusste nicht, was ihn mehr entsetzte: dass Gundi an so was glaubte oder dass sie damit recht haben könnte.

»Reingefallen! Ich glaube nur an Dinge, die ich sehen und anfassen kann.« Sie betastete ihren flachen Bauch: »Zum

Beispiel glaube ich an meinen leeren Magen. Los, lass uns was essen, ehe überall Schlangen stehen!«

»Kleinen Moment noch.« Gleich neben dem Nirmala-Zelt stand ein weiterer Schmuckstand, und Joke wollte unbedingt ein kleines Gastgeschenk für seine Leeraner Kollegin kaufen. Das gehörte sich so. Immerhin beherbergte sie ihn, dafür verdiente sie eine kleine Anerkennung, auch wenn es beim Beherbergen bleiben sollte. Wer konnte das wissen? Madame Nirmala vielleicht.

In der Auslage dominierten silberne Ringe. Problematisch, nicht nur wegen der Größe, sondern auch wegen des Symbolgehalts. Nee, lieber nicht mit einem unpassenden Ring abblitzen! Ohrstecker waren auch schwierig. Trug Gundi überhaupt welche? Er drehte sich nach ihr um, aber sie hatte sich abgewandt und den Musketier-Kragen hochgeschlagen. Ungeduldig tappte sie mit der Fußspitze, anscheinend hatte sie wirklich Hunger. Bloß nicht länger warten lassen! Joke Reents entschied sich für einen Halsschmuck aus geschnitztem Bernstein und gelochten Glasperlen, das Ganze an einem verstellbaren Lederband. Das sah hübsch aus, gefiel ihm selbst auch. Warum nicht gleich zwei, sie stand doch auf Partnerlook! Der Preis war angemessen, also schnell Geld raus und bezahlen. Wo war der Verkäufer?

Keiner da. Der Stand war verwaist, kein Standbetreiber in Sicht. Diese Leute hatten Nerven! Oder Gottvertrauen. Und Gundi wurde immer ungeduldiger.

Joke Reents schaute sich um. Gleich nebenan war ein Stand mit Taschen aller Größen. Ein riesenhafter Mann, der selbst ihn deutlich überragte, hatte gerade eine Kundin abkassiert und schaute zu ihm herüber. »Sind Sie hier auch zuständig?«, fragte der Inselpolizist und hob seine Hand mit der begehrten Ware.

Der Riese, dessen Gesichtshaut zerfurcht und durch geplatzte Äderchen marmoriert war, schüttelte den Kopf. »Nee, das ist der Stand von Jörg«, tönte es aus seinem lückenhaften Gebiss. »Guck doch mal in seinem Zelt nach, das steht zwei Reihen hinter uns.« Er wies mit dem Daumen über seine Schulter, zupfte sein angeschmuddeltes Wams zurecht und wandte sich dem nächsten Taschenkunden zu.

Hinter den Ständen begann der Wohnbereich der Fest- und Markt-Akteure, der durch eine Leine vom öffentlichen Bereich abgegrenzt war. Hier sollten die Händler und Aussteller eigentlich von den Besuchern in Ruhe gelassen werden, sollten beim Kochen und beim Plausch am Lagerfeuer nicht ständig Anschauungsobjekte sein. Die Grenze aber schien fließend zu sein. So hatten vor allem die Schaukampftruppen in den Pausen ihre Rüstungen, Schwerter und Schilde entlang der Trennleine aufgestellt. Einige Wohnzelte waren so aufgebaut, dass man hineinschauen und die mittelalterliche Einrichtung bewundern konnte. Für Joke Reents schien es also ganz in Ordnung zu sein, die langen Beine über die Abgrenzung zu schwingen und den Schmuckstandbetreiber in seinem Zelt aufzusuchen. Schließlich wollte er dem nichts klauen, ganz im Gegenteil. Der verwitterte Riese vom Taschenstand hatte Joke quasi einen Passierschein ausgestellt, mit dem Daumen. Und angemessen gewandet war er auch.

Dieser Jörg schien sich allerdings als Wikinger zu verstehen, Jokes Kluft lag ein paar Jahrhunderte daneben. Egal. »Hallo?« Der Inselpolizist schob den Türvorhang beiseite und seinen Kopf durch den Spalt. »Herr, äh … Jörg, bist du da? Ich möchte etwas kaufen.«

Keine Antwort, niemand zu sehen. Die Zeltleinwand ließ genügend Licht durch, um das Innere zu mustern. Es gab ein breites Bett, dessen Matratze eher nach *Ikea* als nach Strohsack aussah, einen niedrigen Tisch mit Holzklötzen anstatt Stühlen, einen Haufen unordentlich übereinandergeworfener Klamotten und eine große Truhe. Dahinter ragte ein reich verzierter Speer in die Höhe. Und es gab ein Paar Stulpenstiefel, die genauso aussahen wie seine eigenen. Sie lagen hinter der Truhe auf dem Boden und schienen ziemlich groß zu sein, größer als die drückenden Dinger, die Gundi ihm geliehen hatte. Womöglich konnte er mit dem Zeltbesitzer noch ein weiteres Geschäft machen. »Jörg?«, rief er noch einmal und betrat das Zelt, seinen Blick auf die Stulpenstiefel gerichtet.

Deren Spitzen zeigten nach oben, und die Schäfte waren prall und rund. Kein Wunder, denn die Füße und Waden ihres Besitzers steckten noch drin. Der prächtige Speer wiederum steckte in seiner Brust, inmitten eines großen roten Flecks. Obwohl die Klinge des Speers die Wunde, in der sie steckte, gleich wieder geschlossen hatte, schien sehr viel Blut ausgetreten zu sein. Der Träger der Stiefel war eindeutig tot. Seine Augen standen offen, sein Blick war glasig und starr.

»Joke?«, ertönte Gundi Lüchts Stimme von draußen. Sie klang ungehalten. »Was ist denn nun? Wo steckst du?«

»Hier«, antwortete Joke Reents und kam sich postwendend sehr dämlich vor. Weil er unbedingt etwas hinzufügen wollte, sagte er noch: »Bei der Arbeit.«

2.

Nidal Ekinci betrat vorsichtig den Tatort und schaute sich um. Eine hochgewachsene Frau kam auf ihn zu und überreichte ihm einen hellgrünen Geldschein. 100 Euro.

»Danke, das ist sehr freundlich«, sagte der Oberkommissar und hob abwehrend die Hand. »Aber ich bin dienstlich hier.«

»Willst du mich verarschen?« Die Stimme der Frau war durch eine Atemschutzmaske gedämpft, kam ihm aber trotzdem vertraut vor. »Das soll kein Bakschisch sein, das ist ein Beweismittel! Los, Nidal, nimm schon.«

Jetzt erst bemerkte Ekinci, dass der Geldschein in einer durchsichtigen Tüte steckte und die Hand der hochgewachsenen Frau in einem Latexhandschuh. »Moin, Gundi«, grüßte er eilig. »Wusste gar nicht, dass du Wochenenddienst hast.« Er musterte seine Kollegin von der Kriminaltechnik von oben bis unten. »Schickes Outfit! Trägt man das jetzt bei euch?«

»Nein und nein.« Gundi Lüchts Maske blähte sich beim Schnaufen. »Ich habe eigentlich frei und war privat hier. Bis mein … Kollege unbedingt über eine Leiche stolpern musste.« Sie deutete auf eine große Truhe, hinter der ein Paar Stiefel hervorragten. Daneben stand ein langer Kerl in karnevalsmäßiger Aufmachung, den Ekinci von einem Einsatz auf Borkum her kannte.

»Moin, Joke, alles im Lot? Warum hast du dich denn so verkleidet – bist du jetzt auch bei der Spurensicherung?«

Ein kleiner Scherz sorgt für eine lockere Arbeitsatmosphäre, dachte der Oberkommissar und lachte. Als Einziger, wie er feststellen musste.

Joke nickte mürrisch. »Tatort ist provisorisch gesichert«, knurrte er Ekinci an. »Zwischen Auffindung des Toten und deinem Eintreffen hat hier keiner die Szene kontaminiert. Hat übrigens ganz schön gedauert! In der Zeit habe ich die Identität des Opfers geklärt. Es handelt sich um Jörg Visser, 48 Jahre, IT-Techniker aus Oldenburg. Todesursächlich war mit größter Wahrscheinlichkeit diese Stichwunde.« Er deutete auf den zwei Meter langen Speer, der immer noch aus der Brust des Toten ragte.

»Respekt«, sagte Nidal Ekinci und deutete eine Verbeugung an. »Ich meine, für die Identitätsfeststellung. Wie hast du ihn identifiziert – anhand seiner Tattoos?« Er deutete auf die Unterarme des Toten, die aus den kurzen Ärmeln einer dunkelblauen Tunika ragten.

Joke Reents schüttelte den Kopf und zeigte auf einen Haufen Kleidungsstücke, der zwischen Truhe und Tisch auf dem Zeltboden lag. »Unter den Klamotten dort war auch Vissers Zivilkleidung«, sagte er. »Also seine Alltagsklamotten, T-Shirt, Hoodie und Jeans. In der Hose steckte sein Portemonnaie mit Ausweis und Führerschein. Und dem Kartenschlüssel für seinen Arbeitsplatz.«

»Gute Arbeit«, lobte Ekinci. Loben war immer gut, auch das hatte er kürzlich während eines Lehrgangs an der Hochschule für Öffentliche Verwaltung in Bremen gelernt. Loben und ein lockeres Arbeitsklima, Rüstzeug für angehende Führungskräfte. »Hat sich die medizinische Abteilung schon gemeldet? Und die diensthabende Kriminaltechnik? Die liebe Gundi opfert hier ihre Freizeit.«

»Was glaubst du, was ich tue!«, schnauzte Joke Reents.

»Nee, noch hat sich keiner blicken lassen. Außer dir. Und du bist anscheinend keine große Hilfe.«

Das überhöre ich mal, dachte Nidal Ekinci. Der gute Joke hat anscheinend Stress, da kippe ich lieber kein Öl ins Feuer. Liegt's an der Leiche, die ihm ins freie Wochenende gepurzelt ist? Oder steckt etwas anderes dahinter? Der Oberkommissar beschloss, seine Antennen in mehr als eine Richtung auszufahren.

Er entsann sich des eingetüteten Geldscheins in seiner Hand. Eine ganz normale 100-Euro-Banknote, offensichtlich gebraucht, angeraut und mit umgeknickten Ecken. »Wo lag denn der Schein?«, fragte er Gundi Lücht. »Inwiefern ist er ein Beweisstück?«

Die Kriminaltechnikerin winkte ihm, ihr zu folgen, und führte ihn entlang der Zeltwand um die Leiche herum. Ganz hinten lag ein großer Tornister aus dickem hellem Leder, auffällig dekoriert mit farbigen Symbolen. Ekinci erkannte Thors Hammer und Yggdrasil, den Weltenbaum, außerdem zwei Raben, die vermutlich Hugin und Munin, Odins Begleiter, darstellen sollten. Andere Zeichen waren ihm unbekannt. »Krasses Ding«, sagte er und schaute Gundi Lücht fragend an. »Was ist damit?«

Die öffnete wortlos die breite Tornisterklappe, deren Riemen lose über den Schnallen hingen. Das dicke Leder war steif und formstabil, sodass das Behältnis von außen aussah, als sei es prall gefüllt. Tatsächlich aber war es leer. Ekinci beugte sich vor, spähte hinein und korrigierte sich: fast leer. Unten auf dem Boden lag etwas. Ein Rest, ein Bodensatz.

»Weitere sechs 100-Euro-Scheine«, bestätigte Gundi Lücht. »Der in der Tüte, der siebte, lag daneben auf dem Boden.«

»Dann waren also 700 Euro in diesem Wikingerrucksack?«, staunte Nidal Ekinci.

»Mindestens«, sagte Gundi Lücht. »Vielleicht auch sehr viel mehr.«

»Mehr? Du meinst …« Der Oberkommissar schnappte nach Luft. Die Ledertasche war groß, ihr nicht unterteilter Innenraum sehr aufnahmefähig. Nidal Ekinci stellte ihn sich vollgestopft mit Geldscheinen vor. Mit Hundertern. Wie viele passten dort hinein? Welchen Wert stellten sie dar? Das musste in die Millionen gehen. Was für eine Summe! Was für ein Motiv für einen Mord, einen Raubmord!

Er schüttelte den Kopf. »Reine Vermutung«, stellte er fest. »Klar, möglich wäre es, aber es fehlt jeder Beweis.«

»Findest du?«, fragte Gundi Lücht kühl. »Dann guckstu mal hier.« Sie deutete auf einen zweite, kleinere Lederklappe, die weiter unten auf der Vorderseite des Tornisters angebracht war. Ein Sonderfach für kleine Dinge, die nicht im großen Stauraum untergehen sollten. Das kleine Fach sah von außen genauso prall aus wie das große.

Nidal Ekinci hockte sich hin und öffnete den Riemenverschluss. Das kleine Fach war voll, randvoll gestopft mit Geldscheinen. Bunt gemischt vom Fünfziger bis zum Zweihunderter. Die kleinen Scheine fehlten. Die ganz großen auch, dachte Ekinci, bis ihm einfiel, dass es keine 500-Euro-Scheine mehr gab, die waren 2016 abgeschafft worden. Und Eintausender hatte es seit Euro-Einführung nie gegeben.

»Was denkst du?«, fragte er seine Kollegin.

»Die hat der Mörder übersehen«, sagte die Kriminaltechnikerin. »Im großen Fach des Tornisters dürfte Geld genug gewesen sein. Gezählt hat er wohl nicht, bei der Menge! Dafür fehlte ihm die Ruhe, schon wegen der Leiche. Er wird es eilig gehabt haben.«

Ekinci nickte zustimmend. »Aber warum hat er dann überhaupt umgepackt?«, fragte er. »Hätte er nicht gleich den Tornister mitnehmen können? Dann wäre ihm kein einziger Schein durch die Lappen gegangen.«

»Das Ding ist sehr auffällig«, wandte Gundi Lücht ein. »Und Jörg Visser ist bei seinen Standnachbarn bekannt. Der Täter hätte sich womöglich verraten, wenn er mit Vissers Tornister über den Markt spaziert wäre. Also hat er die Scheine lieber in ein neutraleres Behältnis umgeräumt.«

»Das er dabeihatte? Weil der Raubmord geplant war?«

»Kann sein«, warf Joke Reents von jenseits der Truhe ein. »Aber vielleicht hat er auch das genommen, was er vorgefunden hat.« Er deutete auf den Haufen Kleidungsstücke. »Das sind Vissers Klamotten, überwiegend ganz normales Alltagszeug, was man eben so braucht für ein langes Wochenende.« Er stockte kurz, weil er an seine eigene Reisetasche dachte, und räusperte sich. »Die Sachen wird er in einer normalen Tasche mitgebracht haben. Oder in einem Koffer, einem Seesack, was weiß ich. Jedenfalls in einem Behältnis, das auf dem Markt nicht so bekannt war wie Vissers Wikinger-Tornister.«

»Durchaus möglich. Wäre natürlich schön, wenn das einer bestätigen könnte.« Nidal Ekinci erhob sich seufzend. »Wir werden eine Menge Leute befragen müssen. Da kommt viel Fußarbeit auf uns zu.« Er musterte die beiden Musketiere: »Seid ihr dabei?«

Joke Reents hob seine Hände und senkte die Mundwinkel. War ein freies Wochenende denn gar nichts mehr wert? Andererseits, Mord war Mord, da wäre er auf Borkum auch nicht ruhig am Strand liegen geblieben. Fragend schaute er zu Gundi Lücht.

Die nickte entschlossen. »Mordermittlung ist wie Mittelaltermarkt«, sagte sie. »Am meisten Spaß macht es, wenn man dabei mitmacht!«

Dazu fiel Ekinci partout nichts ein, daher war er froh, dass sein Handy in diesem Moment summte. »Textnachricht von den Kollegen«, verkündete er. »Sie haben geparkt und suchen den Tatort. Stehen vor der Taverne mit den vielen Tischen. Joke, bist du so nett und lotst sie her?«

Der lange Insulaner nickte und wandte sich dem Ausgang zu. Ehe er aber nach dem Vorhang greifen konnte, flog dieser auseinander, und eine bizarre Gestalt trat ein, die so unglaublich aussah, dass Madame Nirmala dagegen wie eine Supermarktkassiererin gewirkt hätte. Die Gestalt war männlich, mittelgroß und dermaßen ausgemergelt, dass sie wie ein mit Leder bespanntes Skelett aussah. Dazu passte auch die dunkel gedörrte Gesichtshaut. Den Schädel umwallte ein Bausch weißer Haare, die Augen lagen hinter flaschenbodendicken Brillengläsern verborgen. Die Gestalt war weiß gekleidet, und von ihren Schultern wehte ein ebenfalls weißer Umhang, der sich …

Falsch. Nidal Ekinci stellte fest, dass seine Erinnerung im Begriff war, ihm dummes Zeug vorzumachen. Gewöhnlich trug Gerichtsmediziner Doktor Mergner einen weißen Kittel, der sich hinter seiner minimalistischen Figur bauschte *wie* ein langes Cape. Heute aber trug er wirklich einen Umhang, und zwar einen dunkelblauen, annähernd bodenlangen, der mit goldenen Sternen übersät war. Dem Oberkommissar blieb der Mund offen stehen. Seinen Kollegen ging es nicht anders.

Doktor Mergner freute sich sichtlich über die ungläubigen Mienen zu seinem Empfang. »Gott zum Gruße, liebe Kolleginnen und Kollegen«, hauchte seine Grabesstimme, die wie immer so klang, als käme sie aus einer weit entfernten Galaxis. »Ich dachte mir, wenn ich schon am Wochenende auf einen Mittelaltermarkt gerufen werde, dann macht die Arbeit doch mehr Spaß, wenn ich angemessen gewandet erscheine und mitspiele, nicht wahr?«

Dann war es an ihm zu staunen, weil alle so lachten.

3.

Einen Moment lang fühlte er sich an diesem Ort so wie früher in der Schule, aber am späten Nachmittag, wenn außer ihm kein Schüler im Gebäude war. Wenn das Deckenlicht aus war und die Fenster sich im blanken Linoleum spiegelten, wenn es nach altem Schweiß und Schuhcreme roch, wenn es so still war, dass jedes Türangelknarren nachhallte, jeder Schritt raumfüllend klang und jedes Zufallen einer Automatiktür einen zusammenfahren ließ. Kam da der Lehrer, der einen einbestellt hatte, um die vergessenen Hausaufgaben nachzureichen? Bestimmt waren noch Fehler drin, bestimmt würde man gleich wieder dastehen, das Kinn auf der Brust, und einen weiteren Anschiss hinunterwürgen. Und es gab nichts, was man dagegen tun konnte!

Stahnke dachte nicht oft an die Schule zurück, und wenn, dann ungern. Seine Erinnerungen an diese Zeit waren düster, und auch die vielen Jahre, die seither vergangen waren, hatten es nicht vermocht, das Erlittene zu verklären. Auch nicht ansatzweise.

Der Vergleich der Polizeiinspektion Leer/Emden am Wochenende mit einer Schule im Ruhezustand passte natürlich hinten und vorne nicht, das musste Stahnke sich eingestehen. Verbrechen und Ordnungswidrigkeiten passierten auch außerhalb der Kernarbeitszeit, und natürlich waren viele seiner Kolleginnen und Kollegen auch am Sonnabend und Sonntag im Dienst. Unten an der Wache zum Beispiel hatte eine Menge Betrieb geherrscht, und die jungen Uniformierten, die dort Dienst taten, hatten seinen Gruß nur flüchtig erwidert. Einige von denen hatte der Erste Hauptkommissar bewusst noch nie zuvor gesehen. Konnte es sein, dass die auch ihn nicht kannten? Reingelassen hatten sie ihn immerhin, aber er hatte auch einen Dienstausweis und kannte den Türschlosscode.

Altes Eisen, dachte Stahnke, als er sich der Tür zu seinem Fachkommissariat näherte. Die Welt drehte sich ständig, andauernd kam Neues nach. Und Altes hatte seine Schuldigkeit getan, rückte an den Rand und wurde schließlich aussortiert. Pensionierung nannte man das hier. Ruhestand. Nicht mehr lange, dann drohte das auch ihm. Das machte ihn manchmal sehr unruhig.

Er öffnete die Bürotür und fuhr erschrocken zusammen, als ein lauter, heller Schrei ertönte. »Was ist das denn?«, rief er aus.

»Was wollen Sie denn hier?«, rief es zurück. »Wie kommen Sie hier rein?«

Die Stimme gehörte Sibylle Wiemken. Das erschrockene Gesicht auch. Was war mit der los? »Warum sollte ich hier nicht mehr reinkommen?«, fragte Stahnke ungehalten zurück. »Sibylle, was soll der Quatsch?«

»Stahnke?« Die Oberkommissarin schien aus allen Wolken zu fallen. »Bist du das? Wirklich?«

»Na hör mal! Ich hatte zwei Wochen Urlaub, das heißt doch nicht, dass ich durchs Zeitloch gefallen bin! Die zwei Wochen sind um, und dies ist immer noch mein Büro.« Er stutzte, kratzte sich an den weißblonden Stoppeln auf seinem Kopf. »Ist es doch noch, oder?«

»Aber natürlich.« Sibylle Wiemken lachte, teils erleichtert, teils beschämt. Und auch ein bisschen besorgt. »Es ist nur, dass du dich so verändert hast! Unglaublich. So ohne

Deckenlicht habe ich dich zuerst echt nicht erkannt. Außerdem – dein erster Arbeitstag nach dem Urlaub ist Montag. Also morgen. Das weißt du doch, oder?«

»Ja, das weiß ich. Stell dir vor.« Er starrte seine Kollegin an. Oberkommissarin Sibylle Wiemken war ein mütterlicher Typ, obwohl sie gar keine Kinder hatte und deutlich jünger war als er. Klar, wer hier war das nicht? Sie war absolut loyal, gab alles für das Team, was in ihrer Kraft stand. Wie hätte er ihr ernsthaft böse sein können? Aber dieser Stachel piekste doch. Stahnke stemmte die Fäuste in die Seiten. »Sag mal, hast du mich gerade der möglichen Senilität bezichtigt? Von wegen, dass ich die Wochentage nicht mehr auseinanderhalten könnte?«

»Na hör mal, wenn du an einem Sonntagnachmittag ohne Not im Büro auftauchst, kann man schon auf Gedanken kommen.« Sie grinste schelmisch. »Und dann in diesem Aufzug! So kann dich doch keiner erkennen.«

»Wieso? Was für ein Aufzug?« Stahnke pflegte sich auch in seiner Freizeit korrekt anzuziehen. Okay, er trug keinen Schlips, aber das tat er sonst auch nur selten. Was also meinte die Frau?

»Na hör mal! Der Bart!« Jetzt lachte Sibylle schallend, so laut, dass es über den menschenleeren Korridor hallte. »Ich dachte schon, Markus Söder kommt zu Besuch! Was hast du dir denn dabei gedacht?«

»Gedacht? Ist doch nichts Besonderes. Kleine Typveränderung …« Schon wieder überlegte Stahnke, ob er wohl beleidigt sein müsste. Verglich ihn die Kollegin doch mit Söder, diesem großspurigen Food-Blogger aus Bayern, der ständig in sumpfig-braunen Gewässern fischte – Frechheit! Andererseits war dieser Söder rein körperlich eine stattliche Erscheinung, noch etwas größer und ein paar Jahre jünger als er. Im Karneval hatte der sich mal als *Shrek* verkleidet, das hatte Stahnke irgendwie gefallen.

»Kleine Typveränderung!« Stahnkes Kollegin konnte sich gar nicht beruhigen. »Jahrzehntelang läufst du herum wie das leibhaftige Klischee eines Tatortkommissars aus den 70ern, und plötzlich tauchst du auf mit Sauerkraut im Gesicht wie ein Frührentner bei der Gartenarbeit! Von wegen kleine Typveränderung. Das ist ein glasklarer Identitätsbruch!«

»Hast du getrunken? Bist du bei irgendeinem Straßenfest versackt und hast dich zum Ausnüchtern ins Büro geschlichen?« Stahnke war nun doch eingeschnappt. »Oder was treibst du an einem Sonntag an deinem Arbeitsplatz? Einen aktuellen Mordfall haben wir doch nicht laufen, oder? Das wüsste ich aus der Zeitung.«

»Wie man's nimmt.« Sibylle Wiemken seufzte. »Es gibt einen Fall, der mir keine Ruhe lässt. Morgen soll entschieden werden, ob die Sache als Erweiterter Suizid eingestuft und abgelegt wird. Da will ich schnell noch die Akten auf Vordermann bringen, ehe sie morgen an die Staatsanwaltschaft gehen.«

Sibylle Wiemken war eine begnadete Aktenführerin. Stahnke wusste es sehr zu schätzen, dass sie mit ihrer peniblen Ordnungsliebe genau die Flankenlücke schloss, die bei ihm sonst weit offen gestanden hätte. Er hasste Papierkram, egal ob analog oder digital. Für einen findigen, gewissenlosen Rechtsanwalt wäre er damit ein gefundenes Fressen.

»Du meinst den Fall Renken?«, vergewisserte er sich.

Die Oberkommissarin nickte. »Bruno Renken, erfahrener Bauingenieur, als Straßenbauexperte und TÜV-Gutachter weltweit im Einsatz. Vater und mehrfacher Großvater. Dann werden auf seinem Dienst-PC Kinderporno-Dateien entdeckt, und als die Kollegen bei ihm zu Hause nachschauen, finden sie auf seinem Heimcomputer auch welche. Natürlich gibt es einen Riesenskandal, seine Auftraggeber kündigen alle Verträge, *Rotary-Club* und *Kreisjägerschaft* schmeißen ihn raus, seine Frau Elke droht, ihn zu verlassen. Dazu kommt es aber nicht, denn Elke Renken stirbt. Vergiftet mit Medikamenten. Bruno Renken, der ebenfalls eine Überdosis genommen hat, wird vom Notarzt gerettet, kommt gerade noch rechtzeitig ins Krankenhaus und überlebt.« Sibylle Renken lehnte sich zurück. »End of Story, sagt der Staatsanwalt. Erweiterter Suizid, er hatte Glück, sie nicht. Keine Mordabsicht nachweisbar.«

Stahnke zuckte mit den Schultern. »Ist nachvollziehbar. Bestimmt ist er größer und schwerer als seine Frau, richtig? Wenn dann beide dieselbe Dosis Gift bekommen, kann das für sie tödlich sein, für ihn aber nicht.«

»Siehst du!« Sibylle Wiemkens Stimme klang triumphierend. »Du weißt das! Bruno Renken doch bestimmt auch, wetten?«

»Hallo, ich bin Kriminalpolizist, ich muss so was wissen«, erwiderte Stahnke dünnhäutig. »Er ist Straßenbauer. Woher sollte er die Info haben?«

»Woher? Nennt sich Internet«, schoss die Oberkommissarin zurück. »Solche Informationen sind heutzutage frei verfügbar! Kannst du googeln, da kommt seitenweise Stoff.«

»Die genaue Dosierung etwa auch?«, schnappte Stahnke. »Was für ein Zeug hat der Mann überhaupt benutzt? Rattengift wohl nicht. Insulin vielleicht?«

»Nee, Insulin käme infrage, war aber nicht zur Hand.« Sibylle Wiemken wechselte in einen weniger aggressiven Ton. »Tatsächlich waren es Herztabletten. Die hatte Bruno Renken erst kurz zuvor im Krankenhaus verschrieben bekommen, wegen der großen Aufregung, die ihm auf die Pumpe geschlagen ist. Das E-Rezept hat beim ersten Versuch nicht funktioniert, dafür beim zweiten gleich doppelt. So hatte er genügend von dem Zeug zur Hand.«

»Herztabletten«, wiederholte Stahnke. »Sind die nicht sehr bitter? Wie kann man die in größerer Menge heimlich verabreichen, ohne dass die Betroffene das merkt?«

»Nicht alle sind bitter, das hängt vom Wirkstoff ab.« Die Oberkommissarin hatte sich offenkundig in die Materie eingearbeitet. »In diesem Fall waren die Dinger aber wirklich bitter. Bruno Renken hat die Tabletten gemörsert und seiner Frau in den Campari gemischt. Er sagte aus, sie hätten gerne abends zusammen einen Campari getrunken, seit dem Italien-Urlaub letztes Jahr. Ob seine Frau etwas geschmeckt hat, werden wir nie erfahren. Bruno Renken behauptet, sie hätte nichts gemerkt.«

»Du hast den Mann auf dem Kieker, stimmt's?«, fragte Stahnke. Alles, was er in den letzten Minuten über Bruno Renken gehört hatte, nahm ihn gegen ihn ein, und zwar richtig. Aber genau darin lag für jeden Ermittler eine Gefahr. Voreingenommenheit war Gift, und wenn einem die nachgewiesen werden konnte, war man als Kriminalbeamter erledigt.

»Seine Frau hat seinerzeit unsere IT-Kollegen ins Haus gelassen, obwohl es keinen Durchsuchungsbeschluss gab«, sagte Sibylle Wiemken. »Sowie sie von den Vorwürfen erfahren hatte, hat sie das Haus verlassen, ist ins Hotel gezogen und hat sofort die gemeinsamen Kinder informiert. Sie hat einen Beschluss erwirkt, dass sie ihre persönlichen Dinge aus dem Haus holen konnte, während ihr Gatte unter polizeilicher Aufsicht stand. Sie hat ihren Mann in keiner Weise unterstützt, hat keinerlei Loyalität gezeigt, wie man sie von

Ehepartnern erwarten kann. So etwas wie Unschuldsvermutung hat sie nicht gelten lassen. Wohlgemerkt, angesichts der Schwere der Vorwürfe habe ich dafür großes Verständnis! Aber wenn man die Sache aus der Perspektive des Ehemanns betrachtet, ergibt sich daraus ein ernsthaftes Mordmotiv.«

Stahnke nickte. Das klang wohldurchdacht. Dabei hatte seine Kollegin einen möglichen Femizid noch gar nicht erwähnt. Die Frau plante, ihren Mann zu verlassen, was ihm womöglich gegen Ehre und Stolz ging. Und was er nicht mehr haben konnte, das sollte auch kein anderer Mann haben. Diese Sichtweise war keine orientalische Spezialität. Stahnke kannte genügend deutschstämmige Kerle, die genauso dachten.

Das Telefon klingelte. Sibylle Wiemken meldete sich und horchte kurz. Dann streckte sie Stahnke den Hörer hin: »Für dich.«

»Wer kann denn da durch Wände gucken«, knurrte der Erste Hauptkommissar und griff zu. »Ja?«

»Ich«, ertönte eine wohlbekannte Stimme. »Wie du weißt, sind wir Orientalen von Natur aus zauberkundig, mit oder ohne Wunderlampe. Daher wusste ich natürlich, dass dein Urlaub vorbei ist und du am heiligen Sonntag durch die Gänge deiner geliebten Polizeiinspektion wandelst. Denk bloß nicht, das hätte mir der Kollege von der Wache erzählt, den ich gerade eben am Telefon hatte!«

»Moin, Nidal, kleiner Spinner.« Stahnke hatte einen Ruf zu wahren. Ekinci wusste genau, dass sein früherer Chef große Stücke auf ihn hielt, also brauchte er immer mal eins zwischen die Hörner, damit er nicht übermütig wurde. »Was gibt es, was soll der Telefonterror?«

»Kleine Bitte um Amtshilfe. Erkundigungen einholen über ein Mordopfer. Wohnte und arbeitete in Oldenburg.«

»Das ist typisch! Kriegt ihr in Leer eure Sachen mal wieder nicht allein geregelt.« Solche Frotzeleien kamen ganz automatisch heraus, Stahnke hörte sich selbst überhaupt nicht zu. »Um wen geht es denn, kennen wir den?«

»Jörg Visser, 48 Jahre. War tatsächlich schon Kunde bei uns. Mehrere Verurteilungen wegen BTM, kam aber immer mit Bewährungsstrafen davon. Seit einigen Jahren nicht mehr straffällig geworden. Arbeitete vermutlich als Haustechniker in einem größeren Bürokomplex in Oldenburg. Dort ist er auch wohnhaft gemeldet. Ammerländer Heerstraße, sagt dir das was?«

»Na klar.« Die Ammerländer Heerstraße war eine der Magistralen, die die alte Residenzstadt Oldenburg strahlenförmig durchschnitten. »Bei wem dort war Visser beschäftigt?«

»Arbeitgeber ist eine Anwaltskanzlei namens Wolfram Hart.«

»Wolfram Hart?«, fragte Stahnke erstaunt. Er angelte nach der Lehne eines Schreibtischstuhls und setzte sich.

»Wolfram Hart?«, echote Sibylle Wiemken.

»Ihr kennt ihn?«, fragte Nidal Ekinci, der Ohren hatte wie ein Luchs.

»Lange her«, erwiderte Stahnke und schaute seine Kollegin fragend an. Die wich seinem Blick aus.

»Seid ihr so nett und erkundigt euch, was Visser bei Hart in letzter Zeit so getrieben hat?«, bat Ekinci. »Und ob irgendwas davon mit größeren Mengen Bargeld zu tun hatte.«

»Bargeld? Wie viel?«

»Schwer zu sagen.« Der Oberkommissar aus Leer berichtete in groben Zügen, was sie bei dem Toten gefunden hatten – und was nicht.

»Klingt eher nach einem Rückfall in alte Dealer-Zeiten als nach einer Auftragsarbeit für eine ehrbare Anwaltskanzlei«, knurrte Stahnke. »Wenn es denn eine ist. Aber in Ordnung, ich tu dir den Gefallen. Da ihr das offenbar ohne uns nicht hinkriegt.«

»Mann, Stahnke, das ist eine Art Rummelplatz hier!«, stöhnte Ekinci. »Tausende Menschen, Hunderte potenzielle Augenzeugen, Dutzende von Befragungen! Das schaffen wir heute gar nicht, damit haben wir bestimmt noch die nächsten beiden Tage zu tun. Keiner von uns hat die Zeit für einen Trip nach Oldenburg. Amtshilfe wäre echt nett! Oder steppt bei euch auch der Bär?«

Stahnke ließ seinen Blick über die verwaisten Arbeitsplätze im Großraumbüro wandern, bis er wieder bei Sibylle Wiemken landete. »Prinzipiell immer«, behauptete er. »Aber wir wollen mal nicht so sein. Ich melde mich morgen.«

Er legte auf und ließ seinen Stuhl hinüber zum Schreibtisch seiner Kollegin rollen. »Du kennst Wolfram Hart?«, fragte er.

Sibylle Wiemken nickte. »Er vertritt Bruno Renken. Nicht er persönlich, sondern einer seiner jüngeren Mitarbeiter.«

»Der Glückliche«, sagte Stahnke. »Sein Klient ist entweder unschuldig oder er hat das perfekte Verbrechen begangen. Entweder das Verfahren wird niedergeschlagen, was die Staatsanwaltschaft offenbar vorhat, oder es gibt Freispruch. Klare Kiste.«

»Überhaupt nicht«, zischte die Oberkommissarin. »Nur über meine …« Sie unterbrach sich.

»Karteileiche?«, schlug Stahnke vor.

Sibylle Wiemken lächelte matt. »Witzig«, log sie. »Und du? Woher kennst du Wolfram Hart?«

»Lange her«, murmelte Stahnke versonnen. »Sehr lange.«

4.

»Zu-gleich! Zu-gleich!« Leni brüllte in ihre Flüstertüte wie eine Wahnsinnige, ihre Stimme schnappte über. »Zu-gleich!« Direkt vor Stahnke türmte sich der gewaltige Rücken des Schlagmanns auf wie eine gewölbte Wand. Vor und zurück, vor und zurück. »Zu-gleich!« Weiß lackierte Blätter tauchten ins Hafenwasser, Riemenschäfte bogen sich unter dem Zug, der das lange, schlanke Boot unwiderstehlich voran katapultierte. Wellen wurden zerteilt, Gischt spritzte auf erhitzte Körper. Dicke Muskeln zuckten unter dünnen Trikots. Mit jedem Schlag schmerzten sie mehr. Es zwiebelte und brannte, Stahnke hielt es kaum noch aus. »Zu-gleich!« Wie lange noch? Um Himmels willen, wie lange noch?

»Riemen auf!«, brüllte der Trainer aus dem Begleitboot. »Dreieinhalb Sekunden über Richtzeit! Lahme Vorstellung, ihr Krücken! Hängt euch nächstens gefälligst mehr rein, sonst schafft ihr es niemals zur Deutschen.«

Mit hängenden Köpfen pullten sie ihren Vierer unter der Eisenbahnbrücke hindurch, über den Alten Binnenhafen und den Falderndelft bis zum oberen Anleger des Rudervereins vor der Kesselschleuse. Mit geübten Kommandos dirigierte Leni sie zum Schwimmsteg, ließ sie gleichzeitig aufstehen und ihr Gewicht auf den Steg verlagern, ohne das schmale Ruderboot zum Kentern zu bringen. Sie hockten sich hin, packten das Boot mit oft geübtem Griff. »Und – hoch!« Schon lag das Rennboot kieloben und tropfend auf seinen Böcken.

Der Schlagmann war rot im Gesicht. Nicht von der Anstrengung; ihre gut trainierten Körper hatten längst wieder Ruhepuls. Unterdrückte Wut, schätzte Stahnke, und Scham. Wolfram Hart war nicht nur einen halben Kopf größer als die anderen drei Oberstufenschüler seiner Crew, er war auch als Einziger schon 17 Jahre alt. Größer, älter und Schlagmann – drei Gründe, warum er aus ihrem Kollektiv herausragte. Und immer als Erster eins auf den Kopf bekam.

»Der Trainer soll sich nicht so anstellen.« Die kleine Leni gab sich mal wieder kühl und souverän. »Ich finde, wir waren sehr gut heute. Immerhin hatten wir Gegenwind, der war nicht von schlechten Eltern. Die Wellen waren entsprechend hoch. Die haben viel mehr gebremst als nur dreieinhalb Sekunden! Also genau genommen waren wir besser als sonst. Oder was?« Keck und herausfordernd schaute sie von einem zum anderen.

Leni war 14 und ging zum GaT, dem Gymnasium am Treckfahrtstief, während alle anderen Crewmitglieder Schüler des JAG waren. Vor ein paar Jahren noch hatten die beiden Bildungseinrichtungen »Gymnasium für Mädchen« und »Gymnasium für Jungen« geheißen. Die Koedukation war noch neu und fand vor allem in Unter- und Mittelstufe statt. In den Oberstufenklassen waren die Jungs vom Johannes-Althusius-Gymnasium noch weitgehend unter sich. Auch an diesen Namen gewöhnten sich alle nur schwer. Auf etlichen Landkarten aus dem Medienbestand fand sich noch der frühere Name: »Kaiser-Wilhelm-Gymnasium Emden«.

Ihr Trainer hatte ihnen Leni ins Boot gesetzt, denn sie war klein und leicht und hatte eine große Klappe, war also die ideale Steuerfrau. Nebenbei war sie ein wirksamer Stimmungsaufheller. Obwohl die großen Jungs sie »Klappspaten« nannten und bemüht waren, sich der »kleinen Göre«

gegenüber ablehnend und arrogant zu verhalten, hatten sie sie doch längst ins Herz geschlossen. Heute aber wollten Lenis tröstend gemeinte Sprüche nicht zünden. Keine drei Wochen mehr bis zur letzten Qualifikationsregatta, dann entschied sich, ob der ambitionierte Jugend-Vierer aus Emden bei den Deutschen Meisterschaften starten durfte oder nicht. Und wenn ja, in welcher Besetzung. Ihr Trainer hatte noch zwei weitere Kandidaten in der Hinterhand, das wusste sie genau. Er rieb es ihnen schließlich fast jeden Tag unter die Nase. Falls gewechselt werden sollte, wen von ihnen würde es treffen? Die Anspannung war mit Händen zu greifen und machte den Umgang der jungen Ruderer miteinander nicht leichter.

»Du hast Krebse gefangen«, sagte Gerhard vorwurfsvoll. Alle Köpfe flogen zu ihm herum. »Einen Krebs fangen« hieß, das Ruderblatt nicht richtig einzutauchen und statt Vortrieb Schaum zu erzeugen. So was konnte eine Crew aus dem Rhythmus bringen und das ganze Boot aus der Richtung. All das kostete Fahrt. Und am Ende den Sieg.

»Wer?«, schnauzte Wolfram. »Wen meinst du?« Als Schlagmann saß Wolfram ganz hinten im Boot, Blickrichtung nach achtern. Alle anderen schauten auf ihn, aber er sah nur Leni mit ihrer Flüstertüte vor sich.

Gerhard deutete mit einem Kopfnicken auf Konni, der auf Rollsitz Nummer zwei ruderte, zwischen Gerhard und Stahnke. Der schnappte empört nach Luft. »Gar nicht wahr! Einmal höchstens, und da nur ein bisschen, aber doch nicht öfter! Das warst du doch selbst, du Spritzer!«

»Siehste«, sagte Gerhard und blickte zu Wolfram. »Wer sich verteidigt, klagt sich an! Sag ich doch immer.«

»Was fällt dir denn ein, du Proll!« Konni war gut eins 80 groß und breit in den Schultern, genau wie Gerhard und Stahnke. Dass er als Einziger eine Brille trug, hielt ihn nicht davon ab, auf Gerhard loszugehen. Der trat flink zwei Schritte zurück und nahm Deckung hinter Leni, die ihm knapp bis zum Brustbein reichte.

»Seid ihr jetzt völlig verrückt geworden! Konrad Smidt, benimm dich gefälligst, sonst war es das für dich in diesem Boot!« Trainer Piotrowski hatte das Begleitboot festgemacht und war auf dem Anlegesteg erschienen. »Keine Leistung bringen, aber Sportkameraden bedrohen! Das kommt mir nicht in die Tüte. Bei mir herrscht Pflicht zur Kameradschaft, verstanden? Ihr müsst keine Freunde sein, aber in der Crew tut ihr gefälligst alles füreinander, was ihr könnt, kapiert? Und auf gar keinen Fall geht ihr aufeinander los.«

Konni lief rot an und öffnete den Mund, um sich zu verteidigen, aber Piotrowski fuhr ihm über den Mund. Auch Stahnke, der seinen Kumpel in Schutz nehmen wollte, brachte er mit einem drohenden Blick zum Schweigen. »Ich will, dass ihr arbeitet, bis euch das Wasser im Arsch kocht!«, schrie er die vier Jungs an. »Wenn ihr das tut, dann kommt ihr von ganz alleine nicht auf dumme Gedanken! Wenn doch, dann weiß ich, dass ihr nicht alles gebt.« Er zeigte auf Konni: »Konrad Smidt, ich habe dich im Auge, verstanden? Entweder du spurst, oder der Helmut sitzt nächstens auf deinem Platz. Ich will keinen Piep hören, nur höchste Leistung sehen! Und das gilt für euch alle!« Damit machte Piotrowski kehrt und ließ die Crew stehen.

Erst als er außer Sicht war, machte Wolfram Hart wieder den Mund auf. »Dämlicher Polacke«, schimpfte er. »Ist doch ganz klar, was der vorhat. Einen Keil zwischen uns treiben! Divide et impera, teile und herrsche, das kennen wir doch aus Latein. Und seinen Liebling Helmut will er ins Boot boxen, der kleine Cäsar, damit er einen hat, der ihm immer schön den Hintern leckt.«

»He, Wolli, benimm dich, es sind Damen anwesend!« Leni kicherte. Sie fand das Ganze anscheinend lustig, aber um ihren Platz im Boot ging es auch nicht.

»Wieso Polacke? Warum beschimpfst du den Trainer?« Obwohl Konni allen Grund hatte, auf den Coach sauer zu sein, nahm er ihn gegen Wolfram in Schutz. »Er stammt doch aus Ostpreußen, genau wie Gerhard. Und du hast sogar russische Vorfahren!«

»Ukrainische«, korrigierte Wolfram Hart. »Und die stammen von Wikingern ab, die das Land vor 1000 Jahren erobert und besiedelt haben. Sieht man doch, oder?« Der blonde Hüne warf sich in die Brust.

»Du siehst eher aus wie Ritter Siegfried aus den Groschenheften!«, spottete Gerhard Juncker. »Blonde Tolle, hohle Birne! Und Rhythmus halten kannst du auch nicht. Wenn man an unserem Polacken-Trainer etwas auszusetzen hat, dann vor allem, dass er ausgerechnet dich zum Schlagmann gemacht hat. Da hat Fiepko ganz recht.«

»Fiepko?«, kreischte Leni. »Wer heißt denn hier Fiepko? Was für ein bescheuerter Name!«

»Was hast du über mich gesagt?« Wolfram Hart funkelte Stahnke an. »Ich könnte keinen Rhythmus halten? Du bist vielleicht eine Flachpfeife! Warum sagst du mir so einen Scheiß nicht wenigstens ins Gesicht?«

»Das habe ich so überhaupt nicht gesagt!«, rief Stahnke. »Von wegen, du wärst nicht der richtige Schlagmann! Bloß neulich, bei den Landesmeisterschaften, da fand ich, dass du den Spurt zu spät angezogen hast. Das war aber nicht grundsätzlich gemeint.«

»Du heißt Fiepko, Stahnke?« Leni konnte sich gar nicht

beruhigen. »Mein Gott, was hast du deinen Eltern bloß angetan, dass die dich dermaßen bestraft haben! Fiepko! Ist das zu fassen.«

»Und wenn schon!« Stahnke hatte die Nase voll. »Das ist wenigstens ein original ostfriesischer Name! Was Originelles, nicht solche Dutzendware wie eure. Meine Familie lebt nämlich seit Generationen hier. Alteingesessene Ostfriesen, nicht solche Beutegermanen wie ihr.« Kaum ausgesprochen, taten ihm seine Worte leid. Ostfriesland war voller Flüchtlinge aus Ostpreußen und Schlesien, die nach dem Zweiten Weltkrieg in dieser dünn besiedelten Region heimisch geworden waren. Er hatte nichts gegen die, von Einzelfällen abgesehen. Aber wenn man ihn wütend machte, dann rutschten ihm Worte heraus, die er gar nicht so meinte.

»Meine Familie lebt seit Jahrhunderten hier«, sagte Konni Smidt. »Mein Großvater saß schon im Stadtrat.«

»Wir sind auch reine Ostfriesen«, schimpfte Leni. »Wir haben sogar ein Sippenbuch, noch mit Hakenkreuz drauf! Fiepko.« Sie spuckte seinen Namen förmlich aus.

»Immerhin hat sein Name eine Bedeutung«, warf Gerhard ein. »Habe ich mal nachgeschlagen. Fiepko heißt Kuhpfeifer.«

»Kuhpfeifer! Kuhflachpfeifer, meinst du wohl!« Leni lachte johlend. Die anderen fielen ein. Alle bis auf Stahnke. Dem kochte das Blut. Er glotzte Wolfram Hart an, der ihn ebenso wütend anstarrte, und ballte die Fäuste. Der Größere tat es ihm nach.

»Ey, seid ihr bescheuert, wollte ihr euch etwa kloppen?«, rief Leni erschrocken. »Glaubt bloß nicht, dass ich so was männlich finde. Lasst das lieber sein, Wolfram und … Fiepko.« Sie kiekste, ein erneutes Johlen unterdrückend.

»Vorsicht«, warnte Konni Smidt. »Der Trainer steht da hinten auf dem Parkplatz und guckt zu uns rüber! Wenn der euch kämpfen sieht, fliegt garantiert noch einer aus dem Boot.«

Keine Spur egoistisch, der Junge, dachte Stahnke und schaute zu Konni. Könnte uns doch einfach ins Messer laufen lassen, das würde seine Chancen erhöhen!

Sein Blick streifte Gerhard Junckers Gesicht. Der sagte nichts, aber ein feines Lächeln trieb seine Mundwinkel auseinander.

Da ließ Stahnke die Fäuste sinken, drehte sich um und stapfte davon.

5.

»Feiner Kerl, der Jörg. Wirklich. War ein feiner Kerl.« Der hünenhafte Mann zog ein Tuch aus der Tasche seiner Bundhose und führte es zu dem imposanten Zinken, der aus seinem zerfurchten, von geplatzten Äderchen durchzogenen Gesicht ragte. »Ganz fein. Tut mir echt leid um ihm.« Er schnäuzte sich laut und ausgiebig.

Nidal Ekinci hatte sich in seinem Schreibtischstuhl weit zurückgelehnt. Jetzt rollte er rückwärts in Deckung, bis seine Rückenlehne gegen den alten Aktenschrank stieß. Dieser monströse Typ ihm gegenüber sah aus wie direkt aus dem Mittelalter entsprungen – oder einer freien filmischen Adaption. Er trug die gleiche Gewandung wie am Tag zuvor auf dem Markt in Timmel, dem Geruch nach sogar dieselbe. Rauch und Leder waren noch die angenehmsten Duftnoten.

»Woher kannten Sie Jörg Visser?«, fragte der Oberkommissar. »Aus der Szene? Oder auch aus anderen Zusammenhängen?«

»Was für 'ne Szene?« Der Riese schürzte die Lippen und legte dabei sein lückenhaftes Gebiss frei. »Ich kannte mal ein Lokal, das hieß *Szene.* Keine Ahnung, wo das war, aber da war der Jörg nie. Nee, ich kenne ihn von den Märkten her! Jörg war immer überall, also fast. Es gibt Wochenenden, da finden mehrere Mittelaltermärkte gleichzeitig statt, vor allem in Süddeutschland oder Österreich. Auch noch weiter östlich, in Tschechien und der Slowakei. Die kann man gar nicht alle abklappern, man kann sich ja nicht zerteilen, nicht wahr?« Wieder trompetete er laut in sein fleckiges Tuch.

»Dieser Marktstand«, fragte Nidal Ekinci. »Ist das Ihre Haupterwerbsquelle?« Als keine Antwort kam, versuchte er es anders: »Verdienen Sie Ihren Lebensunterhalt damit, dass Sie Taschen auf Mittelaltermärkten verkaufen? Oder haben Sie noch einen anderen Broterwerb?«

»Nee«, antwortete der Hüne. »Keinen anderen. Bin fast jedes Wochenende unterwegs während der Saison. Aufbauen, abbauen, fahren, verkaufen, das braucht eine Menge Zeit. Zwischendurch muss man sich auch mal verpusten.« Er streckte seine langen Beine von sich. Ekinci registrierte, dass der Mann immerhin geschlossene Schuhe trug.

»Und im Winter haben Sie vermutlich mit der Produktion zu tun«, ergänzte der Oberkommissar.

»Produktion?«, fragte der Riese. Dann lachte er. »Ach, Sie meinen, ich nähe die Taschen alle selbst? Ha, als ob ich das könnte! Nein, ich kaufe meine Sachen bei den größeren Händlern, bei *Battlemerchant, Vehi Mercatus* oder beim *Ritterladen.*« Er kratzte sich das stoppelige Kinn. »Neuerdings auch mal bei *Mittelalterland* oder *Karfunkelchen.* Es gibt inzwischen dermaßen viele Anbieter! Sie können natürlich die ganzen Sachen online kriegen, sogar billiger. Gucken Sie mal ins Internet.«

»Und trotzdem verkaufen Sie so viel auf den Märkten, dass es sich für Sie lohnt?«

»Was heißt lohnt.« Der große Mann zuckte mit den mächtigen Schultern. »Man lebt vom Zusetzen, so heißt es doch, oder?« Ein breites Lächeln legte noch mehr von seinen Zahnlücken frei. »Die Leute geben ihr Geld gerne auf Märkten aus, das ist nun mal so. Wenn sie in Stimmung sind und irgendwas haben wollen, achten die meisten nicht darauf, dass sie es online billiger bekommen könnten. Wer stellt sich denn mit dem Smartphone vor einen Mittelalter-Stand und googelt erst mal? Damit würde man sich doch selbst den Spaß verderben. Tja, von diesem Rechercheverzicht profitiere ich.« Er räusperte sich: »Ein bisschen.«

»Keine Sorge, ich bin nicht das Finanzamt.« Ekinci rollte seinen Stuhl dichter an den Tisch und beugte sich vor. »Zurück zu gestern. Wann haben Sie Jörg Visser zuletzt gesehen?«

»Kann ich nicht ganz genau sagen, ich trage keine Uhr.« Der Mann strich sich mit beiden Händen über die melierten Wangen. »Jörg war öfter unterwegs. Mal habe ich ihn an seinem Stand gesehen, mal war er weg. Er hat viel und gerne geredet, nicht wahr, das gehört zum Verkaufen dazu. Wenn keine Kunden da waren, ist Jörg zu irgendwelchen Kollegen gelaufen und hat dort rumagitiert. Oft genug kam er zu mir.« Er lachte spöttisch. »Meist habe ich auf Durchzug geschaltet. War sowieso immer derselbe Kram.«

»Worüber hat Jörg Visser denn geredet?«, fragte Nidal Ekinci. »Und was meinen Sie mit agitieren?«

»Ach, der Jörg war ein typischer Quertreiber«, antwortete der Behaarte. »›Querdenker‹ sagt man jetzt, seit Corona, aber solche Typen gab es auch vorher. Die glauben an alles Mögliche, auch das Gegenteil, Hauptsache, es ist nicht Mainstream. Eigentlich suchen die alle nur Erklärungen dafür, dass sie mit sich selbst nicht klarkommen. Und dass jemand anderes daran schuld ist. Als Ausrede, dass sie nie etwas unternehmen.«

Einleuchtend, dachte Ekinci, aber nicht zielführend. »Meine Kollegen haben berichtet, sie hätten Vissers Stand verlassen vorgefunden«, rekapitulierte er. »Auf Nachfrage hätten Sie ihnen Vissers Zelt gezeigt. Hatte er sich also doch bei Ihnen, äh, abgemeldet? Und wann war das?«

»Nicht abgemeldet.« Der Markthändler schüttelte seinen wuchtigen Schädel. »Das ist quasi eine ständige Vereinbarung. Wenn der Nachbar mal weg muss, zum Klo oder was essen, dann behält man dessen Stand mit im Auge. Umgekehrt genauso. Klar, die meisten sagen Bescheid, wenn sie gehen und wie lange sie etwa wegbleiben. Aber Jörg war eben ein sprunghafter Typ, das sagte ich schon. Mal war er da, mal nicht. Wenn er nicht im Zelt gewesen wäre, hätte ich den Kunden etwas von Jörgs Sachen verkauft. Sind überall Preise dran.«

»Jörg Visser handelte mit Schmuck, richtig?« Der Oberkommissar runzelte die Stirn. »War das alles so wertloses Zeug, dass man es einfach unbeaufsichtigt lassen konnte? Modeschmuck, Tinnef, Plastikkram?«

»Nee, überhaupt nicht!«, widersprach der Hüne. »Angefangen hat er zwar mit selbstgebasteltem Zeug von allen möglichen Amateurkünstlern, aber inzwischen hat er längst umgestellt auf Profiware, überwiegend von *Elbenwald* und *Drachengold*. Ein paar Bernsteinobjekte hatte er auch, aber überwiegend die Sachen, die alle haben.«

»*Drachengold*? Etwa goldene Drachen und so?«

»Nee, das meiste war versilbertes Zinn oder Nickel«, erklärte der Händler. »Etwas Sterlingsilber war auch dabei, aber nichts wirklich Wertvolles. Seine gesamte Auslage war bestimmt mehrere 1000 Euro wert, aber wer klaut schon die ganze Auslage? Wenn hin und wieder ein paar Ohrringe wegkamen, hat ihn das nicht groß gestört. Wirklich wichtig war ihm nur sein toller Wikinger-Tornister! Ansonsten hat Jörg alles locker gesehen. Sehr relaxt, verstehen Sie?« Er führte beide Hände an seinen Mund und tat so, als ziehe er an einem fetten Bubatz.

»Verstehe«, nickte der Oberkommissar. »Jeden Morgen ein Joint, und der Tag ist dein Froint. Wie ist Herr Visser finanziell klargekommen mit solch einer laxen Einstellung?«

»Och, irgendwie eben.« Der Riese machte eine wegwerfende Handbewegung. »Er hatte ein festes Einkommen, im Gegensatz zu mir. IT-Haustechniker bei irgendwelchen reichen Anwälten, in Teilzeit. Hat denen immer bei ihren Computerproblemen geholfen. Da kannte er sich hervorragend aus.« Er lachte wieder. »Nicht an Wissenschaft glauben, aber im Computer zu Hause sein! Jörg war echt ein Querkopf.«

»Irgendwem muss er zu quer gekommen sein«, sagte Nidal Ekinci. »Der Eingang zu Vissers Zelt lag doch in Ihrem Blickfeld. Haben Sie jemanden in der fraglichen Zeit dort hineingehen sehen? Oder herauskommen?«

»Nicht, dass ich wüsste.« Der Händler zuckte mit den Schultern. »Vorbeigehen, das ja. Spielende Kinder von anderen Gruppen, gewandete Angehörige. Im Lager ist immer ein Kommen und Gehen. An zwei Mönche kann ich mich erinnern. Die Wahrsagerin, Spielleute, der Pestkranke ... aber reingehen sehen habe ich niemanden.«

Wäre auch zu schön gewesen, dachte der Oberkommissar. »Vielen Dank erst mal und einen schönen Tag noch, Herr ...« Er schaute auf seine Notizen: »Herr Pottebakker. Adresse und Telefonnummer habe ich aufgeschrieben, wenn noch etwas ist, melde ich mich.« Als der Riese zur Tür hinaus war, schaute Nidal Ekinci auf seine Liste. Noch eine Befragung vor der Mittagspause. Und zwar ...

Sein Telefon klingelte. Er räusperte sich. »Polizeiinspektion Leer/Emden, Fachkommissariat I, Nidal Ekinci, wie kann ich helfen?«

»Moin«, sagte eine weibliche Stimme. »Marlene Franzen hier. Ich habe gleich einen Termin bei Ihnen, aber ich fürchte, ich schaffe es nicht rechtzeitig.«

»Frau Franzen?« Nidal Ekinci schaute noch einmal auf die Liste. »Bedaure, Ihren Namen kann ich hier nicht finden. Vielleicht wollten Sie zu einem Kollegen? Oder einer Kollegin?«

»Man sagte mir, ich solle nach Ihnen fragen«, sagte die Stimme. »Es geht um die Sache gestern in Timmel. Der Mittelalter-Markt-Mord, wenn Sie so wollen.«

»Da sind Sie bei mir richtig«, bestätigte der Oberkommissar. »Trotzdem steht Ihr Name hier nicht.«

»Madame Nirmala vielleicht«, sagte die Frau.

»Ach, das sind Sie!«, rief Ekinci aus. »Ich erwarte Sie schon.«

»Das wusste ich«, sagte die Wahrsagerin. »Aber leider springt mein Auto nicht an. Ich gebe zu, das hätte ich auch wissen müssen, denn an Warnungen hat es nicht gefehlt. Jetzt muss ich Sie leider versetzen.«

»Sie wohnen in Nüttermoor?« Nidal Ekinci zog erneut seine Liste zurate. »Das ist doch gar nicht so weit von hier, hinterm Emspark links. Gute Fahrradentfernung.«

»Ein Fahrrad besitze ich leider auch nicht. Geht es vielleicht morgen?«

»Ungern.« In Mordfällen erkalteten Spuren schnell. Noch war völlig offen, ob es hier eine gab, trotzdem: »Ich könnte zu Ihnen kommen. Wie wäre das?«

»Wunderbar«, freute sich Madame Nirmala. »Teewasser habe ich bereits aufgesetzt.«

»Sehr vorausschauend«, sagte Nidal Ekinci. »Bis gleich.«

Er nahm die Deichstraße entlang der Ems in nördlicher Richtung und näherte sich dem Leeraner Ortsteil Nüttermoor quasi von hinten. So vermied er das Gewerbegebiet rund um den Emspark, wo es öfter zu Staus kam, und hatte sein Ziel innerhalb weniger Minuten erreicht. Nüttermoor war ein eingemeindetes Dörfchen, das zwischen Autobahn und Flugplatz lag und trotzdem erstaunlich idyllisch wirkte. Die angegebene Adresse gehörte zu einem Resthof, der schön restauriert war und über mehrere Nebengebäude und allerhand Fläche verfügte. Auf einer eingezäunten Weide graste eine kleine Herde Highland-Rinder mit zottigen Köpfen und ausladenden Hörnern. Hoffentlich ist das Gatter richtig zu, sorgte sich Ekinci, der als Stadtkind seine Probleme mit Tieren hatte. Und hoffentlich gibt es keinen frei laufenden Hofhund! Zu sehen war keiner, aber was hieß das schon?

Und wo wohnte nun die Wahrsagerin? Nicht in dem riesigen Bauernhaus, das hatte sie ihm eingeschärft: »Wenn Sie davorstehen, schauen Sie sich um, dann sehen Sie es schon. Ist nicht zu verfehlen.« Die hatte gut reden, dachte Ekinci, während er seinen Hals reckte. Aber im nächsten Moment sah er es. Nicht zu verfehlen, in der Tat.

Ganz am Ende des weitläufigen Grundstücks stand etwas, das dort überhaupt nicht hinpasste: ein großer Bauwagen, nachtblau angestrichen und mit goldenen Sternen gesprenkelt. Aus dem gewölbten Dach ragte lauschig ein krummes Ofenrohr mit einem spitzen Schutzhütchen drauf. Neben dem Wohnwagen stand ein ebenfalls dunkelblauer Twingo, der eindeutig schon bessere Tage gesehen hatte, aber zu alt war, um sich noch daran zu erinnern. Nidal Ekinci nahm Kurs auf dieses museale Fahrzeug und parkte direkt dahinter.

Madame Nirmala erwartete ihn in der offenen Wagentür. »Bitte kommen Sie rein«, sagte sie mit samtiger Altstimme und lächelte ihn an. »Der Tee ist fertig.«

Die Frau war klein, zierlich und vom Alter her schwer einzuschätzen. Irgendwo jenseits der 50, schätzte der Oberkommissar, aber ihr Lächeln sah jünger aus. Sie war barfuß, trug eine knielange weite Hose und eine naturfarbene Leinenbluse, die am Hals geschnürt war. Ihre Kopfbedeckung erinnerte an einen kleinen Turban und war ebenfalls dunkelblau mit Sternchen. Ziemlich exotische Erscheinung, alles in allem. Dabei hieß sie bürgerlich Marlene Franzen, was ausgesprochen deutsch klang. Der wahre Exot hier, dachte Ekinci, war also wieder einmal der ostfriesische Polizist mit kurdischen Wurzeln.

Sie lotste ihn auf ein Palettensofa, das erstaunlich bequem war, und reichte ihm einen Becher Tee. Eindeutig Ostfriesentee, nichts Exotisches. »Kluntje und Sahne nehmen Sie sich selbst?« Sie setzte sich ihm gegenüber und sah ihn aufmerksam an.

Ekinci nickte ihr zu, bediente sich ausgiebig an den Kandis und rührte ungeniert um. Dabei musterte er das Innere des Bauwagens. Küche, Schreib- und Sitzecke nahmen etwas mehr als die Hälfte der Wagenlänge ein und waren im Schrebergarten-Stil möbliert. Schlafbereich und Bad waren offenbar abgetrennt. »Wohnen Sie hier ganzjährig?«, fragte der Oberkommissar und pustete in seine Tasse. »Oder ist das Ihr – Sommersitz?«

»Meine Datsche?« Sie lächelte spöttisch. »Schön wär's. Aber nein, dies ist mein ständiger Wohnsitz. Ich bin heilfroh, dass ich wenigstens den habe. Der Besitzer des Anwesens lässt mich mietfrei hier wohnen. Aus alter Verbundenheit. Er war nämlich mal einer meiner Kunden.«

Kunden? Nidal Ekinci starrte die Frau an. Einen Augenblick zu lang.

»Danke für die Blumen«, sagte Marlene Franzen. »Aber

nein. Auf diese Art verkauft habe ich mich nie, auch nicht zu meinen wildesten Zeiten. Wenn, dann auf andere Weise, und das waren die seriösen Phasen meines Lebens.« Sie schaute ernst, ganz knapp an ihm vorbei.

»Äh, nein, ich … also … verzeihen Sie bitte«, stotterte der Oberkommissar. Konnte die Frau wirklich Gedanken lesen? Es hatte ganz den Anschein. Er schämte sich. Ob sie ihm böse war? Ihr Gesichtsausdruck war schwer zu deuten. Hoheitsvoll – gleich würde sie das Urteil sprechen.

»Gedanken lesen kann ich nicht«, sagte Marlene Franzen. »Aber Gesichter. Lebenserfahrung, verstehen Sie? Machen Sie sich keine Sorgen. Ich hatte schon mit viel schlimmeren Männern zu tun.«

Ekinci fühlte sich zurückgesetzt. Er kam sich selbst unsagbar dumm vor.

»Ich habe mal Steuerberaterin gelernt«, berichtete Marlene Franzen. »Dann wurde ich Buchprüferin. War Teilhaberin einer großen Kanzlei. Damals habe ich gut verdient, mehr als gut. Solch ein Anwesen wie dieses hier hätte ich mir jederzeit leisten können. Aber wie das so ist, irgendwann schaut man zu genau hin und tritt jemandem auf die Füße. Plötzlich holte mich die Vergangenheit ein. Gewaltige Regressforderungen, die Anwälte haben nichts ausgelassen. Am Ende stand die Privatinsolvenz. Und das hier.« Mit einer eleganten Geste ihrer schmalen Hand wies sie auf ihr Bauwagendomizil, als sei es der Palast einer Maharani. »Aber was heißt schon Ende? Irgendwie geht es immer weiter.«

Eingeholt? Was für eine Vergangenheit mochte das sein, die ihre Existenz komplett vernichten konnte, wenn schon keine mit Rotlicht? Nidal Ekinci hatte Fragen, aber er hatte auch einen Job. »Ich wollte mit Ihnen über gestern reden«, wechselte er deshalb das Thema. »Als der Mord auf dem

Mittelaltermarkt in Timmel geschah, hielten Sie sich in der Nähe des Tatorts auf. Ist Ihnen dabei irgendetwas aufgefallen?«

»Ich war früh in meinem Zelt, weil ich in meinem Autochen übernachtet habe, was nicht sehr bequem ist«, erzählte Marlene Franzen, jetzt wieder ganz Madame Nirmala. »Trotzdem war Jörg schon als seinem Stand, als ich kam. Es war noch nichts los, daher haben wir uns ein bisschen unterhalten, danach bin ich los, mir einen Kaffee besorgen. Jörg rannte sowieso ständig rum. Wieso und wohin, habe ich nicht hinterfragt.«

»Kaffee? Auf einem Mittelalterfest?« Diese Spitze konnte sich der Oberkommissar nicht verkneifen.

Madame Nirmala lächelte überlegen. »Die Legende, der zufolge verfressene Ziegen an Kaffeesträuchern geknabbert und durch ihr verändertes Verhalten ihre Hirten auf die belebende Wirkung der Kaffeebohnen aufmerksam gemacht haben sollen, wird auf 1440 datiert. Das ist immerhin spätes Mittelalter, oder? Außerdem dürften die Leute in Äthiopien das Gebräu schon früher gekannt haben, und das gilt schließlich auch. Wenn Sie schon gegen historische Fehler auf solchen Märkten sticheln, dann nehmen Sie lieber die Kartoffelpuffer, damit liegen Sie richtig! Und die Orks. Oder was Sie wollen, aber lassen Sie mir bitte meinen Morgenkaffee.«

Abwehrend streckte Ekinci die Hände aus: »Selbstverständlich, keine Sorge! Aber Sie sagten, Sie hätten sich mit Jörg Visser unterhalten. Worüber? Und welchen Eindruck machte er auf Sie?«

»Jörg war ganz Jörg, wie immer«, sagte Madame Nirmala. »Sprunghaft, hibbelig, rechthaberisch, großspurig. Von nichts eine Ahnung, aber zu allem eine Meinung.

Und Hauptsache dagegen. Wenn man Jörg nicht ernst nahm, konnte er recht unterhaltsam sein.« Sie angelte sich ihren Becher von der Schreibplatte; Nidal Ekinci nahm den Geruch von türkischem Mokka wahr.

»Er war also nicht besorgt oder verängstigt?«, hakte der Oberkommissar nach. »Hat er etwas gesagt, das darauf hindeutete, dass er sich bedroht fühlte?«

Madame Nirmala schüttelte energisch den Kopf. »Im Gegenteil, Jörg war bester Dinge. Er sprach von guten Geschäften, die er gemacht hätte, und hohen Einkünften, die er erwartete. Auf Details habe ich aber nicht geachtet. Jörg redete immer so daher.«

»War sonst etwas auffällig an ihm? Aussehen, Erscheinung, Kleidung?«

»Er trug seine übliche Kleidung«, antwortete Madame Nirmala. »Ich vermute, er hat darin geschlafen. So roch er jedenfalls.« Sie schloss kurz die Augen, schien sich etwas zu vergegenwärtigen. »Höchstens die Tasche«, sagte sie dann.

»Sein Wikinger-Tornister?«, fragte Nidal Ekinci.

Die Frau nickte. »Das Ding hatte er immer dabei, jeder aus der Szene kennt es. Meistens lag es in seinem Zelt, aber wenn wir uns mit unseren Gewerben auf der Bühne präsentierten wie zum Beispiel in Dornum, dann trug er es. Gehörte zu seiner Gewandung als fahrender Wikinger-Händler. Als Jörg gestern seinen Stand bestückte, hatte er die Tasche nicht dabei. Aber später hat er sie aus seinem Auto geholt. Danach trug er sie dann die ganze Zeit mit sich herum, obwohl sie ziemlich unhandlich ist, so steif und bauchig.«

Der Oberkommissar nickte. Vissers Auto hatten die Kollegen identifiziert, es wurde noch kriminaltechnisch untersucht. Falls dieser Wikinger-Tornister wirklich mit Euroscheinen vollgestopft gewesen sein sollte, konnte es sich dabei um einen Millionenbetrag gehandelt haben, je nachdem, wie die Stückelung der Scheine war. Für wen war dieses Geld bestimmt? Wenn Jörg Visser das volle Behältnis aus seinem Auto geholt hatte, dann hatte er es nicht in Timmel erhalten, sondern wollte oder sollte es weitergeben. An wen?

»Sind Ihnen rund um den Tatzeitpunkt Personen aufgefallen, die sich ungewöhnlich verhalten haben?«, fragte Ekinci. »Schausteller oder Gäste, ganz egal.«

»Ihre beiden Kollegen zum Beispiel.« Sie grinste spitzbübisch. »Er will etwas von ihr, eindeutig, aber sie stellt sich blind und lässt ihn zappeln. Sehr amüsant! Ich habe das Meinige dazu getan, um ihn noch mehr zu verwirren. Nennen Sie es weibliche Solidarität, nennen Sie es milden Sadismus, ganz wie Sie wollen.«

»Ich nenne es ›nicht sehr hilfreich‹«, erwiderte Nidal Ekinci. »Ich habe einen Mord aufzuklären, da wäre ich für verwertbare Beobachtungen dankbar. Haben Sie so etwas beizusteuern?« Er erschrak, weil seine Worte schärfer ausgefallen waren als geplant.

Madame Nirmala jedoch nahm das hin. »Vermutlich haben Sie recht«, sagte sie schlicht. »Von den Besuchern ist mir niemand aufgefallen, aber dabei kann ich nur von denen sprechen, die mich aufgesucht haben. Das war das ganz normale Spektrum. In den Pausen zwischen den Konsultationen habe ich zwei Spielleute beobachtet, die zwischen den Zelten entlangliefen und hier und dort hineinschauten. Ich vermute jedoch, die suchten nur jemanden. Dann die beiden Mönche, die mir unbekannt waren; für gewandete Besucher waren sie etwas zu perfekt angezogen. Und natürlich der Pestkranke, der sich ziemlich nah vor mein Zelt gelegt hatte. Den habe ich auch noch nie gesehen. Ich wollte ihn noch bitten, mehr Abstand zu halten, aber dann kamen mehrere Klienten, und als ich wieder nach ihm schaute, war er weg.«

»Der Pestkranke?« Gundi und Joke hatten solch eine Figur erwähnt, erinnerte sich Nidal Ekinci. »Wie sah er aus? War er eher groß oder klein?«

»Keine Ahnung.« Madame Nirmala schüttelte ihr turbangeschmücktes Haupt. »Er lag auf dem Boden, daher konnte ich seine Größe nicht schätzen. Und was ich von seinem Gesicht gesehen habe, war geschminkt, bleich und mit Eiterbeulen. Schmutzige Füße in Sandalen, zerlumpter Umhang. An mehr kann ich mich nicht erinnern.«

»Vielleicht können die Veranstalter weiterhelfen«, mutmaßte der Oberkommissar. »Die haben doch die Leute engagiert, die auf ihrem Markt auftreten, also müssten sie Namen und Adressen haben.«

»Möglich. Neben einzelnen Händlern und Acts buchen die aber oft auch Gruppen und Vereine, da wissen sie dann nicht, wie viele genau kommen und wie die heißen. Ich sage nur: *Ragnarök e.V.*« Madame Nirmala grinste; jetzt sah sie für Ekinci wieder ganz nach Marlene Franzen aus. »Es gibt aber auch Laiendarsteller, die verkleiden sich aus Begeisterung und machen einfach mit, ohne sich anzumelden. Wenn es so einer war, werden ihn die Veranstalter wohl nicht kennen.«

Nidal Ekinci seufzte, trank seinen erkalteten Tee aus, erhob sich und deutete eine kleine Verbeugung an. »Vielen Dank für Ihre Hilfe«, sagte er höflich. »Ich kann nur hoffen, dass sich eine Ihrer Beobachtungen als hilfreich erweist. Im Moment tappe ich noch im Dunkeln.« Dann schlich sich auch auf sein Gesicht ein Grinsen: »Schade, dass Ihre hellseherischen Fähigkeiten nicht ausreichen, um uns den Namen des Täters zu nennen.«

»Schätzen Sie meine Fähigkeiten nicht zu gering.« Auch Madame Nirmala hatte sich erhoben und reichte ihm gnädig ihre zarte Hand. »Bringen Sie ihn mir, dann sage ich Ihnen, ob er es war. Abgemacht?«

»Abgemacht«, murmelte Ekinci und stolperte hinaus ins Sonnenlicht.

6.

»Bauhaus«, knurrte Stahnke, als er das Gebäude erreicht hatte. Kahl, gleichförmig, gesichtslos. Architekten, die so etwas verbrachen, benötigten genau null Kreativität und wurden trotzdem gefeiert. Statt eingelocht. Zugegeben, die meisten größeren Polizeigebäude sahen genauso aus, wenn nicht schlimmer. Die wurden wenigstens hässlich genannt, da log sich niemand in die Tasche. Aber wehe, man sagte seine ehrliche Meinung über solch ein neues, vermutlich überteuertes Produkt arroganter Geschmacksverweigerung! Dann stellten sie einen gleich in die Banausen-Ecke. Stahnke wusste Bescheid, dort hatte er schon oft gestanden.

Immerhin war das Gebäude asymmetrisch, stellte der Erste Hauptkommissar beim Einparken fest. Das war vermutlich dem Schnitt des Grundstücks geschuldet und keine Absicht, aber immerhin gab es einen optischen Reiz. Die Adresse stimmte. Hier also sollte Wolfram Hart seine Kanzlei haben.

Beim Aussteigen wurde Stahnke klar, dass er nicht lange nach Türschild oder Klingel würde suchen müssen. Der Name Wolfram Hart stand in großen schwarzen Lettern unübersehbar zwischen den Fensterreihen des Hochparterres und der ersten Etage. Donnerwetter, sein ehemaliger Mitschüler hatte es weit gebracht.

Dieser Eindruck verstärkte sich im Foyer. Sehr viel Marmor und Messing, Ebenholz und Edelstahl. Eine doppelt besetzte Rezeption, daneben eine Stele mit allerhand weiteren Namensschildern; offenbar beherbergte dieser Bau neben Harts Kanzlei noch allerhand weitere Büros von Rechtsanwälten und Notaren. Harts Kanzlei jedoch beherrschte und überstrahlte alles, das signalisierte der Schriftzug, der über dem Empfangstresen hing. Es war derselbe wie an der Fassade.

»Sie wünschen?« Ein perlweißes Lächeln, ein perfektes Make-up, ein uniformes Kostüm. Und ein aufdringliches Parfüm. Die Honorarsätze bei Hart waren vermutlich nicht von schlechten Eltern.

»Moin. Ich möchte zu Wolfram Hart.« Stahnke fingerte nach seinem Dienstausweis.

»Zu wem genau?« Die Empfangsdame zeigte auf eine lebensgroße Fotografie, die die Wand hinter ihr nahezu ausfüllte. Mehr als 20 Leute in dunklen Anzügen oder Kostümen, die meisten davon jung, strahlten den Betrachter einladend an. Einige trugen Mappen in der Hand oder unter den Armen. Offenbar stand hier eine Privatarmee an Juristen bereit, um dem Klienten über jede gesetzliche Hürde zu helfen. Gegen entsprechende Bezahlung natürlich.

»Zu Wolfram Hart«, wiederholte Stahnke. Endlich hatte er seinen Ausweis gefunden. Mit geübtem Griff hielt er ihn hoch; sein Zeigefinger lag deckend über dem verhassten Vornamen.

»Die Anwaltskanzlei Wolfram Hart umfasst 23 selbstständig arbeitende Juristinnen und Juristen mit den unterschiedlichsten Fachgebieten«, erklärte die Frau. Man musste sehr genau hinhören, um hinter der professionellen Höflichkeit einen Anflug von Ungeduld auszumachen.

»Das ist mir durchaus bewusst.« Bei Stahnke kam die Ungeduld viel deutlicher durch. »Mein Name ist Stahnke, Erster Hauptkommissar, Kriminalpolizei Oldenburg. Ich hätte gerne Herrn Wolfram Hart gesprochen. Ihn persönlich, keinen seiner zahlreichen Kolleginnen und Kollegen.«

Die Empfangsdame musterte den Ausweis sekundenlang. Stahnke erinnerte sich seines Vollbarts, der auf dem Ausweisfoto natürlich fehlte. Ebenso wie ein gutes Dutzend Lebensjahre. Schnell steckte er das Dokument ein.

»Haben Sie einen Termin?«, fragte die Frau.

»Ich ermittle in einem Mordfall«, sagte Stahnke. »Ich brauche keinen Termin.«

Das war nicht richtig, schließlich war Wolfram Hart kein Beschuldigter. Es ging lediglich um eine Hintergrundrecherche. Aber Stahnke konnte eben nicht aus seiner Haut.

»Es tut mir leid«, sagte die Empfangsdame. Das perlweiße Lächeln war ausgeknipst. »Herr Hart ist in einer Besprechung. Ich bin nicht befugt, ihn zu stören. Oder haben Sie eine schriftliche Vorladung?«

Geblufft und aufgeflogen, dachte Stahnke. Mist! Er hatte nicht bedacht, wo er sich befand. Hier hatten auch die Torwachen juristische Grundkenntnisse.

»Stahnke?«, ertönte eine Stimme hinter ihm. »Was führt dich denn hierher?« Dem Ersten Hauptkommissar lief ein Schauer über den Rücken. Die Stimme klang verändert und war doch wiedererkennbar. Kraftvoll und dominant wie damals, aber geschliffener und souveräner. Wie Muskeln unter Samt, eine Faust im Saffianlederhandschuh. Langsam drehte Stahnke sich um. Wolfram Hart war eher noch breiter geworden und hielt sich ebenso gerade wie damals. Der tiefblaue Anzug war nicht aus Samt, aber bestimmt schweineteuer gewesen und saß wie angegossen. Stahnke musste zugegeben, dass sein ehemaliger Schulkamerad eine echte Erscheinung war.

»Was gibt es zu grinsen?«, fragte Wolfram Hart. »Habe

ich etwas an mir? Schickt dich deine Kollegin, wie heißt die noch, Frau Wiemken? Ich ahnte schon, dass sie nicht lockerlässt. Aber dass sie gleich ihren Chef in Marsch setzt, hatte ich nicht erwartet.«

»Moin, Wolfram.« Stahnke fand es nervig, seinen Kopf in den Nacken legen zu müssen, um jemanden zu fixieren. Früher war ihm das nicht aufgefallen. Schrumpfte er etwa? Und warum der andere dann nicht? »Und nein, du hast nichts an dir. Genau das hat mich verwundert.«

»Verwundert? Wieso das?« Hart stemmte seine Hände in die Seiten, plusterte sich auf wie für einen Streit. Wollte er dort ansetzen, wo sie vor 46 Jahren aufgehört hatten? »Was sollte ich denn an mir haben?«

»Ich vermisste bloß deinen Werbeschriftzug«, erwiderte Stahnke. »Überall prangt hier dein Name, da hatte ich erwartet, dass der auch auf deinem schicken Anzug steht. Überleg's dir, Bundesliga-Trainer haben das auch! Am Kragen zum Beispiel. Oder nee, die tragen nicht ihren Namen, sondern den ihres Sponsors.«

»Sponsor bin ich selbst«, gab Hart zurück. »Basketball, 1. Bundesliga. Die tragen meinen Namen auf ihren Klamotten, aber ich doch nicht.«

Null Humor, dachte Stahnke. Wenn ich ihn ansonsten nicht erkannt hätte, jetzt wüsste ich es sicher. »Ich hätte dich gerne dienstlich gesprochen«, sagte er. »Könntest du vielleicht ein paar Minuten erübrigen?«

»Na klar, warum nicht?« Hart wies auf die Fahrstuhltüren. »Ich habe so viel Zeit, wie ich will. Komm!« Er warf einen Blick zur Rezeption. Die beiden Empfangsdamen standen stramm.

Im Fahrstuhl standen sie Brust an Brust. Harts Rasierwasserduft stach Stahnke in die Nase. Benutzte er etwa immer noch das gleiche Zeug wie damals? Er war der Erste aus dem Vierer gewesen, der sich regelmäßig rasierte, worauf er sich eine Menge einbildete. Wolfram Hart hatte sowieso ständig seine Überlegenheit betont. Er war der Größte, der Älteste, der Tollste. Klare Beweise seiner inneren Unsicherheit. Konnte es sein, dass sich auch daran bis heute nichts geändert hatte?

Im vierten Stock öffneten sich die Türen. Wieder viel Marmor, aber Mahagoni statt Edelstahl und Messing. Eindeutig die Chefetage. Kein Laut durchdrang die gepolsterten Doppeltüren, nichts als ihre eigenen Schritte war zu hören. Die einzige offene Tür lag am Ende des Korridors und gehörte zu einem edel möblierten Besprechungsraum.

Stahnke fläzte sich in einen der lederbezogenen Schwingsessel. »Dir geht's also gut«, konstatierte er. »Die Geschäfte laufen, wie man sieht. Was ist denn dein Spezialgebiet?«

»Wir sind breit aufgestellt.« Hart saß sehr aufrecht am Kopf des Konferenztisches, die Unterarme parallel abgelegt. An der Wand hinter ihm hing eine kleinere Version des Belegschafts-Fotos aus dem Empfangsbereich. »Ich habe mir meine Mitarbeiter so ausgesucht, dass wir praktisch alles übernehmen können, was mir interessant erscheint. Zivil- wie strafrechtlich.«

»Finanziell interessant, meinst du wohl?«

Wolfram Harts Lächeln reichte nicht einmal bis zum Krawattenknoten. »Was führt dich zu mir?«, fragte er. »Nach all den Jahren.«

In der Tat, so viele Jahre, dachte Stahnke. Sehnsucht war es sicher nicht. »Ich habe mit meiner Kollegin gesprochen«, sagte er. »Du kennst sie, nicht wahr? Oberkommissarin Sibylle Wiemken. Sie kennt dich ebenfalls. Ist eine verzwickte Sache, mit der ihr beide zu tun habt.«

Hart starrte Stahnke sekundenlang an. Seine blauen Augen waren eine Nuance dunkler als die des Kriminalbeamten. »Mordermittlung, hast du unten gesagt«, meinte er dann. »Wenn, dann war es der perfekte Mord! Aber der würde sehr viel Fachwissen, Planung und Skrupellosigkeit voraussetzen, die unserem Klienten absolut nicht zuzutrauen sind. Dazu sind Gutachten in Arbeit, nebenbei bemerkt, für alle Fälle. Meiner Einschätzung nach wird es aber gar nicht zum Prozess kommen. Die Staatsanwaltschaft hat Einstellung signalisiert.«

»Mit der meine Kollegin nicht einverstanden ist.« Interessantes Detail, dachte Stahnke. Gutachten waren teuer, die gab man nicht in Auftrag, wenn sie nicht nötig waren. War sich Wolfram Hart also wieder einmal nicht sicher? Oder hatte er andere Gründe, überschweres Geschütz aufzufahren? »Aber das nur nebenbei«, fuhr er fort. »Eigentlich bin ich wegen dieser anderen Sache hier.«

»Wegen der Kinderpornos auf Renkens Computer?«, fragte Hart. »Wieso, habt ihr dazu etwas Neues?«

Das kam überraschend. »Ich bin nicht befugt, darüber zu reden«, wich Stahnke aus. »Vielmehr geht es um eine Person, die für dich und deine Kanzlei arbeitet. Ich meine Jörg Visser.«

»Unseren Computer-Visskopp?« Wolfram Hart hob überrascht die Augenbrauen. Das hatte er früher schon gemacht, nur waren seine Brauen damals unter seiner blonden Tolle verschwunden. Die war inzwischen einer Halbglatze gewichen. »Was hat er jetzt wieder angestellt? Bauern aufgewiegelt oder zum Putsch aufgerufen? Oder beides?«

»›Visskopp‹ nennst du ihn?«, fragte Stahnke verwundert.

»Nicht ich – er sich selbst«, korrigierte Hart. »Unter diesem Decknamen trollt er im Internet herum! Unter anderem natürlich. Du weißt doch, solche Typen, die überall nerven, werden immer mal geblockt und tauchen dann mit neuen Identitäten wieder auf. Meistens Varianten der alten.«

Stahnke nickte. Typen wie Visser waren schuld daran, dass er sich höchst ungern online betätigte, eigentlich nur noch dienstlich und wenn es nicht anders ging. Die Kolleginnen und Kollegen, die hinter solchen Chaoten her recherchieren mussten, bedauerte er aus vollem Herzen. »Mit so einem arbeitest du zusammen?«, entfuhr es ihm.

Sofort war Wolfram Hart wieder in der Defensive. »In Computerdingen ist Visser ein echter Zauberer, das muss man ihm lassen«, verteidigte er sich. »Er ist immer schnell zur Hand, wenn irgendwo ›ein Bit klemmt‹, wie er es ausdrückt. So muss man nicht ewig auf Termine warten, wo man dann doch nur am Telefon gecoacht und gelotst wird. Das spart enorm Zeit. Und er macht es für weniger Geld als die professionellen Serviceleister.«

»Lauter Vorteile, wie es klingt«, sagte Stahnke. »Schade.« Er schaute Wolfram Hart in die Augen, sah dabei zu, wie die sich weiteten.

»Schade, sagst du? Ist was mit ihm?«, fragte Hart. Stahnke ließ ihn zappeln.

»Habt ihr ihn festgenommen? Wegen staatsfeindlicher Aktivitäten?«, stocherte Hart weiter. »Oder hat er etwa wieder das Dealen angefangen?«

Schau an, das wusstest du also, dachte Stahnke, aber er sagte: »Kalt. Eiskalt.«

»Was ist eiskalt?« Hart wurde ungeduldig.

»Er«, antwortete der Erste Hauptkommissar. »Jörg Visser. Ermordet. Das ist der Mordfall, in dem ich ermittle.«

»Verdammter Mist«, sagte Wolfram Hart. »Dann brauchen wir ganz schnell einen Ersatz.«

Stahnke starrte seinen ehemaligen Mitschüler und Ruderkameraden an. Keine Frage, dessen Besorgnis war echt. »Ist das alles, was dir dazu einfällt?«

»Ganz ehrlich? Ja.« Hart breitete die Arme aus. »Ich konnte den Typen nie besonders leiden, aber er war nützlich, daher habe ich ihn beschäftigt. Ich habe ihn sogar hier wohnen lassen. Nachdem ich mehr über ihn erfahren hatte, habe ich das bereut, aber bei uns hat er nie etwas angestellt. Weder gedealt noch unsere Websites attackiert. In seiner Arbeit war er zuverlässig. Hat sich immer abgemeldet, wenn er unter der Woche unterwegs war. Also habe ich den Status quo geduldet.« Er schüttelte den Kopf. »Wird bestimmt nicht leicht, einen adäquaten Ersatz zu finden. Schon gar nicht zu diesem Preis.«

»Von wem hast du denn mehr über ihn erfahren?«, fragte Stahnke.

»Von ihm selbst.« Hart zuckte mit den breiten Schultern. »Visser kam schnell ins Reden, vor allem bei der Arbeit. Wenn er in meinem Büro etwas am PC zu erledigen hatte, bin ich natürlich im Raum geblieben, weil dort viel vertrauliches Material liegt, in jedweder Form. Dann musste ich mir Vissers Gequatsche anhören. Über seine Zeit in der Drogenszene, weswegen er verknackt wurde und was die Polizei alles nicht herausbekommen hat.« Hart lachte: »Das fand er besonders witzig! Ich kann dich aber beruhigen, Stahnke, da waren keine Kapitaldelikte dabei. Vor allem aber hat Visser über seine Weltanschauung gefaselt. Du lieber Himmel! Wusstest du, dass die Erde flach ist? Und trotzdem hohl, denn sonst könnten darin keine Echsenwesen hausen.« Er schüttelte den Kopf.

»Wusstest du, was er an seinen freien Tagen so trieb?«, fragte Stahnke. »Und an den meisten Wochenenden?«

»Kostümiert über Mittelaltermärkte laufen.« Hart schnaubte verächtlich. »Und billigen Schmuck verkaufen! Die Nebentätigkeit hat er sich von uns genehmigen lassen. Es musste alles seine Ordnung haben! Unglaublich, was so alles nebeneinander in einen Kopf passt.«

»Hat er erzählt, wohin er vergangenes Wochenende wollte?«, fragte Stahnke.

Hart schüttelte den Kopf. »Mir jedenfalls nicht. Vermutlich nicht allzu weit weg, er hat sich keinen zusätzlichen Tag frei genommen. Das tat er öfter, wenn es zum Beispiel ins Ausland ging. Im Nahbereich kam er mit seinen drei Tagen klar. Er hat hier auf Teilzeit gearbeitet, den Freitag hatte er immer frei.«

Stahnke nickte. »Vielen Dank so weit. Dürfte ich wohl einen Blick in Vissers Wohnung werfen? Und ehe du fragst, einen Durchsuchungsbeschluss habe ich nicht.«

Wolfram Harts Miene blieb unbewegt. »Den könntest du dir aber besorgen, richtig?«

»Richtig«, bestätigte Stahnke. »Falls das große Besteck nötig sein sollte, tue ich das auch. Aber vorerst geht es nur um einen Blick.«

»In Ordnung«, sagte Hart. »Um der alten Zeiten willen.« Sein Lächeln sah aus wie geschnitzt.

Im Fahrstuhl standen sie wieder Brust an Brust. Der Aftershave-Duft wurde von einem aufdringlich süßen Parfüm überlagert, das noch von der letzten Fuhre in der Kabine hing, und Stahnke wünschte sich das Rasierwasser zurück. An der Rezeption erteilte Hart einer seiner Angestellten mit gedämpfter Stimme einen Auftrag, dann wandte er sich wieder seinem ehemaligen Mitschüler zu. »Ich sage schon mal tschüss, habe noch eine Besprechung.«

»Ich weiß«, sagte Stahnke und nickte der Empfangsdame mit dem perlweißen Lächeln zu, die sich von der Seite näherte. Dabei streifte sein Blick die Stele mit den Schildern der anderen Anwaltskanzleien im Haus. Eines stach ihm ins Auge. »Cornelius Smidt? Ist das etwa der Vater von Konni? Der muss doch inzwischen … unglaublich alt sein!«

Wolfram Hart lachte. »Der kommt schon bald wieder, so lange ist der tot! Nein, die Kanzlei wird bloß unter seinem Namen weitergeführt.«

»Etwa von Konrad? Unsrem Konni?«

»Vergiss es.« Wieder dieser geringschätzige Ton, dachte Stahnke. »Konni ist völlig heruntergekommen. Hat sich vor Jahren bei mir gemeldet, weil er mal wieder im Knast saß. Das war, ehe ich dieses Haus hatte. Er wollte, dass ich ihn raushaue. War aussichtslos. Hab die Sache abgelehnt. Nein, die Kanzlei Cornelius Smidt wird von dessen ehemaligem Juniorpartner betrieben. Der hat den Namen belassen, hat einen guten Klang.« Er streckte Stahnke die Hand hin: »So, jetzt aber.«

Der Erste Hauptkommissar trug wohlweislich keinen Ring, denn er wusste, was kam. Händedruck-Duelle hatten schon früher zu ihren Ritualen gehört. Er bekam Harts Pranke richtig zu fassen und konterte die Quetsch-Attacke erfolgreich. Damals war das nicht so einfach gewesen.

Die Dame mit dem perlweißen Lächeln führte ihn außen um das Gebäude herum. Er folgte ihr in einer Duft-Schleppe, die genauso roch wie die Fahrstuhlkabine. Auf der Rückseite des Hauses führte eine kurze Treppe ins Souterrain hinab. »Dies war als Hausmeisterwohnung konzipiert«, erklärte sie. »Wir nutzen jedoch einen mobilen Haustechnik-Service, daher zog Herr Visser hier ein.« Sie händigte ihm einen Ring mit zwei verschieden großen Schlüsseln aus: »Wenn Sie gehen, lassen Sie den Schlüssel einfach stecken. Das sehe ich dann über Video.« Sie grüßte knapp und ließ ihn stehen. Ihr Duftglocke verflüchtigte sich ebenfalls.

Stahnke öffnete die Wohnung, ohne das Türschild zu berühren. Drinnen zog er sich Latexhandschuhe über. Die Wohnung war klein und eng geschnitten, zweieinhalb Zimmer mit Funktionsküche, Klo und Dusche. Kein Hausmeister, der auf sich hielt, hätte sich damit zufriedengegeben. Für einen Ex-Dealer und Querdenker, der sowieso davon ausging, dass sich alle und alles gegen ihn verschworen hatten, mochte sie als Dauerbeweis seiner Ansichten taugen.

Das Wohnzimmer stand voller Bildschirme und anderer Elektronik, die Wände waren mit Speeren, Äxten und Schilden dekoriert – ein interessanter Kontrast. Bett und Kleiderschrank standen im kleinsten Zimmer und füllten es weitgehend aus. Das letzte Zimmer diente als Lagerraum; Stapel von samtbelegten Displays voller Silberschmuck standen neben Transportkisten, aufgerissenen Postpaketen und Umzugskartons voller bunter Kleidung. Wie mochte der Raum aussehen, wenn auch noch das Wikingerzelt und die Ware, die die Kollegen in Timmel sichergestellt hatten, hier hineingestopft wurden? Vom klappbaren Verkaufsstand ganz zu schweigen.

Die Küche war junggesellenmäßig unaufgeräumt, alle Flächen standen voller benutzter Teller, Gläser und eingetrockneter Kaffeebecher. Der halbgefüllte Kühlschrank war einigermaßen sauber, der über allem hängende Geruch war erträglich und beschränkte sich auf die Küche. Noch.

Apropos Geruch. Stahnke ging durch den winzigen Flur zurück ins Wohnzimmer, die Nase schnuppernd erhoben. Bildete er sich das nur ein, oder hatte er diese Duftnote selbst mit hereingeschleppt? Es war derselbe Geruch wie vorhin im Fahrstuhl. Das Parfüm der perlweiß lächelnden Empfangsdame.

Er schaute sich noch einmal um, die Hände in den Taschen. Fernseher, Computerbildschirme, Gamer-PCs, Kabelsalat, ein futuristischer Sessel auf Rollen. Laptop? Nein, kein Laptop. Auch kein Tablet oder Smartphone. Ein Bit-Biter wie Jörg Visser war ohne mobile Kleingeräte kaum vorstellbar. Hatte er alles mit in Timmel gehabt? Oder war hier … aufgeräumt worden? Er nahm sich vor, Ekinci danach zu fragen. Und die Kriminaltechnik hierherzuschicken, sicher war sicher.

Beim Abschließen kam ihm der zweite, kleinere Schlüssel zwischen die Finger. Der Postkasten hing gleich neben der Tür. Noch hatte Stahnke den Durchsuchungsbeschluss nicht beantragt, aber das hatte er vor. Warum also warten? Er öffnete den Kasten. Es war etwas drin. Kein Brief, nur ein kleiner Zettel mit einer handschriftlichen Notiz: ›Ruf mich an. Dringend. K.‹ Und eine Handynummer.

Stahnke pfiff durch die Zähne.

7.

»Hättest du das gedacht?«, fragte Gundi Lücht. »Dass ein Schmuckverkäufer vom Mittelaltermarkt solch ein Auto fährt?«

»Ich hätte gedacht, dass ein Drogenhändler so was fährt«, erwiderte Joke Reents. »Oder ein Geldwäscher. Oder Schwarzgeldschmuggler. Passt also.« Seine Kollegin war in die Beifahrertür getaucht und untersuchte den Bodenbelag unter dem Sitz. Der Inselpolizist schaute ihr andächtig dabei zu.

Das Auto war ein Porsche Cayenne, silbermetallic, sechs Jahre alt und ungepflegt, aber auch in diesem Zustand noch seine 60.000 Euro wert. 340 PS, Automatik, Ledersitze, *Bose*-Boxen. Joke Reents seufzte. Seit er wieder auf Borkum wohnte, wo Autos zwar erlaubt, aber ziemlich sinnlos waren, interessierte er sich mehr denn je für solche Wagen. Wie ein trockener Alkoholiker im Getränkemarkt. Die Großgarage der Leeraner Polizeiinspektion war ein gefährlicher Platz für ihn, denn hier gab es allerhand teure Karren mit großvolumigen Motoren, deren Besitzer sie mit illegalem Geld erworben oder für unrechtes Tun benutzt hatten. Oder beides. Ob diese Autos wohl demnächst zur Versteigerung kamen?

Gundi Lücht krabbelte aus dem Fußraum heraus, blies sich eine Haarsträhne aus dem Gesicht und musterte ihren Kollegen. »Was lächelst du denn so bescheuert?«, fragte sie. »Hast du was genommen?«

»Nee, was Schönes gesehen«, antwortete Joke Reents, ohne nachzudenken.

»So.« Abrupt stand Gundi Lücht auf und klopfte sich den weißen Schutzanzug ab. »Dir werde ich noch einmal den Rücken zudrehen, du Molch!«

»Aber nein!« Der Oberkommissar lief rot an. »Das meine ich doch nicht.«

»Ach, meinst du nicht. Du findest meinen Hintern nicht schön? Und warum renne ich dann zweimal die Woche ins Fitnessstudio?«

Jetzt war es auch egal, dachte Joke Reents. »Doch, ich finde dich schön«, stieß er hervor. »Sehr schön. Auch deinen Hintern. Trotzdem habe ich gerade eben an Autos gedacht.«

Gundi starrte ihn entgeistert an. Dann lächelte sie. »Jungs!«, erwiderte sie. »Immer nur das eine im Kopf. Und Autos! Während unsereins die Arbeit macht. Hier, guck mal!« Sie hielt ihm hin, was sie unterm Autositz gefunden hatte.

»Was soll das denn sein? Ein Schlüsselanhänger?« Joke musterte ihre latexgeschützte Handfläche. »Aber ohne Schlüssel. Was soll das darstellen?«

»Könnte ein Schild sein.«

»Ist aber überklebt.« Der Inselpolizist kratzte mit dem Fingernagel: »Das ist Gewebeband.«

»*Der* Schild! Nicht *das* Schild.« Sie hielt ihm das Ding senkrecht vor die Nase. »Ein Werbeschild war das mal. Jörg Visser hat daraus einen Wikingerschild gemacht. Oder wer auch immer.«

»Stimmt, sieht aus wie die Schilde in der Serie *Vikings*«, bestätigte Joke Reents. »Würde zu unserem Mordopfer passen.«

»Das ist aber nicht das Entscheidende. Guck mal hier.« Sie drehte den Schlüsselanhänger um. Auf der Rückseite befand sich eine kleine Erhebung. Sie hakte ihren Fingernagel dahinter und zog.

»Ein USB-Stick!«, stellte der Inselpolizist fest. »Die Dinger werden auch immer kleiner. Was mag da drauf sein?«

»Wenn er nicht verschlüsselt ist, wissen wir das gleich. Sonst müssen die Spezialisten ran. Komm mit in mein Büro, ich brauche jetzt sowieso einen Kaffee.«

Unterwegs klingelte ihr Handy. Nidal Ekinci war dran. »Habt ihr ein Smartphone in Vissers Wagen gefunden?«, erkundigte er sich. »Einen Laptop, ein Tablet, irgendwas in der Art?«

»Negativ«, antwortete Gundi Lücht. »Nichts davon. Nur einen USB-Stick. Da gucken wir gleich mal drauf. Warum fragst du?«

»Stahnke will das wissen«, sagte Ekinci. »Er war wohl in Vissers Oldenburger Wohnung.«

»Ach, Stahnke ist an unserer Sache dran?«, fragte Gundi Lücht ebenso überrascht wie erfreut. »Dann kommt jetzt wohl Schwung rein.«

»He, junge Frau, was soll das denn heißen?«, spielte Nidal Ekinci den Gekränkten. Er schätzte seinen ehemaligen Vorgesetzten mindestens ebenso hoch wie sie.

Die Kriminaltechnikerin beendete das Gespräch, erreichte ihr Büro, schwang sich an den PC-Tisch und installierte den Stick. Joke Reents schaute ihr dabei über die Schulter.

»Heute ist Montag«, sagte Gundi Lücht. »Müsstest du nicht wieder im Dienst sein? Auf Borkum?«

»Nö«, erwiderte der Inselpolizist. »Ich hatte noch Resturlaub.«

»Ach. Den hast du einfach aufs Geratewohl genommen?« Der Bildschirm spiegelte ihr Lächeln wider. »Oh, sieh an. Ist gar nicht verschlüsselt!«

Bilder huschten über den Schirm. Gundi Lüchts Lächeln machte einem Ausdruck des Entsetzens Platz. Joke Reents drehte sich eilig weg und krümmte sich über dem Papierkorb zusammen.

8.

Rudern, fand Stahnke, war eine tolle Bewegung. Vielmehr eine Kombination von Bewegungen, ein Bewegungsablauf, der alle Muskeln aktivierte und einspannte, von den Füßen und Zehen über Arme, Beine und Rumpf bis hinauf zum Hals. Das konnte sonst nur das Schwimmen. Aber Stahnke hielt sich lieber auf dem Wasser als darin auf.

Im Augenblick saß er auf dem Trockenen, nämlich auf einer der Rudermaschinen im Trainingsraum seines Vereins, ließ den Rollsitz unter seinem Hintern vor und zurück gleiten und seine Hände einen möglichst weiten Weg zurücklegen. Je länger die Riemenblätter im Wasser verweilten, desto mehr Vorschub konnten sie erzeugen, den nötigen Druck vorausgesetzt. Im Vierer kam noch das Zusammenspiel aller Crewmitglieder dazu. Kraft und Technik, so lautete das offene Geheimnis. Sie waren der Schüssel, der so schwer zu drehen war.

Er fixierte die mitlaufende Uhr und die fiktiv zurückgelegten Meter. Wenn er dieses Niveau hielt und den üblichen Endspurt schaffte, konnte das ein neuer persönlicher Rekord werden. Sehr gut, dachte Stahnke, während ihm der Schweiß in die Augen rann und aufs Unterhemd tropfte. Ihn würde der Trainer so schnell nicht aus dem Team nehmen!

Aber wen dann? Den netten Konni? Nicht, wenn es nach ihm ging, dachte Stahnke. Aber wer fragte ihn schon.

Er keuchte, er ächzte, seine Muskeln brannten und seine Gelenke ziepten, aber er schaffte es. Ein gehauchtes »Ja!«

war alles an Triumph, was er noch über die Lippen brachte, dann konzentrierte er sich ganz aufs Atmen. Die Sauerstoffschuld wollte beglichen sein. In regelmäßigen Abständen kontrollierte er seinen Puls, freute sich, wie schnell er sich normalisierte. Auch sein Atem wurde ruhiger und leiser. Wie still es im Trainingsraum auf einmal war!

So still, dass er die Stimmen deutlich hören konnte. Zwei andere Jungen näherten sich. Sie stritten miteinander. Die eine Stimme, die lautere und erregte, gehörte Konni Smidt.

»Woher soll er es denn sonst haben!«, rief Konni wütend. »Außer uns beiden waren vorige Woche doch nur Leute dort, die mit Rudern nichts am Hut haben! Prompt reibt Piotrowski es mir beim nächsten Training unter die Nase. Dabei war es doch bloß ein Joint! Und ich habe höchstens dreimal dran gezogen.«

»Es waren zwei, und du hast keine Runde ausgelassen«, entgegnete die andere Stimme. »Belüg dich nicht selbst! Vergiss lieber nicht andauernd, dass zur sportlichen Höchstleistung auch ein entsprechender Lebenswandel gehört. Vertuschen kannst du eh nichts, siehst du ja. Der Trainer kennt mehr Leute, als du denkst.«

»Also hast du es ihm nicht gesteckt?«, insistierte Konni. »Sei ehrlich!«

»Na hör mal, Ehrlichkeit ist mein Prinzip!«, erwiderte der andere beleidigt. »Natürlich war ich es nicht. Was denkst du denn von mir?«

»Echt nicht?«, zweifelte Konni. »Dann schwör es!«

»Bitte, wie du willst, du Rosenkranzrassler. Ich schwöre.«

»Wer's glaubt.« Konni klang nicht überzeugt. »Wer von den anderen soll es denn gewesen sein?«

»Jeder von denen kommt infrage«, behauptete der andere. »Kiffer quatschen doch alles aus. He, sei mal still! Kommt da nicht einer?« Beide Stimmen verstummten. Stahnke hielt unwillkürlich den Atem an.

»Ich höre nichts«, sagte Konni. »Wer soll denn da kommen?«

»Klingt wie der Trainer«, sagte der andere. »Hat er dich womöglich gesehen, als du gestern im *Appelboom* Bier getrunken hast?«

»Ach du Schande, meinst du? Das fehlte noch. Man sieht sich!« Eilige Schritte entfernten sich. Eine Tür klappte. Die andere Stimme kicherte.

Was treibt der für Spielchen, dachte Stahnke. Sollte er ihn ansprechen? Oder so tun, als hätte er nichts gehört? Unfrieden im Team konnten sie nicht gebrauchen. Die Frage war, womit er mehr davon stiften würde.

Jetzt näherten sich wirklich Schritte. Schlurfende Schritte in quietschenden Turnschuhen, Stahnke kannte sie gut. Was wollte Helmut denn hier?

»Hi«, sagte Helmut. »Und? Läuft alles?«

»Läuft«, sagte die andere Stimme. »Kiffer Konni ist so gut wie draußen aus dem Team. Wenn ich dem Trainer noch die Sauferei von gestern Abend stecke, ist Konni endlich erledigt. Wenn.«

»Wie, was heißt wenn?« Helmut war bekannt für dicke Muskeln und eine kurze Lunte. »Und ob du das tust! Ich habe dich doch schon dafür bezahlt.«

»Angezahlt hast du«, behauptete der andere. »Das ist wie im Schiffbau. Ein Drittel beim Auftrag, ein weiteres bei Kiellegung – das wäre quasi jetzt. Und das dritte bei Ablieferung.«

»Du willst dreimal 500? Bist du bekloppt?« Helmut wurde laut. »Wo soll ich denn so viel Geld hernehmen?«

Stahnke erhob sich, immer noch unschlüssig, was er tun sollte. Er blieb stehen, sein Handtuch um die Schultern.

»Woher? Mann, dein Vater ist Leiter der Erdölraffinerie *Frisia*!«, erwiderte der andere. »Der bringt sieben braune Lappen im Monat nach Hause, mindestens! Dem kannst du bestimmt mehr aus dem Kreuz leiern. Das solltest du auf jeden Fall.« Die Stimme wurde leiser und drohender: »Sonst erfährt dein alter Herr noch, dass sein Liebling Stammgast im *House of Lords* ist.«

»Du mieser Erpresser!«, rief Helmut. »Pass bloß auf!«

Stahnke beschloss einzuschreiten. Und warf schon beim zweiten Schritt den Ständer mit den kleinen Hanteln um.

»He, da kommt jemand«, wisperte Helmut. »Hoffentlich nicht der Trainer!«

»Bestimmt der Trainer«, zischte die andere Stimme. »Los, lass uns zusehen, dass wir nach draußen kommen.« Zwei Paar eilige Füße verließen das Klubhaus auf demselben Weg wie zuvor die von Konni.

Stahnke wählte den anderen Weg hinaus. Er ärgerte sich über sich selbst. Aber das war längst nicht alles, was in ihm rumorte.

9.

Stahnke fuhr los, aber der Zettel in seiner Tasche ließ ihm keine Ruhe. K, das konnte für irgendjemanden stehen – Mann oder Frau. Karl, Karin, Konstantin. Niemals hätte er an Konni gedacht, wäre da nicht das Kanzleischild in der Lobby des Wolfram-Hart-Baus gewesen. Cornelius Smidt, ein Rechtsanwalt und Notar von altem Schrot und Korn. Erbschaft, Vaterschaftsklage, Scheidung – Smidt kannte sich in allen Lebensfragen aus. Strafsachen machte er auch, sofern es um kleinere Verfehlungen ging. Stahnke hatte einen mittelgroßen, kräftigen Mann in Erinnerung, einen mit ausladenden Gesten, eulenhaften Augenbrauen und verschmitztem Lächeln. Cornelius Smidt war ein souveräner Typ, der mit allem fertig wurde.

Ganz anders als sein Sohn. Konni besaß zwar die Intelligenz und den Gerechtigkeitssinn seines Vaters und acht Zentimeter mehr an Körpergröße, aber nicht die Stabilität seines Seniors. Neulich, als Stahnke wegen einer Routineuntersuchung beim Hausarzt im Wartezimmer saß, war sein Blick auf ein Kinderbuch gefallen: *Der Sorgosaurus*. Das war ein Viech, das sich durch ständige Ängste und Bedenken selbst den schönsten Tag versaute. So einer war Konni. Er war nicht nur leicht zu verunsichern, er besorgte das auch zuverlässig selbst. Prompt ging ihm alles schief. ›Selbsterfüllende Prophezeiung‹ nannte man das. So einer konnte immer nur scheitern.

Stahnke hatte sich nach der Schule nicht mehr um diesen ehemaligen Mitschüler gekümmert, ebenso wenig wie um die anderen. Manches hatte in der Zeitung gestanden: Drogenprozesse, Versteigerung des geerbten Elternhauses, Offenbarungseid, Privatinsolvenz. Dann lange Jahre nichts mehr. Ob Konni überhaupt noch lebte?

Aber wenn, dann hieß er immer noch Konrad und schrieb sich mit K.

Hinter Stahnke hupte es ungeduldig. Die Ampel zeigte Grün. Eilig gab der Erste Hauptkommissar Gas. Hinter der Kreuzung gab es einen Parkstreifen, da war etwas frei. Er hielt an und zückte sein Smartphone.

Vater Smidt hatte einen Kompagnon gehabt, überlegte er, einen Sozius oder wie das hieß. Mit dem hatte der alte Cornelius zusammengearbeitet, bis er sich zur Ruhe setzte oder starb. Der Sozius führte die Kanzlei unter dem alten Namen weiter, bis heute. Es musste also ein Vertrauensverhältnis zwischen den beiden Partnern gegeben haben, sonst war das nicht denkbar. Ob sich dieses Verhältnis auch auf den verlorenen Sohn erstreckt hatte? In dem Fall hätte Konni vielleicht hin und wieder dort um Hilfe gebeten, juristisch oder finanziell. Dabei könnte er Jörg Visser begegnet sein, der im ganzen Haus die Computer betreut hatte. Es gab Ähnlichkeiten in der Biografie der beiden. Hatten sie sich angefreundet? Und zusammen … etwas gemacht?

Stahnke schwante nichts Gutes. Trotzdem tippte er die Nummer ein. Und wartete. Es dauerte, bis die Verbindung stand. Was soll das überhaupt, dachte Stahnke, bestimmt ist es sowieso der Falsche. Brich ab!

»Jörg? Bist du das?«, tönte es aus dem Mobiltelefon. »Warte mal kurz, ich hab hier keine Freispreche.« Oder so ähnlich. Das Gesagte war von Störungen verkratzt und zerhackt und von Motorlärm überlagert, sodass die Worte kaum zu verstehen waren. Geschweige denn die Stimme zu erkennen. War das Konni? Oder irgendwer anderes?

Als eine Autohupe laut aufheulte, riss er erschrocken das Smartphone vom Ohr. Das Heulen entfernte sich – der Doppler-Effekt, dachte Stahnke automatisch. Sein Gesprächspartner telefonierte beim Autofahren, und offenbar fuhr er, als ob der Teufel hinter ihm her wäre. »Jörg!«, rief die Stimme. »Gut, dass du anrufst! Hatte mir schon Sorgen gemacht. Du musst aufpassen, hörst du? Sei vorsichtig! Ich muss dir was erzählen.« Wieder lautes Hupen. »Kann jetzt nicht reden. Ich melde mich, sowie ich kann. Pass gut auf!«

»Konni?«, rief Stahnke. »Konni Smidt, bis du das?« Aber da leuchtete schon das rote Symbol auf, die Verbindung war gekappt. Sofort tippte er auf den grünen Hörer, wartete ungeduldig auf den hinausgehenden Ruf. Wurde es bald?

»The person you've called is not available at this moment. Please …« Mist. Neuer Versuch, gleiches Ergebnis. Doppelmist.

War das Konnis Stimme gewesen? Eine Männerstimme auf jeden Fall, aber wie der Konrad Smidt von damals hatte sie nicht geklungen. Andererseits lag zwischen damals und heute mehr als ein halbes Leben, da veränderte sich manches, zumal bei wenig rücksichtsvoller Behandlung. Auch eine Stimme. Konnte es die verlebte Stimme von Konni gewesen sein? Ausgeschlossen war das nicht, aber sicher auch nicht.

Noch ein Versuch mit dem Handy, wieder die Automatenstimme. Stahnke stellte sich Konnis Auto kopfüber im Graben vor, mit einem hilflos verblutenden Fahrer drin. Oder brennend. Der Gurt ließ sich nicht öffnen, und Konni … doch, vielleicht war es wirklich Konni. Stahnke hatte so ein Gefühl. All die Jahre im Kriminaldienst hatte er auf sein Gefühl gehört, das war zuweilen sehr hilfreich gewesen. Manchmal aber auch fürchterlich peinlich. Na, was denn nun? Wütend hieb Stahnke auf das Lenkrad, kuppelte ein und gab Gas. Ein wütendes Hupen heulte an seinem linken Ohr vorbei, in Fahrtrichtung immer tiefer werdend. Doppler-Effekt. Er trat auf die Bremse, fluchte leise, setzte den Blinker, nutzte die Rückspiegel und fädelte sich in die nächstbeste Lücke ein. Ging doch! Nachträglich brach ihm der Schweiß aus. Ein fahrlässig verschuldeter Autounfall im Dienst, das hätte ein Grund für seine vorzeitige Pensionierung gewesen sein können! Abschied ohne Glanz und Gloria, ohne Schampus und Tamtam, mit förmlich-kühlem Händedruck und verstohlenem Blick auf die Uhr. Wer wollte schon so abtreten? Er nicht.

Wieder hatte Stahnke ein Gefühl. Es war kein gutes.

10.

Kramer und Ekinci mussten erst die Krankentrage vorbeilassen, ehe sie Gundi Lüchts Büro betreten konnten. Der lange Inselkommissar war bleich wie der Tod und immer noch nicht wieder ganz bei sich, aber der Tropf hatte ihn so weit stabilisiert, dass der Notarzt ihn für transportfähig erklärte. Als die beiden Sanis die Trage hinausrollten, ragten Joke Reents' riesige Füße wippend über die Hinterkante. Sein linker großer Onkel lugte vorwitzig durch ein großes Sockenloch. Der Anblick war komisch, aber niemand lachte.

Nidal Ekinci verzog das Gesicht, als er den engen Raum betrat. »Was ist das für ein Gestank?«, fragte er angewidert. »Was untersuchst du denn hier, Gundi?«

»Dateien«, knurrte Gundi Lücht. »Der Geruch kommt aus dem Papierkorb, den hat Joke mir vollgekotzt. Komm her und guck, dann haben wir gleich eine andere Geruchsnote!« Wütend funkelte sie den Oberkommissar an: »Es ist widerlich. Absolut widerlich!«

»Das stimmt«, sagte Ekinci, ehe er begriff. »Ach so.« Schnell schnappte er sich den Papierkorb und trug ihn hinaus.

So war es an Kramer, sich über Gundi Lüchts PC-Bildschirm zu beugen und sich anzuschauen, was die Kriminaltechnikerin auf dem USB-Stick in Jörg Vissers Auto gefunden hatte. Oliver Kramer war mittelgroß und schmal. Seine vielen Jahre im Kriminaldienst hatten ihn gehärtet wie einen Diamantbohrer. Er galt als unerschütterlich. Als er die Bilder sah, stöhnte er dennoch laut.

»Kipp du mir nicht auch noch um!«, schimpfte Gundi Lücht. »Was ist los mit euch Kerlen? Die einen machen – so was, und die anderen können den Anblick nicht ertragen! Trotzdem nennt ihr euch das starke Geschlecht und regiert seit Jahrtausenden die Welt. Was ist bloß schiefgelaufen?«

Kramer antwortete nicht. Er griff nur nach ihrer Hand und drückte sie. Gundi Lücht klammerte sich an ihn und brach in Tränen aus. Kramer nahm sie in den Arm, klopfte ihr linkisch auf den Rücken und führte sie zu einem Besucherstuhl. Dann nahm er, abermals tief seufzend, vor dem PC Platz.

Kinderpornografie. Jedes Bild ein Schicksal, jedes Bild ein zerstörtes Leben. Jedes Bild ein Verbrechen. Es war unerträglich, aber Kramer ertrug es. Seine Augen begannen zu tränen. Er wischte und rieb sie, aber er schloss sie nicht. Irgendwann tauchte Ekincis Kopf neben seinem auf. Der junge Oberkommissar, selbst Vater, murmelte Verwünschungen. Irgendwann fiel er ins Kurdische. Fluch nur, dachte Kramer, wenn es dir hilft. Solange du nicht vergisst, dass Fluchen allein den Opfern nichts nützt.

Dann fiel Kramer etwas auf. Seine Maushand zuckte, scrollte zurück. Da war es wieder. Ein Foto, ebenso abstoßend wie die davor und dahinter, aber mit einer Besonderheit. An der Wand des Kinderzimmers, in dem der Missbrauch stattfand, hing ein Bild, das bunte Bild einer ostfriesischen Kinderbuchfigur. *Lükko Leuchtturm*, noch rot-weiß gestreift anstatt rot-gelb wie das Original in Pilsum, spielte am Deich mit seinen Freunden Jan und Simone, mit Tebbe Tintenfisch, Gerda, dem Deichschaf, Meta, der Möwe, und Mytilus, der Miesmuschel. Ein entzückendes Idyll, bei dem das Auge unwillkürlich Zuflucht suchte, um nicht das anschauen zu müssen, was das Bild im Vordergrund zeigte. Kramer erinnerte sich gut, dass es ihm ebenso ergangen war, als er dieses Kinderpornobild zum ersten Mal gesehen hatte.

Ja, er hatte dieses Bild schon einmal gesehen. Ebenso wie einige der anderen, vielleicht sogar alle. Es fiel ihm auch ein, wann und bei welcher Gelegenheit. Nur, was das zu bedeuten hatte, verstand er noch nicht. Kramer griff nach dem Festnetztelefon und wählte, ohne hinzuschauen. »Was ist?«, fragte Ekinci. Kramer ignorierte ihn.

»Kriminalpolizei Oldenburg, Oberkommissarin Sibylle Wiemken.«

»Kramer hier. Hast du Zeit für eine kurze Videokonferenz?«

»Natürlich«, antwortete Sibylle Wiemken. Sie fragte nicht, ob es wichtig war. Das sagte ihr Kramers Tonfall.

»Ich schicke dir einen Link«, sagte Kramer. »Aber mach dich auf etwas gefasst.«

Er wartete, bis sie sich eingeloggt hatte. Schicken wollte er ihr die Bilder nicht, um sich nicht womöglich selbst strafbar zu machen. Als das angespannte Gesicht seiner Kollegin auf dem Bildschirm erschien, fragte er nur: »Bereit? Dann gebe ich meinen Bildschirm frei. Sag mir bitte, ob du die Fotos erkennst. Nimm dir so viel Zeit, wie du brauchst.«

Sie brauchte nicht lange. »Das sind die Fotos«, bestätigte sie. »Genau dieselben, jedes einzelne. Dieselbe Reihenfolge. Woher hast du die Datei?«

»Von einem USB-Stick im Fahrzeug des Mordopfers von Timmel«, sagte Oliver Kramer.

»Und woher kennst du sie, Sibylle?«, fragte Nidal Ekinci.

»Diese Fotos«, erklärte die Oldenburger Oberkommissarin, »wurden auf dem PC von Bruno Renken gefunden.

Das ist der Typ, der seine Frau …« Sie zögerte, ehe sie fortfuhr: »… getötet hat.«

»Okay.« Ekinci nickte. »Demnach gehörten Visser und Renken möglicherweise demselben Ring von Perversen an, der seine Abnehmer mit Kinderpornos versorgt hat. Und bestimmt immer noch versorgt. Bringt uns das irgendwie weiter?«

»Zunächst einmal wirft es weitere Fragen auf«, sagte Sibylle Wiemken. »Diese Bilder wurden bei Renken gefunden, genau diese. Dieselbe Datei auf seinem Dienst-PC in seinem Büro und auf seinem Heimcomputer zu Hause. Genau diese, sonst keine. Renken bestreitet vehement, Kinderpornografie jemals genutzt oder auch nur ein Interesse daran zu haben. Er behauptet, die Dateien seien ohne sein Wissen auf seine Rechner überspielt worden. Jetzt findet sich genau dieselbe Datei auf dem Stick des ermordeten Jörg Visser. Welchen Reim machen wir uns darauf?«

»Renken hat sich etwas dazuverdient und die Bilder an Visser weitergereicht«, mutmaßte Ekinci. »Wie ein Drogensüchtiger, der einen Teil seines Dopes mit Gewinn weitervertickt, um mehr kaufen zu können. Nur, dass solche Dateien beliebig oft kopiert werden können. Vielleicht war er selbst in diesem schmutzigen Business tätig.«

»Ist das denkbar?«, fragte Oliver Kramer.

»Denkbar ist alles«, antwortete Sibylle Wiemken. »Hinweise darauf gibt es allerdings nicht.«

»Also könnte es auch andersherum gewesen sein«, sagte Kramer.

»Dass Bruno Renken der Abnehmer von Jörg Visser war?«, fragte Ekinci. »Vielleicht finden sich Hinweise darauf in Vissers Wohnung. Fragen können wir ihn allerdings nicht mehr.«

»Aber Renken können wir fragen«, sagte Kramer. »Sibylle?«

»Mach ich«, sagte die Oberkommissarin.

11.

»Stahnke, was ist? Kommst du?«, rief Sibylle Wiemken ungeduldig. »Mit deiner Geliebten kannst du später noch telefonieren.« Sie zeigte auf die wartende Justizvollzugsbeamtin hinter der Panzerglasscheibe: »Ausweis vorlegen und Dienstwaffe abgeben. Kennst du doch.«

In der Tat, das kannte er zur Genüge, dachte Stahnke und funkelte seine Kollegin gereizt an, während er die Regularien erledigte. Von wegen Geliebte! Immer wieder hatte er versucht, das Handy zu erreichen, das möglicherweise Konni Smidt gehörte. Bisher war er jedes Mal bei der Automatenstimme abgeblitzt, was seine Laune nicht verbesserte.

Bruno Renken wartete schon im Besucherraum auf sie. Stahnke erkannte ihn von den Bildern, auf denen er groß und stattlich ausgesehen hatte. Jetzt war er gebeugt und sah gebrochen aus. Als er Sibylle Wiemken erblickte, schien sein Gesicht noch eine Nuance grauer zu werden. »Sie geben nicht auf, was?«, fragte er.

»Wir geben niemals auf, Herr Renken«, erwiderte die Oberkommissarin schroff. »Sie könnten ebenso gut gleich die Wahrheit sagen. Das würde uns allen viel Zeit ersparen.«

»Zeit habe ich hier drin mehr als genug«, sagte Renken mit einem freudlosen Lächeln. »Und was die Wahrheit angeht, die sage ich Ihnen gerne noch einmal. Ich habe meine Frau nicht ermordet. Sie wollte freiwillig aus dem Leben scheiden, ebenso wie ich. Wir wollten es gemeinsam tun, sie und ich, mit einem Gläschen Campari, wie im Italien-Urlaub. Das war unsere letzte schöne Erinnerung, danach fing der ganze Schrecken an. Sie schlief in meinem Arm ein, dann fiel mein Kopf auf ihren. So hatten wir uns das vorgestellt, das war mein letzter Gedanke.« Er holte zitternd Atem. »Leider nicht mein allerletzter. Ich wurde zurückgeholt, sie nicht. Für mich geht der Schrecken immer weiter.« Tränen erschienen in seinen trüben Augen.

»Herr Renken, wir wissen, dass das nicht die Wahrheit ist«, entgegnete Sibylle Wiemken schneidend. »Ihre Frau hatte sich von Ihnen getrennt, wollte sich scheiden lassen. Kein Gedanke an gemeinschaftlichen Suizid! Sie haben sie vergiftet, weil Sie nicht ertragen konnten, dass sie Sie verlassen wollte. Dieses Recht wollten Sie ihr nicht zugestehen. So was heißt Femizid.« Sie hatte sichtlich Mühe, sich zu beherrschen. »Femizid ist Mord!«

»Da haben Sie recht«, bestätigte Renken. »Ich habe meine Frau aber nicht aus solchen Motiven getötet. Wir wollten zusammen sterben, weil wir diesen Wahnsinn nicht mehr ertragen konnten. Das ging leider schief. Glauben Sie mir, das bedaure ich sehr! Jetzt sitze ich hier allein und kann dem ganzen Elend erst recht nicht entkommen. Hätte ich doch nur genug von den Tabletten genommen!«

»Für jemanden, der seine Frau getötet hat, jammern Sie ganz schön rum«, knurrte Stahnke. »Sie sitzen hier als Täter, nicht als Opfer! Ist Ihnen das eigentlich klar?«

Bruno Renken straffte seinen gekrümmten Rücken. »Ich bin kein Mörder«, sagte er mit fester Stimme. »Ich bin auch kein Pädophiler. Ich habe mich auch nicht für falsche Gutachten bestechen lassen! Trotzdem werde ich all dessen beschuldigt. Können Sie mir sagen, warum ich mich als Täter fühlen soll? Es stimmt, ich habe meine Frau getötet, aber auf ihren Wunsch hin! In allen anderen Punkten bin ich unschuldig. Jawohl, ich bin das Opfer!«

Sibylle Wiemken rollte mit den Augen. »Herr Renken, Sie waren als TÜV-Prüfer bei einem großen Schleusenprojekt in den Niederlanden eingesetzt und haben einer Hoch- und Stahlbaufirma Pfuscharbeit bescheinigt. Diese Firma hat alle Vorwürfe zurückgewiesen und ihrerseits Sie beschuldigt, Sie hätten sich von einer konkurrierenden Firma dafür bestechen lassen, ein negatives Gutachten auszustellen. Bei einer Bankkontenprüfung wurde die angegebene Summe auf Ihrem Konto gefunden, überwiesen von der Anwaltskanzlei der Konkurrenzfirma. Das allein hätte für eine Anklage gereicht. Bei der Gelegenheit wurden allerdings auch die Kinderpornos gefunden. Das hat zunächst alles andere überstrahlt.« Sie atmete tief durch: »Bis zu dem Mord.«

»Es war kein Mord!« Bruno Renken wollte aufbegehren, aber es reichte nur für ein Jammern. Stahnke fand den Mann erbärmlich, zugleich musste er zugeben, dass Renkens Täterstatus nicht so eindeutig war, wie seine Kollegin es darstellte. Immerhin gab es ein psychologisches Gutachten, demzufolge Renken maximal leichte pädophile Tendenzen aufwies, über die er sich vermutlich selbst nicht im Klaren war. Eindeutige Täterprofile sahen anders aus. Sibylle interpretierte mehr hinein, als vor Gericht Bestand haben würde, glaubte der Erste Hauptkommissar.

Was die anderen Vorwürfe anging, so gab es Leumundszeugnisse früherer Kollegen, die Renken große Gewissenhaftigkeit und Unbestechlichkeit bescheinigten. Aus diesem Grund war er immer wieder für wichtige Projekte in ganz Europa angefordert und eingesetzt worden. Die Beweislage sprach jedoch gegen ihn. Auf einen anonymen Hinweis hin waren seine Konten und Computer inspiziert worden, und die Ermittler wurden fündig. Zwei Tage später hatte der Skandal in den einschlägigen Printmedien gestanden. Bestechlichkeit und Kinderpornos. Das hatte gereicht, um Renkens Ruf zu zerstören und seine Existenz zu vernichten.

»Haben Sie Feinde, Herr Renken?«, fragte Stahnke.

Der Angesprochene zuckte mit den hängenden Schultern. »Das bleibt nicht aus«, sagte er. »Wenn alles gut ist und ich meinen Stempel aufs Papier haue, sind alle glücklich und klopfen mir auf die Schultern. Aber wehe, ich entdecke Mängel, deren Behebung Geld kostet oder ein großes Projekt verzögert. Dann bin ich der Buhmann, und alle hassen mich.«

»Positive Gutachten zahlen sich regelmäßig gut aus für Sie«, warf Sibylle Wiemken ein. »Schöne Anschlussurlaube in Fünf-Sterne-Hotels, Dinners in sündhaft teuren Restaurants, goldene Uhren und Füller, Schmuck für Ihre Frau. Das haben Sie alles dankend angenommen, stimmt's?«

»Nachher!« Renken reckte seinen Zeigefinger. »Niemals vorher! Das können Sie gerne auch überprüfen. Hinterher gackern die Hühner, heißt es doch, oder? Vorher etwas nehmen, das wäre Bestechlichkeit. Hinterher ist die Sache doch gelaufen, da ist es egal. Wenn nichts zu beanstanden ist, sind die Leute glücklich und wollen es zeigen. Dann wird gefeiert, es gibt Geschenke. Warum sollte ich der Spielverderber sein?«

»Tun Sie nicht so naiv!«, schnauzte Sibylle Wiemken. »So was hätten Sie niemals annehmen dürfen! Und wenn, dann müssten Sie derartige Geschenke versteuern. Haben Sie das etwa getan?«

»Ist jetzt auch egal«, murmelte Renken und sank wieder in sich zusammen.

»Was war denn Ihr letzter Auftrag für einer, der in den Niederlanden?«, fragte Stahnke. »Ein großes Projekt?«

»Riesig«, sagte Renken. »Ein mehrstufiger, parallel geführter Schleusenkomplex für Binnen- und Küstenschifffahrt! Unglaubliche Ausmaße. Darum war die Versuchung wohl auch so groß, am Material zu sparen. Millionen Euro haben die in die eigenen Taschen verschoben! Aber ich bin denen draufgekommen. Kann schon sein, dass die mich dafür hassen. Obwohl, eigentlich – nee, wozu?«

»Reden Sie nicht so kariert«, fauchte Stahnke. »Was soll das heißen?«

»Das soll heißen, dass mein Gutachten zurückgezogen wurde«, sagte Renken. »Von meinem Arbeitgeber! Ich stand öffentlich als bestechlicher Kinderschänder da, also musste wohl alles, was ich sonst noch gesagt und getan hatte, ebenfalls falsch und kriminell gewesen sein. Niemand wollte sich mehr auf meine Arbeit berufen. Also schickten die einen anderen Gutachter.« Er schüttelte den Kopf. »Inzwischen konnten die Brüder natürlich alles schön kaschieren und vertuschen. Wetten, mein Nachfolger bescheinigt denen saubere Arbeit? Mann, werden die Partys für den schmeißen!«

»Wie heißt diese Hoch- und Stahlbaufirma?«, fragte Stahnke. »Und wer war dort Ihr Ansprechpartner?«

»Das ist ein Konsortium aus drei Firmen«, sagte Renken. »BAM-PGGM, BertramWessels und DIF. Die haben mir auf jede Baustelle andere Ingenieure geschickt, samt Dolmetscher. Direkt zu tun hatte ich mit den Chefs nie. Nur mit deren Anwälten. Die Kanzlei heißt *De Jonge & Aywad* und sitzt in Veendam. Die haben Leute, die Deutsch können, das war sehr hilfreich.«

»Kann ich mir vorstellen«, sagte Stahnke. »Zum Beispiel, wenn man anonyme Hinweise an die deutsche Polizei gibt. Und an deutsche Medien.«

»Was?«, schnappte Renken.

»Wie bitte?«, rief Sibylle Wiemken.

»Nur laut gedacht«, wehrte der Erste Hauptkommissar ab. Im selben Moment brummte sein Smartphone und signalisierte den Eingang einer Textnachricht. »Einen Augenblick bitte«, sagte er und starrte auf das Display.

»Was ist?«, drängte die Oberkommissarin.

»Die Staatsanwaltschaft zieht die Mordanklage zurück«, sagte Stahnke. »Morgen ist Haftprüfung. Vermutlich wird man Sie bis zur Hauptverhandlung auf freien Fuß setzen, Herr Renken, da keine Verdunklungsgefahr mehr besteht und die Fluchtgefahr als gering eingeschätzt wird.«

Sibylle Wiemken schlug wütend mit der Faust auf ihre Papiere. Bruno Renken zuckte zusammen.

Jetzt oder nie, dachte Stahnke. »Sagt Ihnen der Name Jörg Visser etwas?«, fragte er.

»Wer soll das sein?«, fragte Renken zurück. »Woher sollte ich den kennen? Etwas Kontext wäre hilfreich.«

Kaltschnäuzig oder ahnungslos, konstatierte Stahnke. Kein Zucken, kein Erschrecken, keine Abwehrmaske. Also Sackgasse. Das ganze Gespräch war verlorene Zeit. Hoffentlich hatte wenigstens Sibylle Wiemken etwas davon.

Unvermittelt hellte sich Renkens Miene auf. »Visser, sagen Sie? Meinen Sie vielleicht Visskopp? Den kenne ich. Allerdings nur virtuell, also von *Facebook* her. Irgendwer hat ihn dort mal Jörg genannt, und er hat sich darüber aufgeregt. Darum habe ich mir das gemerkt.«

Renken auf *Facebook*? Offenbar tummelte sich in diesem Netzwerk vor allem die ältere Generation, davon hatte er schon gehört. »Visskopp«, wiederholte er. »Wie sind Sie mit dem in Kontakt gekommen?«

»Wikinger«, sagte Renken. »Ich interessiere mich für

die alten Wikinger. Geschichte, Mythen, Heldensagen. In Dänemark habe ich schon mal in einem Drachenboot-Nachbau gesessen und mitgerudert. Dort habe ich erfahren, dass es auf *Facebook* Wikinger-Gruppen gibt. In einigen habe ich mich angemeldet, und wenn man das tut, bekommt man automatisch immer neue angezeigt. So kam ich von den Historikern auf Gruppen, die sich gerne kostümieren und auf Mittelaltermärkte gehen. Dann über Freunde der nordischen Götterwelt auf sogenannte Neu-Heiden. Und von denen direkt zu Querdenkern und Reichsbürgern.«

»Ach«, staunte Sibylle Wiemken. »Und wo trafen Sie diesen – Visskopp?«

Renken lachte. »Überall! Visskopp hat zu allem und jedem eine Meinung und legt sich mit jedem an. Das macht ihn sehr unterhaltsam! Vor allem, wenn er auf den Staat und seine Institutionen losgeht.« Schmunzelnd schüttelte Renken den Kopf. Er war richtig munter geworden. »Wenn es nach ihm geht, müsste jeder von uns den Staat schädigen, wo er nur kann, um ihn am Ende zu Fall zu bringen. Und dann eine Volksgemeinschaft gründen. Natürlich mit Leuten wie ihm als Anführer. Also ehrlich, ich fand das alles lustig, war aber froh, dass dieser Internet-Kram nichts als Spielerei ist.«

»Finden Sie?«, fragte die Oberkommissarin skeptisch. »Es stehen Leute vor Gericht, weil sie Menschen töten und die Regierung stürzen wollten. Deren Verschwörungen haben auch im Internet angefangen.«

»Unsinn«, beharrte Renken. »Das nimmt doch keiner ernst!«

»Und im realen Leben haben Sie diesen Visskopp nie getroffen?«, fragte Stahnke. »Haben Sie vielleicht ein Foto von ihm gesehen? Würden Sie ihn erkennen?«

»Dachte ich«, erwiderte Renken. »Er hat ein Profilbild. Aber das ist er gar nicht. Das stammt aus der Fernsehserie *Vikings.*«

»Welche Figur?«

»Floki«, antwortete Renken. »Das ist dieser Bootsbauer, der fanatisch den alten Göttern huldigt. Ziemlich witzig, aber auch gewalttätig und verschlagen.«

Stahnke nickte. »Kenne ich. Sein Name erinnert nicht umsonst an den nordischen Gott Loki.«

»Und wann haben Sie angefangen, mit diesem Visskopp über Kinder zu chatten?«, fragte Sibylle Wiemken. »Wann hat er Sie mit Pornomaterial versorgt? Oder hatten Sie eine gemeinsame Bezugsquelle?«

Bruno Renken erhob sich so abrupt, dass er um ein Haar den Tisch umgestoßen hätte. Er drehte sich um und hämmerte mit der Faust an die Tür. »Ich will raus!«, rief er laut. »Schluss jetzt, lasst mich raus!«

Über Verhörtaktiken müssen wir dringend sprechen, dachte Stahnke. Aber dann klingelte Jörg Vissers Handy in seiner Tasche und beanspruchte seine komplette Aufmerksamkeit.

12.

»Noch einen Tee?«, fragte Gundi und schnappte sich seinen Becher.

»Och ja, gerne.« Der Inselpolizist lag ausgestreckt auf dem Sofa in Gundi Lüchts kleinem Wohnzimmer und sortierte seine langen Gräten. »Aber nur, wenn es keine Umstände macht.«

»Macht es!«, rief Gundi. Sie stand bereits in der Küche. »Aber ich kann dich schlecht verdursten lassen, was? Würde sich nicht gut machen in meiner Personalakte.«

»Mir ist das Ganze sehr peinlich, das kannst du mir glauben.« Joke Reents winkelte seine Knie an und stemmte seine Füße gegen die Seitenlehne. »Krankgeschrieben, weil mir übel geworden ist! Das dürfen die Kollegen auf Borkum nie erfahren, sonst kriege ich da kein Bein mehr an Deck.«

»Du hattest einen Kreislaufkollaps.« Gundi Lücht stellte den Becher auf dem Couchtisch ab. »Weil du unvorbereitet mit Missbrauchsfotos der schlimmsten Art konfrontiert wurdest. Das hat dir einen Schock versetzt.«

»War wohl so«, murmelte Joke Reents. »Weil ich so was gar nicht abkann. Glaubst du, ich bin zu weich für den Polizeidienst?«

»Das war nicht weich, das war empathisch«, widersprach Gundi Lücht energisch. »Wenn jemand nicht in den Polizeidienst gehört, dann Leute ohne Empathie! Die stehen gewöhnlich auf der anderen Seite.«

»Du hast die Bilder doch auch gesehen«, wandte der

Inselpolizist ein. »Und dir ist nicht schlecht geworden. Was sagt das über dich?«

»Dass ich härter bin als du«, erwiderte Gundi Lücht. »So hart, dass ich dich ins nächste Hotel schicke, wenn du nicht aufhörst, dich selbst zu bemitleiden.«

»Wollte ich ja eigentlich!« Joke Lücht pustete über seinen Becher und nahm einen vorsichtigen Schluck. »Aber die Sanis meinten, sie hätten Order, mich bei dir abzuladen. Was sollte ich machen?«

»Nicht auf dumme Gedanken kommen«, sagte Gundi Lücht. »Ich habe ein Gästezimmer, da liegt eine Matratze auf dem Boden. Die hat den Vorteil, dass deine Füße nicht so tief runterhängen. Kapiert?«

Joke Reents hatte sich überhaupt keine Hoffnungen gemacht, nach dem, was heute passiert war. Trotzdem fühlte er sich durchschaut. Seine Ohrmuscheln glühten.

»Dieser Jörg Visser.« Gundi Lücht fläzte sich in einen Sessel und legte ihre Füße auf die Sessellehne neben die von Joke. »Ich kann mir keinen Reim darauf machen.«

»Worauf genau?« Joke Reents war gleichzeitig enttäuscht und froh über den Themenwechsel. »Warum der auf Kinder stand? So was verstehe ich auch nie.«

»Stand er wirklich auf Kinder? Das ist die Frage«, sagte die Kriminaltechnikerin. »Ich habe vorhin noch mit Sibylle Wiemken telefoniert, einer Kollegin aus Oldenburg. Sie bearbeitet einen Fall, in dem dieselben Bilddateien eine Rolle spielen wie in unserem. Was allein schon merkwürdig ist.«

»Findest du? Soviel ich weiß, gehen solche Dateien von Hand zu Hand, entweder gegen Geld oder im Tauschverfahren«, sagte der Inselpolizist. »Keine Wunder, wenn dieselben Bilddateien bei verschiedenen Tätern auftauchen.«

»Dateien«, sagte Gundi Lücht und hob den Zeigefinger.

»Plural! Bei Jörg Visser und einem gewissen Bruno Renken in Oldenburg hat man aber nur jeweils eine einzige Datei gefunden. Mit vielen Bildern, trotzdem nur eine Datei. Und keine sonst! Das ist ungewöhnlich.«

»Ist das sicher?«, fragte Joke Reents. »Wer weiß, wo diese Typen ihr Zeug versteckt haben.«

»Jörg Vissers Wohnung ist gründlich durchsucht worden«, berichtete Gundi Lücht. »Laut Sibylle hatte er diverse PCs in seinem Wohnzimmer stehen mit allem möglichen Zeug drauf. Auch Pornos! Das sind aber ausschließlich Erwachsenenpornos. Nichts Indiziertes dabei. Vor allem nichts mit Kindern. Dafür lange Chatprotokolle mit ehemaligen Freundinnen, erwachsenen Frauen! Und bei Renken gab es sonst gar nichts. Nur diese eine Datei – auf zwei verschiedenen PCs.«

»Könnte es sein, dass einer ihm die untergeschoben hat?«, fragte der Inselpolizist. »Einer, der ihm eins auswischen wollte, aber richtig?«

»Laut unserer Kollegin kann das sehr gut sein«, bestätigte Gundi Lücht. »Es gibt wohl jemanden mit einem guten Motiv.«

»Und der heißt Jörg Visser?«

»Nee, heißt er nicht.« Gundi Lücht seufzte. »Die beiden kennen sich offenbar gar nicht, außer über *Facebook*. Aber auch da nur der Renken den Visser, nicht umgekehrt.«

»Der Visser könnte im Auftrag gehandelt haben«, sagte Joke Reents ins Blaue hinein. »Ist er nicht hauptberuflich IT-Techniker? Dieser Schmuckstand ist bloß ein Nebenerwerb. Angeblich repariert er alles, was mit Computer-Netzwerken zu tun hat. Also kennt er sich aus.«

Gundi Lücht stupste den Inselpolizisten mit dem Fuß an. »Hey, Mensch, du bist gar nicht so blöd!«

Joke Reents steckte seine Nase tief in den Teebecher. Seine Ohren glühten.

13.

Zweimal war keine Verbindung zustande gekommen, dann war Stahnke ins Freie gelaufen, raus aus der Stahlbeton-Abschirmung des Oldenburger Untersuchungsknasts. Jörg Vissers Smartphone klingelte zum dritten Mal.

»Ja?«

»Hörst du mich jetzt?« Ja, Stahnke hörte die Stimme klar und deutlich. Eindeutig dieselbe wie beim ersten, verzerrten Kurztelefonat. War das die Stimme von Konni Smidt?

»Sorry, dass es so lange gedauert hat«, sagte die Stimme. »Ich musste erst meinen Kram abliefern. Ich glaube, die Ösis hatten mich auf dem Kieker! Bin über Nebenstrecken, dann war trotzdem einer hinter mir, der ließ sich kaum abschütteln. Hatte 'nen Benz mit mindestens 100 Pferden mehr als ich! Am Ende aber habe ich ihn trotzdem versägt, den Proll.«

Den Proll! »Konni?«, fragte Stahnke. »Konni Smidt? Bitte leg nicht auf, ich bin's!« Er schaute hinüber zu seiner Kollegin, die ihm ungeduldig Zeichen machte. Wie zum Trotz hatte sie ihr eigenes Smartphone hervorgeholt. Sollte sie doch, Hauptsache, sie gab ihm diesen Moment! Der konnte so wichtig sein. Er wandte ihr den Rücken zu.

Atemlose Stille. Gleich ist er weg, dachte Stahnke, um Gottes willen! »Wir kennen uns von früher«, fuhr er eilig fort. »Stahnke, du weißt doch, aus dem Wundervierer!« Er schluckte. Das reichte noch nicht, also musste es sein: »Fiepko. Der Kuhpfeifer.«

»Wie kommst du an Jörgs Handy?«, fragte Konni Smidts Stimme. »Wo ist Jörg? Was ist mit ihm?«

»Jörg Visser ist tot«, sagte Stahnke. »Er wurde ermordet.«

Schweigen. Leg nicht auf, dachte Stahnke, sagte aber nichts. Konni hatte es immer gehasst, wenn man ihn drängte.

»Du bist bei der Polizei, stimmt das, Stahnke?«, fragte Konni Smidt dann.

»Das stimmt«, antwortete der Erste Hauptkommissar. »Kripo Oldenburg. Das Mord geschah in Timmel, aber wir ermitteln ebenfalls, weil Jörg Visser hier gewohnt hat. Und er hat für Wolfram Hart gearbeitet.«

»Für Wolfram?«, fragte Konni Smidt erstaunt. »Ach so, stimmt. Für den auch.«

»Für wen denn noch?«, fragte Stahnke.

Konni Smidt ignorierte die Frage. »Wer hat Jörg ermordet? Wie ist es geschehen?«

»Das wissen wir noch nicht.« Stahnke fasste kurz zusammen, was er über die Tatumstände wusste. Das war aus guten Gründen nicht üblich, aber das war die ganze Situation auch nicht.

»Hört jemand mit?«, fragte Konni Smidt dann. »Lässt du mich gerade einpeilen? So was könnt ihr doch, oder?«

»Nein und nein«, sagte Stahnke. »Und ja, das können wir, auch im Nachhinein noch. Aber jetzt gerade gibt es nur dich und mich.«

»Schwörst du mir das?«

»Klar, ich schwöre, du Rosenkranzrassler.«

Konni Smidt lachte. »Alter, du bist es wirklich! Deine Stimme hat sich ganz schön verändert.«

»Und deine erst«, erwiderte Stahnke. »Was hast du getrieben all die Jahre?«

»Das kannst du auch eine Flipperkugel fragen. Oder deine Kollegen«, sagte Konni Smidt. »Ich habe Scheiß gebaut mit Drogen und bin eingefahren, mehrmals. Als ich endlich die Kurve gekriegt hatte, war alles weg. Mein Erbe, das Haus, Vaters Kanzlei, alles. Ich saß auf der Straße, buchstäblich. Da hat Jörg mir geholfen.«

»Woher kanntest du Jörg Visser? Aus dem Knast?«

»Knapp daneben«, feixte Konni Smidt. »Ich war bei Wolfram, weil ich hoffte, er würde mir bei einer Berufung helfen. Hat er aber abgelehnt. Der Typ ist ein richtiger Arsch geworden! Obwohl, das war er eigentlich schon immer.«

»Und bei Wolfram Hart hast du Jörg Visser getroffen?«

»Ja, in dem Haus. Hatte gerade Computer installiert in einem anderen Büro. Ich habe ihm was vorgejammert, und er hat mir ein Trost-Bier spendiert.«

»Dann weißt du doch, dass Visser für Hart gearbeitet hat.«

»Na klar«, sagte Konni Smidt. »Aber das war nicht seine wichtigste Einnahmequelle.«

»Sag bloß, er hat so viel mit seinem Schmuckstand verdient!«, wunderte sich der Erste Hauptkommissar.

»Ach Quatsch! Das war nur sein Hobby. Und Mittel zum Zweck«, sagte Konni Smidt. »Sag mal, du weißt nicht besonders viel über Jörg, kann das sein? Ich könnte dir eine Menge erzählen.«

»Ich bin ganz Ohr«, sagte Stahnke.

»Nicht jetzt«, erwiderte Konni Smidt. »Lass uns mal in Ruhe sprechen. Am besten treffen wir uns. Aber wir müssen vorsichtig sein.«

»Warum vorsichtig?« Das hatte Konni schon im ersten Telefonat betont, erinnerte sich Stahnke.

»Warum? Jörg ist tot, reicht dir das nicht?«, erwiderte Konni Smidt dünnhäutig. »Du glaubst wohl, dir kann nichts passieren, weil du Polizist bist. Aber da irrst du dich! Hier sind Leute im Spiel, die interessiert das überhaupt nicht.«

»Nenn mir Namen«, verlangte Stahnke. »Ich habe meine Möglichkeiten.«

»Wir treffen uns«, beharrte Konni Smidt. »Vielleicht bei Leni, was hältst du davon?«

»Leni?« Stahnke brauchte einen Moment. »Doch nicht unser Steueräffchen von damals?«

»Genau die«, bestätigte Konni Smidt. »Du hast wohl zu keinem von uns Kontakt gehalten, was? Auch nicht zu Gerhard?«

»Warum sollte ich«, entfuhr es Stahnke. »Wo wohnt Leni denn heute? Und wann treffen wir uns bei ihr?«

»Nicht so hastig«, sagte Konni Smidt. »Ich muss sie erst mal kontaktieren. Und selber wieder im Nordwesten sein. Wann? Kann ich nicht absehen. Ich melde mich.«

Stahnke holte Luft, hatte Einwände, wollte das Treffen möglichst sofort. Aber was hatte er schon in der Hand? Nur Vissers blödes Handy.

Ehe Konni Smidt das Gespräch beendete, sagte er noch: »Pass auf dich auf.«

Stahnke steckte das Smartphone ein und schaute sich nach seiner Kollegin und ihrem Dienstwagen um. Beide waren verschwunden.

14.

Sibylle Wiemken bewunderte ihren Vorgesetzten nicht nur, sie mochte ihn auch. Mit seiner knurrigen, egozentrischen und manchmal eigenwilligen Art und seinen unkonventionellen Methoden kam sie klar. Meistens. Manchmal jedoch hätte sie ihn an die Wand klatschen können. Gerne mehr als einmal. Vorhin erst wieder. Und als er sie dann wegen eines Telefonats einfach hatte stehen lassen, da hatte es ihr gereicht. Sie hatte noch ein paar Stichworte in die besonders geschützte *WhatsApp*-Gruppe mit den Leeraner Kollegen geschrieben, dann hatte sie den Wagen gestartet und war einfach losgefahren. Stahnke hatte mit dem Rücken zu ihr gestanden und es nicht einmal bemerkt.

Schon auf der Cloppenburger Straße tat es ihr leid. Sie war gewissenhaft und pflichtbewusst, ein schlechtes Gewissen war sowieso ihr ständiger Begleiter. Was sie gleichzeitig ärgerte. Hatte er es nicht verdient, dieser selbstgerechte Kerl, der niemals Rücksicht nahm, nie an andere dachte? Nein, falsch, er dachte schon an andere. Wie er sie kriegen, sie überführen konnte! Oder Menschen dazu benutzen, andere dingfest zu machen, ganz egal, ob er sie dabei überforderte oder sogar in Gefahr brachte. So einer war er nämlich, dieser Erste Hauptkommissar mit der sagenhaften Erfolgsquote!

Aber er war auch ihr Kollege, nicht nur ihr Chef. Und er meinte es gut, seine Ziele waren lauter. Niemals dachte er an den eigenen Vorteil, er behandelte sich selbst ebenso schlecht wie andere, ging genauso rücksichtslos mit sich um. Konnte sie ihm das ernsthaft zum Vorwurf machen?

Doch, ja, das konnte sie. Aber Stahnke einfach vor der JVA stehen lassen, das konnte sie doch nicht. Als sie wegen eines Lieferwagens abstoppen musste, der sich vor ihr auf die Straße drängelte, erblickte sie auf der linken Seite eine kleine geschlossene Tankstelle und zugleich eine Lücke im dichten Verkehr. Sie setzte den Blinker und ließ die Reifen schrill quieken, um auf dem Gelände zu wenden. Wenn sie wollte, konnte Aktenführerin Sibylle Wiemken rasant und reaktionsschnell sein.

Das war gut so, denn als sie die verwaisten Tanksäulen umkurvte, kam ihr ein anderes Fahrzeug entgegen. Sie musste voll in die Bremsen gehen, um ihren Wagen rechtzeitig zum Stehen zu bringen. Was war denn das für ein Vollidiot, dachte sie, hatte der sie nicht gesehen?

Hinter ihr kreischten ebenfalls Bremsen. Ein weißer Sprinter ohne Aufschrift oder Fenster stellte sich quer, blockierte beide Spuren und die Sicht zur Straße. War das der Lieferwagen von gerade eben? Im Rückspiegel sah sie, dass sich beide Führerhaustüren gleichzeitig öffneten. Auch der Fahrer vor ihr stieg aus. Alle drei Männer trugen Sturmhauben, die ihre Gesichter verbargen.

Aus, dachte die Oberkommissarin. Ihre Dienstwaffe lag wohlverwahrt in der Polizeiinspektion am Friedhofsweg. Wozu mitnehmen? In der Justizvollzugsanstalt hätte sie sie sowieso abgeben müssen. Klar, Stahnke hatte seine dabei. Aber den hatte sie stehen lassen, um ihm zu zeigen, dass sie beleidigt war. Was war sie doch für eine dumme Kuh! Geschah es ihr recht? Ein Gedanke, der sie wütend machte. Auf sich selbst, na klar, auf wen auch sonst! Etwa auf die drei Typen hier, die gerade ihre Pistolen zogen? Aber nein, nicht doch, das waren Männer, die waren eins mit ihrer Männerwelt und taten Männersachen, wie es sich gehörte. Zum Beispiel Frauen töten. In diesem Fall sie.

Angst spürte sie keine. Nur Zorn. Sie hob ihre Faust und schlug zu. Die Autohupe dröhnte los.

Die drei Männer begannen zu schießen.

15.

Wolfram war als Erster mit seinen zehn Schüssen fertig. Das war immer so. Der Lange konnte den Knall nicht erwarten, auch wenn es nur der eines Luftgewehrs war, und drückte ab, sobald das schwarze Zentrum durch den Diopter seiner Visierung huschte. Entsprechend sah seine kleine Pappscheibe aus, die er per Knopfdruck aus zehn Metern zu sich heransausen ließ.

»Trefferbild Küchensieb«, höhnte Gerhard, der erst seinen achten Diabolo nachlud. »Melde dich doch zur Bundeswehr, da brauchen sie Leute wie dich! Damit endgültig keiner mehr uns Deutsche für gefährlich hält.« Er drückte den Gewehrschaft in seine Schulter und ging wieder in den Anschlag.

»Wenn es so weit ist, gehe ich zur Marine«, sagte Wolfram. »Boot fahren kann ich! Bei der Bundesmarine wird nicht geschossen, jedenfalls nicht mit Gewehren, soviel ich weiß. Die ist nicht zum Kämpfen da, sondern nur zum Geldausgeben. Funktionieren tut eh nichts, die Schiffe liegen ständig im Hafen oder in der Werft. Den Amis ist das ganz recht, darum verkaufen die uns gerne ihren alten Schrott.«

»Die deutsche Marine ist ein Trachtenverein«, sagte Gerhard, der wieder einen Schuss abgegeben hatte. »Dessen Aufgabe ist es, den Feind so lange zum Lachen zu bringen, bis Soldaten kommen.«

Wolfram brüllte vor Lachen. Gerhard grinste nur.

»Verdammt!«, schimpfte Stahnke. »Jetzt habe ich meinen letzten Schuss verrissen. Blödmann! Was soll der Radau auf dem Schießstand.« Auch er holte seine Scheibe zu sich heran. Sein Trefferbild sah gut aus, alles innerhalb der Acht, mindestens drei Zehner dabei. Nur der letzte Schuss war in die Fünf gegangen.

»Einer ist dir entkommen«, lästerte Gerhard. »Da musst du jetzt mit dem Messer hinterher. Ab durchs Unterholz.« Er konzentrierte sich auf seinen neunten Schuss.

»Du mit deinen wilden Fantasien.« Wolfram schüttelte den Kopf. »Ich glaube, du liest zu viele Bildergeschichten! Pass auf, die machen dumm und gewalttätig.«

»Bildergeschichten? Meinst du etwa Comics?« Stahnke konnte sich beim besten Willen nicht vorstellen, wie man von *Micky Maus* und *Donald Duck* gewalttätig werden konnte. Und dumm schon gar nicht, wenn die Texte von Doktor Erika Fuchs übersetzt waren. Die schaffte es sogar, Schiller-Zitate in Sprechblasen zu quetschen.

»Comics! Solch ein Wort würde unser Gerhard doch nicht benutzen.« Wolfram grinste in Richtung seines Crew-Kollegen, der ihm im Anschlag den Rücken zuwandte und sich nicht stören ließ. »Für den ist ein Redakteur immer noch ein Schriftleiter! Und der liest auch nicht *Fix und Foxi* oder *Superman*, sondern *Sigurd* und *Prinz Eisenherz*, wie es sich gehört. Ist es nicht so, du alter Ostlandreiter?«

Das Luftgewehr knallte, der Kugelfang klirrte. Gerhard drehte sich zu den beiden anderen herum. Stahnke hätte sich nicht gewundert, wenn er verärgert oder wütend ausgesehen hätte. Gerhard Juncker aber lächelte. »Mach dich nur lustig«, sagte er. »Aber ich weiß wenigstens, wo unsere Wurzeln liegen. Nicht bei den Amis im Coca-Cola-Land! Und auch nicht in der Wüste Sinai. Wir sind nordische Menschen, das sollten wir nicht vergessen. Wir sind von Natur aus überlegen. Klar, dass die anderen davor Angst haben!

Darum wollen die uns domestizieren, unsere Kultur verweichlichen, unser Blut verwässern. Die einen vom Westen aus, die anderen aus dem Orient. Das wird aber nicht funktionieren, wenn wir nur bleiben, wer wir sind. Dann sind wir irgendwann auch wieder die, die wir mal waren.« Gerhard lud sein Luftgewehr und legte zum zehnten und letzten Schuss an.

Wolfram schüttelte stumm den Kopf und wedelte mit der flachen Hand in Gesichtshöhe: Mattscheibe. Stahnke schnappte empört nach Luft. »Wie meinst du das«, hakte er nach, »sollen wir wieder im Panzer durch ganz Europa toben wie unsere Väter? Juden ermorden, Geiseln erschießen, Kirchen anzünden? Findest du so was erstrebenswert?«

Gerhard schoss, ehe er antwortete: »Wiederholungen sind langweilig. Außerdem sollten wir nicht von Europa träumen, solange uns unser eigenes Land nicht einmal gehört.«

»Wieso sollte uns unser Land nicht gehören?«, fragte Wolfram verständnislos. »Wegen der Amis? Oder wegen der Zone?«

»Wegen allem.« Gerhard stellte sein Luftgewehr weg und ließ seine Zielscheibe heransurren. »Zuallererst müssen wir uns unser eigenes Land zurückholen. Dazu muss die aufgezwungene Nachkriegsordnung weg. Der Starke setzt sich im Chaos durch! Das ist es, was wir brauchen.« Er zog die kleine Pappzielscheibe aus der Halterung und hielt sie triumphierend in die Höhe.

Zehn kleine Löcher waren wie ein großes, das dort klaffte, wo die Zehn gewesen war.

16.

Stahnke hatte ein Taxi genommen, wutschnaubend. Er passierte den Tatort im selben Moment, als der erste Streifenwagen dort eintraf. Ehe er seinen Fahrer bezahlt und die Straße überquert hatte, war auch der Notarzt zur Stelle. Ein Krankenwagen folgte.

»Lebt sie noch?«, fragte der Erste Hauptkommissar mit heiserer Stimme.

Der Notarzt nickte. »Sie scheint keine lebensbedrohlichen Verletzungen erlitten zu haben, und der Blutverlust hält sich in Grenzen. Ich denke, sie hat gute Aussichten.«

So, wie der Dienstwagen aussah, grenzte das an ein Wunder. Front- und Heckscheibe waren von mehreren Schüssen durchsiebt und erblindet, auch im Blech zeigten sich auf der linken Seite diverse Einschusslöcher. Das Ganze erinnerte an eine Mafia-Exekution in Palermo. Oder Amsterdam.

Weitere Streifenwagen trafen ein, die Beamten drängten die Schaulustigen zurück. Notarzt und Sanitäter hatten die bewusstlose Oberkommissarin erstversorgt und bugsierten sie auf eine Trage. »Sie hat Ein- und Streifschüsse am linken Arm, der linken Hüfte und am Oberschenkel, ebenfalls links«, berichtete der Arzt. »Ich vermute, Ihre Kollegin hat sich auf den Beifahrersitz geworfen, als die ersten Schüsse fielen, und sich so flach wie möglich gemacht. Durch die geborstenen Sicherheitsscheiben konnten die Schützen nicht mehr sehen, wo sie sich befand. So gingen die meisten Schüsse zu hoch.«

»Mehrere Schützen also?«, fragte Stahnke. »Können Sie schon sagen, wie viele?«

»Drei waren es!«, rief jemand hinter der Absperrung. »Drei Männer! Ich hab sie genau gesehen.«

»Durchlassen!«, befahl der Erste Hauptkommissar. Eine kleine alte Frau mit auberginefarbenem Haar trippelte eilig auf ihn zu.

»Ich war gerade auf der anderen Straßenseite unterwegs«, sprudelte die Frau hervor. »Als das Hupen losging, habe ich hinübergeschaut. Da waren drei Autos, ein dunkelgrauer BMW, ein weißer Lieferwagen und der Wagen der armen Frau. Und drei Männer. Als sie anfingen zu schießen, habe ich mich hinter den Mülltonnen versteckt. Nur gut, dass heute Abfuhrtag ist!«

»Können Sie die drei beschreiben?«, fragte Stahnke.

»Alle hatten Gesichtsmasken auf.« Die Frau schüttelte bedauernd ihren auberginefarbenen Schopf. »Männer waren es, da bin ich mir sicher. Ich habe zwischen den Tonnen hindurchgelugt, da sprangen sie schon wieder in ihre Autos. Das waren bestimmt Männer, so wie die sich bewegt haben.«

»Direkt nach den Schüssen?«, fragte Stahnke. »Keiner hat noch in den Wagen meiner Kollegin geschaut?«

»Das haben die sich bestimmt nicht getraut«, sagte die alte Frau. »Die Dame im Auto hatte doch gehupt, das war sehr clever. Alle Leute, die zu Fuß unterwegs waren, haben natürlich hingeschaut. Außer mir noch drei oder vier andere, schätze ich. So geistesgegenwärtig muss man erst mal sein!«

Stahnke nickte und bedankte sich. Einer der uniformierten Kollegen nahm die Personalien der Augenzeugin auf.

Reifen quietschten, Autotüren knallten. Der Erste Hauptkommissar registrierte es kaum. Seine Gedanken waren bei seiner Kollegin. Dass Sibylle Wiemken so eigensinnig war, hatte er nicht gedacht. Hätte sie nicht die drei Minuten auf ihn warten können? Er hatte sie doch nicht aus Gedankenlosigkeit oder Schikane warten lassen, das Telefonat war dienstlich! Aber gesagt hatte er ihr das nicht. War sie also zu Recht ungehalten gewesen?

Was, wenn sie auf ihn gewartet hätte? Dann hätte er auf dem Beifahrersitz gesessen, und seine Kollegin hätte keinen Platz gehabt, abzutauchen und den meisten Geschossen auszuweichen. Dann hätten die drei Schützen sie alle beide erwischt, und zwar vermutlich endgültig. Hatten sie das gewollt, oder wäre sein Tod ein Kollateralschaden gewesen?

Sie hatte sich nicht gewehrt. Hätte er die Chance dazu gehabt? Okay, er hatte seine Dienstwaffe dabei, aber hätte er sie rechtzeitig ziehen können, um einen Treffer anzubringen? Einen vielleicht, aber niemals drei. Auf drei bewegte Ziele.

Warum war Sibylle Wiemken eigentlich über diese Tankstelle gefahren? Nicht zum Tanken, der Laden war geschlossen. Ihr Fahrzeug stand entgegen der ursprünglichen Fahrtrichtung. Vermutlich wollte sie wenden. Warum? Seinetwegen. Warum war sie jetzt schwer verletzt? Seinetwegen.

Unlogisch. Stahnke schüttelte den Kopf. Nicht alles auf dieser Welt hatte mit ihm zu tun. Oder mit dem Fall, an dem er gerade arbeitete. Es war noch nicht einmal seiner! Mord auf einem Mittelaltermarkt, an einem offenbar nicht besonders bedeutenden Mann, der vermutlich als Schwarzgeldkurier tätig gewesen war. Brachte man deswegen eine Ermittlerin um? Oder womöglich zwei Ermittler? Stahnke hatte Zweifel.

Was war mit dem anderen Fall, dem von Sibylle Wiemken? Erweiterter Suizid, eventuell Mord. Außerdem Bestechlichkeit und Kinderpornografie. Im letzten Punkt gab es eine Verbindung beider Fälle, deswegen waren sie überhaupt gemeinsam losgefahren. Lag hier der Grund für den Anschlag? Warum erkannte Stahnke ihn dann nicht?

Inzwischen schien die Transportvorbereitung der Oberkommissarin erledigt zu sein. Der Krankenwagen fuhr los, mit Blaulicht, aber ohne Sirene. War das ein gutes Zeichen?

Andere Blitze mischten sich in das Blaulicht. Weiße. Jemand machte Blitzlichtaufnahmen. Dass die Presse Wind von der Sache bekommen würde, war zu erwarten, dachte Stahnke. Aber nahmen die Oldenburger Journalisten nicht immer erst Kontakt mit den leitenden Ermittlern auf, ehe sie loslegten? Es gab Regeln, beide Seiten hatten ihre Interessen. Man respektierte einander und fand immer einen Kompromiss.

Hier aber war ein anderer Typ Reporter am Werk, Männer und Frauen, die er nicht kannte. An der Absperrung gab es Gerangel, Rufe wurden laut. Schaulustige mischten sich ein. Schon hatte sich das Geschehen zum Tumult entwickelt. Zeit einzugreifen, dachte der Erste Hauptkommissar und marschierte los.

Wenn er wollte, konnte Stahnke richtig losdonnern. Dann erstarrte gewöhnlich alles in der Bewegung. Jetzt aber verfehlte seine Stimme ihre Wirkung, ganz egal, wie viel Metall er hineinlegte. Einige Leute ignorierten ihn einfach, fotografierten den Tatort an ihm vorbei, überstiegen dreist das Flatterband. Jetzt waren es schon mehrere, die knipsten, einige mit Kameras, andere mit Smartphones. Manche trugen Schirmmützen und Sonnenbrillen. Unmöglich zu erkennen, wer Journalist war und wer bloß Gaffer. Was sollte das, wollten sich die Leute mit ihm anlegen?

Können sie haben, dachte Stahnke und packte zu, griff nach der größten Spiegelreflex mit angeflanschtem Profi-

Blitzgerät. Die Fotografin begann zu schreien, ließ ihre Kamera nicht los. Mit einem kräftigen Ruck riss er ihr das Ding aus der Hand. Die Frau stürzte zu Boden und begann aus Leibeskräften zu kreischen. Stahnke stand über ihr und starrte sie entgeistert an. Um ihn herum begann das Blitzfeuerwerk jetzt erst richtig. Jemand griff von der Seite nach der Kamera, Stahnke brüllte ihn an und stieß ihn weg.

Der Nächste, der vor ihm stand, trug Uniform. »Mensch, Stahnke, beruhigen Sie sich«, sagte der an den Schläfen ergraute Kollege. »Wollen Sie so in die Zeitung? Und ins Fernsehen?«

Die Worte wirkten wie eine Pütz Eiswasser ins Gesicht. Stahnke erkannte, dass er in die Falle gegangen war. Und er glaubte auch zu wissen, wem.

17.

Als alles Notwendige erledigt war, beeilte sich Stahnke, in die Polizeiinspektion zu kommen. Aber das Internet war schneller.

Einige Zeit hatte er gebraucht, ehe er loskonnte. Täterbeschreibung durchgeben, Ringfahndung auslösen, Kriminaltechnik anfordern, das wollte alles erledigt sein. Verstärkung zur Tatortabsicherung mahnte er ebenfalls an. Allerdings hatte sich die Lage vor Ort nach der Eskalation schnell wieder beruhigt. Auffallend schnell sogar.

Der grauhaarige Streifenpolizist und seine Kollegin fuhren ihn zu seiner Dienststelle. Beide unterhielten sich leise miteinander, aber nicht mit ihm, dem Ranghöheren. Stahnke fiel das nicht weiter auf. Er hatte genug mit seinen eigenen Gedanken zu tun. An der Wache der Inspektion eilte er vorbei, ohne zu grüßen. Dass alle ihm hinterherstarrten, bemerkte er nicht.

Als er aus dem Fahrstuhl stürmte, fing ihn Oberkommissar Thorsten Venema ab und lotste ihn in einen kleinen Besprechungsraum mit einem PC-Arbeitsplatz und einem großen Fernseher an der Wand. »Wir brauchen deinen Bericht«, sagte der junge Kollege und zeigte auf den Computer. »Möglichst schnell. Und ausführlich.«

»Wozu? Ist doch alles hier drin.« Stahnke tippte sich an die Stirn. »Es gibt so viele andere Dinge, die wir erledigen müssen. Mit einer Einsatzbesprechung fangen wir an. Wer ist alles schon hier?«

Venema schaute verlegen zu Boden. »Die Besprechung läuft bereits«, sagte er leise.

»Gute Initiative«, knurrte Stahnke. »Umso schneller müssen wir beide dorthin. Los, worauf warten wir noch?«

»Auf mich«, sagte eine befehlsgewohnte Stimme vom Flur her. »Junger Mann, gehen Sie hinüber zu Ihren Kollegen. Und machen Sie die Tür hinter sich zu.«

Thorsten Venema gehorchte, offenkundig froh, der peinlichen Situation entronnen zu sein, und ließ Stahnke mit dem Inspektionsleiter allein.

Kriminalrat Siebrandt war einen halben Kopf kleiner als Stahnke und nicht annähernd so breit. Seine Gesichtshaut war fleckig, sein weißes Resthaar dünn, die Kopfhaut schimmerte rosa. Sein Blick war freundlich, aber ein Heben seiner Augenbrauen reichte aus, um jeden Untergebenen strammstehen zu lassen, jedenfalls innerlich. Stahnke, selbst eine Autorität mit ausgeprägter Abneigung gegen höhere Autoritäten, machte da keine Ausnahme. Wie ein pflichtvergessener Schüler stand er da und ging im Stillen durch, was er alles auf dem Kerbholz hatte. Dann packte ihn eine ganz andere Furcht.

Siebrandt nickte ihm zu. »Setz dich«, sagte er. »Das wird nicht einfach.«

Stahnke ließ sich auf einen Stuhl fallen, der unter ihm ächzte. »Sibylle?«, stieß er hervor. »Meine Kollegin, Frau Wiemken. Ist etwas … ist sie … nein, oder?«

»Oberkommissarin Wiemken geht es gut, den Umständen entsprechend«, sagte Siebrandt. »Um sie geht es nicht. Du bist es, der mir Sorgen macht.«

»Wieso? Ich habe keine Kugel abgekriegt.« Stahnke war erleichtert. Die Warnung überhörte er trotzdem nicht. »Die Kerle, die das getan haben, werden wir jagen«, versprach er. »Und erwischen.«

»Die Jagd läuft schon, aber ohne dich«, sagte der Kriminalrat. »Du bist raus. Hast dich selbst abgeschossen.«

»Du ziehst mich ab von dem Fall?«, fragte Stahnke ungläubig. »Warum denn das?«

»Das fragst du noch?« Siebrandt griff nach einer Fernbedienung, schaltete das TV-Gerät ein und zappte zu einem Nachrichtenkanal. Stahnke sah den Tatort, die Tankstelle, die Einschüsse im Dienstwagen. Hörte einen Kommentar, dessen Wortlaut er nicht verstand, der aber klang wie aus einem *Godzilla*-Film. Er sah sich selbst mit verzerrtem Gesicht und drohender Faust. Sah, wie er nach der Kamera griff, wie die Fotografin schreiend zu Boden stürzte. Sah sich weiter wüten, bis sich ihm ein uniformierter Kollege in den Weg stellte. Schnitt.

»So geht das schon die ganze Zeit«, sagte der Kriminalrat. »Und das ist gar nichts im Vergleich dazu, was im Netz los ist! Die Skandalseiten überschlagen sich, die Kommentare hageln. Nicht nur die üblichen Hater-Schwadrone, auch unsere eigene Klientel geht auf die Barrikaden. Der Innenminister wurde schon zum Rücktritt aufgefordert!«

»Die spinnen doch alle.« Stahnke verschränkte die Arme vor der Brust. »Es gab einen Angriff auf eine Polizeibeamtin, und die enthemmte Journaille fällt über den Tatort her wie die Schmeißfliegen! Soll ich mich darüber etwa nicht aufregen? Es gibt doch Regeln, verdammt, die eingehalten werden müssen!«

»Da sagst du etwas«, erwiderte Siebrandt. »Regeln, die gibt es, und die gelten auch für uns. Sogar für dich! Ich weiß, das hörst du nicht gern, und ich lasse dir manches durchgehen, weil du bisher immer wusstest, wie viel zu weit du gehen konntest. Trotzdem haben sich in der Vergangenheit allerhand Beschwerden über dich angesammelt. Die Konsequenzen habe ich immer abgebügelt, aber es steht alles in den Akten. Mit deiner neuesten Aktion hast du das Fass zum Überlaufen gebracht, und zwar richtig. Diesmal kann ich dir nicht die Hand vor den Hintern halten.«

»Beschwerden? Ach was, Kinkerlitzchen.« Dienstwege nicht eingehalten, Befehlsketten ignoriert, Zeugenbefragungen zwischen Tür und Angel – das diente doch alles nur dem einen Zweck, nämlich zügig zu einem Ergebnis zu kommen! Und darum ging es doch. Spuren erkalteten schnell, Mörder waren flüchtiger als Schnee im April. Schnelle Tat, gute Tat! Seine Bilanz konnte sich sehen lassen. Heiligte der Zweck denn nicht die Mittel?

Stopp, dachte Stahnke. Das tat er nicht, der Zweck. Das wusste er genau, aber das ignorierte er gerne. Offenbar einmal zu viel. Es half nichts, er musste wohl zurückstecken. »Na denn, wie du meinst«, gab er sich zerknirscht. »Dann nimmst du mir die Ermittlung eben weg. In Ordnung. Ich denke, Thorsten Venema ist inzwischen so weit. Falls er Probleme hat, können wir Fühlung halten. Ich bin ja nicht aus der Welt.«

Siebrandt trat auf ihn zu und legte ihm die Hand auf die Schulter. »Du missverstehst mich, Stahnke«, sagte der Kriminalrat sanft. »Ich entziehe dir nicht den Fall, ich suspendiere dich. Auf unbestimmte Zeit. Auf dringenden Wunsch der Staatsanwaltschaft und des Innenministeriums und im Einklang mit den einschlägigen Gesetzen. Würdest du mir bitte deinen Dienstausweis und deine Waffe aushändigen?«

Ich träume, dachte Stahnke. Das musste ein Traum sein. In seinem Kopf begann es zu prickeln, in seinen Ohren zu summen. Seine Finger fühlten sich taub an, trotzdem funktionierten sie. Er legte seine Dienstwaffe so vorsichtig auf den Tisch, als wäre sie ein rohes Ei, nahm das dazugehörige Futteral aus der Schublade und steckte die Pistole hinein, Magazin extra, wie es sich gehörte. Das Foto auf seinem Dienstausweis war uralt, aber immer noch sehr ähnlich. Ob er einen neuen Ausweis beantragen sollte, wenn dieses Theater vorbei war?

»Auf unbestimmte Zeit, sagtest du.« Stahnke musste sich räuspern. »Was meinst du, wie lange könnte das sein? So in etwa?«

Siebrandt seufzte, während er die Gegenstände einsammelte. »An deiner Stelle«, antwortete er, »würde ich mir über einen vorgezogenen Ruhestand Gedanken machen.«

18.

Wenn Nidal Ekinci nachts Kinderdienst hatte, konnte er anschließend schlecht wieder einschlafen. Dann setzte er sich an seinen PC und surfte ziellos, bis ihm die Augenlider schwer wurden. Offensichtlich ging es Millionen von Deutschen ebenso. Und zig Millionen Europäern. Wie mochte es erst in Indien sein?

In Indien, dachte der Oberkommissar, hätte er vermutlich nicht zwei Kinder, sondern zehn, allein schon wegen der Altersversorgung, die nur durch genügend eigene Kinder funktionierte. Und weil seine Frau weder die Bildung noch das Recht hätte, um in Sachen Familienplanung eine Mitbestimmung einzufordern. Weil Verhütung auch viel zu teuer wäre. Und eine kleine Familie schädlich für sein Image als potenter Mann. Zehn Kinder! Inclusive Reserve, einige starben gewöhnlich. Trotzdem müsste er als indischer Vater nachts niemals raus, das wäre Frauensache. Immerhin ein Aspekt, der ihm gefallen würde.

Wirre Gedanken deuteten oft auf einen beginnenden Einschlafprozess hin. War es doch schon so weit? Dann nichts wie in die Kissen! Ekinci horchte in sich hinein. Spielte tief in seinem Innersten schon die Einschlafmusik? Leider nicht, es klang eher wie eine Schlagzeugklasse ohne Pausenaufsicht. Dann konnte er genauso gut weitersurfen.

Der Große hatte bald Geburtstag. Vier Jahre, wie die Zeit verging! Er wünschte sich Autos, immer nur Autos. Am liebsten Lkw, Feuerwehr und Müllabfuhr. Polizei natürlich auch, aber nur mit lauter Sirene. So was kaufte Nidal ihm gerne, seine Frau aber hasste ihn dafür. Inzwischen besaß der Kleine so viele Autos, dass der Spielteppich mit den Straßen drauf längst nicht mehr ausreichte. Permanenter Stau war angesagt, gelegentlich auch Treckerblockaden. Die regten den Oberkommissar sogar im Kinderzimmer auf. Was bildeten sich diese Kleinunternehmer ein, ehrliche Bürger zu schikanieren, um an deren Steuergelder zu kommen! Sein Sohn hatte schnell gemerkt, dass Papa sauer war, und viele Parkplätze auf Zeichenpapier gemalt. So konnte er anbauen und es herrschte wieder Ordnung. Braver Junge.

Nidal Ekinci suchte nach Kinderspielzeug. Was für ein Überangebot! Aber nicht wirklich vielfältig, alles schien wenigen herrschenden Moden zu folgen. Die meisten hatten ihren Ursprung in Hollywood-Schmieden, das erkannte man sofort am Preis. Aktuell dominierten Eisköniginnen, Rentiere und grinsende Schneemänner.

Kinderspielzeug, Kinderbilder. Süße kleine Kinder überall. Wie viele Agenturen mochte es geben, die ausschließlich niedliche Kinder casteten? Wie viele Eltern gab es, die bereit waren, einen Teil der Kindheit ihrer Sprösslinge zu verhökern? Oder gleich – ihre Kinder?

Ärgerlich schüttelte er den Kopf. Was er sich heute auf Gundi Lüchts Bildschirm hatte anschauen müssen, hing ihm immer noch in den Hirnwindungen. Der Widerhall der dabei empfundenen Gefühle feuerte das Schlagzeuggeknatter in seinem Kopf und in seiner Seele weiter an. Erschrecken, Abscheu, Ekel. Angst um seine eigenen Kinder. Vor allem Hass. Wenn er dem die Zügel freigab, wäre er zum Äußersten fähig, dessen war er sich sicher. Und was war noch mal sein Job? Andere Menschen daran zu hindern, ihrem Hass nachzugeben. Tolle Sache.

Es hieß, Hass mache blind, aber das beschrieb nur das halbe Problem. Hass war eine Sprengladung ohne Zielvorgabe. Hass traf schnell die Falschen. Wer hasste, ließ sich leicht von außen lenken. Das konnte man täglich auf den Straßen beobachten. Menschen, die das Leid der Unschuldigen in Gaza beklagten, forderten im selben Atemzug die Auslöschung eines demokratischen Staates mit acht Millionen Bürgern und fanden nichts falsch daran. Alle verblendet, alle bekloppt, dachte Nidal Ekinci.

Und was war mit ihm selbst? Hatte er nicht gerade eben die Eltern süßer Werbe-Models in Gedanken mit Kinderschändern und deren Zulieferern gleichgesetzt? Manchmal reichte es echt nicht, darauf zu achten, was er sagte, dachte er. Auch seine Gedanken waren manchmal allzu frei.

Es gab sie natürlich, diese gewissenlosen Kinderhändler, die nicht von der eigenen sexuellen Orientierung getrieben wurden, für die sie nichts konnten, sondern von reiner Geldgier. Das musste er begreifen, ohne deshalb die halbe Menschheit zu verachten und über einen Kamm zu scheren. Solche Typen wie diesen Jörg Visser. Ekinci hielt den Ermordeten nicht für einen Pädophilen, sondern für jemanden, der mit den perversen Produkten, die für den profitbringenden Handel mit Pädophilen gedacht waren, umgegangen war wie mit einer beliebigen Ware. Wie mit dem Schmuck, den er auf Mittelaltermärkten verhökert hatte. Ob es ihn interessiert hatte, welche Bedeutung die Runen auf den silbernen Anhängern und Ringen besaßen? Oder was Esoteriker und Neue Rechte in sie hineininterpretierten? Bestimmt nicht. Genauso wenig hatte ihn das Schicksal der Kinder berührt, deren Bilder er für seine Zwecke benutzt hatte.

Der Oberkommissar stellte fest, dass er schon wieder wild spekulierte. Nichts von dem, was ihm da durch den Kopf sprudelte, konnte er belegen. Schon gar nicht, dass Visser Thorshämmer und Odalsrunen verkauft hatte, ohne deren Funktion für Neo-Germanen zu kennen. Im Gegenteil, wahrscheinlicher war, dass er solche Auffassungen geteilt hatte! Darauf wies einiges hin. Dafür nichts auf Pädophilie.

Ein Name huschte durch sein Blickfeld. »Visskopp«. Jörg Vissers Netzidentität, von der Sibylle Wiemken geschrieben hatte! Er fand die improvisierte *WhatsApp*-Gruppe praktisch, in der sich Oldenburger und Ostfriesische Kriminalpolizisten während gemeinsamer Ermittlungen gegenseitig auf dem Laufenden hielten, auch wenn Kramer darüber die Stirn runzelte. So was war praktisch und hilfreich, warum sollte man sich von Vorschriften behindern lassen? Das hatte er von Stahnke gelernt. Der alte Knurrhahn war sein großes Vorbild, sein Idol. Seit Stahnkes Wechsel nach Oldenburg telefonierten sie regelmäßig. Seine Meinung und sein Rat waren Nidal Ekinci wichtig.

Der Bildschirm zeigte plötzlich gehörnte Helme. Wann war er von Kinderspielzeug zu Wikingern geraten? Aha, die kleinen Spielfiguren aus Plastik, die gab es auch als Wikinger. Jetzt steckte der Oberkommissar in einem älteren Chatverlauf von Walhalla-orientierten Neuheiden, die sich päpstlicher aufführten als der Papst, wenn es um Fragen des Unglaubens ging. Als Muslim war Nidal Ekinci einiges an Intoleranz gewohnt, aber in dieser Wikinger-Gruppe wurden neue Maßstäbe gesetzt. Das hatte auch Visskopp so gesehen und in seinen Beiträgen mit Häme nicht gespart.

Irgendwelche Hinweise auf Kindesmissbrauch und Pädophilie? Nicht die geringsten, fand Ekinci, selbst wenn er jedes Wort auf die Goldwaage legte. Dafür jede Menge staatsfeindliches Geschwätz. Ginge es nach diesem Visskopp, dann lief in Deutschland alles falsch, und Schuld waren immer und grundsätzlich die Linken, die Grünen und die Juden. Was der inzwischen verstorbene Jörg Visser dagegensetzen wollte, war eine homogene Volksgemeinschaft weißer nordischer Menschen, geleitet und angeführt von den stärksten und besten von ihnen. Männern natürlich. Oberkommissar Ekinci stellte wieder einmal fest, dass er das Ableben einiger Menschen weniger bedauerte als das anderer.

Während in Glaubensfragen, etwa über die thematische Zuständigkeit verschiedener Asen, heftig gestritten wurde, gab es auf Visskopps nationalpolitische Tiraden kaum Widerspruch. Hatten diese Teutschen denn ihr demokratisches Heimatland so satt? Ekinci hatte Verwandte im Libanon und im Irak, in Syrien und in der Türkei. Die hatte er alle schon besucht und dabei Länder kennengelernt, die wirklich heruntergekommen, verwahrlost und von Korruption zerfressen waren. *Failed States* zum Teil. Wovon träumten die Bewohner dieser Länder, die sich regelmäßig krank zur Arbeit schleppten, wenn sie denn welche hatten, weil sie sonst nichts zu essen bekamen? Von einem Leben in Deutschland. Jammern war eben ein urdeutsches Hobby, und das nicht nur im Osten.

Kontra bekam Visskopp nur von einer einzigen Person, und das war »Nirmala«. War das nicht die Wahrsagerin mit dem urdeutschen Klarnamen, mit der er sich erst gestern bei seinem Bauwagen-Besuch unterhalten hatte? Vermutlich, obwohl das Profilbild nur einen Fächer Tarotkarten zeigte. Ekinci hielt nichts von anonymen Diskussionsbeiträgen. Wer im Netz herumtönte, sollte mit Namen und Foto dazu stehen. Das entsprach seinem Begriff von Ehre.

Nirmalas Ansichten aber kamen den seinen sehr nahe. Sie setzte den Visskopp ordentlich auf den Topf, zerpflückte seine Argumentation, nannte ihn einen »wohlstandsverwahrlosten Meckerpott« und eine »nimmersatte Made im Speck«. Wow, die nahm kein Blatt vor den Mund, obwohl sie ihrem Widersacher auch im täglichen Leben begegnete! Der Oberkommissar war drauf und dran, ihr zu applaudieren, wollte aber Frau und Kinder nicht wecken. Außerdem ging es hier gegen einen inzwischen Verstorbenen, auch das wollte er nicht vergessen.

Zu seinen Lebzeiten aber hatte dieser Visskopp heftig zurückgeschlagen. Seine Gegenrede war beleidigend und sehr persönlich. Jörg Visser hatte eindeutig gewusst, wer Nirmala war. Nidal Ekinci scrollte über alle Anwürfe hinweg, die sich mit ihrem Geschlecht und dessen prinzipieller Minderwertigkeit befassten. Schlimm genug, dass er solch widerwärtigen Kram beim Freitagsgebet immer wieder anhören musste! Man konnte nur ahnen, mit welchen Komplexen sich Männer herumschlagen mussten, die so was nötig hatten. Ihm käme das nie in den Sinn, dachte er. Und wenn doch, würde seine Frau ihm energisch den Kopf waschen.

Nach einer Gegenrede Nirmalas wurde Visskopp persönlich. Ekinci hörte auf zu scrollen, es wurde interessant. Warum schimpfte er die Frau eine »verkrachte Finanzhexe«? Warum »heruntergekommene Existenz«? Und was bedeutete: »Du hast selbst gesehen, was passiert, wenn man dem falschen Führer folgt.« Worauf spielte Jörg Visser an? Schade, dass man ihn nicht mehr fragen konnte.

Am Ende des Wortwechsels schimpfte Visser noch: »Du lächerliches Lügenmaul mit deiner schmierigen Kugel!« Darauf hatte Nirmala nicht mehr geantwortet. Nidal Ekinci ging Visskopps Tiraden noch einmal durch und sortierte die Begriffe neu. Ehemalige Finanzfrau – heruntergekommene – Hexe – falscher Führer – Lügen. Stand Lügen für Weissagungen?

Madame Nirmala alias Marlene Franzen. Anscheinend kannten sich die beiden besser, als Frau Franzen bei ihrem ersten Gespräch hatte zugeben wollen. Warum hatte sie ihm verschwiegen, wie heftig sie mit Visser aneinandergeraten war? Weil er dahinter ein Motiv vermuten könnte?

Oder weil das vielleicht ein Motiv war?

Der Oberkommissar lauschte; im Kinderzimmer war Ruhe. Schnell öffnete er *Google* und gab den Usernamen der Frau ein: Nirmala, aha, das war Sanskrit, wie schon vermutet. Die Bedeutung war »die Reine« oder auch »die Keusche«. Hoppla, warum hatte sie sich denn den gegeben? Oder hatte jemand anderes das getan? Und falls ja, wer?

Ekinci gähnte herzhaft und ausdauernd. Zeit, endlich doch ins Bett zu gehen, dachte er und begann, die geöffneten Fenster auf seinem Bildschirm zu schließen. Seine Frau kritisierte ihn oft, er räume nach seinen Recherchen nie hinter sich auf, ständig stünde alles offen herum, das würde die Arbeitsgeschwindigkeit verlangsamen. Ob das stimmte? Solange sein PC so schnell war, wie sein Gehirn arbeitete, sollte ihm das egal sein.

Jetzt war er wieder bei den Spielzeugen angelangt. Private Verkäufe. Da, ein Aufsitzbagger mit beweglichem Schaufelarm. War das noch etwas für seinen Sohn? Er könnte den Verkäufer fragen, bis zu welchem Alter dessen Kind damit gespielt hatte. Aber da standen weder Name noch Adresse, nur das Pseudonym »Coach« und eine Handynummer.

Plötzlich war er wieder hellwach. An der Rückwand des Kinderzimmers, in dem der angebotene Bagger stand, hing ein Plakat. Ein buntes, fröhliches Plakat. *Lükko Leuchtturm und seine Freunde*.

19.

Stahnke betrat das Krankenhaus durch den Haupteingang, dessen Türen sich bereitwillig vor ihm öffneten. Ein nächtlicher Raucher mit bandagiertem Arm nickte ihm desinteressiert zu. Der Warteraum war verlassen, an der Rezeption saß niemand. Aus dem Raum dahinter drangen Stimmen. Wer immer hier den Nachtdienst versah, schien mehr Aufgaben zu haben als die Kontrolle später Besucher. Stahnke kannte einen Hobbydichter, der als Nachtportier in einem Berliner Motorradwerk während seiner Schichten ganze Bücher verfasst hatte. Bei der heutigen Arbeitsverdichtung war an so was wohl nicht mehr zu denken, dachte der Erste Hauptkommissar. Ihm sollte es recht sein; die Bücher dieses Nachtportiers taugten sowieso nichts.

Erster Hauptkommissar, ha! Durfte er sich noch so nennen? Offizieren hatte man früher bei einer Degradierung die Epauletten vom Uniformrock gerissen. Zum Glück trug er nie Uniform. Vielleicht hätte Siebrandt seinen Dienstausweis vor seinen Augen zerrissen, wenn der nicht in Plastik eingeschweißt wäre. Der Fortschritt war also doch zu etwas gut.

Er versuchte, sich an den Schildern zu orientieren, betrat einen Fahrstuhl und drückte aufs Geratewohl die Vier. Chirurgie. Im vierten Stock schaute er prüfend nach beiden Seiten. Ganz hinten rechts hing eine Gestalt in Uniform lässig auf einem Polsterstuhl. Okay, dachte Stahnke, hier schien er richtig zu sein.

Eine Krankenpflegerin huschte über den Korridor, ohne ihn zu beachten, und verschwand in der Tür, über der eine rote Lampe matt leuchtete. Nebenan leuchtete eine zweite auf, aber keine zweite Schwester erschien. Zustände sind das, dachte Stahnke und marschierte los.

Der graubärtige Schutzpolizist auf dem Stuhl sah offenbar keinen Anlass, von seiner Lektüre aufzuschauen oder sich gerade hinzusetzen. »Na, Stahnke?«, fragte er. »Haben sie dich beim Arsch gekriegt? Keine Sorge, das passiert den Besten.«

»Van Deest.« Stahnke verzog seinen Mund. »Wieso den Besten? Ich dachte, das wäre dir schon passiert.«

»Mein Reden. Immer die Besten kriegen sie dran.« Jetzt stemmte sich der Mann, der mindestens so alt war wie Stahnke, auf seinem Polstersitz in die Höhe. »Was ist, soll ich dich nach deinem Ausweis fragen?«

»Ein paar an die Backen kannst du kriegen«, knurrte Stahnke. »So wie damals der Hippie, der am Denkmal nur ein bisschen klampfen wollte. Da war ein echter Held nötig, um den zu verkloppen.«

»Der hat nicht nur geklampft, der hat auch gekifft«, behauptete van Deest. »Ich weiß, heute kann so einer Finanzminister werden, aber damals war das illegal. Außerdem weiß ich gar nicht, was du willst! Die Frau mit der Kamera, die du umgehauen hast, war auch kein Schwergewicht.«

»Als ob.« Stahnke war sich zu fein für eine Richtigstellung. Er zeigte auf die Krankenzimmertür, vor der van Deest sich postiert hatte. »Ist sie wach? Wie ist sie drauf?«

»Ich denke, ja«, antwortete der Graubärtige. »Aber ich darf niemanden reinlassen.«

»Mein Angebot gilt«, sagt Stahnke. »Das mit den Backen.«

Der Schutzpolizist ließ sich zurück in seine Ruheposition sacken. »Na gut«, sagte er und senkte seinen Blick in die Zeitschrift. »Ich beuge mich der Gewalt.«

Im Krankenzimmer war es dunkel – bis auf einen geisterhaften Schein rund um das einzelne Bett, das etwas verloren am Fenster stand. Offenbar hatte man für die verletzte Polizistin ein Mehrbettzimmer frei geräumt. Sibylle Wiemken hatte das Rückenteil hochgestellt und schien etwas auf ihrem Laptop zu lesen.

Als Stahnke langsam näher kam, schaute sie hoch und starrte ihn mit zusammengezogenen Augenbrauen an. Sein schlechtes Gewissen meldete sich, und er suchte nach Worten. Dann stellte er fest, dass sie ihn im Dunkeln gar nicht erkennen konnte. »Ich bin's«, sagte er heiser. »Moin.«

»Stahnke.« Die Stirn der Oberkommissarin blieb gerunzelt. »Ich habe schon gehört.« Die Frage, was er hier wollte, blieb unausgesprochen.

Die hatte er sich auch schon gestellt. Sein erster Weg hatte ihn nach Hause geführt, in sein Wohnzimmer, zu dem Schrank, wo der Whisky stand. Er hatte die Flasche minutenlang in der Hand gehalten, ehe er sie zurückstellte. Solche Phasen hatte er bereits gehabt. Er sehnte sich nicht nach ihnen zurück.

Dann hatte er Kramer anrufen wollen, seinen altvertrauten Kollegen aus Leer. Mit dem Hörer in der Hand hatte er sich das bevorstehende Gespräch ausgemalt und dann darauf verzichtet. Oliver Kramer war so anders als er! Der stoische Oberkommissar hatte seine Regelbrüche stets akzeptiert und war dabei loyal geblieben, aber Verständnis hatte er nie geheuchelt. Und seinem Vorgesetzten in diesem Punkt niemals nachgeeifert. Was konnte er anderes erwarten als ein »Ich hab's dir ja gesagt«? Höchstens Höflichkeiten. Nein danke.

Nidal Ekinci war zu jung, um sich bei ihm auszuweinen, und Manninga, sein früherer Chef, war tot. Stundenlang war Stahnke ruhelos durchs Haus gewandert, bis ihm endlich klar wurde, dass die einzige Person, die infrage kam, zugleich diejenige war, um die es ging.

»Hast du große Schmerzen?«, fragte er.

»Nicht der Rede wert«, sagte Sibylle Wiemken. »In puncto BTM sind die hier sehr gut aufgestellt. Noch zwei Tröpfchen mehr und ich fliege.« Sie hob ihren linken Arm. Am Ständer neben dem Bett schaukelten die Tropfbeutel.

»Es tut mir leid«, sagte Stahnke. »Ich habe mich blöd benommen.«

»Ich habe mich aufgeführt wie eine beleidigte Leberwurst«, erwiderte die Oberkommissarin. »Mir tut es leid.«

»Aber dich haben sie erwischt«, sagte Stahnke.

»Dich haben sie auch erwischt«, sagte Sibylle Wiemken.

»Eigene Dummheit.« Stahnke schüttelte den Kopf.

»Gleichfalls.« Seine Kollegin lächelte versöhnlich. »Wir sind also quitt.«

»Wie ist es denn überhaupt abgelaufen?« Stahnke zog einen Besucherstuhl heran und setzte sich neben das Bett.

»Der eine muss direkt hinter mir gefahren sein.« Natürlich hatte die Oberkommissarin den Hergang der Tat längst rekonstruiert. »Vermutlich hat er uns beziehungsweise mich beim Untersuchungsgefängnis abgepasst und sich dann an meine Fersen geheftet. Der Sprinter hat an der Cloppenburger Straße gewartet und sich auf ein Signal hin vor mich gesetzt. Vermutlich hatten beide Wagen Funk- oder Handykontakt. In diesem Moment habe ich die geschlossene Tankstelle auf der anderen Seite gesehen und mich entschlossen zu wenden.«

Um mich abzuholen, dachte Stahnke. War es seine Schuld,

dass Sibylle in die Falle geraten und verletzt worden war? Nein, schlussfolgerte er. Ohne das Wendemanöver hätte der Überfall eben auf offener Straße stattgefunden. Machte das die ganze Sache besser? Ebenfalls nein.

»Beide Fahrer haben schnell reagiert«, fuhr die Oberkommissarin fort. »Der Lieferwagen ist mir gefolgt und hat mich von hinten blockiert, der BMW ist andersherum um die Tanksäulen gefahren und kam mir entgegen. Zack, Falle zugeschnappt. Und ich natürlich ohne Dienstwaffe! Ich hätte mich ohrfeigen können.«

»Hättest du eine Pistole gehabt, wärst du jetzt tot«, konstatierte Stahnke. »Du wärst oben geblieben, um zu schießen, und sie hätten dich an Kopf und Oberkörper getroffen. So bist du abgetaucht, das war deine Rettung. Zusammen mit dem Hupen. Glückwunsch zu deiner schnellen Reaktion!«

»Abtauchen konnte ich nur, weil du nicht neben mir gesessen hast. Vielen Dank, dass du mich genervt hast.« Die Oberkommissarin rollte mit den Augen. »Ist mal langsam gut, oder? Es war, wie es war, jetzt muss es weitergehen.«

»Schön wär's«, sagte Stahnke bedrückt. »Ich bin raus, wie du weißt. Suspendiert. Damit auch taub und blind, was die Ermittlungen angeht.«

»Thorsten Venema macht seine Sache gut«, sagte Sibylle Wiemken. »Den Sprinter haben sie bereits gefunden, stell dir vor.«

»Sag bloß.« Stahnke wusste nicht, ob er sich freuen oder beleidigt sein sollte. War er so leicht zu ersetzen?

»Natürlich nicht mit den Tätern drin«, fuhr Sibylle Wiemken fort. »Der Wagen war an einer Autobahnraststätte kurz vor Leer abgestellt. Auf einem Behindertenparkplatz, daher fiel er so schnell auf.«

»Dann sind die beiden Schützen wohl in den BMW umgestiegen«, mutmaßte Stahnke. »Oder haben sie den auch schon?«

Die Oberkommissarin schüttelte den Kopf. »Aber allerhand Fingerabdrücke in dem Lieferwagen. DNA-Spuren auch.«

»War das Fahrzeug geklaut? Oder ein Leihwagen?« Stahnke bedauerte die Kriminaltechniker, die all die verschiedenen Spuren in solch einem Auto sichern und auswerten mussten.

»Beides!« Die Oberkommissarin grinste schelmisch. »Geklaut – vom Hof einer Autovermietung! Das Schönste ist, dass der Wagen unmittelbar zuvor grundgereinigt wurde. Stell dir vor, alle gesicherten Spuren stammen von den Tätern! Sogar von allen dreien, denn der dritte hat die Fahrertür von außen angefasst.«

»Was waren denn das für Stümper?« Stahnke schüttelte missbilligend den Kopf, was natürlich Unsinn war, denn der Sachverhalt war für die Ermittlung großes Glück. »Mal gespannt, ob wir die in unserer Datenbank finden.«

»Drei Treffer«, verkündete Sibylle Wiemken. »Allerdings nicht bei uns, sondern bei den Niederländern.«

»Holländer? Irgendwas mit Drogen?« Stahnke rieb sich das bärtige Kinn; es raschelte ungewohnt laut. »Ich habe mal einen holländischen Waschsalon gesehen, daran stand: Wassen. Und gleich darunter: Drogen. Typisch Holländer.«

Die Oberkommissarin lachte laut, brach aber sofort mit schmerzverzerrtem Gesicht ab. »Au«, stöhnte sie. »Mit frischen Wunden sollte ich so was nicht machen. Und du nicht mit mir. Hör bitte auf mit deinen Klischee-Kalauern.«

»Also nichts mit Drogen?«

»Mocros«, sagte Sibylle Wiemken. »Sie gehören zur Mocro-Mafia.«

Marokkanischer Abstammung, in Clans organisiert, hochkriminell, extrem gewaltbereit. Stahnke nickte. »Klar, Mocros. Also doch Drogen.«

»Oder Geldautomatensprenger. Juwelenräuber. Geldwäscher. Die machen alles, was illegal ist. Du mit deinem verengten Blickfeld!«

»Sie machen es auch gerne auf Bestellung«, ergänzte Stahnke. »Hast du dich in letzter Zeit beruflich mit solchen Typen angelegt? Ich wüsste nicht.«

Die Oberkommissarin schüttelte den Kopf. »Da war nichts. Ich denke auch, die Typen kamen nicht aus eigenem Antrieb, sondern für Geld.«

»Wer auf Polizisten schießen lässt, der legt sich mit dem Staat an«, sagte Stahnke. »Damit meine ich keine Zufallstäter wie erwischte Wilddiebe oder kleine Gangster, die in Verkehrskontrollen geraten. Auch nicht durchgeknallte Reichsbürger, so gefährlich die auch sind. Sondern solche Täter, die ganz bewusst die öffentliche Ordnung attackieren. Das müssen schon echte Kaliber sein.«

»Die Mocros haben in Holland einen TV-Journalisten auf offener Straße erschossen«, sagte Sibylle Wemken. »Sogar eine Prinzessin haben sie bedroht. Denen scheint alles egal zu sein.«

»Mocros fallen unter den Oberbegriff Mafia. Organisiertes Verbrechen. Hatten wir mit so was zu tun?«, fragte Stahnke. »Oder – du? Ist dieser Bruno Renken ein Mafioso?«

»Der?« Die Oberkommissarin nahm sich zusammen, um nicht wieder schmerzhaft zu lachen. »Im Leben nicht! Den Mord an seiner Frau traue ich ihm zu, das schon. Korruption auch. Ich gebe zu, der Mann macht mich wütend. Trotzdem habe ich den Eindruck, dass er an seine eigene Unschuld glaubt.«

»Du hältst ihn für unschuldig? Woher dieser Sinneswandel?«

»Das Wort ›unschuldig‹ habe ich nicht benutzt«, stellte Sibylle Wiemken klar. »Er hat seine Frau getötet, auch wenn das vielleicht kein Mord war. Und er hat sich bestechen lassen. Von wegen, man feiert zusammen! Geschenke! Dass ich nicht lache. Charakterlich ist Renken zweite Wahl. Aber ein großer Gangster ist er nicht.«

»Mafiosi sind große Gangster«, überlegte Stahnke laut. »Wofür steht dieser Begriff heutzutage? Seit Mario Puzos *Pate* sind Jahrzehnte vergangen. Die Mafia hat sich verändert, die meisten Mafiosi sind nicht einmal mehr Italiener! Woran erkennt man sie? Was tun sie so? Wetten manipulieren, Wucherzinsen nehmen, gewaltsam Geld eintreiben?«

»Stahnke, muss ich mir Sorgen machen?«, fragte die Oberkommissarin. »Du tust doch nur so. Oder hast du gerade einen Demenzschub, alter Mann?«

»Natürlich tue ich nur so«, erwiderte Stahnke. »Ich möchte, dass du mir sagst, was die Mafia heute so macht.«

»Alles Mögliche«, sagte Sibylle Wiemken. »Überwiegend betreibt sie legale Geschäfte. Banken, Läden, große Firmen. Sie gibt sich aber nicht mit normalen Gewinnmargen zufrieden, sondern will ihre Profite immer maximieren. Dabei dehnt sie Bestimmungen und Gesetze bis an die äußerste Grenze und geht mit ihren Methoden auch darüber hinaus.«

»Mafia heißt: legale Geschäfte mit illegalen Methoden«, fasste Stahnke zusammen. »Na also, da haben wir's doch.«

»Das niederländische Schleusenbau-Konsortium?« Seine Kollegin klang nicht überzeugt. »Oder deren Anwälte? Warum sollten die Mocros nach Oldenburg schicken?«

Stahnke zuckte mit den Schultern. »Weil sie Dreck am

Stecken haben? Weil deine Ermittlungen einen wunden Punkt berührten? Die Mafia bevorzugt finale Lösungen. Und Mocros muss man nicht viel erklären.«

»Du meinst ... die Holländer haben mitbekommen, dass ich im Fall Renken nicht lockerlassen will? Von wem könnten die das wissen? Und daraufhin beschließen die mal eben, mich um die Ecke zu bringen.« Sibylle Wiemken schüttelte den Kopf. »Dazu organisieren sie ein Mordkommando der Mocros, und das in kürzester Zeit. Hör mal, wie sollen die das hingekriegt haben?«

»Natürlich nicht die Chefs selbst«, sagte Stahnke. »Für so was haben die ihre Leute. In diesem Fall vermutlich Anwälte.«

»Anwälte? Deren Kanzlei heißt *De Jonge & Aywad* und sitzt ebenfalls in den Niederlanden.«

»In Veendam«, präzisierte Stahnke. »Von der Grenze kurz hinter Leer ist das ein Katzensprung. Wenn die für solch einen großen Player arbeiten, sind sie es gewohnt, international tätig zu sein. Die haben garantiert Partnerkanzleien in ganz Europa, mit denen sie kooperieren. Auch in Deutschland.« Wieder kratzte er sich im Bart. »Ich habe schon jemanden im Auge.«

»Jetzt sag nicht Wolfram Hart! Die vertreten Bruno Renken in dieser Sache, können also gar nicht für Renkens Gegner aktiv werden. Es gibt Bestimmungen und Gesetze, die das verhindern.«

»Richtig.« Stahnke nickte. »Und dann gibt es die Mafia. Wie lautete noch mal deine Definition?«

»Du beschuldigst die Kanzlei Wolfram Hart, gegen die Interessen eines ihrer eigenen Mandanten zu arbeiten?«, fragte die Oberkommissarin. »Zugleich für eine Mafia-Organisation tätig zu sein? Und Beihilfe zum versuchten

Mord an einer Polizeibeamtin zu leisten? Hör mal, sei mir nicht böse, aber weißt du eigentlich, was du sagst?«

»Weiß ich«, erwiderte Stahnke ruhig. »Ich bin auch nicht böse. Nicht böser als sonst.«

»Und du willst auch nicht allen Leuten beweisen, dass sie falsch damit lagen, dich vom Dienst zu suspendieren? Weil du nämlich der Einzige bist, der mit seinen wilden Theorien den Tätern auf die Spur kommen kann?«

Stahnke legte seine Stirn in Dackelfalten. »Ich verstehe, du musst mich das fragen, es ist nichts Persönliches. Richtig?«

Sibylle Wiemken lächelte ein warmes Lächeln. »Deinen Humor hast du noch«, stellte sie fest. »Ich kann sogar darüber lachen. Manchmal. Deinen Vorgesetzten ist das Lachen aber vergangen.«

»Du sagst es. Ich bin raus, und für die meisten unserer Kollegen bin ich ein Unberührbarer. Danke, dass du noch mit mir sprichst.«

»Das werde ich auch weiterhin tun«, sagte die Oberkommissarin entschlossen. »Vorausgesetzt, du redest nicht allzu viel Stuss. Sag mir lieber alles, was du weißt, dann halte ich dich auch auf dem Laufenden. Was du mit den Informationen machst, ist deine Sache, damit habe ich nichts zu tun. Klar so weit?«

»Klar«, erwiderte Stahnke. »Solange du nicht zu viel riskierst dabei.«

»Ich liege in einem Krankenhausbett mit diversen Schusswunden«, sagte Sibylle Wiemken. »Erzähl mir nichts von Risiko! Sag mir lieber alles, was du über Wolfram Hart weißt.«

»In Ordnung.« Stahnke lehnte sich zurück. »Da wäre so einiges.«

20.

Über den Maschsee fegte ein strammer Wind, der den Sand von den ungepflasterten Stellen der Uferpromenade aufwirbelte und mit sich trug. Wer nicht aufpasste, bekam welchen in die Augen. Stahnke liefen Tränen über beide Wangen.

Die Vierer-Boote lagen kieloben auf ihren Böcken, die schlanken polierten Rümpfe glänzten in der Sonne. Flaggen knatterten an federnden Masten, hochgewachsene, durchtrainierte Sportler flitzten hin und her, Trainer brüllten Kommandos. Auf vielen Trainingsanzügen prangte der Bundesadler.

»Heute gilt es!«, stieß Wolfram Hart hervor, was alle wussten. Die Deutschen Meisterschaften mochten für viele Ruderer das Ziel ihrer Ambitionen darstellen – für die besten waren sie lediglich eine Durchgangsstation auf dem Weg zu internationalen Meriten, vor allem im oberen Nachwuchsbereich. Zugleich waren sie das Nadelöhr. Viele Chancen bekam man nicht, um sich als Nachwuchstalent für den Leistungsbereich der Nationalkader zu qualifizieren. Die meisten bekamen nur eine.

»Alle mal hierher.« Wolfram rief das Team zu sich, ließ seine Crew im Windschatten der Transportfahrzeuge einen kleinen Kreis bilden. »Hier, vom Trainer. Kleine Rote. Jeder zwei Stück, hat er gesagt. Eine Stunde vor dem Start. Habt ihr Wasser zum Nachspülen?«

Konni streckte sofort die flache Hand aus. Mit der anderen öffnete er schon die Wasserflasche, die unter seinem muskulösen Oberarm steckte. In den letzten Wochen hatte er ordentlich an Masse zugelegt, mehr als seine Crewkameraden, und das Duell mit Helmut um den letzten Platz im Boot doch noch gewonnen. Die anderen kannten Konnis Trainingspensum, denn alle trainierten gleich viel. Mehr war schlicht nicht möglich.

»Was soll das?«, fragte Stahnke. »Wofür sollen die gut sein?«

»Damit du die Schwarzbunten besser umschmeißen kannst, Kuhpfeifer«, spottete Gerhard. Auch er ließ sich seine Dosis aushändigen. »Hat jemand meine Wasserflasche gesehen?« Er schaute sich um und lief zu ihrem Mannschaftswagen. Helmut ging sich aufwärmen.

»Nimm schon.« Wolfram knickte ein Zweier-Element von dem Tablettenstreifen ab und drückte es Stahnke in die Hand. »Anordnung vom Trainer. Kannst ihn nachher fragen. So kurz vorm Rennen machst du gefälligst keinen Terz, verstanden?«

Stahnke glotzte auf die knallroten Kügelchen in ihren transparenten Hüllen. »Hier gibt es Dopingkontrollen, verdammt, das weißt du doch!«

»Kleine Rote können beim Test nicht nachgewiesen werden!«, schnauzte Wolfram. »Das solltest du wissen. Weil es jeder weiß.«

»Jeder weiß, dass Fürze brennen!«, blaffte Stahnke zurück. »Ist 'ne Scheißhausparole! Ich will wissen, was drin ist in diesen Dingern, sonst nehme ich die nicht.« Er drehte den Streifen mit den beiden Pillen hin und her, aber nirgendwo gab es einen Aufdruck. »Sieht illegal aus«, sagte er.

Wolfram stand plötzlich dicht vor ihm, Brust an Brust, und packte ihn am Trikot, dass die Nähte krachten. »Was bist du eigentlich für ein Kameradenschwein«, zischte er ihn an. »Willst du uns im Stich lassen? Dann hätten wir gleich Helmut nehmen können! Du weißt genau, wie knapp es heute zugehen wird. Die Dortmunder führen im direkten Vergleich drei zu eins, und ich weiß genau, dass die nicht so pingelig sind wie du. Die schlucken, was ihr Trainer ihnen gibt. Nur du bist dir dafür zu fein! Mensch, wir brauchen jeden Rückenwind, den wir kriegen können. Los, schluck die Dinger.« Er griff nach Stahnkes linker Hand. »Mach, oder ich brech dir die Finger«, raunte er ihm ins Ohr. »Lieber trete ich mit Ersatz an als mit einem Verräter. Ich zähle bis drei.«

Stahnke wand sich, versuchte, Wolframs eisernen Griff zu lösen. Fast wäre es ihm gelungen, aber dann schloss sich die Hand des Größeren um seinen kleinen Finger. »Eins«, sagte Wolfram. »Zwei.«

Wieder hatte Stahnke Tränen in den Augen, diesmal vor Schmerz. »Lass los«, stieß er hervor. »Ich mach's.«

Wolfram schaute ihm auf die Finger, während er die Kleinen Roten aus ihrer Verpackung drückte und sich in den Mund steckte. Er reichte ihm sogar einen Becher Wasser. Bestimmt hätte er ihm nach dem Schlucken in die Mundhöhle geschaut und den korrekten Abgang der Pillen kontrolliert, wenn nicht in diesem Augenblick Leni aufgekreuzt wäre. »Wo steckt ihr denn!«, rief die Kleine. »Los, Abmarsch, Teambesprechung. Zack-zack!«

Sie lief los, Wolfram folgte ihr. Stahnke ließ den beiden einen kleinen Vorsprung. Unterwegs spuckte er die Pillen ins Gebüsch. Nicht mit mir, dachte er dabei.

Bei den Startvorbereitungen beäugten sich alle gegenseitig. Wer verhielt sich anders als sonst, lauter, großspuriger? Alle wirkten gleich angespannt. Die Dortmunder strotzten vor Kraft und Selbstbewusstsein, erzählten reihum einen

Ostfriesenwitz nach dem anderen, absichtlich so laut, dass es auch jeder mitbekam. Selbst auf dem Weg zur Startaufstellung hallte ihr Wiehern noch über das Wasser. Der Starter bat über Lautsprecher zweimal um Ruhe.

Dann schnellten sie los wie Pfeile von Bogensehnen, schossen über das raue Maschsee-Wasser, dass es schäumte und spritzte. Die Rudergemeinschaften Dortmund und Ostfriesland lagen von Anfang an vorn, Seite an Seite, Bugspitze an Bugspitze. Nach der Hälfte der Strecke drohten Stahnkes Lungen zu platzen. Das wild pochende Herz dröhnte in seinen Ohren, und seine Armmuskeln brannten. In diesem Moment bedauerte er seine Entscheidung. Jetzt hätte er alles geschluckt.

Der Augenblick verging. Leni schrie sich heiser, Wolframs gewaltiges Kreuz bäumte sich ein ums andere Mal vor Stahnke auf, und auch er bekam die zweite Luft. Zentimeter für Zentimeter schoben sie sich an den Dortmundern vorbei, lagen im Ziel um eine Luftkastenlänge vorn. Sie ließen ihre Riemen los und hängten ihre Füße ins Wasser, bogen ihre Oberkörper nach hinten, um ihren Lungen mehr Raum zu verschaffen. Der Jubel, der vom Ufer herüber brauste, wurde von ihrem Keuchen verschluckt.

Am Anleger warteten die Doping-Kontrolleure. Stahnke trank vier Flaschen *Bluna*, ehe endlich etwas kam. Leni krähte, dass sie auch wollte, aber Steuerleute wurden nicht getestet. Die Anspannung blieb, bei allen, auch dann noch, als die Medaillen um ihre Hälse baumelten.

Die Nachricht kam zwei Wochen später und stand schon am nächsten Tag groß in der Zeitung: Konni war positiv getestet worden. Nur Konni, aber die Medaillen für den Vierer-Sieg waren natürlich allesamt weg. Dortmund wurde nachträglich zum Sieger erklärt.

Weitere drei Wochen danach kamen die Einladungen zum Kaderlehrgang. Wolfram und Gerhard fuhren hin, sonst keiner aus Ostfriesland. Stahnke verstand die Welt nicht mehr.

21.

Wieder saßen Nidal Ekinci und Gundi Lücht zusammen vor einem Computerbildschirm, allerdings in einem anderen Arbeitsraum. Größerer Raum, größerer Screen. Und viel mehr Möglichkeiten.

Mit wenigen Klicks hatte die Kriminaltechnikerin den Teil mit dem *Lükko*-Plakat aus der Kinderporno-Datei von Bruno Renkens Computer und Jörg Vissers USB-Stick herausgelöst. Sie stellte ihn neben den gleichen Ausschnitt aus der Internet-Verkaufsanzeige für den Kinder-Aufsitzbagger. Ein paar geübte Handgriffe später waren die Objektgrößen angeglichen und die Auflösung vergrößert. »Eindeutig dasselbe Zimmer«, stellte Gundi Lücht fest. »Dieser Mistkerl verkauft Kinderspielzeug und das Kind ebenfalls.«

»Sehr gut«, sagte Ekinci. »Dass wir das wissen, meine ich. Vielen Dank.« Er räusperte sich. »Jetzt wüsste ich nur noch gerne, wo das ist.«

»Ach, sag bloß. Weiter nichts?«, fragte Gundi Lücht spitz. Das war reine Gewohnheit, entwickelt aus beruflichem Selbstschutz, denn von Kriminaltechnikern verlangten immer alle das Unmögliche. Und zwar zeitnah. Tatsächlich war sie schon dabei, das einzige Objekt zu untersuchen, das Auskunft über die Wohnung geben konnte, in der das *Lükko*-Plakat hing. Das war das Fenster.

Schon hatte sie es zentriert und vergrößert. Viel sah man nicht auf den ersten Blick. »Das da ist ein Baum«, stellte sie fest. »Hier ist er grün, voll belaubt. Das Anzeigen-Foto könnte demnach aktuell sein. Auf dem anderen Foto ist der Zweig ebenfalls drauf, aber kahl. Aufgenommen im Winterhalbjahr.«

»Der Zweig ist annähernd gleich lang«, stellte Ekinci fest. »Es liegen vermutlich nicht mehrere Jahre zwischen den Fotos, sondern etwa ein halbes. Aber sonst …«

»Tja, was ist da sonst?«, murmelte Gundi Lücht. »Viel grauer Beton. Dazwischen senkrechte Streifen eines anderen Materials, das ebenfalls grau ist, aber in einem anderen Farbton.«

»Das hier könnte eine Straßenlaterne sein.« Ekinci zeigte auf einen Mast, der sich nach oben hin verjüngte: »Auch grau.«

»Sieht aus wie eine Fabrik.« Gundi Lücht seufzte. »Das bringt uns nicht weiter, hässliche Fabriken gibt es überall in Deutschland. Ach was, überall in der Welt!«

»Das schon«, gab Ekinci zu. »Aber *Lükko Leuchtturm* stammt aus Ostfriesland! Die Wahrscheinlichkeit ist gegeben, dass dieser trübe Ausblick dort aus unserer Region stammt. Oder wenigstens aus Nordwestdeutschland.«

Die Kriminaltechnikerin schüttelte den Kopf. »Ich habe mal recherchiert. Kinderbücher mit *Lükko Leuchtturm* gibt es seit Jahrzehnten! Mehrere Bände sind in zwei verschiedenen Verlagen erschienen. Außerdem gibt es ein Theaterstück und eine CD. Seit Jahren stehen die Bücher samt anderen *Lükko*-Artikeln überall, wo Touristen verkehren! Die sind massenhaft an Kunden aus ganz Deutschland verkauft worden. Plus deutschsprachiges Ausland. Dein Kinderzimmer mit dem *Lükko*-Plakat kann also überall sein.«

»Am besten, ich rufe da einfach an«, sagte Nidal Ekinci. »Dann kriegen wir das schon raus.« Schon hielt er sein Smartphone in der Hand.

»Nidal«, sagte Gundi. »Hast du eigentlich schon gehört, dass Stahnke suspendiert worden ist?«

»Was?« Der Oberkommissar erstarrte in der Bewegung. »Wieso das denn? Und warum sagt mir das keiner?«

»Ich sage es dir«, stellte Gundi Lücht fest. »Und wenn du nicht auch suspendiert werden möchtest, sage ich dir gerne noch mehr.«

Nidal Ekinci fühlte sich wie betäubt. Dann dämmerte es ihm, was Gundi meinte. Ein unvorbereiteter Anruf konnte vieles zerstören. Schon für das Verschweigen seiner wahren Identität und Absicht bedurfte es einer staatsanwaltschaftlichen Genehmigung, sonst wären die Resultate dieser Aktion nicht gerichtsverwertbar. Zudem würde es einen gewaltigen Anschiss geben. Also besser kein Alleingang.

Stahnke liebte Alleingänge. War ihm diese Neigung zum Verhängnis geworden? Ich sollte ihn anrufen, dachte Ekinci, und wieder fiel ihm etwas ein.

»Stahnke kommt doch aus Emden«, sagte er. »Dort hat er seine Jugend verbracht.«

»Kann sein.« Gundi Lücht zuckte mit den Schultern. »Und?«

»In Emden«, erläuterte der Oberkommissar, »wurden im Zweiten Weltkrieg viele Hochbunker gebaut, weil die Nazis damit rechneten, dass die wichtige Hafenstadt zum Ziel alliierter Bombenangriffe werden würde. Was auch passierte und am 6. September 1944 zur fast vollständigen Zerstörung der Stadt führte. Die Hochbunker blieben stehen, und weil es nach dem Krieg kaum möglich war, sie abzureißen, stehen vielen davon noch heute.«

Statt einer Antwort vergrößerte Gundi Lücht den Teil des Fotos mit dem Ausblick aus dem Kinderzimmerfenster. Die graue Wand wurde großporig wie alte Haut, scheckig, narbig, voller Flecken. »Du hast recht«, sagte die Kriminaltechnikerin. »Das da könnte ein alter Weltkriegsbunker sein.«

»Vielleicht kann Stahnke uns verraten, welcher«, sagte Ekinci. »Ich rufe ihn jetzt an.«

22.

Stahnke schaute auf Emden herab und fühlte sich dabei wie ein Riese. Wenn nicht sogar wie ein Gott, dachte er und schmunzelte. Ob er wohl an Götter glauben würde, wenn er selbst einer wäre? Oder würde er sich dann immer noch der normativen Kraft des Faktischen verweigern? Ausgeschlossen war das nicht. Also doch lieber ein Riese sein, dachte er. Nur nicht *Polyphem*, denn auf sein zweites Auge mochte er nicht verzichten. Dann doch lieber *King Kong*. Oder *Godzilla*! Der würde diese Stadt mit Leichtigkeit zerstampfen. Mal etwas anderes als immer nur Tokio.

Aus seiner Perspektive schien seine Geburtsstadt aus lauter Spielzeughäusern zu bestehen. Was daran lag, dass sie das auch tat. Das Miniaturland am Stadtrand von Leer gab es schon weit über zehn Jahre, und es war in dieser Zeit stetig erweitert worden. Davon hatte Stahnke gehört, sich aber nie dazu aufgerafft, diese Sehenswürdigkeit zu besuchen, auch nicht, als er noch in Leer gewohnt und gearbeitet hatte. Bis heute.

Auch jetzt war er nicht aus freien Stücken hier. Er war herbeordert worden. Das passte ihm nicht, aber er hatte keine Wahl.

Er schaute sich zwischen den großflächigen Ausstellungstischen um. Die Schau war gut besucht für einen Nachmittag mitten in der Woche, trotzdem verliefen sich die Besucher in den weitläufigen Räumen. Familien mit Kindern waren da, auch Paare. Und viele Einzelpersonen, zumeist Männer. Welcher von denen mochte es sein?

Stahnke war schon in der Hamburger Speicherstadt gewesen und hatte sich dort das Miniaturwunderland angeschaut. Das war grandios, das strotzte vor kuriosen Einfällen, Detailversessenheit und technischer Perfektion. Diesem Vergleich hielt das Leeraner Miniaturland nicht stand, aber interessant war es trotzdem. Vor allem das Konstruktionsprinzip fand Stahnke bemerkenswert. Die ostfriesischen Städte, Dörfer und Inseln waren nicht einfach verkleinert dargestellt – das hätte viel zu viel Unwichtiges und nutzlose Zwischenräume bedeutet. Die Modellbauer hatten sich auf Bekanntes und Typisches beschränkt, die ausgewählten Objekte eng aneinandergedrängt und alles andere weggelassen. So gesehen war das hier Kunst, keine Kopie. Der Betrachter war zugleich Entdecker und wurde durch Wiedererkennung belohnt. Clever, dachte er. Ob das so in einem Handbuch stand?

Eine Hand legte sich auf seinen rechten Oberarm. »Dreh dich nicht um«, raunte eine Stimme hinter ihm. »Warte noch drei Minuten, dann komm runter zum Parkplatz.«

»Warum musste ich dann erst Eintritt bezahlen?«, knurrte Stahnke die gegenüberliegende Wand an. »Den Parkplatz hätten wir billiger haben können.«

»Weil ich mich erst vergewissern wollte, ob du deine Leute dabeihast!«, sagte der Mann hinter ihm und gab ihm einen Klaps auf die Schulter. »Du Bulle!«

Eindeutig Konni, dachte Stahnke. Mit Mühe widerstand er dem Impuls, sich umzudrehen und den alten Kumpel aus längst vergangenen Tagen in die Arme zu schließen. Obwohl, so was hatten sie damals nie gemacht, das war verpönt. Wer wollte schon Schwuli genannt werden!

Er wartete die drei Minuten ab, dann schlenderte er zum Ausgang. Unten gab es ein großes Café, da hätten sie gemütlich sitzen und sich unterhalten können. Aber natürlich wollte Konni nicht mit einem Bullen zusammen gesehen werden. Nach dem, was seiner Kollegin Sibylle widerfahren war, wunderte Stahnke das nicht.

Kaum war er aus der Tür und auf dem Parkplatz, klingelte sein Handy. Nicht das von Jörg Visser, das er immer noch mit sich herumtrug – eigentlich hätte er das spätestens bei seiner Suspendierung abgeben müssen. Sondern sein Diensthandy. Warum besaß er das eigentlich noch? Niemand hatte danach gefragt. Er schaute aufs Display: Nidal. Er wollte gerne drangehen, aber wenn er das tat, würde Konni sich in seinem Misstrauen bestätigt fühlen. Also drückte er das Gespräch weg.

Als er seinen Wagen erreicht hatte und sich suchend umblickte, rollte ein Wohnmobil heran. Mittelgroß, mittelalt, mittelteure Marke, ohne Alkoven. Am Steuer saß eine faltige, bartstoppelige und zerzauste Version seines Sportkumpels Konrad Smidt. Er trug eine dunkle Sonnenbrille. »Steig ein, Stahnke!«, sagte Konni. »Oder soll ich dich Fiepko nennen?«

»Untersteh dich!«, fauchte Stahnke, öffnete die Beifahrertür und kletterte hoch auf den Sitz. »Was fährst du denn für eine Laube? Bist du unter die Camper gegangen?«

»Nichts geschieht ohne Grund«, erwiderte Konni und fuhr los. Als er auf die Bundesstraße einbog, klapperte und klirrte es aus allen Schränken. Von der Dinette rutschte ein Teller zu Boden. Fliehkraft war auch so ein Grund, dachte Stahnke.

Er schnupperte: »Wohnst du in diesem Ding? Schon länger?«

Konni lachte. »Ja und nein. Den Wagen habe ich mir erst kürzlich zugelegt, komplett eingerichtet. Mief inclusive. Bin noch in der Eingewöhnungsphase.«

»Und wo fahren wir jetzt hin?«

»Wart's ab.«

Lange warten musste Stahnke nicht, denn nach Nüttermoor war es nicht weit. Über eine unebene Straße rumpelte das Wohnmobil bis zu einem Resthof mit grasenden Highland-Rindern. Konni nahm Kurs auf einen großen Bauwagen, nachtblau angestrichen und mit goldenen Sternen gesprenkelt. Aus dem gewölbten Dach ragte ein krummes Ofenrohr mit einem spitzen Schutzhütchen drauf. Daneben stand ein ebenfalls dunkelblauer Twingo. Der Camper kam auf der anderen Seite des Bauwagens zum Stehen. Als Konni den Motor ausgeschaltet hatte, schaukelte das Fahrzeug immer noch.

»Was sollen wir hier?«, fragte Stahnke. »Ich dachte, wir treffen uns bei Leni.«

Die Tür des Bauwagens öffnete sich. Heraus trat Madame Nirmala mit turbangeschmücktem Haupt. Lächelnd winkte sie den beiden zu.

Stahnke konnte es kaum fassen: »Leni?«

Marlene Franzen hatte sie erwartet und Tee vorbereitet. Als sie auf den Palettensofas saßen und in ihre Becher pusteten, konnte Stahnke sich nostalgischer Gefühle nicht erwehren. Wie oft war er in den letzten Jahren zu Klassentreffen eingeladen worden? Er hatte sie alle geschwänzt. Möglicherweise hatte er etwas verpasst.

»Dann bist du also diese Madame Nirmala«, stellte er fest. »Mein junger Kollege Nidal war ziemlich beeindruckt von dir. Niemals wäre ich auf die Idee gekommen, dass er von dir sprach!«

»Logisch, du hast mich nie eindrucksvoll gefunden.« Sie lächelte schelmisch und sah schlagartig um Jahrzehnte jünger aus. »Klappspaten hast du mich genannt! Große Klappe und nichts auf den Rippen, das war alles, was euch an mir interessiert hat, stimmt's? Wenn schon Steuerfrau, dann ein Leichtgewicht.«

»Sag das nicht«, widersprach Stahnke. »Du warst auch super in Mathe! Dafür habe ich dich sehr bewundert. Einmal hast du mir sogar Nachhilfe gegeben.«

»Stimmt! Hast du danach nicht sogar eine Eins geschrieben?«

»Die einzige Mathe-Eins meines Lebens.« Stahnke prostete ihr mit erhobener Teetasse zu. »Das war genial. Ein Blick ins Mathebuch, und du wusstest genau, worauf es ankam! Ich habe mir deine Erklärungen genau zwei Tage lang gemerkt, das hat gereicht. Wir waren uns alle sicher, dass du mit deinem analytischen Verstand Karriere in der Wirtschaft machen würdest.« Sein Blick schweifte durch den Bauwagen. »Ich muss zugeben, dies hier überrascht mehr sehr.«

»Das Leben kann eine Bitch sein«, erwiderte Leni. »Dabei habe ich tatsächlich die entsprechende Laufbahn eingeschlagen. Von der Steuerfrau zur Steuerberaterin! Aber dann lief einiges aus dem Ruder. Und als ich später als vereidigte Buchprüferin Karriere gemacht habe, kam mir meine eigene Vergangenheit in die Quere. Stellt euch vor, ich könnte heute Finanzdirektorin sein! Dann würde ich nicht in diesem Bauwagen wohnen, sondern in dem herrschaftlichen Gebäude da drüben. Als Eigentümerin.«

»Stattdessen verdienst du dein Geld auf Jahrmärkten.« Stahnke schüttelte den Kopf. »Und statt in Bilanzen schaust du in eine Glaskugel. Was für eine Verschwendung von Talent!«

»Findest du?« Leni richtete sich auf und warf den Kopf in den Nacken. »Zahlen analysieren können viele. Menschen analysieren ist wesentlich anspruchsvoller! Ich finde, dabei kommt mein Talent viel besser zur Geltung.«

Widerborstig wie immer, dachte Stahnke. »Angestrebt aber hattest du eine andere Laufbahn«, erinnerte er sie. »Was hat dich davon abgebracht? Was kam dir in die Quere? Sind dir schwere Fehler unterlaufen, oder war es eher … etwas Moralisches?«

»Du denkst genau wie dein netter junger Kollege!«, stellte Leni fest. »Das hat er von dir, stimmt's? Jedenfalls liegt ihr beide falsch. Mit Moral hat es schon zu tun, aber ganz anders, als ihr glaubt.«

»Geh mir weg mit Moral, damit hat mein Vater mir mein halbes Leben versauert.« Konni schüttete seinen Tee hinunter und blickte sich suchend im Raum um: »Hast du nichts anderes zu trinken? Ich müsste meine Nerven mal ein bisschen streicheln.«

»Kein Schnaps in meiner Hütte!«, sagte Leni kategorisch. »Ein bisschen Dope hätte ich für dich, aber das rauchst du gefälligst draußen. Willst du?« Sie zeigte auf eine hohe Blechdose, in der einmal Kekse gewesen waren.

»Wenn Stahnke nichts dagegen hat.« Konni grinste breit, holte Zigarettenpapier aus der Tasche und öffnete den Deckel. Die Dose war randvoll mit getrockneten Blättern, deren Geruch schlagartig den Raum erfüllte. »Selbst gezogen?«, fragte Konni mit anerkennender Miene.

»Ja, aber nicht von mir.« Leni schenkte Tee nach. »Bau nicht gleich ein Ofenrohr! Ich passe. Und dass unser Fiepko kifft, kann ich mir nicht vorstellen. Oder?«

Stahnke musste an zurückliegende Alkoholexzesse denken; allein die Vorstellung ließ ihn sauer aufstoßen. Vielleicht hätte er es ebenfalls mit Marihuana versuchen sollen, dachte er, dann wäre seine Leber vielleicht nicht so verfettet. Die Zufälle des Lebens hatten ihn jedoch anders gesteuert. In seinem Umfeld galt Trinken als normal, Kiffen aber trotz geänderter Gesetze immer noch als BTM-Delikt. Er machte eine abwehrende Handbewegung: »Danke, ich rauche nicht.«

Konni formte die sperrigen Blätter fingerfertig zu einem schlanken Joint und empfahl sich ins Freie. Stahnke war mit Leni allein. »Erzähl mal«, forderte er sie auf. »Was hast du Schlimmes gemacht, dass man dir einen Strick daraus drehen konnte?«

»Schlimm, pah.« Sie verdrehte die Augen. »Wirklich schlimm war, dass ich damals plötzlich gemerkt habe, dass mein Leben vollkommen sinnlos war. Und dass ich drauf und dran war, immer weiter in die Sinnlosigkeit hineinzusteuern. Langweilige Ausbildung, langweiliger Job, langweilige Beziehung. Wir hatten schon Bausparverträge abgeschlossen! Ich hatte das Gefühl, meine Seele verkauft zu haben an ein herzloses System, das nur materielle Werte kannte. Ein System, das ich selbst mit am Laufen hielt! Also habe ich nach einer Alternative gesucht, nach einem Ausweg. Nach Sinn. Habe ich auch gefunden. Dann bin ich von heute auf morgen hier weg.«

»Nach Indien?«, fragte Stahnke. »Etliche Leute sind damals dorthin, auf den Spuren der Beatles. Erst zum Maharischi Yogi und dann in den Ashram nach Poona. Bist du auch zum Bhagwan gegangen?«

Leni nickte. »Aber nicht nach Indien, sondern nach Oregon. Du vergisst, wie jung ich bin. Osho hatte damals Indien schon verlassen. Ärger mit der Regierung, denen wurde der Ashram einfach zu groß und einflussreich.«

»Soweit ich mich erinnere, ging es um Steuerschulden«, sagte Stahnke. »So hieß es jedenfalls in den Nachrichten, glaube ich. Wobei ich zugeben muss, dass mein Interesse an spirituellen Dingen nie besonders groß war. Osho, Bhagwan – wie viele Namen benutzte der Mann denn noch?«

»›Bhagwan Shree Rajneesh‹ nannte er sich die meiste Zeit«, sagte Leni. »Osho ist ein japanischer Ehrentitel, keine Ahnung, wer ihm den verliehen hat. Vermutlich er sich selbst. Im Namenverleihen war er groß! In Wirklichkeit hieß er Chandra Mohan Jain.«

»Skurriler Typ«, sagte Stahnke. »Stimmt es eigentlich, dass er eine Sammlung von Rolls-Royce-Luxuswagen besaß und sich immer damit rumkutschieren ließ, auch kurze Strecken? Und dass sich niemand aus seinem Umfeld parfümieren oder auch nur mit Duftseife waschen durfte?«

»Das ist wahr«, bestätigte Leni. »Er hat die Regeln aufgestellt, nach denen wir gelebt haben. Regeln sind wichtig für ein strukturiertes Leben. Ein Leben in einer strukturierten Gemeinschaft.«

»Mit ihm als oberstem Führer«, ergänzte Stahnke. »Der sich an seinen Jüngern schamlos bereichert hat. So sehr, dass er sich sein eigenes Finanzimperium aufbaute. Kein Wunder, dass der indische Staat mehr Steuer von ihm wollte.«

»Du Ungläubiger!« Leni schlug spielerisch nach Stahnke. »Dich hätte Osho direkt aus dem Ashram rausgeworfen. Bad Vibes, schlechte Schwingungen. So was konnte er gar nicht leiden. Vermutlich hätte Ma Anand Sheela dich gar nicht erst reingelassen.«

»Sheela?« Bei Stahnke klingelte ein Glöckchen. »War das nicht seine Haushofmeisterin? Jedenfalls hatte sie eine hohe Position in Oshos Ashram-Struktur. In den USA musste sie sich wegen allerhand Gesetzesverstößen verantworten. Vermutlich hat sie auch das Vermögen des Bhagwan vor dem Fiskus beschützt.«

»Das Letztere war sie nicht«, widersprach Leni. »Das war nämlich ich.«

»Du?« Stahnke schnappte nach Luft. Nur einmal, denn alles ergab plötzlich Sinn. »Das war es also?«, fragte er. »Der dunkle Fleck in deiner Vergangenheit, den man gegen dich verwendet hat?«

Leni nickte. »Und zwar so richtig. Ich kann froh sein, dass sie mich nicht an die Amis ausgeliefert haben. Die Info ging aber an alle meine damaligen Kunden. Was glaubst du, wie schnell ich ohne Einkünfte dastand.«

Konni kam von draußen zurück, eingehüllt in eine Wolke pflanzlichen Duftes. Er fläzte sich in sein Palettensofa, deutlich entspannter als zuvor. »Wie Jörg gestorben ist, weiß ich inzwischen«, sagte er, ohne sich um das Gespräch zu kümmern, das er unterbrochen hatte. »Und eine Kollegin von dir soll gestern angeschossen worden sein. Hatte das etwas mit dir zu tun?«

»Möglich«, sagte Stahnke. »Vermutlich mit dem Fall, an dem wir beide gearbeitet haben. Vielmehr mit den beiden Fällen.« Er schilderte den Hergang des Anschlags auf seine Kollegin und dessen Vorgeschichte in groben Zügen. Durfte er das überhaupt? Als Ermittlungsbeamter sicherlich nicht, das war ihm klar. Aber war er noch einer? Oder ging er hier seinem Hobby nach?

»So ähnlich war es bei mir damals auch«, sagte Leni. »Also nicht die Schießerei, sondern das andere. Bei einer Buchprüfung in einer größeren Baufirma sind mir Unregelmäßigkeiten aufgefallen. Es sah danach aus, dass dort Geld gewaschen und an verschiedene getarnte Empfänger weitergereicht wurde. Ich habe einen Prokuristen informiert, der hat seinen Anwalt hinzugezogen. Wenige Tage später standen Polizei und Steuerfahndung bei mir auf der Matte. Ratet mal, was die in meinem Büro gefunden haben!«

»Dein Dope?« Konni lächelte beseelt. »Guter Stoff, mein Kompliment an den Gärtner! Sicher, dass du das nicht selbst warst?«

»Dokumente aus Wasco County in Oregon«, sagte Stahnke. »Vermutlich außerdem Zahlungsein- und -ausgänge auf einem Konto, das auf deinen Namen lief, von dem du aber gar nichts wusstest. Richtig?«

»Du kennst dich aus.« Leni nickte ihm anerkennend zu. »Das mit dem Konto war richtig clever. Die Unterlagen – das waren ganze Ordner voll! Das meiste war Sheelas Zeug. Ich frage mich, wie die da drangekommen sind. Konkrete Schuld konnte mir nicht nachgewiesen werden. Ich habe einen Deal mit dem Gericht gemacht, Mitwisserschaft eingestanden und eine Bewährungsstrafe kassiert. Aber mein Ruf war natürlich vernichtet. Und wenn du mit Geld zu tun hast, mit viel Geld, dann ist dein Ruf alles. Also war ich raus aus dem Business, für alle Zeiten.«

»Tja, so läuft das, Nirmala«, sagte Konni, die Hände hinter dem Kopf verschränkt. »Wenn du denen in die Quere kommst, bist du weg. Kannst froh sein, wenn du danach noch auf kleiner Flamme weiterkochen kannst. Fiepko kann ein Lied davon singen.« Er zwinkerte Stahnke zu.

»Was redest du? Bist du high?«, fragte Leni. »Auf dich wurde doch nicht geschossen, oder etwa doch?«

Stahnke seufzte. »Ich wurde suspendiert«, gab er zu. »Wegen Grobheit gegenüber der Presse. Oder so. Konni, woher weißt du das eigentlich? In der Zeitung stand mein Name nicht.«

»Wer liest denn heute noch Zeitung?« Konni schien allein

die Vorstellung brüllend komisch zu finden. »Im Netz steht das in allen Einzelheiten! Mit Bild und Namen. Von wegen Grobheit. Du sollst die Pressetante zu Boden geschlagen haben! Ich wette mit euch, die Frau hat das nur gespielt. Die war auch von denen geschickt, genau wie die Typen, die auf deine Kollegin geschossen haben.«

»Wer sind *die*?«, fragte Stahnke. »Nun lass mal etwas raus von dem, was du weißt! Wer sind die Auftraggeber? Und woher kennst du sie?«

»Woher? Was glaubst du, wie ich mein Geld verdiene?«, gab Konni zurück. »Und die wahren Auftraggeber kenne ich auch nicht. Nur einen ihrer Bevollmächtigten. Den kennt ihr beide übrigens auch.«

»Wolfram Hart«, sagte Stahnke.

»Unser Wolfram?«, fragte Leni überrascht. »Ich weiß, der konnte manchmal fies sein. Aber dass er solch eine Drecksau ist …«

»Wolfram ist ein sehr ehrenwerter Mann«, sagte Konni grinsend. »Der hat keinen einzigen Fleck auf seiner Weste! Seine Arbeit hält jeder Überprüfung stand, und selbst in seiner Freizeit tut er nur Gutes. *Rotary Club*, Kunstverein, Sportsponsoring – Leute wie Wolfram bekommen das Bundesverdienstkreuz.«

»Na was denn nun?«, fragte Leni. Stahnke hob auffordernd die Augenbrauen.

»Wolfram arbeitet für Leute, die genau wissen, was sie wollen«, fuhr Konni fort. »Das teilen sie ihm mit. Daraufhin tut er nichts, was nicht legal wäre. Aber irgendwann kommen Leute zu dir mit Aufträgen und mit Geld. Beides schmutzig. Das Geld nimmst du und die Aufträge erledigst du. Wenn du das nicht tust oder etwa schlecht, wird es noch schmutziger.«

»Das ist mir alles zu wolkig«, murrte Stahnke. »Kannst du's auch etwas konkreter?«

»Kann ich schon. Aber jedes Wort ist ein Risiko.« Konni hob abwehrend die Hände: »Nichts gegen euch, wirklich nicht! Auch wenn du ein Bulle bist, Stahnke. Trotzdem, du weißt nie, wo die ihre Augen und Ohren haben. Wenn du machst, was die von dir wollen, wenn du funktionierst, dann sind die nicht geizig. Dann lebst du gut davon! Aber wenn du ein Risiko wirst, bist du weg. Es reicht schon, dass die das glauben. Das geht ganz schnell.«

»Sind das Superhelden?«, fragte Stahnke. »Oder Dämonen?«

»Klingt für mich wie Karma«, sagte Leni. »Böse Gedanken haben ebenso Konsequenzen wie böse Taten.«

»Bringst du Gut und Böse nicht durcheinander?«, fragte Stahnke irritiert.

Leni zuckte mit den Schultern. »Gut und Böse sind Ansichtssache. Eine Frage der Konventionen.«

Stahnke wandte sich wieder an Konni. »Schluss mit der Gedankenlyrik. Was hast du für Wolfram Hart gemacht? Was genau?«

»Sachen transportiert«, antwortete Konni. »Über Grenzen. Zuletzt Bargeld, große Mengen. Von Bratislava über Österreich nach Deutschland.«

»Mit dieser Karre?«, fragte Leni ungläubig und wies mit dem Daumen Richtung Außenwand. »Das muss doch ewig dauern!«

»Quatsch«, sagte Konni. »Dafür nehme ich natürlich einen anderen Typ Auto. Sehr viel schnellere Wagen. Immer andere, immer nur für einen Job. Nach der Übergabe lasse ich das Kurierfahrzeug stehen und kehre zurück zu meinem Wagen, mit der Bahn oder zu Fuß, je nachdem. Übergabe war diesmal in einem kleinen Kaff nahe Stuttgart, da fand gerade so ein Markt statt. Der Übergabeort ändert sich ständig. Die Ware ebenfalls.«

»Was sonst für Waren?«, fragte Stahnke und griff nach seinem Teebecher. »Außer Bargeld.«

»Drogen«, sagte Konni. »Sehr oft sind es Drogen. Koks oder Meth, das kommt dann aus Tschechien. Manchmal sind es nur ein paar USB-Sticks. Oder Kisten mit Waffen und Sprengstoff.«

»Was?« Stahnke verschluckte sich und hustete. Leni klopfte ihm auf den Rücken. »Sprengstoff? Wofür das denn?«

»Keine Ahnung. Du liest doch Zeitung, schau einfach rein!«, sagte Konni und zuckte mit den Schultern. »Für Geldautomaten wird meistens Gas benutzt. Aber es gibt genügend andere Verwendungszwecke.«

»Allerdings«, sagte Stahnke. »Raub und Mord fallen mir ein. Terror. Sonst noch was?«

»Und so was macht unser Wolfram Hart?« Leni klang immer noch erstaunt. »Warum denn? Zu welchem Zweck?«

»Anwälte tun, was ihre Geldgeber von ihnen wollen«, sagte Konni lakonisch. »Hast du dich nie gefragt, warum Anwälte Terroristen und Kinderschänder verteidigen, und zwar mit allen Tricks? Das gehört zu ihrem Geschäft. Das ist der Deal.«

»Immer im Rahmen der Gesetze«, ergänzte Stahnke. »Das hast du vergessen.«

»Hab ich nicht«, sagte Konni.

»Was meintest du gerade eben mit ›so ein Markt‹?«, fragte Stahnke. »Findet die Übergabe immer auf Märkten statt?«

»Auf Mittelaltermärkten.« Konni schüttelte grinsend den Kopf. »Dafür musste ich mir sogar eine Verkleidung zulegen! Kniebundhose, Stulpenstiefel, geschnürtes Hemd, Ledergürtel mit Tasche, Umhang und Barett. Steht mir richtig gut! Vor allem muss ich mich nicht kämmen und rasieren.«

»Übergabe in der Öffentlichkeit, das kann ich verstehen«, sagte Stahnke. »Aber warum Mittelalter? Warum nicht Wochenmärkte oder Malls?«

»Das muss wohl eine Marotte von ihm sein«, sagte Konni. »Vielleicht sein Hobby. Oder weil er sich als Kind nie verkleiden durfte.«

»Wer?«, fragte Stahnke. »Wolfram Hart?«

»Wer sonst«, erwiderte Konni. »Gesagt hat er das natürlich nie, jedenfalls nicht mir. Meine Aufträge bekomme ich auch nicht von ihm, sondern auf Umwegen.«

»Wenn nicht von Wolfram, von wem dann?«, fragte Stahnke. »Von seinen Leuten? Er beschäftigt Anwälte genug.«

»Das wäre zu leicht nachzuverfolgen«, sagte Konni. »Ich werde es dir nicht sagen, gib dir keine Mühe. Wenn ich es verrate, bin ich fällig, das ist sicher.«

»Wieso, liegt ein Fluch auf dir?«, fragte Leni lachend. »Wenn du den Namen von Du-weißt-schon-wem aussprichst, trifft dich der Blitz beim Scheißen? Wie bei *Harry Potter*.« Jetzt sah sie wieder aus wie das Steueräffchen von früher, fand Stahnke.

Konni lachte nicht. »So ähnlich«, sagte er und stand auf. »Geh mal zu Wolframs Protzpalast, mach die Augen auf und guck dich um, dann kommst du drauf. Ich muss jetzt los. Bin schon zu lange hier.«

»He, nicht so eilig! Ich will noch viel mehr von dir wissen!«, rief Stahnke.

»Dann verhafte mich doch«, erwiderte Konni. »Ach, das kannst du gar nicht, du suspendierter Bulle! Wie nennt man das noch, wenn Bullen nicht mehr können? Genau, Ochsen!«

»Ich kann dir immer noch die Fresse polieren«, schimpfte Stahnke. Konni hatte den Bauwagen bereits verlassen.

»Was machst du jetzt?«, fragte Leni, während draußen der Dieselmotor des Wohnmobils zu rumpeln begann. »Knöpfst du dir Wolfram Hart vor?«

»Wie denn?«, fragte Stahnke zurück. »Momentan habe ich null Befugnis! Kein Ausweis, keine Kompetenz. Ich käme nicht einmal an seinem Empfangsdrachen vorbei.«

»Deine Kollegen könnten das für dich machen«, schlug Leni vor. »Das tun die bestimmt, wenn du sie darum bittest.«

»Ich will die nicht mit hineinziehen«, wehrte Stahnke ab. »Die meisten sind jung oder haben Familie. Die würden Job und Zukunft riskieren. Das möchte ich nicht.« Sie schwiegen sekundenlang, lauschten dem Motorengeräusch, das sich langsam entfernte.

»Du könntest Freunde fragen, die nicht bei der Polizei sind«, sagte Leni dann. »Nicht mehr. Oder es nie waren.« Sie legte ihren Kopf schief und hob die Augenbrauen.

»Wovon redest du?«, fragte Stahnke überrascht. »Etwa von dir?«

Ein lautes Geräusch von außerhalb des Bauwagens erregte seine Aufmerksamkeit. »Was war das?«, fragte er. »Klang beinahe wie ein Schuss.«

Leni winkte ab. »Es gibt hier Jäger«, sagte sie. »Irgendwo da hinten haben die sogar einen Schießstand zum Üben. Wenn die ballern, höre ich das schon gar nicht mehr.«

Ein gewaltiger Ruck fuhr durch den Bauwagen, dass die Scheiben klirrten, gefolgt vom donnernden Knall einer Detonation. Die Eingangstür flog auf und krachte gegen die Innenwand. Strahlende Helle flutete den dämmerigen Wohnraum.

Als Stahnke und Marlene Franzen zur Tür stürzten, hatte sich der Feuerball der Explosion bereits verflüchtigt. Die skelettartigen Reste von Konnis Wohnmobil standen in hellen Flammen. Hier kam jede Hilfe zu spät, das sahen die beiden sofort.

Im nächsten Moment schlugen die ersten Geschosse in die hölzerne Wagenwand ein.

23.

Nidal Ekinci versuchte es mehrere Male, Stahnke zu erreichen. Nachdem er beim ersten Mal weggedrückt worden war, hieß es nur noch »Teilnehmer nicht verfügbar«. Sogar auf dem Handy von Jörg Visser versuchte er es – mit demselben Resultat. Stahnke stellte sich taub. Oder tot. War das eine Reaktion auf seine Suspendierung? Wie mochte es ihm gehen?

Ekinci wandte sich an Oliver Kramer, Oberkommissar wie er, aber mit viel mehr Erfahrung und einer exzellenten Beurteilung für die anstehende Beförderung. Die hatte Stahnke vor ein paar Wochen aus Oldenburg geschickt, Kramer hatte sie offen auf seinem Schreibtisch liegenlassen, und Ekinci hatte sie gefunden und natürlich gelesen. Rote Ohren hatte er dabei bekommen. Ob Stahnke sich irgendwann einmal auch über ihn so begeistert äußern würde?

Wenn einer wusste, wie es Stahnke ging, dann Kramer, hatte Ekinci gedacht. Die zwei hatten jahrelang gemeinsam ermittelt, kannten sich besser als viele Ehepartner. Weil er selbst Stahnke mochte, fühlte Ekinci sich auch Kramer verbunden, obwohl der ihn mit seiner stoischen Emotionslosigkeit oft irritierte. Kramer brütete meist allein in seinem Büro über den Akten. Genau dort suchte und fand er ihn. Allerdings nicht allein – Inselpolizist Joke Reents saß bei ihm. Als Ekinci eintrat, schauten ihn beide bedrückt an.

»Störe ich?«, fragte Nidal Ekinci. »Möchtet ihr lieber allein sein?«

»Spinner!«, antwortete Reents. »Moin auch.«

»Setz dich«, sagte Kramer. »Du kommst wegen Stahnke?«

Ekinci griff sich an die Stirn: »Steht das hier drauf?«

Kramer lächelte nicht einmal. »Es scheint ernst zu sein. In seiner Dienststelle will sich niemand zu seiner Suspendierung äußern.«

»Du hast da angerufen?«, staunte Ekinci.

»Na klar«, sagte Kramer ungerührt. »Wir ermitteln zusammen. Bei denen hat jetzt Thorsten Venema die Leitung, aber ich fürchte, er läuft an der kurzen Leine.«

»Was werfen sie Stahnke überhaupt vor?«, fragte Ekinci. »Hat er etwas ausgefressen?«

»Guckst du keine Online-Nachrichten?«, fragte Joke Reents zurück. »Das Netz ist doch voll davon!«

»Natürlich bin ich im Netz. Hin und wieder.« Ekinci fühlte sich ertappt. »Aber auf die Nachrichtenseiten gehe ich nie, darüber rege ich mich zu sehr auf und kann gar nicht mehr schlafen. Und Push-Nachrichten habe ich geblockt.«

»Ich dachte, ich lebe auf einer abgeschiedenen Insel«, sagte Joke Reents. »Aber du lebst auf der Insel der Ahnungslosen.«

Ekinci holte empört Luft, aber eine Handbewegung Kramers stoppte das Gezänk der jungen Männer im Entstehen. In knappen Sätzen fasste er zusammen, was Stahnke nach dem Anschlag auf Sibylle Wiemken widerfahren war. »Hier in Leer waren alle an seine ständigen Insubordinationen gewöhnt«, fügte er an. »Über seine Dienstpflichtverletzungen regte sich niemand mehr auf, auch unsere Vorgesetzten nicht. Es diente alles immer einem guten Zweck, und Stahnke war erfolgreich. Nach seinem Wechsel nach Oldenburg scheint er genauso weitergemacht zu haben.

Ohne Eingewöhnungsphase für seine Kollegen und ohne Bonus. Darüber ist er letztlich gestolpert.«

»Aber gleich eine Suspendierung!« Nidal Ekinci schüttelte den Kopf. »Hätte es nicht zuerst ein klärendes Gespräch geben müssen? Oder eine Verwarnung? Eine Abmahnung?«

»Das müsstest du seinen direkten Vorgesetzten fragen«, erwiderte Kramer. »Kriminalrat Siebrandt. Vielleicht hast du Glück. Mich wollten sie nicht zu ihm durchstellen.«

»Das hast du auch schon versucht?«

»Natürlich.«

»Harte Sitten an der Hunte«, seufzte Ekinci. »Hast du es auch bei Stahnke selbst versucht? Bei mir ging er nicht ran.«

»Sein Diensthandy ist deaktiviert«, bestätigte Kramer. »Vielleicht will er in Ruhe über alles nachdenken.«

»Oder er hat sich erst mal ordentlich einen gebrannt«, warf Joke Reents ein. »Das würde ich in dem Fall machen. Kein Alkohol ist nämlich auch keine Lösung.«

»Oder er geht los wie ein Büffel«, vermutete Ekinci. »Ermittelt auf eigene Faust. Jetzt erst recht, mit dem Kopf durch die Wand.«

»Warum wolltest du ihn anrufen?«, fragte Kramer. »Um ihn zu trösten?«

Skurrile Vorstellung, dachte Nidal Ekinci und schüttelte energisch den Kopf. »Es geht um eine Wohnung, die sich möglicherweise in Emden befindet. Er stammt dort her, vielleicht kann er den Ausblick aus dem Fenster einordnen.« Der Oberkommissar erläuterte seinen Kollegen die Zusammenhänge.

»Am einfachsten wäre es, die Handynummer des Anbieters anzurufen«, sagte Joke Reents. »Wenn man vorgibt, den Spielzeugbagger kaufen und abholen zu wollen, wird man die Adresse schon erfahren.«

»Dazu müsste ich meine Identität verschleiern«, wandte Ekinci ein. »Und wenn ich das ohne offizielle Genehmigung tue, handle ich eigenmächtig. Dann ergeht es mir am Ende wie Stahnke.«

»Das könnte nur jemand tun, der mit unseren Ermittlungen nichts zu tun hat«, sagte Kramer, ohne jemanden anzuschauen. »Offiziell.«

Mal schauen, wie lange er braucht, dachte Ekinci. Aber da sagte der Inselpolizist auch schon: »Ich mach's. Gib mir die Nummer. Und schick mir das Bild auf mein Handy.«

»Du bist unverheiratet und hast keine Kinder«, sagte Kramer. »Was willst du mit Kinderspielzeug?«

»Der Bagger soll für meinen kleinen Neffen sein«, sagte Joke Reents. »Was willst du noch wissen? Alter, Größe, Haarfarbe?«

»Es reicht, wenn du das alles weißt«, erwiderte Kramer ungerührt. »Von mir aus ruf an. Aber von nebenan aus, okay? Offiziell wissen wir nämlich von nichts.«

Der lange Reents war kaum zur Tür hinaus, da schrillte Kramers Telefon. »Fahrzeugbrand in Nüttermoor«, meldete die Wache. »Nach einer Explosion. Mindestens ein Toter. Zeugen wollen Schüsse gehört haben. Mehrere Streifen sind vor Ort, Kriminaldauerdienst und Spurensicherung sind auch schon hin. Großes Besteck! Vielleicht ist das etwas für euch.«

»Vielen Dank«, sagte Kramer. »Wir fahren hin.« Er notierte die Adresse.

Nidal Ekinci warf einen Blick auf Kramers Notizen. »Ach du Schande!«, stieß er hervor. Gemeinsam stürmten sie in Richtung Treppenhaus.

24.

Als die ersten Holzsplitter flogen, duckte sich Stahnke, drückte Leni mit herunter und griff nach seiner Pistole. Der Griff ging ins Leere. Verflucht, das Ding hatte er abgeben müssen, jetzt lag es in Oldenburg, wohlverwahrt in der Waffenkammer! Er stand hier mit bloßen Händen. Und der Schütze hatte ein Gewehr, das hörte er deutlich am Schussgeräusch.

Wieder schlug es neben seinem Kopf in den Türpfosten ein. Ein Wunder, dass der Angreifer noch nicht getroffen hatte! Sie zogen sich in den Bauwagen zurück und warfen die Tür zu. Die nächsten beiden Geschosse durchschlugen sie glatt.

»Komm schnell!«, rief Leni und zog ihn am Ärmel. »Ins Schlafzimmer!«

Stahnke folgte ihr, blieb mit seiner Jacke irgendwo hängen, riss sich gewaltsam los. Der Schlafbereich war vom Wohnraum abgetrennt, das bedeutete eine zusätzliche Wand als Schutz. Eine dünne Wand, stellte der Erste Hauptkommissar fest, was sollte die nützen gegen Vollgeschosse Kaliber 7.62?

Bett, Kleiderschrank, Fenster, Tür. Tür! Im Schlafzimmer gab es einen Hinterausgang! Schon hatte Leni die hölzerne Tür entriegelt, sprang mit einem Satz ins Freie. Stahnke folgte ihr. Verflucht, die Treppe! Er schlug der Länge nach hin, hinein in die Botanik. Ein weiteres Geschoss jaulte über ihn hinweg. Er rappelte sich auf und brach wie ein Büffel durchs Unterholz.

Dahinter stand ein hölzerner Weidezaun, wackelig und morsch und glitschig von Moos. Es folgte ein Graben, breit und tief, das stinkende Wasser darin war voller Entengrütze. Leni nahm Schwung und setzte leichtfüßig hinüber, landete in der gegenüberliegenden Böschung, griff ins büschelige Gras und zog sich hoch. Das macht die auch nicht zum ersten Mal, dachte Stahnke und versuchte, ihr zu folgen. An der Schlotkante sank er mit dem rechten Fuß ein und strauchelte, taumelte, verlor die Balance, fiel auf den Hintern und rutschte die Böschung hinab in die eklige Brühe, Füße voran. Die Jauche spritzte ihm bis ins Gesicht. Er warf sich nach vorn, krallte sich auf der anderen Seite fest und arbeitete sich am abschüssigen Ufer hoch. Der Grabenschlamm hielt ihn fest wie klebriger Honig. Als er endlich die Oberkante erreicht hatte, keuchte er wie nach einem Marathon. Jetzt wäre ich ein leichtes Ziel, dachte er, während er sich auf die Füße stemmte und schwerfällig loslief. Aber das Schießen hatte aufgehört.

»Komm schon, hier entlang!« Leni lief voran, Stahnke konnte nur mit Mühe folgen. Seine schlammigen Schuhe quietschten, seine nassen Hosenbeine klatschten ihm um die Beine. Die Wiese, über die sie liefen, war uneben und voller Fladen. Kuhfladen. Wo waren sie hier?

Jemand brüllte ihn an, von der Seite. Ein lautes, heiseres, unmenschliches Geräusch. Stahnke erhaschte einen Blick in ein breites Gesicht mit einer feucht glänzenden Boxernase und großen dunklen Augen unter einem zottigen Haarschopf. Und breit ausladenden Hörner. Verdammt, sie waren bei den Highland-Rindern! Hoffentlich waren die Biester zahm, dachte Stahnke und versuchte, schneller zu laufen. Leni war ihm weit voraus.

Der Boden unter ihm bebte. Es brauchte wenig Fantasie, um sich vorzustellen, wie die Hornviecher Fahrt aufnahmen und hinter ihm herpreschten. Bestimmt sahen sie genauso aus wie die, die sich da von der Seite näherten. Schnell genug, um ihm den Weg abzuschneiden. Verflucht, was sollte das werden? Wollten die Viecher ihn niedertrampeln? Rinder galten nicht als aggressiv, zumindest nicht die weiblichen. Waren das hier Stiere? Dann konnte er sein Testament machen. Aber was sollte er schon vererben? Und wem?

Nein, das war eine ganze Herde, das mussten Kühe sein, dachte Stahnke. Aber die wogen bestimmt eine halbe Tonne pro Stück, und sie liefen auf Hufen. Die mussten gar nicht aggressiv oder bösartig sein, um ihn damit zu Tode zu trampeln! Es reichte schon, dass die Herde aufgeregt war. Das war sie eindeutig.

Jetzt hatten sie ihn eingekesselt. Keuchend blieb er stehen, sein Herz raste, sein Atem strömte pfeifend durch die Bronchien. Wie beruhigte man eine Kuhherde? Er konnte sich nicht einmal selbst beruhigen!

Ohne es zu wollen, begann Stahnke zu pfeifen. Pfeifen konnte er, das ging beim Ein- wie beim Ausatmen. Schrille Fußballer-Pfiffe hatte er nie zuwege gebracht, dafür bekam er ein weiches, vibrierendes Geräusch zustande, das er beliebig modulieren konnte. Er pfiff eine einfache Melodie mit vielen Wiederholungen. Nach und nach kam er dabei selbst wieder zu Atem. Und die Kühe?

Die standen dicht gedrängt um ihn herum, starrten ihn an, rieben sich aneinander, stampften und schnauften. Und kamen zur Ruhe. Das erste Tier beugte seinen Hals, senkte sein mächtiges Haupt und begann geräuschvoll Gras zu rupfen. Ein anderes folgte seinem Beispiel, dann zwei. Und noch zwei. Das Muhen wurde weniger und änderte sich im Ton. Eindeutige Signale, dachte Stahnke. Rückkehr zur Normalität. Der Eindringling schien ungefährlich zu sein, denn er pfiff ihnen eine Melodie.

Fiepko, der Kuhpfeifer, dachte Stahnke. Daher kam der Name also! Bloß gut, dass niemand das mitbekommen hatte. Außer den Highlandern.

Eine beruhigende Stimme mischte sich in sein Pfeifen. Die zottigen Leiber vor ihm machten Platz, ließen Leni durch. »Stahnke, wo bleibst du denn! Hast du schon vergessen, dass jemand auf uns geschossen hat?«, schimpfte sie in gedämpftem Ton. »Stehst hier seelenruhig und spielst mit den Kühen rum! Los, komm schon! Eins-zwo, eins-zwo.«

Gehorsam trabte Stahnke los. Das Antreiben hatte sie immer noch drauf, dachte er, alles, was recht ist. Sie könnte jederzeit wieder als Steueräffchen anheuern, auch vom Gewicht her.

Am anderen Ende der Weide gab es kein Gatter, sondern ein weißes Band, das über Isolatoren gespannt war. Elektrisch geladen, das wusste Stahnke genau, trotzdem beugte er seinen Rücken nicht weit genug. Heiße Vibrationen zuckten durch seinen Körper, als hätte er sich selbst die Peitsche gegeben. Der Graben hinter dem Weidezaun führte vergleichsweise sauberes Wasser, und Stahnke nutzte die Gelegenheit, sich den schlimmsten Schlamm von den Beinen zu spülen. Seine Schuhe allerdings quietschten und quatschten hinterher schlimmer als zuvor.

Leni folgte einem Wirtschaftsweg, Stahnke folgte Leni. Wohin führte sie ihn – falls sie das überhaupt wusste? In dieser landwirtschaftlichen Umgebung fehlte ihm die Orientierung. Zwar hörte er entfernten Autolärm rauschen, konnte aber nicht sagen, ob der von der Autobahn, der Bundesstraße oder vom Gewerbegebiet kam. Nüttermoor hatte wirklich alles, dachte er, verkehrstechnisch gesehen. Auch die Eisenbahnlinie nach Emden führte hier entlang.

Dass das noch nicht alles war, fiel ihm wieder ein, als er das Geräusch eines Hubschraubers hörte, das schnell näher kam. Jetzt wusste er wieder, wo sie sich befanden. Er hatte auch eine Ahnung, wie es weitergehen könnte. Stahnke begann wieder zu rennen.

25.

Es gab nur eine Zufahrtstraße und auf der gleich drei Polizeisperren hintereinander. Gut so, dachte Nidal Ekinci. Alle Gaffer blieben schon an der ersten Sperre hängen, die Presse an der zweiten. Plus eine für alle Fälle. Dahinter waberte Blaulicht über eine bizarre Szenerie: ein wunderschöner Resthof, mit viel Geld renoviert, Weidezäune, Gatter und zottige Viecher, ein nachtblauer Bauwagen mit goldenen Sternen und dunklen Einschusslöchern. Und im Zentrum des Ganzen das ausgebrannte Wrack eines Wohnmobils, schwarz-weiß gefleckt von Ruß und Löschschaum. Die Feuerwehrleute packten schon wieder ein, nur ein letztes Team kühlte noch eine Propangasflasche, die die Explosion unversehrt überstanden hatte. Das machte eine Gasexplosion als Brandursache unwahrscheinlich.

Gundi Lücht hatte es irgendwie hinbekommen, vor Kramer und Ekinci am Tatort zu sein. Ihr Schutzoverall stach gegen das verkohlte Führerhaus des Campers besonders weiß ab. Noch weißer waren nur Kittel und Handschuhe von Gerichtsmediziner Doktor Mergner, der sich über ein dunkles Etwas beugte. Mindestens ein Toter am Tatort, hatte die Polizeiwache gemeldet. Das dort musste er sein, dachte Nidal Ekinci.

Er wusste, dass verkohlte Leichen stark schrumpften, bis die Überreste erwachsener Männer wie Kinder aussahen. Das war hier nicht der Fall. Explosionen wiederum konnten menschliche Körper bis zur Unkenntlichkeit zerreißen. Auch davon konnte keine Rede sein. Zwar waren die unbekleideten Partien der Leiche stark versengt und die Haare verbrannt, aber der Körper war als der eines kräftigen Mannes noch gut erkennbar.

Der Oberkommissar nickte Gundi Lücht zu und begrüßte den Mediziner. »Kennen Sie schon die Todesursache?«, fragte er. »War es die Explosion oder das Feuer?«

»Weder noch«, erwiderte Doktor Mergner. Auch unter freiem Himmel klang seine Stimme wie ein entferntes Hauchen in einer tiefen Gruft. »Dieser Mann wurde erschossen.« Er zeigte auf ein Einschussloch an der linken Schläfe. »Offenbar ein Nahschuss. Möglicherweise sogar aufgesetzt.«

»Und der Brand? Die Explosion?«

»Sind hinten entstanden, im Wohnraum des Mobils«, sagte Gundi Lücht. »Dienten möglicherweise der Vertuschung.«

»Hinweise auf den oder die Täter?«, fragte Ekinci.

»Spurenlage unklar.« Die Kriminaltechnikerin seufzte. »Guck dich um, dann weißt du, warum. Solch ein Feuer leistet ganze Arbeit.«

»Explosionen jedoch geben zuweilen ganz eigene Hinweise«, hauchte Doktor Mergner. »Ganz zu schweigen vom todbringenden Projektil! Das befindet sich nämlich noch im Kopf des Toten. Ein Zustand, den ich so schnell wie möglich ändern werde.« Er fasste sich theatralisch an die Stirn. »Wobei ich zuweilen gar nicht weiß, warum ich mir die Mühe überhaupt mache. Offenbar liest niemand mehr meine Berichte.«

»Ganz im Gegenteil«, beeilte sich Ekinci zu versichern. »Ihre Berichte sind immer eine große Hilfe, zuweilen von entscheidender Bedeutung! Wie kommen Sie darauf, wir könnten sie nicht würdigen?«

»Auf meinen letzten gab es null Reaktion«, erwiderte Doktor Mergner eingeschnappt. »Sie erinnern sich noch an den Toten vom Mittelaltermarkt in Timmel? Den mit Odins Speer in der Brust?«

»Aber gewiss! Jörg Visser. Der Stich traf ins Herz und war tödlich.« Das war sofort klar gewesen, erinnerte sich Ekinci. Da war Mergners Bericht nur Formsache.

»Der Stich war tödlich, in der Tat«, echote Mergner. »Aber nicht der mit dem Speer! Ursächlich für den Exitus war ein Stich mit einem Messer. Einem Katana-Messer, um genau zu sein, erkennbar an der abgeschrägten und geschärften Spitze. Der Speer wurde nachträglich in die Wunde gesteckt.«

»Darum war so viel Blut ausgetreten«, sagte Nidal Ekinci. »Wurde das Messer sichergestellt? Kann mich gar nicht erinnern. Ich glaubte, der Speer sei die Tatwaffe gewesen.«

»Da müssen Sie die Kriminaltechnik fragen«, entgegnete Doktor Mergner steif. »Oder in Ihre eigenen Akten schauen. Mein Metier sind gerichtsmedizinische Berichte. Die offenbar wirklich niemand liest.«

Nidal Ekinci bedankte sich besonders höflich und folgte Kramer, der in Richtung Bauwagen geeilt war. Die Sonne stand bereits tief und tauchte den Tatort in ein unwirklich warmes und unpassend friedliches gelbes Licht. Im Gras glitzerte etwas. Ebenfalls gelb, registrierte der Oberkommissar und zog einen Plastikbeutel aus seiner Tasche. Er steckte seine latexumhüllte Hand hinein und hob den Gegenstand auf wie ein Hundebesitzer die Hinterlassenschaft seines Lieblings. Es war eine Patronenhülse. Viel zu lang für Pistolenmunition. Diese hier stammte von einem Gewehr.

War der Fahrer des Wohnmobils mit einem Gewehr erschossen worden? Ausgeschlossen, dachte Nidal Ekinci.

Solch ein Projektil hätte den Schädel des Opfers glatt durchschlagen und auf der Austrittsseite einen Krater hinterlassen. Wenn die Kugel noch im Kopf steckte, wie Doktor Mergner gesagt hatte, dann musste sie aus einer Pistole stammen. Eine Faustfeuerwaffe war für einen Nahschuss wesentlich besser geeignet als ein unhandlich langes Gewehr.

Waren hier zwei Täter am Werk gewesen? Oder einer – mit zwei verschiedenen Waffen?

Der Bauwagen war bereits durchsucht worden. Die Einschüsse hatte man nummeriert. Eine junge Polizistin in Uniform zeigte ihnen die offene Hintertür und den mutmaßlichen Fluchtweg der Angegriffenen. Eine Leiche hatte man nicht gefunden, ebenso wenig Blutspuren. Nidal Ekinci registrierte das mit Erleichterung. Um Madame Nirmala hätte es ihm leidgetan.

»Irgendwelche Spuren?«, fragte er. Die Polizistin nickte und reichte ihm zwei Plastikbeutel mit je einem Handy darin. Schau an, dachte er, die geheimnisvolle Dame mit den übersinnlichen Kräften bediente sich moderner Kommunikationstechnik! Hatte eine Gedankenleserin so was nötig?

Das eine Gerät war stark verschrammt und ziemlich veraltet. Es kam Ekinci unangenehm bekannt vor. »Ist es verschlüsselt?«, fragte er.

Die Polizistin schüttelte den Kopf. »Ist es nicht. Kein Pin, kein Fingerabdruck, keine Gesichtserkennung aktiviert. Geradezu steinzeitlich! Es gehört einem gewissen Fiepko Stahnke. Möglicherweise hat er es verloren, als er sich hier seine Jackentasche aufgerissen hat.« Sie deutete auf ein paar Fäden an der Klinke der Schlafzimmertür.

»Stahnke!«, rief Nidal Ekinci überrascht und besorgt. »Ist das sicher?«

»Na klar«, sagte die Uniformierte und schaute ihn verständnislos an.

Nidal Ekinci hielt sich für jung, aber diese Frau war deutlich jünger. Konnte es sein, dass ihr der Name Stahnke überhaupt nichts sagte? Offensichtlich.

»Und dann haben wir noch das hier«, sagte die junge Frau und hielt einen weiteren Beutel hoch. Er enthielt eine Pistole.

Eine *HK P30*, stellte Ekinci fest. Das Nachfolgemodell der *P2000* von *Heckler & Koch*. Speziell für die Polizei entwickelt. Stahnke hatte so eine geführt, das wusste er. Aber lag die nicht sicher verwahrt in der Waffenkammer der Oldenburger Polizeiinspektion? Bei seiner Suspendierung hatte Stahnke die doch bestimmt abgeben müssen, zusammen mit seinem Dienstausweis. War das etwa unterblieben? Oder besaß sein Ex-Chef womöglich zwei solche Pistolen? Unwahrscheinlich, dachte Ekinci, Stahnke war doch kein Waffennarr. Bestimmt gehörte die Pistole jemand anderem.

Nämlich dem Täter. Der den Fahrer des Wohnmobils damit getötet hatte. Na, das konnte man feststellen. Kaliber 9x19. Das Projektil würde eindeutige Spuren aufweisen, die es einer bestimmten Waffe sicher zuordnen ließen.

»Wurden Fingerabdrücke gesichert?«, fragte Nidal Ekinci.

Die Polizistin nickte. »Laufen schon durch die Datenbank.«

Kramer verließ den Bauwagen nach hinten, wo mehrere Kriminaltechniker an der Arbeit waren. Ekinci folgte ihm entlang einer Flatterband-Absperrung bis zu einem verschlammten Graben, der nach Gülle stank. Eine Stelle am Rand dieses Grabens war gesondert markiert. Dort stand

Oberkommissar Kramer, den Blick gesenkt, die Hände hinter dem Rücken, wo sie keinen Schaden anrichten konnten.

»Was ist das hier?«, fragte Ekinci.

»Fußspuren«, antwortete Kramer. »Im weichen Boden deutlich zu erkennen. Große breite Männerfüße und die kleineren einer Frau.«

»Stahnke und Madame Nirmala«, sagte Ekinci. »Was hat er nur bei ihr gewollt?«

»Ermitteln«, sagte Kramer. »Was sonst?«

Tja, dachte Ekinci, was sonst? Handy, Schusswaffe, Fußspuren. Und ein Toter mit einer Schusswunde. Stahnke, der suspendierte Kriminalbeamte, hatte hier ermittelt. Was sonst?

Jenseits des Bauwagens knatterte es laut. Ein Hubschrauber setzte zur Landung an. »Schau dich noch mal gut um«, sagte Kramer zu Ekinci. »Gleich übernimmt hier das BKA.«

Nidal Ekinci nickte. Ist wohl auch besser so, dachte er gegen seinen Willen.

26.

Nüttermoor verfügte über einen kleinen Flugplatz mit einem Restaurant, das im Sommer gut frequentiert war. In Sichtweite des dazugehörigen Parkplatzes stoppte Stahnke und versteckte sich im Gebüsch, um wieder zu Atem zu kommen. Es war bereits Abend geworden, aber immer noch hell.

»Was wollen wir hier?«, fragte Leni ungeduldig. »Willst du, dass der Kerl uns doch noch findet und abknallt?«

»Ich glaube nicht, dass wir verfolgt werden«, erwiderte Stahnke. »Aber wenn doch, können wir uns da hinein flüchten und die Polizei rufen.«

»Das können wir doch sowieso«, sagte Leni. »Nimm einfach dein Handy.«

Das hatte Stahnke nicht vor, trotzdem griff er nach seiner Jackentasche. Sie war aufgerissen und leer. »Verfluchter Mist«, schimpfte er. »Ich bin irgendwo hängen geblieben. Beide Handys sind weg.«

»Beide? Du hattest zwei?«

»Mein eigenes und das von Jörg Visser. Mit dem hatte ich Kontakt zu Konni aufgenommen.«

»Konni ist tot.« Leni schüttelte sich. »Jörg ist tot. Beide haben für Wolfram gearbeitet. Glaubst du echt, der steckt dahinter?«

»Glauben heißt nicht wissen«, antwortete Stahnke. »Wäre Konni nur deutlicher geworden! Über einen bestimmten Punkt wollte er einfach nicht hinaus.«

»Ich war dabei.« Leni nickte. »Vor lauter Angst, dass alle Wände Augen und Ohren hätten. Ich hielt ihn für paranoid. Jetzt nicht mehr.«

»Still!« Stahnke zog Leni tiefer ins Gebüsch. »Da kommt ein Auto.«

»Fängst du jetzt auch an?«, zischte Leni zurück, duckte sich aber.

Das Auto war ein Opel Meriva, ein Muster an Unauffälligkeit. Das einzig Auffällige war, dass er so langsam fuhr. In Schrittgeschwindigkeit rollte er an ihrem Versteck vorbei, verlangsamte an der Parkplatzzufahrt noch weiter und fuhr dann in die Richtung, aus der die beiden gekommen waren. Anscheinend saß nur eine Person darin.

»Hast du den Fahrer erkannt?«, fragte Stahnke.

Leni schüttelte den Kopf. »Bei diesen schrägen Frontscheiben sieht man nur gespiegelte Wolken, und der Blick durchs Seitenfenster war zu kurz. Ein Typ mit dunkler Brille, das kann jeder gewesen sein.«

»Lass uns weitergehen«, sagte Stahnke. »Jetzt gleich, ehe er zurückkommt.«

Die schmale Straße, die in Richtung Bundesstraße führte, hatte nur eine einzige Abzweigung, soweit sie sehen konnten. Links lag die Start- und Landebahn hinter Bäumen und Büschen, rechts erstreckten sich offene Felder. »Das ist eine Mausefalle«, wisperte Leni. »Wenn er zurückkommt, sieht er uns sofort. Und dann hat er uns. Wollen wir nicht doch lieber ins Restaurant gehen und anrufen?«

Stahnke schüttelte den Kopf. »Ich habe mich unbefugt in Ermittlungen eingemischt«, sagte er. »Eigenmächtig eine Befragung durchgeführt, statt Informationen an die Zuständigen weiterzugeben. Dabei ist ein Mensch gestorben. Wenn ich jetzt zu meinen Kollegen gehe, bekomme ich meinen Dienstausweis niemals zurück.«

»Wenn deine Kollegen dieses Visser-Handy finden, wissen sie sowieso, dass du hier warst«, wandte Leni ein.

»Ach, dann behaupte ich einfach, du hättest es mir gestohlen«, sagte Stahnke. »Fahrendes Volk wie du klaut gerne Handys. Ist doch so, oder?« Er sprang aus den Büschen, weil sie nach ihm trat, und machte sich auf den Weg. Leni folgte ihm, schimpfend wie ein Rohrspatz. Sie wurde von Schritt zu Schritt jünger, fand Stahnke.

Sie waren noch nicht weit gekommen, als sie hinter sich ein Motorengeräusch hörten. Das konnte irgendein Wagen vom Parkplatz des Flughafenrestaurants sein, dachte Stahnke, während er sich umdrehte. Aber es war der Meriva. Der Fahrer musste sie sofort gesehen haben, denn er gab Gas.

»Weg, weg!«, schrie Stahnke. »Nach links, zwischen die Bäume!« Rechts gab es keinerlei Deckung – links aber stand hinter den Bäumen ein Maschendrahtzaun. Dort schien es kein Durchkommen zu geben.

»Ich wusste es!«, schrie Leni in Panik. »Wir sitzen in der Falle!«

Da entdeckte Stahnke ein Schild am Zaun: ›Vorsicht, Schießbetrieb!‹ Sie waren schon weiter, als er gedacht hatte. Das war die Chance. »Los, renn!«, schrie er Leni zu. »Ein paar Meter noch, dann in die Büsche!«

Sie kamen ans Ende des Zauns, ehe der Meriva sie erreicht hatte. Hinter den Büschen befand sich ein geschotterter Parkplatz, auf dem zwei Autos standen. Links gab es eine verschlossene grüne Holzhütte mit Veranda, daneben führte ein schmaler Pfad zwischen einem weiteren Zaun, dicken Bäumen und hochstämmigem Unkraut zu einem weiß gestrichenen flachen Backsteingebäude. ›Emil-Behrends-Schießstand‹ lautete die Schrift neben dem Eingang.

Hinter ihnen rauschte der Meriva, der die Bäume umkurvt hatte, auf den Parkplatz. Beim Bremsen spritzte der Schotter. Eine Autotür wurde aufgerissen.

Stahnke packte die Türklinke des Schießstandes und warf sich gegen das schwarze Holz. Die Tür flog nach innen auf, Stahnke und Leni stürmten hinein. Im halb dunklen Korridor stand eine graubärtige Gestalt mit einer unförmigen Schießbrille auf der Nase und riss vor Erstaunen Mund und Augen auf. In der Hand hielt die Gestalt einen wuchtigen Revolver.

»Rieken!«, schnauzte Stahnke ihn an. »Her mit dem Ding!«

Widerspruchslos händigte der Graubärtige die Waffe aus. Es war ein *Smith & Wesson Target Champion* Großkaliber-Revolver mit ergonomisch geformtem Holzgriff. Die Trommel war ausgeschwenkt, in jeder Kammer steckte eine Patrone, die fast so lang war wie ein kleiner Finger. Ex-Polizist Rieken hatte es mit Sicherheitsvorschriften noch nie genau genommen. Darauf hatte Stahnke gehofft. Mit einem Schwung aus dem Handgelenk ließ er die Trommel einrasten, drehte sich auf dem Absatz um und richtete die Waffe auf die offen stehende Eingangstür.

Keine Sekunde zu früh. In der Türöffnung erschien ein breitschultriger Mann im grauen Anzug, die Augenpartie hinter einer Sonnenbrille verborgen. Den Kolben seines Sturmgewehrs hatte er bereits in die rechte Schulter gedrückt. Der Gewehrlauf hob sich und schien sich schnell zu verkürzen. Der Finger am Abzug musste kurz vor dem Druckpunkt sein.

Stahnke zögerte nicht und zog den Abzug des Revolvers ruckartig durch. Gelernt hatte er es anders – »Den Druck am Abzug gleichmäßig erhöhen, bis der Schuss den Schützen überrascht.« Geschenkt. Hier ging es nicht um Ringzahlen, hier ging es ums Ganze. In dem engen Korridor krachte der Schuss ohrenbetäubend. Gleich noch einen zweiten und einen dritten hinterher! Die *Double Action* der Waffe machte es möglich, auch ohne vorgespannten Hahn zu schießen, wenn auch nicht sehr exakt. Aber das war jetzt egal, Hauptsache, die Projektile flogen zur Tür hinaus.

Der Man im Anzug war weg. Hatte er ihn getroffen? Stahnke ging langsam zur Tür, die Waffe in Vorhalte. Dort lag niemand. Wartete der Verfolger neben der Tür im toten Winkel, um ihm eine Kugel zu verpassen, sobald er die Nase aus der Tür steckte? Oder einen Feuerstoß? Stahnke entschloss sich, kein Risiko einzugehen, schob die schwere Holztür mit dem Fuß zu und drückte sie ins Schloss.

Hinter ihm knarrte eine Tür. Stahnke fuhr herum, die Waffe erhoben. Ein zweiter Graubart war in den Korridor getreten, Riekens Kollege und ständiger Schatten van Dieken. Beide waren seit kurzem pensioniert und nutzten offensichtlich die Zeit, um ihrem Hobby nachzugehen.

»Was war das denn?«, fragte van Dieken entgeistert. »Hast du hier rumgeballert, Stahnke? Du hast sie wohl nicht alle.«

»Da war einer mit einem Gewehr«, sagte Rieken und zeigte auf die Ausgangstür. »Da draußen.«

»Einer von den Jägern?«, fragte van Dieken. »Du weißt doch, dass die ihren eigenen Schießstand gleich nebenan haben. Die müssen auch ihre Pflichtschüsse absolvieren. Kein Grund, gleich auf die zu ballern.«

Rieken schüttelte den Kopf. »Von den Jägern war das bestimmt keiner. Der wollte Stahnke ans Leder.«

»Ach so.« Van Dieken nickte verstehend. »Und? Hast du ihn erwischt?«

»Ich glaube es nicht!«, rief Leni aus. »Was seid ihr denn für welche?«

Darauf wusste niemand etwas zu erwidern. Einige Sekunden lang herrschte Stille im Korridor. Von draußen hörte man das entfernte Aufheulen eines Automotors.

»War das der Meriva?«, fragte Leni. »Ich glaube, er haut ab.«

»Wer, der mit dem Gewehr?«, fragte Rieken. »Kennt ihr den? Wie heißt der?«

»Hast du ihn erkannt?« Stahnke wandte sich an Leni. »Was meinst du, war das Wolfram?«

Leni schüttelte den Kopf. »Ich glaube nicht. Aber er kam mir irgendwie bekannt vor.«

Stahnke nickte. Er teilte den Eindruck, konnte ihn aber nicht einordnen.

Van Dieken zog hörbar Luft durch die Nase. »In diesem alten Gemäuer müffelt es immer ein bisschen«, sagte er. »Aber nicht so doll! Ich will ja nichts sagen, Stahnke, aber ich glaube, das bist du.«

»Ich bin was?« Es dauerte einen Moment, aber dann roch Stahnke es selbst. Seine Hose, die Schuhe, der Güllegraben. Igitt! Er musste sich dringend reinigen. Er sollte sich umziehen. Er musste hier weg. Aber wie? Sein Auto stand immer noch vor dem Miniaturland.

»Wem gehören die Wagen auf dem Parkplatz?«, fragte er.

»Uns«, sagte Rieken. »Aber meinen brauch ich. Zum Abendbrot muss ich zu Hause sein.«

»Ich auch!«, meldete sich van Dieken. »Und zwar pünktlich. Meine Frau bringt mich sonst um.«

»Ihr seid mir zwei Pantoffelhelden«, knurrte Stahnke. »Na gut. Dann setzt uns wenigstens zuerst ab. Und kommt gefälligst nach dem Essen wieder.«

»Wohin denn?«, fragte Leni. »Jedenfalls nicht zu mir. Mein Bauwagen ist jetzt ein Tatort.«

»Zuerst zu meinem Wagen«, sagte Stahnke. »Dann sehen wir weiter. Ich habe schon eine Idee.«

»Dann nichts wie los«, sagte Rieken und schaute auf seine Uhr. »Ist schon spät. Bloß gut, dass ich eine Hundedecke im Auto habe.«

27.

Als die Kriminaltechnik abrückte, fuhr Nidal Ekinci mit, um die weitere Ermittlung von der Polizeiinspektion aus zu unterstützen. Kramer blieb in gleicher Funktion am Tatort. Die Leitung hatte, wie schon vermutet, das Landeskriminalamt übernommen. Zum Glück waren die LKA-Kollegen kooperativer als ihre Abbilder in den TV-Serien und nahmen die angebotene Hilfe gerne an.

Doktor Mergner war mit den sterblichen Überresten des Toten schon vorausgefahren. Dessen Identität schien geklärt: Konrad Smidt, geboren in Emden. Personalausweis und Autopapiere stimmten überein. Falls die Obduktion nichts Gegenteiliges ergab, hatten sie es mit einer polizeibekannten Person zu tun. Damit hatten sie schon mal gute Ansatzpunkte, was mögliche Verdächtige anging.

Den Untersuchungsbericht zu der Pistole, die im Bauwagen gefunden worden war, bekam er als ersten auf den Tisch. Nidel Ekinci runzelte die Stirn. Laut Registrierungsnummer handelte es sich tatsächlich um die Dienstwaffe des Ersten Hauptkommissars Stahnke! Sämtliche Fingerabdrücke stammten von ihm. Seltsam, dachte der Oberkommissar, hatte Stahnke die Waffe denn nicht abgegeben? Warum lag sie nicht in der Oldenburger Waffenkammer, sondern an ihrem Leeraner Tatort?

Als Nächster meldete sich Doktor Mergner. Er bestätigte die Identität des Toten: »An einigen Fingern ist genügend Haut übrig geblieben, um die Abdrücke mit unserer Kartei zu vergleichen.« Auch das tödliche Projektil habe man aus dem Schädel entfernt und der kriminaltechnischen Untersuchung zugeführt.

Gleich danach rief Joke Reents an. »Der Verkäufer des Spielzeugbaggers heißt Georg Piotrowski«, meldete er. »Wohnt tatsächlich in Emden. Die Adresse der fraglichen Wohnung habe ich notiert. Wir sind dort morgen verabredet.«

Nidal Ekinci brauchte einen Moment, um geistig umzuschalten. »Ach, richtig! Vielen Dank. Sorry, wir haben gerade etwas anderes an der Backe.«

»Schon gehört«, sagte der Inselpolizist. »Ich kann morgen gerne allein hinfahren, wenn Gundi mir ihr Auto leiht. Sonst mit der Bahn.«

»Mit der Deutschen Bahn? Du bist vielleicht abenteuerlustig!«, spottete Ekinci. »Apropos, wo steckst du eigentlich gerade?«

»Bei Gundi in der Wohnung«, antwortete Joke Reents. »Ihr wart alle weg, da habe ich Feierabend gemacht. Na ja, quasi. Eigentlich bin ich bekanntlich Urlauber.«

»Du hast es gut!« Ekinci überlegte: »Aber Gundi Lücht ist noch bei der Arbeit. Bist du bei ihr eingebrochen?«

»Sie hat mir einen Schlüssel gegeben«, sagte Joke Reents und verabschiedete sich.

Kurz darauf meldete sich Kramer. »Die Suche nach Stahnke und Frau Marlene Franzen wurde ergebnislos abgebrochen«, berichtete er. »Inzwischen ist es so dunkel, dass Fußspuren nur mit großem technischem Aufwand zu erkennen sind. Auf der angrenzenden Weide und an einem weiteren Wassergraben konnten noch Spuren ausgemacht werden, aber auf dem befestigten Wirtschaftsweg dahinter verloren sie sich.«

»Gibt es noch weitere Spuren?«, fragte Ekinci. »Ich meine, wurden die beiden verfolgt?«

»Nichts gefunden«, sagte Kramer. »Was es gibt, ist eine relativ frische Reifenspur, die weder von dem verbrannten Wohnmobil noch von Frau Franzens Twingo stammt. Es steht zu vermuten, dass sich der Schütze mit seinem Pkw entfernt hat, weil er nach der Explosion mit unserem Eintreffen rechnen musste.«

Und weil er sich bei der Verfolgung mit dem Auto bessere Chancen ausrechnete, als mit einem Gewehr durch offenes Gelände hinter Stahnke und Madame Nirmala herzurennen, setzte Ekinci in Gedanken hinzu. »Welcher Autotyp?«, fragte er.

»Unbestimmt«, sagte Kramer. »Nichts Außergewöhnliches jedenfalls. Von der Spurentiefe her eher untere Mittelklasse. So was fahren Mocros eher selten.«

»Mocros! Du meinst, dieser Anschlag hängt mit dem auf die Oldenburger Kollegin zusammen?«, fragte Ekinci.

»Seinerzeit hätte Stahnke eigentlich mit in dem beschossenen Auto sitzen sollen«, sagte Kramer, wieder einmal umfänglich informiert. »Möglicherweise sollten diesmal Nägel mit Köpfen gemacht werden.«

»Dann müsste auch mit einem weiteren Mordversuch an Sibylle Wiemken gerechnet werden«, überlegte Ekinci.

»Das ist richtig«, sagte Kramer. »Ich habe mich erkundigt; die Kollegin wird rund um die Uhr bewacht.«

Was für Zeiten, dachte Nidal Ekinci, nachdem sie das Gespräch beendet hatten. Statt Bürger vor Bedrohungen zu schützen, schützte sich die Polizei erst einmal selbst! Polizisten wurden auf offener Straße überfallen und beinahe erschossen. Und bei unbefugten Befragungen in mutmaßlich unangemeldeten Wohnstätten. Stahnke blieb eben Stahnke!

Aber so oder so, es passte ins Bild. Immer öfter wurde Gewalt gegen Ordnungshüter ausgeübt. Und nicht nur gegen die. Feuerwehr, Sanitäter, Ordner – wer immer dafür sorgen musste und wollte, dass Regeln eingehalten wurden, musste mit wütenden Attacken rechnen. Worauf waren die eigentlich aus, die Leute, die dermaßen vernunftwidrig agierten? Wollten sie Anarchie? Oder gleich das Chaos?

Er nahm sich erneut den Aktenauszug des Ermordeten vor. Konrad Smidt, genannt Konni, geboren und aufgewachsen in Emden. Grundschule, Gymnasium, Abitur. Smidt gehörte zum selben Geburtsjahrgang wie Stahnke. Hatten sie zusammen Abitur gemacht? Zwar gab es auch damals schon zwei Gymnasien in Emden, aber die Co-Education war noch Neuland, und vor allem die oberen Jahrgänge beider Schulen blieben lange nach Geschlechtern getrennt. Bestimmt waren die beiden sich über den Weg gelaufen, dachte Ekinci. Danach ging der eine zur Polizei, der andere schlug eine kriminelle Laufbahn ein. Jetzt war der eine tot und der andere auf der Flucht. Was für Zeiten!

Das Telefon klingelte wieder. Diesmal war es Gundi Lücht. Sie atmete schwer, hatte Mühe, Worte zu finden. So kannte Nidal Ekinci die Kriminaltechnikerin gar nicht. »Gundi, was gibt's?«, fragte er freundlich. »Lass dir Zeit, ich höre zu.«

»Die Ballistiker haben die Pistole untersucht«, sagte Gundi Lücht stockend. »Stahnkes Dienstwaffe, du weißt. Das ging schnell, weil die Beschussmarken solcher Waffen alle karteimäßig erfasst sind.«

»Ich weiß«, sagte Ekinci. »Und weiter?«

»Außerdem haben sie das Projektil aus dem Kopf des Toten auf Formspuren hin untersucht«, sagte Gundi Lücht. »Sie sagen, das passt.«

Nidal Ekinci spürte, wie sich seine Nackenhaare aufrichteten. »Bitte genauer«, sagte er so ruhig wie möglich. »Was passt?«

»Die Charakteristika von Stahnkes Pistole und die Formspuren auf der abgefeuerten Kugel«, sagte Gundi Lücht. »Das Projektil wurde eindeutig aus dieser Waffe abgefeuert.«

»Aus Stahnkes Waffe? Auf der ausschließlich seine eigenen Fingerabdrücke sind?«

»Verrückt, ich weiß«, schnaufte die Kriminaltechnikerin. »Hat Stahnke sich inzwischen bei euch gemeldet?«

»Bei uns? Nein«, sagte Ekinci. »Wenn, dann bei seiner Dienststelle in Oldenburg, oder?«

»Dort auch nicht«, sagte Gundi Lücht. »Ich habe Thorsten Venema gefragt.«

»Dann sollten wir die Kollegen an der Hunte schleunigst informieren«, seufzte Nidal Ekinci.

»Nicht nötig«, sagte Gundi Lücht. »Das hat das LKA schon gemacht. Die haben alle unsere Untersuchungsergebnisse als Erste bekommen.«

»Und?«, fragte Nidal Ekinci.

»Die Fahndung nach Stahnke ist raus«, sagte Gundi Lücht.

28.

Joke Reents lauschte dem Nachhall des Türgongs. Sein Herzschlag beschleunigte sich. Sie kommt nach Hause, dachte er, und ich mache ihr auf! Vertauschte Rollen. Auf Rollenspiele steht sie doch.

Er eilte durch den Korridor. Nach Einbruch der Dunkelheit war es etwas kühl in dem kleinen alten Haus, das Gundi im Leeraner Ortsteil Heisfelde gemietet hatte, daher hatte er sich in ihrem Mittelalter-Fundus bedient und einen schwarzen Kapuzenumhang umgelegt. *Darth Vader*, dachte er, als sich das Ding hinter ihm blähte. Wenn das nicht stark war!

»Na, Schlüssel vergessen? Da spüre ich doch eine Erschütterung der Macht!«, deklamierte er, während er die Tür öffnete. Dann blieb ihm der Mund offen stehen.

»Macht nichts«, knurrte Stahnke ihn an. »Hauptsache, du lässt uns rein.« Der breitschultrige Mann stapfte so entschlossen auf ihn zu, dass der Inselpolizist schnell zur Seite sprang. Als er die Duftwolke wahrnahm, die Stahnke umgab, entglitten ihm die Gesichtszüge.

»Zeigen Sie ihm bitte das Bad«, sagte die kleine, zierliche Frau, die hinter Stahnke das Haus betrat. »Das ist in unser aller Interesse.«

Das tat Joke Reents mit einer stummen Geste. Gundi Lüchts Haus im Heisfelder Moorweg war klein, alle Wege waren kurz, das war in diesem Fall ein Vorteil.

»Sie haben Fortschritte gemacht, junger Mann«, sagte Marlene Franzen und lächelte Joke Reents an. »Jetzt wohnen Sie schon bei Ihrer Liebsten! Trotzdem lässt sie Sie noch zappeln, stimmt's?«

Der Inselpolizist brauchte eine Weile, um in Stahnkes Begleiterin die Wahrsagerin vom Timmeler Mittelaltermarkt zu erkennen, daher blieb sein Mund längere Zeit offen stehen. Dann stieß er hervor: »Ich glaube überhaupt nicht an Hellseherei.«

»Das macht nichts«, erwiderte Madame Nirmala mit einer wegwerfenden Handbewegung. »Sie funktioniert auch, wenn man nicht daran glaubt.«

Während im Bad die Dusche rauschte, brodelte in der Küche das Teewasser. Joke Reents war Ostfriese; obwohl er verwirrt war, wusste er doch, was sich gehörte. Als er die Kanne mit dem frisch gebrühten Tee aufs Stövchen stellte, rief Stahnke durch die Badezimmertür: »Joke, ich brauche etwas anzuziehen, meine Klamotten sind total versifft! Hast du etwas dabei?«

Wieder brauchte Joke Reents einige Sekunden. Er überragte Stahnke an Körperlänge, der ihn dafür in der Breite – in Sachen Kleidung waren das Ausschlusskriterien. Was konnte er ihm anbieten, Gundis Morgenrock etwa? Nein, das traute er sich nicht, aus verschiedenen Gründen. Zum Glück lag die Lösung nahe. Endlich kam er drauf. »Moment!«, rief der Inselpolizist und tauchte in Gundi Lüchts Kabinett ein.

Als Stahnke einige Minuten später das Bad verließ, trug er dunkelbraune sackartige Hosen, deren Beinlinge deutlich oberhalb der grob gestrickten Socken endeten und breite Streifen haariger Haut frei ließen, sowie einen hellblauen weiten Überwurf, der stark an ein Minikleid erinnerte. Seine massigen Arme waren unbedeckt und gänsehäutig, weshalb Joke Reents ihm mit graziöser Geste seinen Kapuzenumhang reichte. Mit einem grimmigen Blick riss Stahnke ihm das Ding aus der Hand und wickelte sich darin ein. Und gleich wieder halb aus, um nach seinem dampfenden Teebecher zu greifen. Als er ihn ansetzte, klingelte es an der Tür.

Diesmal war es wirklich Gundi Lücht. »Schlüssel vergessen«, sagte sie, als Joke Reents ihr öffnete. An der Schwelle zum Wohnzimmer erstarrte sie. Der Inselpolizist konnte es ihr nachfühlen. »Wir haben Gäste«, erklärte er ebenso lahm wie verspätet. Trotzdem, das »wir« gab ihm ein warmes Gefühl.

»Stahnke!«, rief die Kriminaltechnikerin. »Sie suchen dich überall! Wie siehst du überhaupt aus? Hast du dich verkleidet?«

»Das heißt gewandet«, korrigierte Joke Reents, was er umgehend bereute, als ihn Gundis vernichtender Blick traf.

»Keine Sorge, mir geht es gut«, sagte Stahnke und pustete in seinen Tee. »Beschossen worden bin ich schon öfter mal. So leicht wird man mich nicht los.«

Gundi Lücht starrte ihn entgeistert an. »Du bist zur Fahndung ausgeschrieben«, keuchte sie. »Nicht, weil jemand auf dich geschossen hat, sondern weil du einen erschossen hast.«

»Ich?« Stahnke verschüttete etwas Tee, der auf seinem braunen Hosenbein unsichtbar blieb. »Quatsch. Womit denn?«

»Mit deiner Dienstwaffe.« Gundi Lücht ließ sich auf das Sofa neben Madame Nirmala fallen.

»Die habe ich abgegeben.« Stahnke schüttelte den Kopf. »Liegt in Oldenburg in der Waffenkammer.«

»Nein, das tut sie nicht«, erwiderte Gundi Lücht. »Das weiß ich genau. Kriege ich eigentlich keinen Tee?«

Eilig griff Joke Reents nach der Kanne und kleckerte im Übereifer die Tischplatte voll.

»Wen soll ich denn eigentlich erschossen haben?«, fragte Stahnke mit gerunzelter Stirn.

»Konrad Smidt«, antwortete Gundi Lücht und führte ihren Becher vorsichtig an die gespitzten Lippen.

»Das ist doch absurd«, sagte Stahnke. Dabei polterte er nicht, sondern klang nachdenklich.

»Hör zu«, sagte die Kriminaltechnikerin, »ich erklär's dir.« Das tat sie in aller Ausführlichkeit.

»Unglaublich«, sagte Stahnke, als Gundi Lücht fertig war. »Da will mich jemand fertigmachen. So wie Sibylle Wiemken.«

»Und wie mich damals«, sagte Marlene Franzen. »Oder nee, schon anders. Aber eben auch komplett.«

Wieder klingelte es an der Haustür. Stahnke schaute Gundi Lücht an: »Erwartest du noch jemanden?«

Die Hausherrin schüttelte den Kopf. »Ich hatte nicht einmal euch erwartet. Keine Ahnung, wer das sein könnte.«

»Hoffentlich keine Kollegen von uns«, sagte Joke Reents bedrückt.

Stahnke erhob sich mit einem Ruck. »Ich mach mal auf«, sagte er. »Wenn die etwas von mir wollen, sollen sie es mir ins Gesicht sagen.« Er stapfte zur Haustür, auf Stricksocken und mit wehendem Umhang. Die anderen starrten ihm mit offenen Mündern nach; der Hausflur war klein, sie mussten sich nur vorbeugen, um alles mitzubekommen.

Draußen standen zwei uniformierte Polizisten. Sie starrten Stahnke an. Stahnke starrte zurück. Die beiden Uniformierten brachen in schallendes Gelächter aus.

»Stahnke, der Ritter von der traurigen Gestalt!«, japste Rieken. »Hattest du keine bessere Verkleidung zur Hand?«

»Ich weiß, dass sie dich suchen, aber musstest du dich deswegen so verunstalten?«, johlte van Dieken.

»Schnauze, Idioten!«, fauchte Stahnke die beiden Graubärte an. »Wollt ihr die Nachbarschaft alarmieren? Los, rein mit euch, ihr Hohlköpfe!«

Immer noch feixend, enterten die Uniformierten das Wohnzimmer, das damit schlagartig voll war. Auch noch, als Joke Reents mit der leeren Teekanne in der Küche verschwunden war.

»Apropos Verkleidung«, sagte Gundi Lücht. »Warum tragt ihr zwei denn Uniformen? Ihr seid doch pensioniert! Das weiß ich genau, ich war bei eurer Verabschiedung dabei.«

»Jau, das war 'ne schöne Sause! Soweit ich mich erinnere, also etwa bis zur Hälfte!«, schwärmte Rieken. Seine Augen funkelten.

»Die Uniformen passen einfach so gut«, behauptete van Dieken. »Tragen sich angenehm, und man hat immer die Kontrolle, ob der Bauch auch nicht zu dick geworden ist.« Er zwinkerte Stahnke zu: »Solltest du auch mal versuchen.«

»Letzte Chance«, knurrte Stahnke. »Was soll der Mummenschanz?«

»Nostalgie«, versuchte Rieken es noch einmal, knickte aber unter Stahnkes finsterem Blick ein. »Ach, das macht einfach Spaß, wenn man unterwegs ist – vor allem nachts! Keiner macht einen an, keiner kommt einem dumm. Im Gegenteil, wenn uns etwas nicht passt, geben wir mal kurz Bescheid. Das haut super hin!«

»Ach ja?«, fragte Leni erstaunt. »Ich dachte, Ordnungskräfte würden heute immer öfter attackiert! Es geht doch niemand mehr freiwillig in Uniform unter Leute.«

»Uns passiert das nicht«, sagte Rieken grinsend. »Wir werden nicht verhauen, wir verhauen selbst! Da sind wir altmodisch.«

»Und in der Kneipe kriegt man in Uniform leichter mal einen ausgegeben«, ergänzte van Dieken. »Schlechtes Gewissen macht spendabel. Du glaubst gar nicht, wie viele Leute eines haben.«

»Das ist Amtsanmaßung«, sagte Gundi Lücht streng. »Und riskant. Sobald euch einer anzeigt, ist die Pension in Gefahr.«

»No risk, no fun!«, entgegnete Rieken strahlend. »Außerdem kennen wir unsere Pappenheimer. Wir wissen, wie weit wir gehen dürfen. Wussten wir schon immer. Uns hat nie einer vom Dienst suspendiert, was, Kollege?«

»Natürlich nicht!«, fauchte Stahnke. »Weil es immer einen gab, der euch die Hand vor den Hintern gehalten hat! Meistens war ich das. Schön blöd von mir. Das ist jetzt der Dank.«

»Stimmt«, sagte van Dieken. »Das ist er.«

»Jetzt halten wir dir die Hand vor den Arsch«, sagte Rieken. »Indem wir nicht melden, wo du steckst. Ist bestimmt auch nicht gut für unsere Pension, stimmt's?« Er zwinkerte der Gastgeberin zu. Joke Reents, der gerade mit dem frisch aufgegossenen Tee aus der Küche zurückkam, funkelte ihn böse an.

»Na toll«, grummelte Stahnke. »Vielen Dank auch! Dann bleibe ich also noch ein oder zwei Tage länger auf freiem Fuß. Und was habe ich davon?«

»Kommt ganz drauf an«, sagte Madame Nirmala.

Für einen Moment herrschte Ruhe am Teetisch. Dann fragte Stahnke: »Was kommt worauf an?«

»Was du davon hast«, erklärte Leni. »Wie wir die Zeit nutzen. Hier stehen Dinge im Raum, die so nicht sein können. Trotzdem kann es passieren, dass du deswegen in den Knast wanderst oder zumindest einen unehrenhaften

Abgang in den vorzeitigen Ruhestand erhältst. Wenn wir die Vorwürfe nämlich nicht entkräften, ehe du dich in die Hände deiner lieben Kollegen begibst.«

»Kolleginnen und Kollegen«, korrigierte Gundi Lücht automatisch. »Darf ich daran erinnern, dass sich einige aktive Kolleginnen und Kollegen hier im Raum befinden? Neben den Angehörigen des *Ostfriesischen Karnevalsvereins*. Und Ihnen, Frau … Nirmala?«

»Marlene Franzen«, sagte die Angesprochene. »Nennt mich ruhig Leni.«

»Joke ist gar nicht im Dienst«, erwiderte Rieken. »Urlauber zählen nicht. Und du, Gundi, bist doch Angestellte, richtig? Keine Beamtin. Falls etwas schiefgeht, trifft es dich nicht so hart.«

»Oh bitte! Was soll schon schiefgehen?«, spottete Stahnke. »Mit dieser Versammlung von Koniferen! Leute, wir sind das letzte Aufgebot! Wir haben null Befugnisse und nichts in der Hand. Und unser Gegner …« Er verstummte.

»Unser Gegner«, ergänzte Leni, »hat den Polizeiapparat gegen dich eingesetzt, um dich aus dem Verkehr zu ziehen. So mächtig ist er! Alternativ hätte er uns beide auch gerne erschießen lassen. Es kommt ihm nicht drauf an, er will auf Nummer sicher gehen.«

»Du sagst es«, murmelte Stahnke. »Ich gegen die Polizei! Das ist doch zum Verrücktwerden. Mein eigener Laden erklärt mich zum Mörder und ist hinter mir her. Der ganze Apparat ist gegen mich! Statt mit ihm im Rücken Verbrecher unschädlich zu machen, müsste ich es jetzt gegen ihn tun. Unmöglich. Ich wüsste nicht einmal, wen!«

»Ich denke, das wissen wir schon«, sagte Leni. »Erinnere dich an Konnis Worte! Unser Feind aus alten Tagen. Mit dem wir schon im selben Boot gesessen haben.«

»Wolfram Hart?« Stahnke wiegte den Kopf. »Traust du ihm das zu? Hat er wirklich solche Macht? So viel Einfluss?«

»Entweder er oder seine Hintermänner«, sagte Leni. »Das müssen wir herausbekommen.«

»Und wie sollen wir das machen?« Stahnke breitete die Arme aus, schaute an sich herab und lachte hilflos. »Schau mich an! Keine Befugnisse, keine Autorität, kein Dienstausweis, keine eigene Unterhose! So soll ich mich mit jemandem anlegen, der meine Kollegen und Vorgesetzten nach seiner Pfeife tanzen lässt? Und mich außerdem noch kennt?«

»So kennt er dich nicht.« Leni schaute ihn versonnen an. »Vielleicht liegt darin unsere Chance.«

»Ich verstehe nicht«, sagte Stahnke. »Jedenfalls hoffe ich das.«

»Keine Ahnung, wer dieser Wolfram Hart ist«, sagte Gundi Lücht. »Ihr wisst vermutlich, was ihr tut. Ich würde aber erst mal die Oldenburger Polizei abklopfen. Warum ist Stahnkes Dienstpistole plötzlich in Ostfriesland aufgetaucht, statt in der Waffenkammer zu liegen? Hat da einer gepfuscht – oder sich bestechen lassen? Das muss doch rauszukriegen sein. Wen von deinen Kollegen könnten wir ansprechen, ohne dass der gleich Alarm gibt?«

»Kollegin«, korrigierte Stahnke. »Wir könnten Sibylle Wiemken fragen.«

»Auf jeden Fall brauchen wir Unterstützer im aktiven Polizeidienst«, sagte Rieken. »Einen Doppelagenten! Wie wäre es mit diesem Ölauge, wie heißt er doch – Harun Ekinci?«

»Ich geb dir gleich Ölauge!«, schnauzte Stahnke ihn an. »Direkt auf die Zwölf! Nidal Ekinci ist in Ordnung, aber er hat Familie. Ich will ihn nicht ins Feuer schicken. Apropos.« Er klopfte an seiner Kleidung herum, bis er merkte, wie sinnlos das war. »Nidal hat mich heute angerufen, als ich mich gerade mit Konni getroffen hatte. Keine Ahnung, was er von mir wollte.«

»Kann ich dir sagen«, meldete sich Joke Reents. »Es ging um eine Wohnung in Emden, genauer um ein Foto, das den Blick aus einem Fenster zeigt. Wir dachten, dass du vielleicht weißt, wo das ist, weil du aus Emden stammst. Inzwischen kennen wir die Adresse aber schon. Apropos, für morgen habe ich mich mit dem Typen verabredet, der dort wohnt.«

»Hat das etwas mit unserem Fall zu tun?«, fragte Stahnke. »Vielmehr mit einem der Fälle?«

»Indirekt«, erwiderte der Inselpolizist. »Das Foto von dem Kinderzimmer mit Ausblick und *Lükko-Leuchtturm*-Plakat an der Wand war Teil der Kinderporno-Datei, die bei Bruno Renken gefunden wurde. Und später auch bei Jörg Visser auf dem USB-Stick in seinem Auto.«

»Kinderpornos? In einer Emder Wohnung gefilmt?« Stahnke schüttelte sich. »Das wäre für sich genommen schon ein Kapitalverbrechen! Wie seid ihr darauf gekommen?«

»Weil der Typ einen Spielzeugbagger zum Kauf angeboten hat«, sagte Joke Reents. »Mit einem Foto, das in genau diesem Zimmer aufgenommen wurde.«

»Welcher Typ?«

»Der Mann heißt Piotrowski«, sagte Joke Reents.

»Wie bitte?« Stahnkes Augenbrauen schnellten in die Höhe. »Etwa Georg Piotrowski?«

»Genau«, sagte der Inselpolizist. »Kennst du den? Emden scheint kleiner zu sein, als ich dachte.«

»Emden ist immer noch die größte Stadt Ostfrieslands«, stellte Stahnke klar. »Aber einen Georg Piotrowski kenne ich.« Er überlegte. »Der müsste allerdings inzwischen ziemlich alt sein.«

»So klang er auch.« Joke Reents nickte. »Ich treffe ihn morgen Vormittag. Dann fühle ich ihm auf den Zahn, falls er noch einen hat.«

In das Gelächter der Tischrunde hinein sagte Stahnke: »Ich komme mit. Falls das der Piotrowski ist, den ich meine, will ich wissen, was für Schweinereien der angestellt hat.«

»Ich gehe als spendabler Onkel hin«, sagte der Inselpolizist. »Was wäre deine Rolle?«

»Ich bin der Opa«, sagte Stahnke in einem Ton, dass niemand sich auch nur zu grinsen traute.

»Und wer geht dann zu Wolfram Hart?«, fragte Leni. »Ich würde es machen, aber mich kennt er.«

»Geht ihr beiden doch hin«, schlug Gundi Lücht vor und zeigte auf Rieken und van Dieken. »Erzählt etwas von einer Erbschaftsangelegenheit. Oder, noch besser: Ihr wollt euer Testament machen.«

»Geh doch selber hin«, erwiderte Rieken beleidigt. »Sag, dass du dich scheiden lassen willst. Von dem da.« Er nickte in Richtung Joke Reents.

Der bekam rote Ohren. »Nicht so voreilig«, sagte er. »Eines nach dem anderen.« Die Röte breitete sich über sein Gesicht aus.

»Gundi und Rieken gehen hin«, entschied Stahnke. »Van Dieken bekommt einen Sonderauftrag. Du fährst auch nach Oldenburg, morgen ganz früh, aber in meine Wohnung, und holst mir Klamotten. Am besten einen Koffer voll, das Ding liegt im Schlafzimmer auf dem Schrank. Und vergiss die Unterbüxen nicht.« Er überlegte kurz. »Pass auf, es könnte sein, dass die Wohnung observiert wird. In der Nachttischschublade liegt Geld, das bringst du mit. Verlier bloß meinen Hausschlüssel nicht!« Er warf van Dieken seinen Schlüsselbund zu.

»Und ich?«, fragte Leni. »Habe ich Innendienst?« Sie schmunzelte. »Gehört sich doch so für eine gut organisierte Bande von Outlaws!«

»Du meldest dich gleich morgen bei der Polizei«, sagte Stahnke. »Nach dir suchen die doch auch, nur nicht als Beschuldigte. Am besten gehst du direkt zu Nidal Ekinci, der kennt dich. Du kannst meinen Wagen nehmen, aber park ihn bloß nicht vor der Polizei! Kauf unterwegs ein Prepaid-Handy für mich, das Geld bekommst du von mir wieder. Sag Nidal, du wärst in Panik weggelaufen, hättest dich versteckt und nicht eher rausgetraut. Du hast doch Schauspieltalent, das glaubt er dir bestimmt.«

»Soll ich ihn von dir grüßen?«, fragte sie.

»Untersteh dich!«, rief Stahnke. »Ich mag Nidal, aber manchmal trägt er sein Herz auf der Zunge. Bringe ihn lieber nicht in Schwierigkeiten. Und uns auch nicht.«

»Dann wissen wir Bescheid.« Rieken schlug sich mit beiden Handflächen auf die Oberschenkel und erhob sich. »Also sind wir in der Illegalität angekommen. Komisch, fühlt sich irgendwie total normal an. Stahnke befiehlt, wir springen. Alles wie immer.«

»Total überbewertet, diese Illegalität.« Auch van Dieken stemmte sich aus dem Sofa. »Keine Ahnung, warum die Gangster so scharf darauf sind.«

»Das könnt ihr gar nicht beurteilen, weil ihr immer Grenzgänger wart«, sagte Stahnke. »Oben herum hattet ihr das warme Beamtenjäckchen an, unten habt ihr auf dem Gesetzbuch herumgetrampelt. Und auf meinen Nerven. Genug jetzt, raus mit euch! Ihr wisst, was ihr zu tun habt.«

Als die beiden Graubärte das Häuschen verlassen hatten, fragte Stahnke: »Gundi, können wir bei dir übernachten? Du hast doch bestimmt Gästezimmer.«

»Klar«, erwiderte die Kriminaltechnikerin. »Zwei Stück.«

»Wunderbar, das passt«, sagte Stahnke und nickte Leni zu.

»Allerdings«, fügte Gundi Lücht hinzu, »wohnt momentan Joke in einem der Zimmer.«

Stahnke wirkte überrascht, Leni amüsiert. Der Inselpolizist wurde schon wieder rot.

»Klärt das unter euch, ihr seid alle schon groß«, sagte Gundi Lücht. »Ich bin müde und muss ins Bett. Morgen sollten wir alle hellwach sein.« Sie winkte und verschwand. Joke Reents seufzte leise und schaute ihr sehnsüchtig hinterher.

Dann schaute er zu Stahnke. Der zeigte auf das Sofa. Joke Reents wollte protestieren, denn er war lang und das Sofa kurz. Stahnke aber wiederholte die Geste und verließ mit Madame Nirmala das Wohnzimmer. Joke Reents seufzte erneut.

29.

Als der Polizist seine Thermoskanne aufschraubte, erfüllte ein würziger, aromatischer Duft das Zimmer, gegen den selbst die allgegenwärtigen Desinfektionsmittel keine Chance hatten. Sibylle Wiemken schnupperte mit gierig bebenden Nüstern. »Die Sonne geht auf!«, schwärmte sie, obwohl der Raum längst lichtdurchflutet war. »Van Deest, du bist mein Lebensretter.«

»Man tut, was man kann«, erwiderte der Uniformierte augenzwinkernd und goss das dunkle Gebräu in eine dickwandige Tasse. »Ich habe vor ein paar Jahren selbst in diesem Krankenhaus gelegen. Die Leute hier können manches, aber Kaffee machen gehört nicht dazu.«

Die Oberkommissarin schlürfte genüsslich und mit halb geschlossenen Augen. »Himmlisch!«, schwärmte sie. »Besser als der teure Stoff von *Starbucks*! Nimmst du eine besondere Mischung?«

Van Deest lachte. »Da kennst du meine Frau nicht«, antwortete er. »Die kauft immer die billigen Sorten aus den unteren Supermarkt-Regalen! Hauptsache kräftig und ergiebig, alles andere ist ihr egal, solange der Preis stimmt. Sie meint nämlich, wir müssten sparen, weil ich so ein teures Hobby hätte.« Er verzog spöttisch den Mund. »Als ob ein altes Auto so etwas Luxuriöses wäre!«

»Echt? Billiger Kaffee?« Sibylle Wiemken schüttelte ungläubig den Kopf. »Wenn ich billigen Kaffee kaufe, schmeckt der immer ganz widerlich. Was mache ich bloß falsch?«

»Wahrscheinlich kaufst du gemahlenen Kaffee«, sagte van Deest. »Meine Frau kauft immer ganze Bohnen! Die mahlen wir erst kurz vor dem Aufbrühen, dann bleibt das Aroma lange erhalten. Das ist das ganze Geheimnis.« Er füllte seinen eigenen Becher und prostete seiner verletzten Kollegin zu.

»Mit gutem Kaffee lässt es sich hier viel besser aushalten«, sagte Sibylle Wiemken dankbar. »Trotzdem bin ich froh, dass ich morgen oder übermorgen entlassen werden soll. Die Krankenhausroutine geht mir ganz schön auf den Keks.«

»Das sehe ich anders.« Van Deest lachte. »Man kann sitzen, man hat es warm und ein Dach über dem Kopf. Schade, dass das schon bald vorbei sein soll! Kannst du nicht Homeoffice anmelden? Dann fängst du die Verbrecher alle vom Bett aus, und ich darf dich weiterhin bewachen. Leichter Job, solange keiner kommt, der dir Böses will.«

»Hoffentlich bleibt es dabei.« Sibylle Wiemken stellte ihre Tasse auf den Nachttisch. Als sie dabei ihre Lage veränderte, unterdrückte sie ein Stöhnen. Ihre Schusswunden schmerzten immer noch, aber das wollte sie niemandem auf die Nase binden. Sie wollte raus aus dem Krankenbett, wieder auf den Beinen sein. Nützliche Arbeit leisten. Vor allem den ganzen Irrsinn mit Stahnke aufklären. »Irgendwas Neues von meinem Chef?«, fragte sie beiläufig.

Van Deest schüttelte den Kopf. »Noch kein Fahndungserfolg bisher«, sagte er. »Auch die Kollegen in Ostfriesland wissen nichts. Seine Wohnung wird beobachtet, aber nicht rund um die Uhr, dafür haben wir nicht genügend Leute. Die obere Etage hofft auf Hinweise aus der Bevölkerung.« Er lachte höhnisch. »Ein Armutszeugnis, wenn du mich fragst! Außerdem müsste erst eine Prämie ausgelobt werden, damit die Hobby-Sheriffs aktiv werden. So weit sind wir noch nicht.«

»Apropos Armutszeugnis«, sagte die Oberkommissarin nachdenklich. »Wie kann es sein, dass eine Dienstwaffe aus unserer Waffenkammer abhandenkommt und an einem Tatort 65 Kilometer entfernt auftaucht? Als Tatwaffe? Ich möchte nicht die Verantwortliche sein, die dafür zur Rechenschaft gezogen wird.«

»Ich auch nicht, weiß Gott«, sagte van Deest. »Ich kenne den Zuständigen, ist ein guter Kumpel von mir. Er schwört Stein und Bein, dass er die Waffe nie zu Gesicht bekommen hat! Geschweige denn in der Hand hatte. Aber im Eingangsverzeichnis steht sie drin.«

»Das klingt mysteriös«, sagte die Oberkommissarin. »Oder hat der Kollege geschlampt und will sich nur herausreden?«

»Der? Unwahrscheinlich«, erwiderte van Deest. »Der Mann ist sehr gewissenhaft, er sitzt absolut auf dem richtigen Posten. Für mich wäre das nichts, aber er liebt das. Ich kann mir nicht vorstellen, dass dem solch ein Fehler unterläuft. Geschweige denn eine Schlamperei. So ein Typ ist er nicht. Aber natürlich kannst du in keinen reingucken.« Der Polizist stellte die Thermoskanne zur leeren Tasse auf den Nachttisch. »Nimm dir gerne noch, ich muss mal eben raus. Kaffee treibt!«

»Du kannst gerne mein Klo benutzen«, sagte Sibylle Wiemken, aber da war van Deest schon zur Tür hinaus. Sie wartete noch ein paar Sekunden, dann wählte sie Gundi Lüchts Handynummer. »Ist Stahnke in der Nähe?«, fragte sie. »Hat er endlich wieder ein Handy?«

»Noch nicht«, erwiderte die Kriminaltechnikerin. »Versuche es mal bei Joke Reents.« Sie gab ihr die Nummer und verabschiedete sich eilig.

Die Oberkommissarin wählte die Nummer. Stahnke war direkt dran. »Ich bin's«, sagte sie. »Kannst du reden?«

»Wie man's nimmt.« Stahnkes Stimme konkurrierte mit lauten Fahrgeräuschen. »Wir sind unterwegs nach Emden in Gundis Nuckelpinne. Worum geht es?«

»Um deine Dienstwaffe.« Sibylle Wiemken berichtete, was sie van Deest entlockt hatte. »Angeblich ist die Pistole nie in der Waffenkammer gewesen, wurde aber als Eingang verbucht. Der zuständige Beamte kann sich das nicht erklären.«

»Vielleicht kann er es doch und steckt selbst mit drin«, erwiderte Stahnke. »Wurde erpresst oder bestochen. Das ist aber Spekulation. Sicher weiß ich nur, dass Kriminalrat Siebrandt meine Pistole entgegengenommen hat. Bei dem sollten wir ansetzen. Was weißt du über ihn? Wo wäre er für einen Erpresser zu packen?«

»Ich weiß nur, was alle wissen«, sagte die Oberkommissarin. »Ich zermartere mir schon das Hirn, finde aber keinen Ansatz. Siebrandt ist ein gewissenhafter Beamter von tadellosem Ruf, seit 40 Jahren verheiratet, lebt in angemessenen Verhältnissen. Seine Hobbys sind Paddeln und Rudern, das ist weder mondän noch teuer. Frauengeschichten sind auch keine bekannt. Ich wüsste nicht, wo für einen wie Wolfram Hart der Ansatzpunkt wäre.«

»Kinder?«, fragte Stahnke.

»Ein erwachsener Sohn«, antwortete Sibylle Wiemken. »Über den habe ich keine Erkenntnisse.«

»Ist er in unserem Laden tätig?«, fragte Stahnke. »Oder Jurist? Kinder von höheren Polizeibeamten gehen beruflich häufig diesen Weg.«

»Ich schaue mal, was ich finde«, sagte die Oberkommissarin und griff nach ihrem Laptop. »Wenn ich etwas habe, melde ich mich.«

»Gleichfalls«, sagte Stahnke und beendete das Gespräch.

Sibylle Wiemken klappte ihren Rechner auf. Schon wieder standen so viele Fenster offen! Kein Wunder, dass das Ding immer langsamer wurde. Sie ging alles durch, was sie zuletzt bearbeitet hatte, und klickte weg, was sie aktuell nicht benötigte.

Die Zimmertür öffnete sich. Van Deest ist vom Klo zurück, dachte sie, aber dann vernahm sie Frauenstimmen. Ein Schreck durchfuhr sie, das Zucken war schmerzhaft. Nicht alle Killer waren männlich! Die meisten, okay, aber es gab auch Frauen, die gnadenlos töteten. Ausgerechnet jetzt war sie ohne Schutz.

Die Frauenstimmen klangen fröhlich, und als die Oberkommissarin zur Tür blickte, erkannte sie Karin Mansholt, die Pflegedienstleiterin, die zwei neuen Schwesternschülerinnen die Station zeigte. Frau Mansholt war groß und stattlich, trug eine blondierte Hochsteckfrisur und war sorgfältig geschminkt. Dass sie bereits jenseits der 50 war, konnte sie vor Sibylle Wiemkens geschultem Blick nicht verbergen, aber sie gab sich Mühe. Die beiden Schülerinnen schauten bewundernd zu ihr hoch, als sie mit tragender Stimme den Stationsbetrieb erläuterte.

Die Oberkommissarin winkte ihr einen Gruß zu und konzentrierte sich auf ihren Bildschirm. Da waren Fotos von Bruno Renken. Kurz nach ihrem Besuch bei ihm war sie überfallen worden, seitdem lag sie hier. Gab es einen Zusammenhang? Der Mordverdacht gegen ihn spukte immer noch in ihrem Kopf, obwohl niemand ihn teilen mochte. Versuchter erweiterter Suizid – oder doch Femizid, Mord an seiner Ehefrau? Die kinderpornografischen Bilder hatte man ihm untergeschoben, um ihn zu diskreditieren, davon war sie inzwischen überzeugt. Aber der Rest …

Wieder zuckte sie zusammen, diesmal, weil die laute Stimme plötzlich verstummt war. Karin Mansholt hatte sich mit ihren beiden Adeptinnen bis zu Sibylle Wiemkens Bett vorgearbeitet, jetzt stand sie neben ihr und starrte auf ihren Bildschirm. Instinktiv wollte sie den Laptop zuklappen, aber sie bremste sich. »Kennen Sie den Mann?«, fragte sie stattdessen.

»Ja«, erwiderte Frau Mansholt zögernd. »Das ist Herr Renken. Er war mal Patient in unserem Haus, vor zwei Jahren. Damals war ich noch in der Chirurgie. Aber über so was dürfen wir eigentlich nicht sprechen.«

»Ach, ich dürfte Ihnen diese Bilder auch nicht zeigen«, sagte die Oberkommissarin mit verschwörerischem Blick. »Aber man muss nicht immer päpstlicher sein als der Papst.«

»Da haben Sie recht.« Frau Mansholt lachte, aber es klang unecht. »Herr Renken erzählte mir auch, dass er in seinem Beruf mal fünfe gerade sein lässt.« Sie machte eine wegwerfende Handbewegung: »Er hat viel im Ausland gearbeitet und geprüft, da nimmt man es sowieso mit vielen Dingen nicht so genau.« Mit einer befehlsgewohnten Geste schickte sie die Schwesternschülerinnen aus dem Zimmer. »Woher kennen Sie Herrn Renken denn?«

In ihrer Position sollte sie wissen, wer ich bin, dachte Sibylle Wiemken. Leugnen ist zwecklos. »Beruflich«, sagte sie vage. »Aber nichts Aktuelles. Ich räume meinen Laptop gerade auf, so stieß ich auf die Bilder.«

»Ach so, ja.« Frau Mansholt nickte energisch. »Herr Renken stand unter Verdacht, ich weiß. Man hat ihn eingesperrt. Dabei war er selbst so verzweifelt, dass er aus dem Leben scheiden wollte! Aber inzwischen ist wohl alles ausgeräumt. Jedenfalls ist er wieder frei.«

Interessant, dachte die Oberkommissarin und rang sich ein Lächeln ab. »Dann ist es ja gut«, sagte sie. »Aber ist nicht seine Frau verstorben? An einer Vergiftung?«

»Das ist richtig«, erwiderte die Pflegedienstleiterin. »Sie und er wollten gemeinsam Suizid begehen, stellen Sie sich vor! Allerdings verstanden beide wohl nicht genug von der Wirkungsweise des Medikaments, das sie benutzt haben, und haben es falsch dosiert. Daher ist nur sie gestorben, er hat überlebt. Gott sei Dank.«

In ihrer Kitteltasche summte es; offenbar benutzte sie noch einen altmodischen Pager. Sie schaute aufs Display und lächelte die Oberkommissarin entschuldigend an: »Ich muss los. Gute Besserung für Sie und alles Gute!« Sie eilte aus dem Zimmer.

Interessant, dachte Sibylle Wiemken. Selig sind, die warten können, denn die Informationen werden zu ihnen kommen. Oder so. Die Fotos von Bruno Renken löschte sie nicht.

30.

»Hier wohnt der?« Joke Reents rümpfte die Nase. »Das Gemäuer ist doch von anno Schlagmichtot!«

»Von vor dem Zweiten Weltkrieg«, sagte Stahnke, der den Ausdruck noch nie gehört hatte und nicht darüber lachen konnte. »Schau, in der Fassade sieht man kleine Krater, das sind Einschläge von Bombensplittern! Die ganze Häuserzeile ist sehr solide gebaut, darum steht sie immer noch.«

»Bedauerlicherweise.« Joke Reents konnte sich mit dem Wohnblock, der Teil einer geschlossenen Häuserzeile war, nicht anfreunden. »Allein die dunklen Backsteine, wie trist das aussieht! Und alles so gleichförmig. Hier bist du aufgewachsen? Echt?«

»Bin ich allerdings«, erwiderte Stahnke. »Gleich dort hinten! Und ehe du weiterredest, ich war schon mal auf Borkum. Dort ist auch nicht alles architekturpreisverdächtig. Also hör lieber auf mit der Prahlerei.«

»Prahlerei?«, rief der Inselpolizist erstaunt. »Hab ich doch gar nicht …«

Stahnke schnitt ihm mit einer Geste das Wort ab. »Guck lieber nach gegenüber«, sagte er. »Der Anblick passt genau ins Bild, oder? Vielmehr zum Bild.«

Gegenüber stand ein klotziger Hochbunker, erbaut aus meterdickem Stahlbeton, höher als der Wohnblock gegenüber. Nach dem Krieg hatte man keine Möglichkeit gesehen, dieses Monstrum zu sprengen, ohne auch die gesamte Umgebung in Schutt und Asche zu legen – was in der Stadt

Emden, die ohnehin zu 84 Prozent von Fliegerbomben zerstört war und kaum noch Wohnraum bot, ein Unding gewesen wäre. Daher wurden lediglich die Bunkerflanken von oben nach unten aufgerissen, um ihn unbenutzbar zu machen. So hatte er jahrelang als Ruine gestanden, auch in Stahnkes Jugend noch, ehe daraus eine Lagerstätte für Futtermittel geworden war. Eine Ruine war es jetzt nicht mehr, aber hübscher auch nicht.

Joke Reents klingelte an der angegebenen Adresse, bereits zum zweiten Mal. »Es macht keiner auf«, kommentierte er das Offensichtliche. »Dabei sind wir fest verabredet!«

Stahnke blickte auf die Uhr. »Wir sind zu früh«, sagte er. »Vielleicht ist Piotrowski noch einkaufen.« Er zog sich die ungewohnte Schiebermütze tiefer ins Gesicht. »Wir warten.« Mütze und Sonnenbrille waren die einzigen Zugeständnisse, die er seiner verkleidungswütigen Bande gemacht hatte. Vor allem Leni und Gundi Lücht hatten die wildesten Vorschläge gemacht, wie man den gesuchten Ersten Hauptkommissar optisch unkenntlich machen könnte. Lockenperücke oder rasierter Kopf, beigefarbene Windjacke im Rentner-Style plus Socken in Sandalen – gefühlt hatten die beiden nichts ausgelassen. Am Ende hatten sie sich darauf geeinigt, dass Stahnkes struppiger Urlaubs-Bart wohl die beste Maskerade war. Ansonsten trug er seine eigenen Reserveklamotten, die van Dieken ihm frühmorgens aus Oldenburg gebracht hatte. Plus Kopfbedeckung, denn die weißblonden Stoppeln auf dem großen runden Schädel glichen allzu sehr dem Fahndungsfoto, das Sibylle Wiemken an Gundi Lücht weitergeleitet hatte. »Die meinen es ernst«, hatte sie dazugeschrieben. Daran hegte Stahnke keinen Zweifel.

Wartend lehnte er sich an die einstreifige Bake, die den Abstand zum Bahnübergang markierte – 80 Meter. Hier hatte er schon als Kind gestanden und auf seine Spielkameraden gewartet. Auf den dunkel gebrannten Klinkern hatten sie mit Glasmurmeln gespielt, sogenannten Dottjes, obwohl die vom Holpern über die Fugen mit der Zeit schartig und blind wurden. Nahe der Hausmauer wurde ein halber Stein aus dem Pflaster entfernt, wer dort hineintraf, gewann die Murmel des Gegners. Hier war viel gejubelt und geheult worden damals, erinnerte sich Stahnke.

Wie viele Tränen mochten erst hinter diesen Mauern geflossen sein, im Kinderzimmer von Piotrowskis Wohnung? Ob er schon damals seinen abartigen Neigungen gefrönt hatte? Vielleicht hatte er Kleinbildfotos gemacht oder Super-Acht-Filme? Das Internet, der Tummelplatz aller Verrückten und Perversen, war erst viel später erfunden worden.

Stahnke wusste, dass es Menschen gab, deren sexuelles Verlangen auf Kinder gerichtet war, und es war ihm bewusst, dass niemand für diese Veranlagung etwas konnte. Nicht das Begehren an sich war unter Strafe gestellt, sondern das Ausleben dieses Begehrens. Kinder waren tabu, daran hatten auch die Vorstöße der 70er-Jahre nichts geändert. Wer unter seinen unerfüllbaren Begierden litt, konnte sich heutzutage therapeutische Hilfe holen, um nicht straffällig zu werden. Wer allerdings keinen Verzicht leisten wollte, hatte damals wie heute auch seine Möglichkeiten. Die Flucht unters Kirchendach war ein Weg, um sich mit angemaßter Autorität und wegschauenden Vorgesetzten Kindern zu nähern. Die Arbeit im Sportverein war ein anderer.

Georg Piotrowski hatte ehrenamtlich im Emder Ruderverein gearbeitet, später, mit zunehmendem Erfolg, als Honorartrainer. Gut verdient hatte er nie, gemessen an der großen Zahl von Stunden, die er investiert hatte. War dieses

Engagement nur eine Tarnkappe gewesen? Stahnke konnte sich nicht erinnern, an Piotrowskis Verhalten jemals etwas Verdächtiges beobachtet zu haben. Okay, er war schon ein Teenager gewesen, kein Kind mehr. Aber die Nachwuchsruderer kannten sich alle untereinander, auch die jüngeren; niemals hatte irgendwer irgendetwas gesagt oder angedeutet.

Wenn Piotrowski selbst kein Pädophiler war, hatte er es dann für Geld getan? Und machte das sein Verbrechen nicht noch ekelhafter? In Stahnkes Augen schon.

Hinter ihm knallte eine Autotür, und Stahnke hörte, wie sein Kollege den Ankömmling begrüßte. Er zögerte, sich umzudrehen, weil er seiner Minimalverkleidung plötzlich nicht mehr traute. Was, wenn sein ehemaliger Trainer ihn sofort erkannte? Das konnte die ganze Operation gefährden. Dann aber stellte Joke Reents ihn als Großvater des zu beschenkenden Kindes vor, und er konnte nicht anders, als sich Piotrowski zuzuwenden.

Er erschrak, denn der Ruder-Coach war nur noch ein Schatten früherer Zeiten. Abgemagert, gebeugt, das Gesicht verhutzelt. Ein Greis, der ihm nicht ins Gesicht schaute und dessen Hand sich wie tot anfühlte. »Kommen Sie rein«, sagte der alte Mann heiser. »Folgen Sie mir.«

Die breiten Stufen der Holztreppe knarrten, als sie zum ersten Stock hochstiegen. Die Wohnungstür hatte ein Sicherheitsschloss. Drinnen roch es seltsam, aber das war in jeder Wohnung so gewesen, die Stahnke dienstlich betreten hatte. In einer fremden Umgebung meldete der Geruchssinn grundsätzlich jede olfaktorische Besonderheit – ein Erbe aus der Frühzeit menschlicher Entwicklung, als alles Unbekannte noch Gefahr oder Nahrung bedeuten konnte. Chance oder Tod. Wurde auf solche Signale nicht reagiert, stellte die Nase ihre Alarmmeldungen nach und nach ein.

Daher roch man die eigene Wohnung so gut wie nie, ganz egal, wie stark es darin müffelte. Wonach genau roch es hier? Stahnke versuchte, die Düfte zu sortieren, solange er sie noch wahrnahm. Es roch nach Abflüssen und ein wenig nach Klo. Kein Essensgeruch – hier war länger nicht gekocht worden. Auch kein Windeleimergeruch, Gott sei Dank. Aber wonach roch es dann? Nach Holzdielen, nach Staub vor allem. Und nach etwas Süßlichem, das Stahnke nicht einordnen konnte, das ihm aber bekannt vorkam.

Die Türen zur Küche und zum Wohnzimmer standen offen. Die Möblierung war spärlich. »Ziehen Sie gerade aus?«, fragte der Inselpolizist, dem das ebenfalls aufgefallen war.

»Ich? Nee«, erwiderte der Greis. »Ich wohne hier gar nicht. Seit meiner Jugend lebe ich in Petkum, immer noch im selben Haus. Diese Wohnung ist nur auf mich angemeldet. Da vorne ist das Kinderzimmer.«

Joke Reents öffnete die Tür. Die Luft im Zimmer war abgestanden, Reste von Desinfektionsmittel waren wahrnehmbar. Es gab je ein Gitter- und ein Jugendbett, einen Wickeltisch mit Auflage und mehrere Kunststoffkisten mit Stofftieren, Bausteinen und Gesellschaftsspielen. Das Zimmer wirkte seltsam unbelebt, als wären die Sachen hier nur abgestellt worden. Stahnke fühlte sich an ein heruntergekommenes Ferienhaus erinnert.

»Da steht der Bagger.« Piotrowski zeigte auf das Ding, das neben dem Wickeltisch stand. »30 Euro. Oder ist das zu viel? Ich gebe es Ihnen für 25.«

»Dürfen Sie das verkaufen?«, fragte Stahnke. »Ich meine, wenn Sie hier gar nicht wohnen. Gehört es Ihnen denn?«

Der Greis schaute ihn verwundert an, schien ihn jedoch nicht zu erkennen. »Ich bin als Verwalter eingesetzt«, sagte er heiser. »Die Wohnung wird aufgelöst, alles soll raus, ein Teil ist schon abgeholt. Die Reste gehen ans soziale Kaufhaus oder auf den Sperrmüll. Also, wollen Sie das Ding?«

»Sie sehen nicht gut aus, Herr Piotrowski«, sagte Stahnke und nahm seine dunkle Brille ab. »Möchten Sie vielleicht eine Kleine Rote?«

Der alte Mann riss Mund und Augen auf. Dann wandte er sich blitzschnell um und rannte zur Tür. Stahnke war so überrascht, dass Piotrowski vielleicht entkommen wäre, aber der Inselpolizist streckte ein langes Bein aus und trat die Kinderzimmertür zu. Ehe der Flüchtende nach der Türklinke greifen konnte, hatte Joke Reents ihn am Kragen gepackt. Fest, aber doch vorsichtig, als befürchte er, der Alte könnte zu Staub zerfallen.

Stahnke fasste weniger sanft zu. »Was ist bloß aus dir geworden, du Mistkerl!«, zischte er seinen ehemaligen Trainer an, während er ihn an den Oberarmen gepackt hielt und schüttelte. »Wie konntest du so tief sinken! Kindern so etwas anzutun. Du ekelst mich an.«

»Ich? Ich doch nicht!«, schrie der Alte in Panik. »Ich habe noch nie ein Kind angefasst! Damals nicht und später auch nicht. Ich bin nicht pervers, ich bin normal, hörst du, Fiepko?«

»Wie hat er dich genannt?«, fragte Joke Reents verwundert.

Stahnke schüttelte den Kopf. Dafür hörte er auf, den Alten zu schütteln. »Weißt du, wie das für mich klingt?«, knurrte er Piotrowski an. »Wie diese Schweine, die während des Zweiten Weltkriegs Menschen in Güterzügen nach Auschwitz gefahren und das Ganze geregelt und verwaltet haben. Oh nein, wir haben nichts gemacht! Nur unsere Arbeit. Wir mussten doch gehorchen! Lange Zeit sind sie damit durchgekommen, viel zu lange. Aber jetzt nicht mehr. Also, was genau hast du gemacht? Die Kamera gehalten? Die armen Kinder hergeschafft? Oder hast du sie hinterher entsorgt?« Stahnkes Gesicht verzerrte sich, seine Zähne knirschten. Er spürte Joke Reents' Hand auf seinem Oberarm und war dankbar dafür. Alles in ihm schrie danach, den alten Mann zu schlagen.

Piotrowski begann zu weinen. Jetzt will er mir mit Krokodilstränen kommen, dachte Stahnke, für wie dämlich hält der mich! Aber nein, die Tränen waren echt. »Nichts davon habe ich gemacht«, stieß der Alte hervor. »Ja, ich habe gewusst, was hier gemacht wurde, ich habe mich geschämt, aber trotzdem getan, was mir aufgetragen wurde. Ich habe eingekauft, Essen und Kleidung, habe mich um die Wohnung gekümmert, kleine Reparaturen und so. Die meiste Zeit stand die Wohnung leer, da musste einer nach dem Rechten sehen. Das war ich. Du hast recht, ohne Leute wie mich können diese Menschen ihre Verbrechen nicht begehen. Aber was sollte ich denn machen?«

»Was für eine verlogene Frage!«, brüllte Stahnke. »Du weißt genau, was du hättest machen sollen! Die Gangster anzeigen, statt sie zu unterstützen. Helfen, ihnen das Handwerk zu legen, statt für sie zu arbeiten. Was hätte dich das gekostet? Einen Anruf, du verlogener Feigling!«

»Alles hätte mich das gekostet«, sagte Piotrowski mit tränenerstickter Stimme. »Alles!«

»Du willst dich rausreden.« Stahnkes Stimme war gefährlich ruhig. »Befehlsnotstand, genau wie deine Vorgänger damals in der Nazizeit. Weißt du eigentlich, dass damals deutsche Polizisten nach Polen geschickt wurden, um Juden zu erschießen? Ehe die Gaskammern errichtet wurden? Damit die Wehrmachtssoldaten sich nicht so lange mit dem Morden aufhalten mussten und schneller vorrücken konnten. Einige Polizisten haben sich geweigert. Und was ist ihnen widerfahren? Nichts! Man hat sie nach Hause geschickt, das war alles. Komm mir bloß nicht so!«

Piotrowski schaute ihn aus nassen Augen verständnislos an. »Nicht damals«, sagte er. »Heute! Meine Tochter lebt in der Ukraine. Sie haben mir Fotos geschickt, heimlich aufgenommen. Zu Hause, bei der Arbeit, beim Einkaufen. Sie stirbt, wenn ich nicht pariere. Sie verschleppen und töten sie.«

»Welche Tochter?«, fragte Stahnke. Er erinnerte sich, dass Piotrowski damals verheiratet gewesen war, aber von Kindern wusste er nichts.

»Sonja, mein kleiner Schatz«, flüsterte der Alte. »Nachdem meine Frau gestorben war, habe ich bei einem Besuch in Polen Julia kennengelernt, eine Ukrainerin, die dort arbeitete. Ist 25 Jahre her. Sie war sehr viel jünger als ich, fühlte sich einsam, ich habe sie ein wenig unterstützt.« Er seufzte. »Wie das so geht. Sie wurde schwanger, ich habe sie gedrängt, das Kind zu bekommen. Ich würde Unterhalt zahlen. Aber um das Geld zu verdienen, musste ich zurück nach Deutschland. Sie konnte nicht mit, bekam keine Arbeitserlaubnis, das war damals nicht so einfach wie heute. Nachdem Sonja geboren war, habe ich die beiden alle paar Monate besucht. War eine schöne Zeit. Aber dann hat sie sich in einen jungen Mann verliebt und ist mit ihm zurück in die Ukraine. Mein Geld hat sie nicht mehr genommen, trotzdem hat sie mir öfter Bilder geschickt. Seit fünf Jahren oder so lebt Sonja selbstständig. Dann kamen die anderen Bilder.« Jetzt schluchzte Piotrowski laut. »Die Frau hat gesagt, sie würden Sonja verschleppen. In ein Bordell. Ich weiß, dass so was passiert, das ist keine leere Drohung. Nach ein paar Jahren, wenn mit ihr nichts mehr zu verdienen ist, würden sie sie töten. Und für meine Dopinggeschäfte damals hätten sie auch Beweise. Die Taten sind zwar verjährt, aber wenn ich versuchen würde, ihnen die Polizei auf den Hals zu schicken, würden die Bullen mich als Kriminellen abblitzen lassen. Was sollte ich machen, Fiepko? Was hättest du gemacht?«

»Das nicht«, sagte Stahnke. »Jetzt sag mir, von welcher Frau du redest. Wer soll das sein, wie heißt sie?«

»Ich nenne sie Frau Müller«, sagte der Alte. »So heißt sie bestimmt nicht. Aber ich weiß, wo sie arbeitet. Und für wen.«

Wenn er jetzt versucht, einen Deal zu machen, drehe ich ihm den dürren Hals doch noch um, dachte Stahnke. So schnell kann Joke Reents gar nicht sein.

Aber Piotrowski hatte nur eine Pause gemacht, um sich den Rotz von der Nase zu wischen. »Sie arbeitet in diesem Anwältehaus in Oldenburg«, sagte er. »Bei deinem alten Bootskameraden Wolfram Hart.«

Das war es, dachte Stahnke. Das Parfüm! Dieser aufdringlich süße Duft, den die Empfangsdame von Wolframs Kanzlei trug und den er in der Wohnung des ermordeten Jörg Visser wahrgenommen hatte. Dieser Geruch hing auch in dieser Wohnung. Es war nur noch ein Hauch, wahrscheinlich war die Frau seit mehreren Tagen nicht mehr hier gewesen, aber er war sich sicher.

»Was soll das eigentlich bedeuten«, fragte der Inselpolizist. »Fiepko?«

»Schnauze«, knurrte Stahnke ihn an. »Fahr lieber den Wagen vor.«

»Der steht unten vorm Haus«, sagte Joke Reents. »Und komm mir nicht so.«

»Hör zu, Georg Piotrowski.« Stahnke bohrte dem Alten seinen Zeigefinger in die magere Brust. »Du rührst dich aus Emden-Petkum nicht weg, verstanden? Mit dir befasse ich mich noch.«

Zitternd nickte der Alte. Als Stahnke sich in der Tür zu ihm umdrehte, zitterte er immer noch.

31.

Manche Gebäude waren eigens dafür konstruiert, dass sich die Menschen, die sich ihnen näherten und sie betraten, klein fühlen sollten, schwach und unbedeutend. Kirchen zum Beispiel. Gundi Lücht konnte sich noch gut an ihren ersten Besuch im Kölner Dom erinnern. Was hieß gut – erschreckend war es gewesen! Die Masse an dunklem Stein schien sie erdrücken zu wollen, und der gigantische Innenraum konnte nur für gewaltige Monster gedacht sein, die sich hier versammelten, um ihrer Macht über die armseligen Gläubigen zu frönen. Als sie ehrfürchtig ihren Fotoapparat hob und ein großer alter Mann in einem seltsamen Umhang sie deswegen in einem unverständlichen Dialekt zusammenstauchte, hätte sie sich beinahe in die Hose gemacht.

Natürlich konnte man die Residenz der Kanzlei Wolfram Hart und ihrer zahlreichen assoziierten Rechtsanwaltsbüros und Notariate nicht mit dem Kölner Dom vergleichen, dachte Gundi Lücht. Aber der Zweck ihrer architektonischen Gestaltung war derselbe. Auch hier hauste eine Macht, die sich anbot, Hilflosen und Bedrängten beizustehen – gegen fürstliche Bezahlung. Eine Macht, die sich jederzeit gegen jeden wenden konnte, falls jemand anderes mehr bezahlte. Schaffte man es, diese Macht freundlich zu stimmen, verhalf sie einem zum Sieg über seine Feinde. Falls nicht, wurde man von ihr zerquetscht.

»Schönen guten Tag! Wie kann ich Ihnen helfen?« Die Dame hinter dem Empfangstresen glänzte mit perlweißem Lächeln, perfektem Make-up und uniformem Kostüm. Ihr süßliches Parfüm war für diesen dezenten Auftritt eine deutliche Spur zu penetrant.

»Moin.« Rieken übernahm das Antworten. Er war der Mann, die Frau hatte ihn angesprochen. »Meine Nichte und ich möchten uns in einer Erbschaftsangelegenheit beraten lassen. Die Kanzlei Hart wurde uns empfohlen. Was meinen Sie, hätte der Chef Zeit für uns?«

»Ich fürchte, nein.« Die Dame lächelte herablassend. »Herr Hart betreut persönlich vor allem unsere Großkunden. Aber wir verfügen über hoch qualifizierte Mitarbeiterinnen und Mitarbeiter mit einschlägigen Spezialqualifikationen.«

»Großkunden? Wie groß müssen die denn sein?« Rieken konnte sehr großspurig sein, das hatte er lange geübt. »Wir sprechen hier über den Erbfall von mehreren großen Wohnobjekten mit insgesamt über 100 Apartments. Das hinterlassene Testament steht im Widerspruch zur Gesetzeslage, und es gibt eine Gegenpartei, die das für sich ausnutzen will.« Der Graubart redete sich in Fahrt. Gundi Lücht konnte sich nicht erinnern, dass diese Details verabredet worden wären.

»Bedaure.« Das Lächeln der duftenden Dame blieb eisern abwehrend, was eine Audienz beim Chef anging. »Aber ich sehe zu, was ich für Sie tun kann. Wenn Sie vielleicht so lange dort drüben Platz nehmen würden?« Sie zeigte auf eine Sitzgruppe auf der anderen Seite der Lobby.

Die Kriminaltechnikerin gab Rieken, der offenbar gerne noch stärker auf den Putz gehauen hätte, einen Wink und schlenderte mit ihm zu den lederbezogenen Stahlrahmen-Schwingsofas des Wartebereichs. Sie kamen an einer Stele vorbei, an der die Namensschilder der weiteren Kanzleien, die ebenfalls in diesem Hart-Palast residierten, befestigt waren. Mehr als ein Dutzend, stellte Gundi Lücht fest. Die Namen sagten ihr allesamt nichts.

»Ach, guck an!«, sagte Rieken. »Cornelius Smidt! Eine Kanzlei dieses Namens gab es früher in Leer. Ob das hier derselbe ist?« Er überlegte kurz: »Nee, zu lange her, der alte Smidt müsste längst verstorben sein. Vielleicht sein Sohn. Oder ein früherer Kompagnon, der unter dem alten Namen weitermacht. Der hatte damals nämlich einen sehr guten Klang.«

»Smidt! Wirklich, ein toller Klang«, höhnte Gundi Lücht. »Genau wie der Name der duftenden Dame am Tresen. Hast du ihr Namensschild gesehen? Isolde Müller, ich glaub's nicht!«

»Klingt wie Isolde Baden.« Rieken kicherte. »Verstehst du? Ich sollte baden! Witzig, oder?«

»Halt dich zurück, sonst reiche ich gleich Entmündigungsklage ein«, drohte die Kriminaltechnikerin.

Sie ließen sich ins schwarze samtweiche Leder eines Zweiersofas sinken und schaukelten sachte und einträchtig. Es fühlte sich nach Luxus und Geborgenheit an. Ein Vorgriff auf die versprochene Rechtssicherheit. Und die folgenden Rechnungen.

»Nee, echt mal«, setzte Rieken neu an. »Der alte Smidt war wirklich eine Institution! Auf den konnte man sich verlassen. Wenn man im Recht war, dann haute Conni einen raus. Und wenn nicht, dann hielt er einem noch eine Standpauke, wenn man verknackt worden war.«

»Was war das?«, fragte Gundi Lücht. »Conni Smidt?«

»Ja, Cornelius Smidt wurde meistens Conni genannt«, antwortete Rieken. »Genau wie sein Sohn. Der hieß Konrad, alle riefen ihn Konni. Schade, dass aus dem nichts geworden ist.«

Gundi Lücht zückte ihr Smartphone und ließ die letzten Mail- und *WhatsApp*-Wechsel Revue passieren. Das meiste war zuletzt von Sibylle Wiemken gekommen, die hatte wohl genügend Muße in ihrem Krankenhausbett. Da war der Name: Konrad »Konni« Smidt. Dazu ein Archivfoto. Gundi Lücht hielt Rieken das Display hin: »Ist das der Sohn von Cornelius Smidt?«

Rieken rieb sich die Nase. »Ach, fast noch ein Jugendfoto! Später sah Konni sehr viel verlebter aus. Ja, genau, das ist er.«

»Das ist der Typ, den Stahnke erschossen haben soll«, sagte Gundi Lücht mit gedämpfter Stimme. »Mit seiner Dienstpistole, die er gar nicht hätte haben dürfen und die er nach eigener Aussage auch nicht hatte. Wir vermuten eine Intrige, hinter der womöglich dieser Wolfram Hart steckt. Und genau hier, in seinem Justizpalast, finden wir das Namensschild der assoziierten Kanzlei Cornelius Smidt. Was sagt uns das?«

»Die Welt ist klein«, erwiderte Rieken.

Die Fahrstuhltür öffnete sich. Zwei Männer in Businessanzügen stiegen aus, der eine groß und breit, der andere ebenso breit und noch größer. Letzterer musste Wolfram Hart sein, wie ein Blick auf das große Belegschaftsfoto hinter dem Empfangstresen bestätigte. Der andere Mann war nicht darauf, also wohl ein Geschäftspartner. Sie unterhielten sich leise, während sie die Lobby durchquerten, die Köpfe einander zugeneigt, die Stirnen in Falten. Gundi Lücht, die ihr Smartphone noch in der Hand hielt, schaltete schnell die Kamera ein. Als der Größere dem Großen am anderen Ende der Halle eine Tür aufhielt, drückte sie auf den Auslöser. Zum Glück war der Blitz nicht eingeschaltet, so blieb die Aktion unbemerkt.

Fast. »Na, schicke Männer knipsen?«, fragte Rieken grinsend. »Gab es nichts Passendes auf *Tinder*? Oder *Elite-Partner*? Kollege Reents ist zwar nett, aber viel Kohle hat der nicht. Glaub mir, ich kenne die Tarife.«

Die Kriminaltechnikerin verkniff sich eine scharfe Erwiderung und strafte den graubärtigen Witzbold lieber mit Verachtung. Kerle! Sie richtete ihren Blick auf den Tresen, wo die duftende Frau Isolde Müller gerade telefonierte. Bemühte sie sich um einen Termin für die beiden Wohnhauserben, oder hatte sie längst wieder vergessen, dass zwei Kleinstadttrampel auf sie warteten?

Eine Kollegin von Frau Müller war ebenfalls hinter der Tresenbarriere tätig. Sie wandte ihnen den Rücken zu, schien auf einem Monitor etwas zu kontrollieren. Bilder zuckten über den Bildschirm, Außenansichten von Gebäuden und Aufnahmen aus Innenräumen. Kontrollierte die Frau etwa Überwachungskameras? Gerade war ein Zimmer zu sehen, in dem sich drei Menschen befanden. Sie schienen sich im Streit zu befinden, denn einer von ihnen hielt einen anderen gepackt. Die Frau drehte sich herum, sprach aufgeregt mit Frau Müller, die den Telefonhörer sinken ließ.

Gundi Lücht stellte ihre Handykamera mit einem Wischen auf maximale Vergrößerung, nahm den Tresen ins Visier und drückte ab. Keine Sekunde zu früh, denn Isolde Müller drehte den Monitor weg. Dann beendete sie eilig ihr Telefonat und wählte eine andere Nummer.

»Pass auf«, raunte Gundi Lücht ihrem Begleiter zu. »Gleich passiert was.«

»Na hör mal!«, rief Rieken empört. »So schlecht war mein Witz doch auch nicht!«

Die Tür am Ende der Halle flog auf, und Wolfram Hart eilte mit langen Schritten zum Empfangstresen. Isolde Müller drehte den Bildschirm so, dass ihr Chef ihn betrachten konnte und sie ihn zugleich mit ihrem Körper zur Lobby hin verdeckte. Anscheinend waren die Aufnahmen aufgezeichnet worden. Hart starrte einige Sekunden auf den Monitor, dann flüsterte er seiner Angestellten ein paar Worte ins Ohr und lief zum Ausgang. Direkt an der Sitzgruppe mit den Wartenden vorbei.

Schnell wandte Gundi Lücht sich ihrem Begleiter zu, warf ihm die Arme um den Hals und drückte ihr Gesicht an seine Brust. Sie spürte einen Luftzug im Nacken, als Hart hinter ihr entlangeilte. Ein kalter Schauer lief ihren Rücken hinunter.

»Schon gut«, sagte Rieken und klopfte ihr unbeholfen auf den Rücken. »Ich nehme es dir nicht übel.«

Als Gundi Lücht sich wieder aufrichtete, stand Isolde Müller vor ihr. »Ich bedaure«, sagte sie mit einem gemeißelten Lächeln. »Leider kann ich Ihnen spontan keinen Termin anbieten. Würden Sie mir Ihre Kontaktdaten dalassen? Dann melde ich mich zeitnah bei Ihnen.«

»Vielen Dank.« Gundi Lücht erhob sich behände aus dem Schaukelsofa und gab ihrem behäbigeren Begleiter einen Wink. »Gerne ein anderes Mal. Rufen Sie uns nicht an, wir rufen Sie an.«

Zufrieden registrierte sie das fassungslose Gesicht der duftenden Isolde Müller, während sie Rieken in Richtung Ausgang mit sich zog. Dann musste sie an den anderen Mann im Businessanzug denken, schaute sich unauffällig um, konnte ihn aber nirgendwo entdecken. Wieder lief es ihr kalt den Rücken hinab.

Als sie in Riekens Auto saßen, öffnete sie das zuletzt aufgenommene Foto und zog den Ausschnitt mit dem Monitor auf maximale Vergrößerung. Von den drei Personen auf dem Bildschirm konnte sie zwei identifizieren, und diese beiden kannte sie nur zu gut. Stahnke und Joke Reents. Jetzt wurde ihr erst so richtig kalt.

32.

Das Gespräch mit Nidal Ekinci hatte Leni Franzen sich einfacher vorgestellt. Vielmehr hatte Stahnke das behauptet. »Sag, du wärst in Panik weggerannt« – das klang simpel. Der junge Oberkommissar aber hakte nach und wollte alles genau wissen. Er war ebenso nett wie hartnäckig, und Leni fiel es schwer, ihm etwas vorzuschwindeln. Also log sie nur so viel wie nötig und blieb ansonsten bei der Wahrheit. Ein innerer Eiertanz, der alles noch komplizierter machte.

»Sie sprangen also über den Graben, nachdem Sie aus dem Bauwagen geflohen waren«, setzte Ekinci schon wieder neu an. »Wo war Stahnke in diesem Moment? Sprang er ebenfalls?«

»Ja, schon.« Sie musste sich ein Grinsen verkneifen. »Irgendwie. Er ist ausgerutscht und hat sich ordentlich mit Schlamm und güllehaltigem Wasser eingesaut. Das habe ich aber alles schon erzählt.«

»Das weiß ich.« Der Oberkommissar lächelte sie freundlich an. »Ich bin aber ein schlechter Zuhörer, daher muss ich das leider mehrmals hören. Stahnke ist also in den Güllegraben geplumpst und hat sich dreckig gemacht. Nette Vorstellung, ich weiß nicht, ob ich dabei hätte ernst bleiben können.«

»Das denke ich schon, wenn Ihnen Kugeln um die Ohren geflogen wären«, erwiderte Leni. Nahm sie sich gerade selbst in Schutz – oder Stahnke? Gegen einen früheren Untergebenen, mit dem er befreundet war? Nur nicht übertreiben, dachte sie.

»Wurde in diesem Moment noch auf Sie beide geschossen?«, fragte Ekinci sofort nach.

Leni schüttelte den Kopf. »Ich glaube nicht, aber wir mussten jederzeit damit rechnen. Aus heutiger Sicht denke ich, dass der Schütze sich zu diesem Zeitpunkt schon auf den Weg zu seinem Auto gemacht hatte. Aber das konnten wir in dem Moment nicht wissen.«

»Ach. Und warum denken Sie, der Täter wäre zu seinem Auto gelaufen? Haben Sie ihn denn später mit seinem Fahrzeug gesehen?«, fragte Ekinci. »Hat er Sie vielleicht mit dem Auto verfolgt?«

Verflixt, jetzt hatte sie zu viel verraten! Leni schüttelte den Kopf. »Nein, das reime ich mir nur zusammen. Denn der Täter kam nicht hinter uns her, und die Polizei, die wenig später auf dem Resthofgelände eintraf, hat ihn auch nicht erwischt.«

»Er kam nicht hinter Ihnen her – hinter Ihnen beiden? Dann waren Sie nach Überwindung des Grabens also doch noch zusammen? Wie lange denn?«

»Nein, waren wir nicht.« Leni klang ärgerlich, und das war sie. Auf sich selbst. »Ich bin gleich nach dem Sprung losgerannt, nach links, und ich nehme an, dass Stahnke ebenfalls gerannt ist. Aber als ich zum ersten Mal angehalten habe, war er nicht hinter mir. Das kann daran liegen, dass er eine andere Richtung gewählt hat. Oder auch daran, dass …« Sie zögerte.

»Dass er nicht so schnell rennen konnte wie Sie«, ergänzte Nidal Ekinci. »Er ist auch älter als Sie und bestimmt doppelt so schwer. Man wundert sich manchmal, wie beweglich Stahnke ist, aber ein guter Langläufer war er nie.«

»Vielleicht wollte er auch gar nicht wegrennen«, gab Leni zu bedenken. »Hat den Verfolger ganz bewusst in die andere Richtung gelockt, um mich zu schützen. Ist doch möglich.« Wieder hatte sie das Bedürfnis, ihren früheren Crewkameraden in Schutz zu nehmen.

Nidal Ekincis Lächeln wurde wärmer. »Ich mag ihn auch«, versicherte er. »Und ich finde es gut, dass Sie versuchen, ihn gut aussehen zu lassen. Wenn Sie jedes Mal genau dasselbe erzählen würden, kämen mir Zweifel, ob Ihre Story nicht vielleicht erfunden ist. Kleine Varianten sind menschlich.«

Puh, dachte Leni Franzen, Schwein gehabt. Hoffentlich gibt der junge Mann endlich Ruhe.

Das tat er nicht. »Ich frage mich natürlich, wo Stahnke sich derzeit aufhält«, sagte Ekinci. »Sie sich bestimmt auch, oder? Haben Sie versucht, ihn ausfindig zu machen? Haben Sie ihn angerufen?«

»Ich wüsste nicht, wie«, setzte Leni an. Hatte Stahnke nicht beide Handys auf der Flucht verloren, sein eigenes und das von Jörg Visser? Das aber konnte sie unmöglich wissen, wenn sie ihn tatsächlich seit Überwindung des Grabens nicht mehr gesehen hatte, wie sie behauptete. »Ich besitze nämlich kein Mobiltelefon«, brachte sie ihren Satz zu Ende. Und ärgerte sich im selben Moment, weil das neuerdings eine Lüge war.

»Sie könnten es jetzt versuchen.« Der Oberkommissar schob ihr sein Tischtelefon hin. »Bei sich zu Hause ist er allerdings nicht, das haben die Oldenburger Kollegen schon überprüft. Und sein Handy hat er auch nicht bei sich. Wissen Sie, ob er sich vielleicht einen Ersatz besorgt hat?«

»Nein, weiß ich nicht«, behauptete Leni. »Ich habe nie in solchen Kategorien gedacht, wissen Sie? Mobil telefonieren, unterwegs immer erreichbar sein und so. Nicht einmal, als ich noch in meinem ursprünglichen Beruf tätig war. Meine gestrigen Erlebnisse allerdings haben zu einem Umdenken geführt. Hier, schauen Sie mal.« Sie öffnete die bunte Stofftasche, die sie bei sich trug, und zog ein Prepaid-Handy heraus, das sie für Stahnke gekauft hatte. Unbenutzt, noch in der Originalverpackung. »So etwas hätte ich gestern dringend gebraucht. Also habe ich eines besorgt.«

»Respekt«, sagte Nidal Ekinci. »Das nenne ich schnelles Umschalten! Da haben Sie die richtigen Schlüsse gezogen.«

Glück gehabt, dachte Leni. Sehenden Auges in eine Lügenfalle gerannt und heil wieder rausgekommen. Das soll mir mal einer nachmachen.

Ekincis Name wurde gerufen, von jenseits des Korridors durch die offene Tür. Der Oberkommissar entschuldigte sich: »Dauert nur einen Moment.« Er verließ den Raum und zog die Tür hinter sich zu. Leni entspannte sich, war dankbar für ein paar Augenblicke Pause. Sie schaute auf die Uhr. Schloss die Augen, atmete tief und bewusst. Schaute erneut auf die Uhr. Herr Ekinci benötigte offenbar doch mehr als einen Moment.

Das Telefon auf Ekincis Schreibtisch klingelte. Leni zuckte zusammen. Was sollte sie tun, den Oberkommissar rufen? Andererseits, warum sollte sie dessen Arbeit unterstützen, wenn diese darin bestand, Stahnke auf die Spur zu kommen? Und ihr auf die Schliche? Nein, dachte sie, lieber ignorieren.

In der nächsten Sekunde hatte sie den Hörer in der Hand. »Polizeiinspektion Leer?«, meldete sie sich im Frageton. Noch hatte sie nichts Falsches gesagt, denn dort befand sie sich. Alles andere würde sich schon ergeben. Sie konnte selbst nicht glauben, was sie da tat.

»Hören Sie zu«, sagte eine Frau mit gepresster Stimme. »Sie suchen einen ehemaligen Polizisten namens Stahnke, der einen Menschen ermordet hat, richtig? Ich weiß, wo er sich aufhält. Schicken Sie schnell jemanden hin!« Sie nannte eine Adresse – Emden, Nesserlander Straße. Genau dorthin hatten Stahnke und der junge Inselpolizist gewollt. »Ihre Abteilung leitet die Ermittlungen, das wissen wir«, sagte die Frauenstimme. »Setzen Sie Ihre Emder Kollegen in Marsch, dann erwischen Sie ihn noch.« Die Verbindung wurde beendet.

Leni legte den Hörer zurück, als bestünde er aus zartem Kristall. Wer war denn das gewesen? Von wo hatte sie angerufen? Aus Emden wohl nicht, warum sonst diese Bitte? Die hatte wie ein Befehl geklungen. War Stahnke wirklich genau in diesem Moment in der Emder Wohnung? Ich muss ihn warnen, dachte Leni und griff in ihren Beutel. Nach dem Telefon. Und musste lachen. Wie sollte sie Stahnke anrufen, wenn sie sein neues Telefon hier bei sich hatte? Aber Joke Reents könnte sie erreichen. Dessen Handynummer hatte sie sich gestern notiert, für alle Fälle.

Die Bürotür öffnete sich. »Tut mir sehr leid, es hat etwas länger gedauert«, sagte Nidal Ekinci. »Ich wollte Sie nicht warten lassen.« Er lächelte sie an. »Alles in Ordnung? War irgendwas?«

»Nein, überhaupt nichts.« Leni lächelte zurück. Das war das Mindeste, was sie tun konnte.

33.

Als van Deest mittags seine Schicht im Krankenhaus antrat, fand er Sibylle Wiemken beim Essen vor. Aber nicht im Bett, sondern sitzend am Tisch, in der rechten Hand einen Löffel, die linke an ihrem unvermeidlichen Laptop, der auf dem kleinen Resopaltisch aufgebaut war. »Schön, dass du wieder unter den Lebenden weilst«, sagte er. »Auch wenn deine Sitzhaltung noch etwas fragwürdig ist. Liegt vielleicht daran, dass du beim Essen Computerspiele spielst. Hat dir noch keiner gesagt, dass das ungesund ist?«

»Hat dir noch keiner gesagt, dass es ungesund ist, mich von der Seite anzuquatschen?«, erwiderte die Oberkommissarin. Dann wandte sie sich zu ihm um und schenkte ihm ein schelmisches Grinsen. »Wie war das? Ich übe für eine neue Rolle. Netti war ich lange genug.« Sie freute sich sichtlich, weil ihr Kollege so verdattert dreinschaute.

»Ich würde dir Kaffee anbieten«, sagte van Deest. »Aber mir scheint, du bist schon aufgeputscht genug.«

»Na klar.« Sibylle Wiemken senkte ihren Löffel in die Eintopfschale. »Die machen hier einen dopingverdächtigen Erbseneintopf! Die Zutaten lassen sie sich bestimmt direkt von den Mocros liefern.«

Van Deest lachte verhalten. »Kannst du Arbeit und Freizeitvergnügen wieder nicht auseinanderhalten?«

»Für mein größtes Freizeitvergnügen reicht es noch lange nicht«, seufzte die Oberkommissarin. »Wenn ich mir vorstelle, in diesem Zustand im Sattel zu sitzen – au Backe!

Meine liebe Paula wird noch ein paar Tage ohne mich auskommen müssen.«

»Du hast ein eigenes Pferd?«, fragte van Deest. »So was frisst doch nicht nur Geld und Heu, sondern auch viel Zeit! Wie regelst du das denn als Alleinstehende?«

»Paula steht in einem Mietstall in Tungeln, da ist für alles gesorgt, wenn ich mal keine Zeit habe«, sagte Sibylle Wiemken und schob den Suppenrest zur Seite. »Zurück zur Arbeit! Ich habe mich mal mit Holger Siebrandt befasst. Das war kein Spaß, glaube mir.«

Van Deenst wurde schlagartig ernst. »Was kommt jetzt?«, murmelte er erschrocken.

»Genau das.« Die Oberkommissarin funkelte ihn an. »Ich weiß inzwischen, wofür du seinerzeit dein Disziplinarverfahren bekommen hast und beinahe ohne Pensionsansprüche aus dem Dienst geflogen wärst. Anzeigen unterschlagen – wie konntest du so was tun?«

»Aus Kollegialität.« Van Deest breitete die Arme aus. »Eine Krähe hackt der anderen kein Auge aus, das weißt du doch. Wir fallen Kollegen nicht in den Rücken. Schon gar nicht, wenn es um deren Kinder geht.«

»Deren Kinder?«, schnaubte Sibylle Wiemken. »Und was ist mit den Kindern anderer Leute? Verdienen die keinen Schutz? Mir scheint, du hast deinen Beruf verfehlt! Vielleicht sollte man das Verfahren gegen dich neu aufrollen.«

Van Deest ließ sich auf einen Stuhl fallen. »Mensch, krieg dich wieder ein!«, sagte er. »Die Vorwürfe wurden nie bewiesen! Vielleicht war alles aus der Luft gegriffen.«

»Natürlich wurde nichts bewiesen! Wie denn auch, wenn gar nicht erst ermittelt wird, weil die Anzeigen nicht an die richtigen Stellen gelangen.« Sie überkreuzte die Arme vor der Brust. »Sag mal, bist du dir immer noch keiner Schuld bewusst?«

»Doch, natürlich. Klar.« Van Deest druckste herum. »Ich bin bloß schon etwas älter, nicht wahr. Uns hat man den Corpsgeist noch richtig eingebimst. Gegen die eigenen Kollegen wurde nichts unternommen, Punkt und Schluss. So war das damals. Heutzutage gibt es eine Interne Ermittlung, ihr Jüngeren findet das völlig normal. Ist es eigentlich auch. Aber vom Gefühl her verstößt das gegen alles, worauf es bei der Polizei ankommt. Dass wir zusammenhalten gegen jeden Druck von außen. Uns nicht auseinanderdividieren lassen.«

»Genau, so lautet auch unser Amtseid«, sagte die Oberkommissarin. »Ich schwöre, dass wir immer zusammenhalten gegen jeden Druck von außen, egal, wen das etwas kostet. Oder wie ging der noch?«

»Ich schwöre, das Grundgesetz und alle in der Bundesrepublik Deutschland geltenden Gesetze zu wahren und meine Amtspflichten gewissenhaft zu erfüllen«, zitierte van Deest aus dem Gedächtnis. »So wahr mir Gott helfe.«

»Richtig.« Sibylle Wiemken nickte. »Daraus kann ich nicht ableiten, dass es in Ordnung ist, wenn erwachsene Söhne von höheren Polizeibeamten sich in Sportvereinen an Jugendlichen vergehen. Oder übersehe ich etwas?«

»Dreh das Messer ruhig noch einmal in der Wunde um«, sagte van Deest. »Keine Sorge, es dauert nicht mehr lange, dann sind Leute wie Stahnke und ich über die Altersgrenze und aussortiert. Dann gibt es im Polizeidienst nur noch so makellose Charaktere wie dich, und ihr könnt stolz und froh sein.«

»Täter-Opfer-Umkehr«, konstatierte Sibylle Wiemken. »Typisch deutsch. Mir reicht's! Ist dir denn nicht klar, dass deinetwegen ein aktiver Pädophiler nicht belangt wurde und davongekommen ist? Dass der möglicherweise bis heute Kinder belästigt und wer weiß was noch? Ist dir das egal?«

Van Deest war anzusehen, wie es in ihm kochte. Dass er am liebsten losgebrüllt, den Raum verlassen und die Tür zugeknallt hätte. Mühsam beherrschte er sich. Fürchtete er, die Oberkommissarin könnte ihre Drohung wahrmachen? Sie selbst hielt es für möglich.

»Wir haben einen Deal gemacht seinerzeit«, stieß van Deest schließlich hervor. »Siebrandt und ich. Nachdem die Eltern, deren Anzeigen nicht bearbeitet wurden, sich beschwert hatten. Er sorgte dafür, dass diese Eltern beschwichtigt und hingehalten wurden und später von der Staatsanwaltschaft eine Einstellungsmeldung bekamen. Ich kriegte zwar ein Disziplinarverfahren, es war aber abgemacht, dass das folgenlos bleiben würde. Im Gegenzug versprach Siebrandt, dafür zu sorgen, dass sein Sohn eingenordet wird und die Finger von Kindern lässt. So, jetzt weißt du's.«

Sibylle Wiemken schaute ihn fassungslos an. »Einen Deal gemacht! Eingenordet! Glaubst du echt, dass die Sache damit erledigt war?«

»Na sicher! Wieso denn nicht?«

»Weil das so nicht funktioniert!« Die Oberkommissarin wurde laut. »Der Mann hätte eine Therapie gebraucht, das wäre das Mindeste gewesen! Und Überwachung. Hast du ihn wenigstens im Auge behalten? Bist du informiert, ob es weitere Vorfälle gegeben hat? Ob er sich wenigstens von Kindern und Jugendlichen fernhält? Weißt du irgendwas?«

Van Deest schüttelte stumm den Kopf.

»Und um die Opfer habt ihr euch natürlich auch nicht gekümmert.«

»Doch«, sagte van Deest. »Ich habe die Eltern besucht, die damals Anzeige gestellt haben. Mehrmals, das war Teil des Deals. Auch die beiden betroffenen Jugendlichen, immer im Beisein der Eltern. In einem Fall wurde ein Psychologe eingeschaltet, der auch gute Arbeit geleistet hat. Bei dem anderen Kind reichte wohl ein Vereinswechsel, der hatte sowieso keinen Bock auf Rudern. Klar, dass sich auch Holger Siebrandt nie wieder bei dem Verein hat blicken lassen. Der hat sich ein anderes Hobby gesucht.«

»Hoffentlich eines ohne Kontakt zu Kindern.« Sibylle Wiemken war ein bisschen versöhnt, ließ sich das aber nicht anmerken.

»Er macht jetzt Reenactment«, sagte van Deest. »Er verkleidet sich und macht Fantasiespiele, mit anderen Erwachsenen. Und er geht gerne auf Mittelaltermärkte, ebenfalls verkleidet. Oder in Gewandung, wie die da sagen. Da sind zwar auch Kinder dabei, aber nie ohne Aufsicht, immer mit ihren Eltern oder anderen Erwachsenen, die sie kennen.«

»Ein bisschen blauäugig bist du schon«, sagte die Oberkommissarin kopfschüttelnd. »Aber danke für die Informationen. Ich glaube, hier schließt sich ein Kreis.«

»Was denn für ein Kreis?«, fragte der Polizist. Seine Kollegin erklärte es ihm.

34.

Sie waren gerade bei Emden-Ost auf die Autobahn aufgefahren, als Joke Reents' Handy klingelte. Er zog es aus der Tasche und reichte es Stahnke. »Freisprecheinrichtung gibt's hier nicht«, murrte er.

Die Autobesitzerin war am Telefon. Sie sprach hastig und klang aufgeregt. Stahnke lauschte schweigend. »Wir kümmern uns«, sagte er dann und beendete das Gespräch. »Runter von der Autobahn«, sagte er. »Wir müssen nach Petkum.«

»Da vorne kommt die Abfahrt Riepe«, sagte Joke Reents. »Ist die okay? Und warum eigentlich?«

»Ist okay«, sagte Stahnke. »Fahr da ab und dann Richtung Oldersum.« Schon wieder klingelte das Smartphone des Inselpolizisten. »Unbekannte Nummer« stand auf dem Display. Stahnke runzelte die Stirn, nahm das Gespräch aber an. »Hallo?«, meldete er sich mit kellertiefer Stimme.

»Stahnke!« Es war Leni, die noch aufgeregter klang als Gundi Lücht zuvor. »Ihr müsst aufpassen! Hier hat vorhin eine Frau angerufen, die weiß, dass ihr in dieser Emder Wohnung seid! Sie wollte die Polizei auf euch hetzen. Ihr müsst schnell da weg!«

»Wo hat welche Frau angerufen?«, fragte Stahnke leicht verwirrt.

»Bei deinem Freund Ekinci!« Leni versuchte, ihre Stimme zu dämpfen, was ihr nur unvollkommen gelang. »Ich saß in seinem Büro, er war gerade draußen, da bin ich drangegangen. Er weiß also noch gar nichts davon.«

»Das war in höchstem Maße gesetzwidrig von dir«, sagte Stahnke. »Respekt! Und willkommen im Klub.«

»Keine Zeit für Blödsinn«, zischte Leni. »Ich bin immer noch in der Polizeiinspektion Leer, hocke auf dem Damenklo und telefoniere mit dem Handy, das ich für dich gekauft habe. Der Akku war natürlich noch leer; ein Glück, dass es hier eine Steckdose gibt! Müssen Polizistinnen sich rasieren?«

»Fönen«, erwiderte Stahnke. »Aber für Quatsch hast du Zeit?«

»Boah, du sturer Büffel!« Leni klang wieder wie einst als Teenager, fand Stahnke. »Ihr müsst aus der Wohnung raus! Denk daran, was uns gestern in meinem Bauwagen passiert ist. Und deiner Kollegin in Oldenburg. Willst du schon wieder beschossen werden?«

»Keine Sorge, wir sind auf der Autobahn«, sagte Stahnke.

»Gott sei Dank«, seufzte Leni.

»Und jetzt fahren wir runter und wieder zurück«, fügte Stahnke hinzu.

»Seid ihr bescheuert?«, kreischte Leni. »Wollt ihr unbedingt in Teufels Küche kommen?«

»Denk an Piotrowski«, sagte Stahnke mit gepresster Stimme, denn Joke Reents jagte den kleinen Wagen mit maximalem Tempo durch die gewundene Autobahnausfahrt, und trotz Gurt hatte er Mühe, sich auf dem Beifahrersitz zu halten. »Wenn Isolde Müller uns erkannt hat, dann hat sie auch ihn erkannt. Jetzt weiß Wolfram Hart, dass sein Zwangshelfer mit uns gesprochen hat. Vermutlich wird er ihn eliminieren lassen. Das müssen wir verhindern.«

»Mit leeren Händen?«, stöhnte Leni. »Und wer ist diese Isolde Müller?«

»Die Frau, mit der du telefoniert hast«, sagte Stahnke. »In Nidals Büro. Weißt du, dass du gerade sehr eifersüchtig geklungen hast?«

»Blödmann!« Sie schnaubte ins Telefon. »Woher willst du wissen, wie die heißt?«

»Von Gundi Lücht«, sagte Stahnke. »Die ist ebenfalls am Ball.«

Durchs Telefon hörte er Türenklappen und Frauenstimmen. »Ich muss Schluss machen«, flüsterte Leni. »Passt bloß auf euch auf!« Das Gespräch brach ab.

Leere Hände, dachte Stahnke. »Hast du deine Dienstwaffe dabei?«, fragte er Joke Reents. Der schüttelte den Kopf. Stahnke überlegte kurz, dann wählte er eine vertraute Nummer und sprach eine kurze Nachricht auf die Mailbox.

Über die Friesenstraße und die Auricher Landstraße fuhren sie durch Felder und grüne Weiden, holperten über einen Bahnübergang und tauchten in den Eigenheimgürtel der Ortschaft Oldersum ein. Im Ortskern bogen sie rechts ab auf die Emder Straße, die am Werftgelände vorbei über die Oldersumer Schleuse führte. Hier zeigte sich der Ort von seiner seefahrtverbundenen Seite. Hochgekrempelte Ärmel, Blaumänner, flache blaue Mützen, sehnige Arme und schmutzige Hände, mit Stolz vorgezeigt. In Oldersum wurden vor allem Schiffe überholt und repariert, unter anderem die meisten der vielen Inselfähren. Von denen war aktuell keine zu sehen. Klar, dachte Stahnke, jetzt im Sommer sind die alle im Einsatz. So wie wir.

Nur legaler. Und für ihre Aufgabe bestens ausgerüstet.

Hinter der Schleuse hieß die Bundesstraße Petkumer Straße, im weiteren Verlauf Petkumer Münte. Der Ortsteil Petkum gehörte schon zur Seehafenstadt Emden, Oldersum noch zum Landkreis Leer. Rein äußerlich hätte es andersherum sein können: Oldersum mit seinem Werftarbeiter-Flair passte hervorragend zu Emden, Petkum mit seinem Sielhafen und dem Krabbenkutter hätte sich gut ins touristenorientierte Leeraner Umland eingefügt.

Eines hatten beide Ortschaften gemeinsam, nämlich die Anbindung an das Netz der Gräben und Kanäle, die das tief liegende Land durchzogen wie ein System von Adern und zur Entwässerung unverzichtbar waren. Früher hatten diese Gewässer auch als Verkehrswege gedient, weil die kaum befestigten Straßen einen Großteil des Jahres über unpassierbar waren. Heute wurden sie überwiegend von Freizeitskippern genutzt.

An solch einem Kanal, dem Petkumer Sieltief, lag Piotrowskis Haus. Ein kleines Siedlerhaus an der Seerosenstraße, das die Eltern des Trainers einst günstig gekauft hatten und in dem sich Stahnke und seine Crew manchmal vor Regatten zu Besprechungen getroffen hatten. Im Gegensatz zu vielen seiner Nachbarhäuser hatte es sich in den vergangenen Jahrzehnten kaum verändert.

»Fahr weiter«, sagte Stahnke zu Joke Reents, als sie den überwucherten Putzbau passierten. »Wir parken hinter der nächsten Kurve.«

Der Inselpolizist zuckte mit den Schultern. »Wie du meinst. Ich glaube aber, in dieser Gegend fallen zwei fremde Kerle beim Spazierengehen mindestens ebenso auf wie ein unbekanntes Auto.«

Zu Fuß gingen sie zu Piotrowskis Haus, musterten dabei das Terrain. Das Auto des alten Mannes stand in der Auffahrt. Nirgendwo rührte sich etwas. Weiter weg bellte ein Hund, aber wenig nachdrücklich und auch nicht lange.

»Lass uns klingeln und ihn warnen«, sagte Stahnke. »Dafür sind wir hergekommen.«

»Ich hatte gedacht, wir nehmen ihn mit und stecken ihn in Schutzhaft«, sagte Joke Reents. Zwei Sekunden später fügte er hinzu: »Ach nee, stimmt.«

»Du denkst wie ein Amtsträger«, sagte Stahnke und drückte auf den Klingelknopf. »Wir sind aber Illegale.«

»Als du Piotrowski befohlen hast, die Stadt nicht zu verlassen, hast du auch wie ein Amtsträger gedacht«, erwiderte der Inselpolizist.

»Nur so geredet«, korrigierte Stahnke. »Macht der Gewohnheit.«

Piotrowski öffnete, die Augen vor Schreck geweitet. Er zitterte schon wieder.

»Lass uns reingehen«, sagte Stahnke und schob den alten Mann zurück in den Hausflur.

Keine Sekunde zu früh. Von der Bundesstraße her hörten sie das Aufbrüllen eines großvolumigen Motors. Sekunden später bog ein dunkelgrauer BMW um die Biegung der Seerosenstraße. Außer dem Mann am Steuer schien niemand in dem Wagen zu sitzen. Stahnke und Joke Reents drängten sich in den Flur und drückten die Haustür hinter sich zu. Hatte der BMW-Fahrer sie gesehen? Vermutlich, denn er brachte sein Fahrzeug direkt vor der Auffahrt zum Stehen. Piotrowskis Wagen war blockiert.

»Los, nach hinten, ehe der anfängt zu ballern!«, rief Stahnke. »Können wir irgendwas vor die Tür stellen, als Kugelfang?«

»Wir könnten zurückschießen«, sagte Piotrowski.

Es dauerte einen Moment, ehe Stahnke begriff. »Du hast eine Waffe im Haus?«, fragte er. »Was für eine denn?«

»Ich bin Jäger«, sagte der ehemalige Rudertrainer. »Seit Jahrzehnten. Ich habe einen Zwilling und eine Neun-Millimeter-Halbautomatik, für den Fangschuss. Und eine Pumpgun.«

»Wozu braucht ein Jäger eine Pumpgun?«, fragte der Inselpolizist ungläubig. »Was jagt man damit, Eichhörnchen?«

»Jäger kriegen alles genehmigt«, sagte Stahnke und machte eine wegwerfende Handbewegung. »Sei lieber froh! Drei Mann, drei Waffen, das passt.«

Der Waffenschrank stand im Hinterhaus. Während Piotrowski nach dem Doppelbartschlüssel kramte, inspizierte Stahnke die seitlichen Fenster des Hauses. Nichts zu sehen, nichts zu hören. Was hatte der BMW-Fahrer vor? Die Tür oder ein Fenster aufhebeln? Sich auf die Lauer legen wie ein Heckenschütze, für den Fall, dass sie das Haus verließen? Oder wartete er auf Verstärkung?

Die Antwort ließ nicht lange auf sich warten. Wieder bretterte ein Fahrzeug viel zu schnell in die Wohnstraße hinein, wieder röhrte ein Motor, diesmal ein unkultivierter Diesel. Bremsen kreischten, Tür schlugen, Männerstimmen schrien. Wer immer dort kam, er war nicht auf Geheimhaltung oder Überraschung aus. Da draußen wurde ein Sturmangriff vorbereitet.

»Hast du den Schrank endlich offen?«, schnauzte Stahnke. Im selben Augenblick öffnete Piotrowski die Panzertür. Er reichte Joke Reents eine *Walther*-Pistole, zwei Magazine und eine 50er-Schachtel 9x19-Munition. Der Alte selbst nahm sich die Jagdflinte. Für Stahnke blieben die Pumpgun und zwei Dutzend Patronen.

Während er noch darüber grübelte, wie solch ein Ding funktionierte, brach an der Haustür das Inferno los. Holz splitterte, Glasscheiben gingen in Scherben. Offenbar feuerten mehrere Angreifer gleichzeitig auf die Eingangstür. Die aber war aus dickem Eichenholz, die rautenförmigen Guckfensterchen waren klein. Als nach der ersten Salve die

Waffen schwiegen und wuchtige Fußtritte das Schloss ächzen ließen, hielt die Tür vorläufig stand.

»Hinten raus, auf die Terrasse!«, zischte Piotrowski. »Haltet die Hausecken im Auge, falls die Brüder außen herum kommen.« Er selbst baute sich hinter dem Türrahmen am Ende des Korridors auf, das Jagdgewehr hüfthoch im Anschlag. »Los, geht schon!«

Stahnke schob fingerdicke Patronen ins Röhrenmagazin und repetierte unterhalb des Vorderschaftes. Aha, so ging das also! Er folgte Joke Reents durchs Wohnzimmer zur Terrassentür. Draußen war keine Bewegung zu erkennen. Dafür krachten hinter ihnen erneut Schüsse. Diesmal hatten die Schützen draußen besser gezielt – oder ein größeres Kaliber benutzt. Mit lautem Krachen brach das komplette Schloss aus der Tür, das Türblatt flog auf und knallte an die Wand.

Georg Piotrowski schoss erst, als die Umrisse zweier Männer im Türrahmen auftauchten. In dem engen Flur knallte sein Jagdgewehr ohrenbetäubend. Einer der Angreifer flog nach hinten, als hätte ihn eine Lokomotive gerammt. Der andere taumelte zur Seite und verschwand zwischen den Lebensbäumchen im Vorgarten.

Während Stahnke und der Inselpolizist nach beiden Seiten der Terrasse sicherten, erschien Piotrowski zwischen ihnen. Der Doppellauf seiner Flinte war nach vorne geknickt, der Alte lud mit zittrigen, aber geübten Fingern nach. »Los, weiter nach hinten!«, rief er. »Ab durch die Beete!«

»Ist das auch keine Sackgasse?«, fragte Joke Reents, während er sich im Krebsgang einen Weg durch struppige Büsche und kleine Obstbäume brach, den rechten Arm mit der Pistole nach hinten gestreckt. »Nicht, dass wir gleich vor einer Palisadenwand stehen!«

»Werden wir nicht«, sagte der alte Mann. »Da ist keine Wand, da ist der Kanal.«

»Und was soll daran besser sein?«, rief der Inselpolizist entsetzt. »Dann kriegen die uns, während wir durchschwimmen!«

»Da hinten liegt ein Boot«, sagte Piotrowski. »Mein Boot.«

Im selben Moment erschien der erste Verfolger seitlich vom Haus. Dort war alles zugewachsen, daher sah Stahnke den Mann nicht, nur sein Mündungsfeuer. Er hob die Pumpgun an die Schulter und drückte ab. Der Rückstoß ließ ihn nach hinten taumeln, der Schuss ging zu hoch und nach rechts, auf zwei Uhr. Das ließ sich deutlich an der splitternden Fensterscheibe erkennen. Stahnke repetierte, visierte tiefer und suchte den Druckpunkt. Nur nicht wieder den Abzug verreißen! Der andere schoss schneller, ebenfalls zu hoch. Blätter und Astspäne regneten auf Stahnke herab. Dann traf ihn der Rückstoß ein zweites Mal. Diesmal war er besser vorbereitet, sodass sich der Kolben nicht wie ein auskeilendes Muli anfühlte. Besser gezielt hatte er auch, denn am Haus begann ein Mann zu schreien und zu fluchen. Es hörte sich arabisch an.

Jetzt schoss auch Joke Reents, der die andere Hausecke im Visier hatte. Piotrowski lief bereits in Richtung Kanal, die anderen beiden folgten ihm, Schritt um Schritt nach hinten sichernd. Die Angreifer schienen sich zurückzuhalten, vielleicht berieten sie sich. Vom Wasser her ertönte das Rumoren eines Außenbordmotors. Stahnke und der Inselpolizist drehten sich um und rannten.

Piotrowskis Boot war nicht viel mehr als eine eiserne Wanne mit hohen, verbeulten Bordwänden, Auftriebskästen vorn und achtern und einem Ausschnitt für den angehängten Motor, der sich im Leerlauf schüttelte. Der Alte löste bereits die Festmacherleinen und kuppelte ein. Während die beiden Polizisten an Bord sprangen, drehte Piotrowski am Gasgriff. Der Motor, der genauso verkommen aussah wie das ganze Boot, brüllte auf und setzte die Eisenwanne überraschend ruckartig in Bewegung. Stahnke ließ seine Pumpgun fallen. Mit beiden Armen fuchtelnd, kämpfte er um sein Gleichgewicht – und verlor. Der Länge nach krachte er auf die Bodenbretter. Nein, es gab keine Bodenbretter, nur den stählernen Bootsboden. Mit einer guten Handbreit schleimigen Bilgenwassers oberhalb des Kiels. Meine guten Sachen, dachte Stahnke und klatschte hinein.

Hinter ihnen ratterte es. Eine Salve aus einer Maschinenpistole fegte über sie hinweg, zwei Geschosse trafen die Bordwand und jaulten als Querschläger durch die Luft. Joke Reents schrie auf und hielt sich den Oberarm. Blut quoll zwischen seinen Fingern hindurch. Piotrowski machte sich so klein wie möglich und hielt den Gasgriff auf Maximum. Die alte Stahlwanne entfernte sich zügig von ihrer Anlegestelle.

Glück gehabt, dachte Stahnke und hob den Kopf. Zu früh. Wieder fielen Schüsse, diesmal kamen sie von der Seite. Einer der Verfolger musste die Straße entlang gerannt oder gefahren sein und sie hier abgepasst haben. Jetzt warfen sich auch die anderen beiden in die Bilgen-Brühe; der Alte dirigierte den Motor mit den Fingerspitzen. Geschoss um Geschoss hämmerte gegen das Stahlblech, das aber dick genug war und hielt. Wie viele Leute sind das denn, fragte sich Stahnke. Eine kleine Armee?

Unbeirrt folgte das Boot dem Petkumer Sieltief und näherte sich der Kreuzung mit dem Ems-Seitenkanal. Der Beschuss hörte auf. Alle spähten erst über die Süllkanten und setzten sich dann vorsichtig auf. Das Schlimmste schien überstanden zu sein.

Stahnke öffnete schon den Mund, um genau das zu sagen, als ein einzelner Schuss fiel. Er kam von der anderen Kanalseite und klang wie aus einem Gewehr. Auf Piotrowskis Stirn erschien ein rotschwarzer Punkt, genau oberhalb der Nasenwurzel, wie ein drittes Auge. Mit blicklosen, weit offenen Augen kippte der alte Mann nach hinten.

Der Motor, jetzt ohne lenkende Hand, reduzierte automatisch die Geschwindigkeit und begann sich durch seine eigenen Vibrationen langsam zu drehen. Das Boot kam vom Kurs ab und näherte sich dem Kanalufer, von dem der letzte Schuss gefallen war. Stahnke versuchte, an den Gasgriff heranzukommen, aber der tote Piotrowski lag im Weg. Er hätte über ihn hinwegsteigen müssen, dabei hätte er seine Deckung hinter der Bordwand aufgegeben – und der Unbekannte mit dem Gewehr hatte schon gezeigt, wie gut er sein Metier beherrschte. Wenn Stahnke sich exponierte, würde der Heckenschütze ihn erledigen. Tat er es nicht, würde das offene Boot die Uferböschung rammen, und dann waren sie beide fällig, er und der junge Inselpolizist. Musste er sich opfern? Aber was würde das nützen?

Wieder peitschten Schüsse über sie hinweg, erneut von jenseits des Kanals. Pistolenschüsse! Jemand feuerte sein komplettes Magazin leer. Nach wenigen Sekunden begann das Schießen erneut. Es klang wie Sperrfeuer, dachte Stahnke. War das die angeforderte Kavallerie?

»Van Dieken!«, brüllte er im Liegen. »Bist du das? Was siehst du?«

»Einen Kerl mit Gewehr«, antwortete eine wohlbekannte Stimme. »Er verzieht sich! Ihr könnt hochkommen.«

Stahnke richtete sich auf, warf sich über den Leichnam und griff nach dem Gasdrehgriff des Außenborders. Knapp vor der Uferböschung zwang er das schwere Boot in eine scharfe Wende. Wenige Sekunden später hatten sie das jenseitige Ufer erreicht, wo van Dieken sie in Empfang nahm. »Ihr habt Glück, dass ich meine Mailbox abgehört habe«, sagte der Graubart. »Das mache ich längst nicht immer.«

Polizeisirenen, die sich schnell näherten, hinderten Stahnke an einer scharfen Erwiderung. Hinter van Dieken her rannten sie zu dessen Wagen. Den toten Georg Piotrowski ließen sie zurück.

35.

»Ihr hattet mehr Glück als Verstand«, konstatierte Gundi Lücht. »Deutlich mehr.« Dabei verband sie die Fleischwunde an Joke Reents' Oberarm, die Leni Franzen mit erstaunlichem Geschick geklammert hatte. Die Gesichtszüge des Inselpolizisten fuhren Achterbahn. Einerseits genoss er die Nähe der hochgewachsenen jungen Kriminaltechnikerin, andererseits legte diese den Verband offensichtlich auf Haltbarkeit und Festigkeit an. »Heul hier nicht rum!«, fuhr sie den Oberkommissar an, als der mal wieder das Gesicht verzog. »Ich bin sowieso fertig mit dir.« Dabei tätschelte sie ihm die breiten Schultern. Joke Reents wusste kaum, wie ihm geschah.

»Ich weiß gar nicht, was du willst«, entgegnete Stahnke. »Sogar deinen kleinen Wagen haben wir dir heil zurückgebracht.« Das war allerdings ein kleines Husarenstück gewesen. Dutzende von Streifenpolizisten, Horden von Kriminaltechnikern und ein ausgewachsenes SEK hatten den Petkumer Tatort unter Leitung des LKA weiträumig abgesperrt und untersucht. Aber bis zu dem um die Straßenecke geparkten Auto von Gundi Lücht hatten sie ihre Maßnahmen nicht ausgedehnt. Nachdem van Dieken die beiden durchnässten und blutbespritzten Bootsflüchtlinge mitsamt ihren Leihwaffen zunächst zu seinem eigenen Wagen gelotst und in Sicherheit gebracht hatte, war er später mit Rieken zurückgekommen. Der war einfach zu dem Auto hinspaziert, hatte jeden freundlich gegrüßt, der ihm begegnete, sich seelenruhig ans Steuer gesetzt und war weggefahren. Niemand hatte ihn daran gehindert, weder Anwohner noch Polizisten.

»Ich sag's ja«, wiederholte Gundi Lücht, »mehr Glück als Verstand.«

»Wieso Glück? Das war alles Planung!«, behauptete Stahnke.

»Ruhig mal, im Fernsehen laufen Nachrichten«, unterbrach Leni das Geplänkel.

Das Feuergefecht vom Petkumer Sieltief war die Topmeldung. Es gab Luftaufnahmen von Piotrowskis Haus und Garten, die üblichen Bilder von absperrenden Polizisten und sogar welche von dem verbeulten Stahlboot. Die Sprecherstimme berichtete von einem Überfall auf den alten Mann durch ein Killerkommando der niederländischen Mocros, das in einem im grenznahen Veendam zugelassenen Lieferwagen vorgefahren sei. Zwei Tote habe es gegeben, den Hausherrn und einen der Angreifer, dessen Identität noch geklärt werden müsse. Außerdem zwei Verwundete, die man festgenommen habe und vernehmen werden, sobald deren Zustand das zulasse.

»Der Tote geht auf Piotrowskis Kappe«, sagte der Inselpolizist. »Den ersten, der durch die Haustür kam, hat er voll erwischt. Den zweiten hat er verwundet, den dritten hat Stahnke mit der Pumpgun vom Garten aus erwischt.«

»Gut, dass wir die Jagdflinte bei ihm gelassen haben«, sagte der Erste Hauptkommissar. »Nicht, dass die mir diese Tat auch noch in die Schuhe schieben.«

»Wie denn?«, fragte der Inselpolizist. »Es hat uns doch niemand …« Er verstummte, denn im Fernsehen war soeben Stahnkes Name gefallen.

»Einer der Komplizen des getöteten Hausbesitzers war

der wegen mutmaßlichen Mordes vom Dienst suspendierte und zur Fahndung ausgeschriebene Erste Hauptkommissar Fiepko Stahnke«, hatte der Text gelautet. Und weiter: »Stahnkes Fingerabdrücke wurden sowohl im Haus gefunden als auch auf der Jagdwaffe, mit der der tödliche Schuss abgegeben wurde. Über die Gründe der Rivalität zwischen der Piotrowski-Stahnke-Bande und den niederländischen Mocros machte das Landeskriminalamt aus ermittlungstechnischen Gründen noch keine Angaben. Es wird jedoch vermutet, dass sich die beiden rivalisierenden Gruppierungen bei illegalen Geschäften in die Quere gekommen sind. Die Mutmaßungen gehen in Richtung Waffen- und Drogenhandel sowie Kinderpornografie. Um den Fahndungsdruck zu erhöhen, lobte die Staatsanwaltschaft eine Prämie in Höhe von 5.000 Euro für sachdienliche Hinweise aus, die zur Ergreifung des Gesuchten führen. Ob Blutspuren, die in dem Fluchtboot gefunden wurden, von Stahnke stammen, muss noch untersucht werden. Stahnke gilt als möglicherweise verwundet, bewaffnet und höchst gefährlich.«

»Die spinnen doch!«, rief Joke Reents empört. »Piotrowski hat mit der Flinte geschossen, das habe ich genau gesehen! Kann ich jederzeit beschwören. Stahnke hat das Gewehr nicht einmal angefasst.«

»Ich habe auch Konni Smidt nicht erschossen«, sagte Stahnke leise. »Schon gar nicht mit meiner Dienstpistole. Das war faktisch unmöglich, denn ich hatte sie nicht. Aber auf Fakten kommt es anscheinend nicht mehr an.«

»Wie können die denn alles manipulieren?«, fragte Gundi Lücht. »Die können doch nicht alle und jeden bestochen haben! Oder unter Druck gesetzt. Jedenfalls kann ich mir das nicht vorstellen.«

»Nicht vorstellen.« Leni Franzen nickte. »Das könnte ein wichtiger Grund sein. Alle gehen davon aus, dass der Apparat funktioniert, dass jedes Rädchen tut, was es soll. Niemand rechnet damit, dass es an entscheidender Stelle jemanden gibt, der die Vorzeichen verändert. Keiner wird misstrauisch, weil man es sich nicht vorstellen kann, dass so etwas passiert.«

»Wir sollten also alle viel misstrauischer sein?« Gundi Lücht schüttelte den Kopf. »Niemandem mehr trauen? Was wäre denn das für eine Welt!« Sie überlegte kurz. »Es gibt ein altes Sprichwort: Misstrauen ist die Axt am Baum der Liebe.«

»Und blindes Vertrauen ist der Weg zum Missbrauch«, sagte Leni. »Glaube mir, ich weiß, wovon ich rede! Vertrauen macht naiv, und Naive sind leichte Opfer. Es ist nicht schön, das sagen zu müssen, aber es ist notwendig.«

»Zurück zum Fall«, sagte Stahnke. »Was ist eigentlich aus dem BMW geworden? Es war in den Nachrichten nur von dem Lieferwagen die Rede. Wie wir aber wissen, war als Erstes ein BMW am Tatort.«

»Die Beschreibung passt zu einem der Täterfahrzeuge beim Anschlag auf Sibylle Wiemken«, ergänzte Gundi Lücht. »Habt ihr jemanden erkannt?«

Stahnke und der Inselpolizist schüttelten die Köpfe. »Es war nur der Fahrer im Wagen, das war alles, was ich sehen konnte«, sagte Joke Reents. »Keine weiteren Personen. Beim Feuergefecht ist der Fahrer also zumindest nicht erheblich verletzt worden. Und er ist rechtzeitig geflüchtet.«

»Als wir im Boot geflohen sind, ist uns doch einer nachgerannt«, sagte Stahnke. »Hat uns vom Kanalufer aus beschossen. Das könnte er gewesen sein.«

»Oder der, der vom anderen Ufer geschossen hat«, vermutete Joke Reents. »Der Scharfschütze, der Piotrowski in die Stirn getroffen hat.«

Stahnke schüttelte den Kopf. »Das glaube ich nicht. Dazu hätte er zurück zur Bundesstraße fahren und die Sielbrücke überqueren müssen. Zu weit, das hätte länger gedauert.«

»Okay. Aber wer war es dann?«

»Vielleicht dieser Hart?«, warf Rieken ein. Er hatte bis dahin nur stumm dagesessen und an seinem Teebecher genippt. »Er ist doch aus dem Haus gestürmt, als wir unten in seinem Oldenburger Kanzleigebäude saßen und diese Frau Müller euch auf dem Überwachungsbildschirm gesehen hat.«

»Wolfram Hart selbst? Das kann ich mir nicht vorstellen«, erwiderte Stahnke. »Warum sollte er sich selbst die Hände schmutzig machen, wenn er seine Leute schicken kann? Was er tat. Dass die keinen Erfolg haben würden, konnte er nicht ahnen.«

»Übrigens haben wir noch herausgefunden, dass das Anwaltsbüro von Konni Smidts Vater jetzt in Oldenburg weitergeführt wird«, fügte Rieken hinzu. »Unter dem alten Namen Cornelius Smidt. Witzig, oder? Ich frage mich, wie das kommt. Wer denn heute noch unter diesem Namen aktiv ist. Und warum.« Er hob entschuldigend die Hände: »Nicht, dass das gerade jetzt von Bedeutung wäre.«

»Die Kanzlei Cornelius Smidt? Unter Wolfram Harts Dach?« Stahnke hob seine Augenbrauen. »Natürlich hätte Konni den Laden weiterführen sollen, so hatte es der alte Cornelius geplant. Aber dazu ist es nie gekommen. Würde mich sehr interessieren, wer sich heute dahinter verbirgt.«

»Vermutlich einer von Wolfram Harts Vertrauten«, mutmaßte Leni. »Einer, mit dem er eng zusammenarbeitet.«

»Vielleicht dieser andere Typ im Businessanzug«, sagte Gundi Lücht. »Der, mit dem Hart vertraulich gesprochen hat.«

»Welcher andere Typ?«, fragte Stahnke.

»Der hier.« Gundi Lücht öffnete das Bildarchiv auf ihrem Smartphone und musterte die Fotos, die sie in der luxuriösen Lobby von Wolfram Harts Anwalts-Tempel aufgenommen hatte. Da waren die beiden Herren in Businessanzügen. Und da guckte der andere direkt in ihre Richtung. »Kennst du den?«

Leni saß näher dran und reagierte als Erste. »Das ist der Mann, der uns bis zum Schießstand verfolgt hat!«, rief sie. »Der vorher auf uns geschossen hatte. Und der mir irgendwie bekannt vorkam. Mein Gott, ist das etwa …«

Stahnke beugte sich über sie und riss Gundi Lücht das Smartphone aus der Hand. Mit zwei Fingern zog er das Gesicht von Harts Begleiter größer. »Das ist er!«, stieß er hervor. »Kein Zweifel, das ist Gerhard Juncker.«

»Wer soll das sein?«, fragte Joke Reents. Alle bis auf Leni zogen ebenfalls verständnislose Gesichter. »Von dem habe ich noch nie gehört.«

»Natürlich nicht«, sagte Stahnke. »Das war mit Sicherheit seine Absicht.«

36.

Der Zug nach Hannover war brechend voll. Stahnke wühlte sich durch einen Waggon nach dem anderen, bis er endlich einen leeren Platz erspähte. »Entschuldigung, ist hier noch frei?« Er ließ sich aufs Polster fallen, ohne eine Antwort abzuwarten. Sein Nachbar war ebenso breit wie er, ihre Oberarme pressten sich aneinander. Stahnke schaute nach links, direkt in Gerhard Junckers Gesicht.

»Lange nicht gesehen«, sagte Juncker. Seine Miene war abwartend und starr.

»Stimmt«, sagte Stahnke. »Seit du die Schule verlassen hast. Wie ist es in Oldenburg am Alten Gymnasium?«

»Ordentlich.« Juncker grinste herablassend. »Mehr Stunden, besseres Lehrpersonal. Nicht so ein Lehrermangel wie in Emden.«

»Kunststück«, sagte Stahnke. »Ihr habt jetzt die Uni. Ständiger Lehrer-Nachschub! Bei uns bleiben die guten Leute nie lange. Ungünstige Randlage.«

»Randlage!« Juncker schnaubte verächtlich. »Die ganze Stadt ist eine Zumutung. Null Kultur! Kein Wunder, dass seit Jahrzehnten der Pöbel im Rathaus das Sagen hat. Oldenburg ist eine ganz andere Nummer. Alte Residenzstadt, das merkt man überall.«

»So.« Stahnke mochte es nicht, wenn man so über seine Heimat sprach, obwohl er selbst auch nicht mit allem einverstanden war. »Und was wolltest du dann hier, in diesem kulturlosen Kaff?«

»Einen alten Freund und Gönner besuchen. Ist immer hilfreich, welche zu haben, selbst in der tiefsten Provinz.«

»Arrogant warst du schon immer«, stellte Stahnke fest. »Aber du hast dich gesteigert.«

»Wer sich nicht steigert, fällt zurück«, sagte Juncker selbstgefällig. »Nur tote Fische schwimmen mit dem Strom!« Er verschränkte die Arme vor der Brust; Stahnke spürte, dass er an Muskulatur zugelegt hatte. »Und was ist mit dir? Kommst du endlich vom Fleck, oder bist du auch bloß ein toter Fisch?«

»Genau weiß ich noch nicht, wohin es gehen soll«, gab Stahnke zu. »Ich halte mir noch mehrere Optionen offen.«

»Mehrere Optionen offen!«, äffte Juncker ihn nach. »Du hast also überhaupt keinen Plan, wie immer. Mensch, du hast doch Potenzial! Aber Potenzial muss entwickelt werden, sonst verkümmert es. Mit dem Pfunde sollst du wuchern! Aber so was tust du ja nicht. Ich wette, du wartest einfach ab, wofür dein Abischnitt reicht, und studierst dann das, was der Numerus Clausus zulässt. Stimmt's?«

»Quatsch«, erwiderte Stahnke und ärgerte sich darüber, dass er so leicht zu durchschauen war. »Weißt du denn schon genau, was du nach dem Abitur machen willst?«

»Aber sicher«, entgegnete Juncker. »Jura studieren. Deswegen fahre ich gerade auch nicht nach Oldenburg, sondern weiter nach Hannover. An der Leibniz-Universität sind Schnuppertage.«

»Ach.« Wider Willen war Stahnke beeindruckt. »Ausgerechnet Jura? Bist du nicht mehr angewidert von diesem verkommenen Staat mit seinem verluderten Rechtssystem?«

»Oh doch, das bin ich. Deswegen meine Entscheidung.«

»Verstehe. Du will Jura studieren, um in diesem System Karriere zu machen, bis du an den Hebeln der Macht angelangt bist, um dann alles, was falsch läuft, zu reparieren und in Ordnung zu bringen.« Am liebsten hätte Stahnke laut losgelacht, aber das traute er sich in diesem voll besetzten Eisenbahnwaggon nicht. »Du bist vollkommen größenwahnsinnig! Ich habe es kommen sehen.«

»Gar nichts hast du«, erwiderte Juncker gefährlich leise. »Und du verstehst auch nichts. Du denkst wie ein Flickschuster! Warum willst du etwas reparieren, das von Grund auf falsch konstruiert und gebaut ist? In schlechten Schuhen kannst du niemals gut laufen, egal, wie oft du sie neu besohlst! Und ein Haus, das ein unfähiger Architekt gezeichnet hat, kannst du so oft umbauen, wie du willst – es wird trotzdem eine Bruchbude bleiben. Abreißen und neu machen! Manchmal ist das die einzig richtige Methode.«

Stahnke brauchte einen Moment. »Du willst studieren, wie unser Rechtssystem funktioniert, um es dann zum Einsturz zu bringen?«, fragte er entgeistert. »Wie willst du denn zu so viel Macht kommen, dass du das schaffen könntest? Und wie willst du das machen?«

»Chaos«, sagte Juncker. »Eine schlechte Ordnung kann gegen das Chaos nicht bestehen. Eine gute schon, eine, die die Menschen wirklich wollen und für die sie kämpfen würden. So eine aber haben wir nicht. Das Fundament ist faul, die Volksgemeinschaft ist aufgezwungen, eine Gerechtigkeit gibt es nicht. Solch eine Ordnung wird dem Chaos zum Opfer fallen. Das wird dauern, aber glaube mir, das Chaos wird siegen.«

»Und dann?«, fragte Stahnke. Er fühlte sich wie ein Psychiater, der nicht deshalb fragt, weil er eine Antwort möchte, sondern weil er den Grad der geistigen Verwirrung seines Patienten ausloten will. »Was kommt dann? Wer wird gewinnen?«

»Die Starken«, antwortete Juncker, als sei das offensichtlich. »Die Starken werden für eine echte Ordnung sorgen. Und für wahre Gerechtigkeit.«

»Solche wie du?«, fragte Stahnke, während er überlegte, ob Psychologie wohl das richtige Studienfach wäre.

»Ganz genau«, sagte Juncker. »Solche wie ich.«

Danach saßen die beiden eine ganze Weile schweigend nebeneinander. Draußen zog Norddeutschland an den Fenstern vorbei, grüne Wiesen, exakt gewinkelte Felder, Dörfer und kleine Städte. Die Menschen dort draußen gingen ihrer Wege, verfolgten ihre Ziele, hingen vermutlich ihren Wünschen, Träumen und Hoffnungen nach. Niemand schien zu ahnen, was andere mit ihnen vorhatten. Starke – oder Verwirrte? Stahnke beobachtete seinen früheren Teamkollegen aus den Augenwinkeln. Wie viel Schaden konnte einer wie der anrichten? Das hing vermutlich davon ab, ob und wann er an Grenzen stieß. Und wie stabil diese Grenzen waren.

Später würde sich Stahnke an diesen Moment als an den erinnern, in dem er beschloss, Polizist zu werden.

Als das Schweigen zwischen ihnen zu dröhnen begann, fragte Stahnke: »Ruderst du eigentlich noch?«

»Aber sicher«, erwiderte Juncker. »Ich bin jetzt im Landeskader. Mit vernünftigen Trainern! Die haben mehr drauf als Piotrowski, der Polacke. Da lernen wir richtig was. Guck bei den nächsten Deutschen Meisterschaften gut hin, da wirst du uns sehen!«

»Wolfram auch?«, fragte Stahnke. »Ist der Schlagmann auch noch dabei?«

»Dabei ist er noch«, sagte Gerhard Juncker. »Aber wir haben die Rollen getauscht. Der Schlagmann bin jetzt ich.«

37.

»Dies ist unsere letzte gemeinsame Nacht«, sagte van Deest. »Lass sie uns unvergesslich machen.«

Sibylle Wiemken hielt sich die Hand vor den Mund und starrte ihn aus kreisrunden Augen an. Dann lachten die beiden im Chor.

»Hast du an Kaffee gedacht?«, fragte die Oberkommissarin, die wieder vor ihrem Laptop saß. Ihre Haltung war ganz natürlich, denn ihre Wunden schmerzten nicht mehr.

»Keine unvergessliche Nacht ohne Kaffee.« Van Deest zog seine Thermoskanne hervor. »Ich dachte mir schon, dass du nicht vorhast zu schlafen.«

»Gib mir einen Schluck, ich muss hellwach sein«, sagte Sibylle Wiemken. »Gleich habe ich einen Video-Call.«

»Schau an.« Van Deest schraubte die Kanne auf. »Wieder mit Stahnke?«

Wieder riss die Oberkommissarin ihre Augen weit auf, aber das befreiende Lachen fehlte. »Was soll das?«, fragte sie. »Wie kommst du darauf?«

»Ich musste heute bei Siebrandt antanzen«, berichtete van Deest. »Zum Verhör, das musst du dir vorstellen! Wie meine Schichten hier verlaufen sind, was ich beobachtet habe, was du gemacht und gesagt hast. Mit wem du Kontakt hattest. Jedes Detail wollte er wissen. Ausgehorcht hat er mich, nach allen Regeln der Kunst.«

»Und was hast du ihm gesagt?« Die Oberkommissarin schaute ihn forschend an.

»Dass du keinen Kontakt zu Stahnke hattest«, sagte van Deest fest. »Darum ging es ihm, das war klar. Sie gehen wohl davon aus, dass Stahnke eine Kontaktperson in unseren Reihen hat. Thorsten Venema haben sie auch schon ausgequetscht. Ich glaube, der Junge ist total traurig, dass sein Chef ihm nicht vertraut.«

»Welcher Chef, Siebrandt oder Stahnke?«

»Einmal darfst du raten.« Van Deest schenkte Kaffee ein.

Sibylle Wiemken griff gierig nach ihrem Becher. »Wie kommt Siebrandt darauf, dass es einen … Maulwurf geben könnte?«

»Wegen der Sache in Ostfriesland, nehme ich an«, sagte van Deest. »Erst war Stahnke partout nicht zu finden, trotz Ausschreibung zur Fahndung, dann taucht er plötzlich an einem neuen Tatort auf. Siebrandt scheint überzeugt zu sein, dass er seine eigenen Ermittlungen betreibt. Und das nicht allein.«

»Ich bin im Bilde.« Die Oberkommissarin deutete auf ihren Laptop. »Er soll auch wieder geschossen haben. Wo hat er bloß immer die Waffen her?«

»In diesem Fall von dem erschossenen Georg Piotrowski«, antwortete van Deest. »Legale Waffen, korrekt angemeldet und gelagert. Der Mann war Jäger. Die beiden müssen mindestens einen weiteren Komplizen dabeigehabt haben, denn die Blutspuren im Fluchtboot stammten nicht von Stahnke. Ein Teil war vom Toten, der Rest von einem Unbekannten.«

»Jetzt glaubt Siebrandt also, ich würde Stahnke mit internen Infos füttern«, sagte Sibylle Wiemken. »Warum fragt er mich nicht selbst? Oder kommt das noch?«

»Ich denke, nicht.« Van Deest nahm einen Schluck. »Schätze, ich hab's ihm ausgeredet. Als Nächstes wird er die Leeraner befragen, Kramer und diesen Ekinci.«

»Die wissen doch wirklich von nichts.« Die Oberkommissarin verschluckte sich und hustete. Van Deest klopfte ihr auf den Rücken. »Nehme ich jedenfalls an«, fügte sie krächzend hinzu.

»Du entscheidest«, sagte der Polizist. »Nimm mich mit rein oder lass mich draußen, ganz wie du willst. Wenn ein Kreis zu groß ist, wird er durchlässig, das verstehe ich. Aber ich hänge dich nicht hin, glaube mir. Dich nicht und Stahnke auch nicht.«

»Warum nicht?«, fragte Sibylle Wiemken. »Er ist mordverdächtig! Neuerdings sogar mehrfach. Denk an deinen Amtseid.«

»Genau deswegen«, erwiderte van Deest. »Schon der erste Fall war nicht koscher. Wie kommt Stahnke an seine Dienstwaffe, wenn die doch weggeschlossen sein müsste? Dazu ist keine Auskunft zu bekommen, alle haben Redeverbot. Befehl von oben. Und jetzt dieses Jagdgewehr! Die Flinte wurde beim toten Piotrowski gefunden, die anderen beiden Waffen aus seinem Bestand fehlen. Es liegt mehr als nahe, dass jeder eine davon benutzt hat und die beiden Überlebenden ihre mitgenommen haben. Klar, dass Piotrowski, der alte Jäger, sein Jagdgewehr gewählt hat! Es wurde bei ihm gefunden. Wie sollen Stahnkes Fingerabdrücke da draufgekommen sein? Wieder prallt jede Frage ab. Nachrichtensperre, kommt von oben. Für mich ist klar, von woher der Fisch stinkt!«

Sibylle Wiemkens Laptop gab ein Tonsignal von sich. Eingehender Video-Call. »Jetzt musst du dich entscheiden«, sagte van Deest. »Ich warte draußen.« Er verließ den Raum.

Sie war trotzdem erleichtert, dass es nicht Stahnke war, der anrief, sondern Nidal Ekinci. »Euer Kriminaldirektor hat mich angerufen«, sagte der junge Oberkommissar. »Dieser Siebrandt. Er scheint zu glauben, ich würde Stahnke decken. Oder ihn bei mir im Kinderzimmer verstecken. Was läuft denn bei dem schief?«

»Er sucht nach einem Maulwurf«, sagte Sibylle Wiemken. »Bei einigen von uns hat er auch schon vorgefühlt.«

»Ich wollte, Stahnke hätte sich mir anvertraut«, sagte Nidal Ekinci. »Ich mache mir echt Sorgen. Womöglich ist er schwer verwundet! Und was man ihm alles vorwirft, ergibt für mich überhaupt keinen Sinn.«

»Du glaubst nicht, dass Stahnke sich mit Drogenhandel befasst?«, fragte seine Oldenburger Kollegin. »Oder dass er Schwarzgeld schmuggelt? Wir haben doch alle unsere Hobbys.«

»Das ist alles so absurd.« Das Videobild zeigte Ekinci in einer halb dunklen Kammer, trotzdem war deutlich zu sehen, wie sich sein Gesicht verzerrte. »Plötzlich heißt es, er hätte schon immer auf Regeln und Vorschriften gepfiffen, also auch auf Gesetze! Das ist aber völliger Quatsch. Ich weiß, dass Stahnkes moralischer Kompass sehr gut funktioniert.«

»Hast du das auch Siebrandt gesagt?«, fragte Sibylle Wiemken.

»Na sicher! Aber glaubst du, der wollte das hören?« Nidal Ekinci sah ehrlich entrüstet aus. »Er verlangt von uns, den Fahndungsdruck zu erhöhen und jedem Hinweis nachzugehen. Seit diese Belohnung ausgelobt wurde, sind das einige, das kannst du mir glauben. Jeder geldgierige Idiot ruft bei uns an.«

»Und du? Was schlägst du vor?«, fragte die Oberkommissarin. »Was sollen wir jetzt machen?«

»Ich würde Stahnke fragen«, sagte Nidal Ekinci. »Wenn er mir nur mehr vertrauen würde!«

»Ich glaube, das tut er«, sagte Sibylle Wiemken. »Aber er weiß auch, dass du eine Frau und zwei kleine Kinder hast. Bestimmt will er dich nicht in Gefahr bringen.« Sie erschrak innerlich. War sie zu deutlich geworden?

»Übertrieben rücksichtsvoll fand ich ihn nie«, sagte Ekinci. »Aber vielleicht hast du recht.« Er schwieg einige Sekunden lang. »Er war immer mein Vorbild. So richtig klar wird mir das erst, seit er aus Leer weg ist, zurück nach Oldenburg. Aber ganz weg war er nie, man konnte ihn immer anrufen und fragen, wenn man nicht weiterkam. So wie jetzt. Ich würde ihn gerne etwas fragen.«

»Was denn?«, fragte die Oberkommissarin. Jetzt spielt er stille Post mit mir, dachte sie dabei.

»Dieser Sprinter«, sagte Ekinci. »Der Lieferwagen, den die Mocros benutzt haben. Den haben wir nach Drogen untersucht, aber nichts gefunden. Aber ein Drogenspürhund hat angeschlagen, also sind mit der Karre schon mal Drogen transportiert worden. Waffen sowieso, die drei Typen hatten ein ganzes Arsenal dabei und eine Kiste Munition dazu. Aber dann hat noch ein Hund reagiert, einer, der nur zufällig in der Nähe war, weil sein Hundeführer mit ihm trainiert hat. Der Köter war plötzlich ganz aufgeregt und hat gebellt.«

»Ein Leichenspürhund?«, fragte Sibylle Wiemken.

»Nee«, sagte Ekinci. »Einer, der auf Geldscheine gedrillt ist. So, wie der Hund sich aufgeführt hat, muss sich noch vor kurzem viel Bargeld in dem Fahrzeug befunden haben.«

»Drogenhandel und Bargeld hängen eng zusammen, da sage ich dir nichts Neues«, erwiderte die Oberkommissarin. »Das Schwarzgeld muss gewaschen und damit legalisiert werden, was am besten in einem Land funktioniert, wo der Umgang mit Bargeld sehr großzügig geregelt ist. Um nicht zu sagen luschig. Solch ein Land ist Deutschland, das wissen nicht nur wir beide. Darum ging es doch im Mordfall Jörg Visser. Der hatte ebenfalls eine große Menge Schwarzgeld transportiert.«

»Beziehungsweise in Empfang genommen«, korrigierte Nidal Ekinci. »Transportiert hatte es Konrad Smidt, der Mann, den Stahnke erschossen haben soll. Allerdings nicht aus Holland, sondern aus dem Osten.«

»Schwarzgeld strömt von allen Seiten nach Deutschland, ob es Grenzkontrollen gibt oder nicht.« Sibylle Wiemken seufzte. »Millionen und Abermillionen, mit denen man so viel Gutes bewirken könnte! Aber natürlich fließt alles in die falschen Taschen. Die Clanchefs und Mafiabosse werden immer reicher und mächtiger, und die denken überhaupt nicht daran, unsere demokratischen Strukturen damit zu stärken und zu stabilisieren. Ganz im Gegenteil, sie verbreiten Unruhe, Desinformation und Chaos. Das ist das Klima, in dem ihre Interessen am besten gedeihen.«

»Die Leute hängen nun einmal am Bargeld«, pflichtete Ekinci ihr bei. »Sobald es Bestrebungen gibt, den Bargeldverkehr stärker zu reglementieren und zu kontrollieren, gibt es gefühlsbetonte Kampagnen dagegen. Bargeld ist Freiheit, heißt es dann. Wer Bargeld kontrollieren will, beschneidet unsere Freizügigkeit! So wie bei ›Freie Fahrt für freie Bürger‹. Beim Tempolimit weiß man, wer dagegen hetzt, egal, wie viele Menschenleben das kostet. Und beim Bargeld? Werden die Kampagnen von der Mafia finanziert? Oder von den Mocros?«

»Wie auch immer, Gesetzgebung ist nicht unsere Aufgabe«, beendete die Oberkommissarin den Exkurs. »Wir müssen den Zufluss von Schwarzgeld verhindern, unter anderem. Vor allem, weil Schwarzgeldschmuggel in diesem Fall offenkundig Teil eines größeren Verbrechensgeflechts ist. Jörg Visser und Konni Smidt haben Schwarzgeld geschmuggelt, in großem Stil, beide anscheinend für dieselben Auftraggeber. Gibt es noch weitere Kuriere? Sind die ebenfalls in Gefahr? Wie kommen wir an die ran? Und über die dann an die Hintermänner?«

»Ich hätte eine Idee«, sagte Nidal Ekinci. »Nach dem Mord auf dem Mittelaltermarkt in Timmel haben wir zahlreiche Vernehmungen durchgeführt. Ich nehme an, darüber bist du nicht informiert?«

»Kein bisschen«, sagte Sibylle Wiemken. »Zu der Zeit war das für mich noch ein gesonderter Fall, der mit meinem nichts zu tun hatte. Ich war vor allem an Bruno Renken dran. War ein interessanter Zeuge dabei?«

»Allerdings«, sagte Nidal Ekinci. »Einer der Standbetreiber, ein gewisser Pottebakker. Beene Pottebakker. Ich habe mal in unsere Kartei geschaut. Das Meiste über ihn war gelöscht, weil es schon lange her ist, aber was ich gefunden habe, lässt auf eine lange Drogenkarriere schließen. Dazu allerhand Gewalt- und Eigentumsdelikte. Das erinnert stark an Visser und Smidt.«

»Beene Pottebakker?«, fragte die Oberkommissarin erstaunt. »Genannt Backe? Von dem habe ich schon gehört! Stahnke hat von ihm erzählt. Eine singuläre Erscheinung, hat er gesagt. Einer, für den das Strafgesetzbuch nur ein gesellschaftlicher Gestaltungsvorschlag ist. Aber ein gutes Herz soll er haben. Sagt Stahnke.«

»Sagt er das?« Nidal Ekinci kicherte. »Manchmal zweifle ich an seiner Menschenkenntnis! Für mich ist Pottebakker ein Outlaw, wie er im Buche steht.«

»Das war Robin Hood auch. Heute verehren wir ihn als Helden.«

»Ich glaube nicht, dass der die Reichen bestohlen hat, um sich Drogen zu kaufen und einzuschmeißen«, sagte der Oberkommissar. »Aber wie auch immer, dieser Mann ist eine Quelle, die man anzapfen könnte. Vielleicht kommt etwas dabei heraus.«

»Vielleicht«, überlegte die Oberkommissarin. »Zumal Beene Pottebakker sich auf vielen solcher Märkte herumtreibt. Stahnke sagte, die Übergabe der Schwarzgeldlieferungen fänden bevorzugt auf Mittelaltermärkten statt.«

»Ach.« Nidal Ekinci grinste breit. »Sagte er das?«

Sibylle Wiemken errötete. »Länger her«, sagte sie schnell. »Also, wer nimmt sich den Pottebakker vor? Machst du das?«

»Negativ«, erwiderte Nidal Ekinci. »Seit euer Kriminalrat hier vorstellig geworden ist, stehe ich unter Beobachtung. Anscheinend hatte die Chefetage mich auch schon wegen Insubordination auf dem Kieker. Aktuell mache ich Dienst nach Vorschrift, aber haarklein.«

»Ist gut«, sagt Sibylle Wiemken. »Ich kümmere mich darum.«

Aus ihrem Laptop drang ein ungewohntes Geräusch. Ekinci wandte sich ab, öffnete eine Tür. Das Geräusch wurde lauter – Kinderweinen. »Ich muss Schluss machen«, sagte der junge Oberkommissar hastig. »Habe hier noch einen Nebenjob.« Er winkte kurz und unterbrach die Verbindung.

Auch die Tür zu Sibylle Wiemkens Krankenhauszimmer öffnete sich. Van Deest steckte den Kopf herein. »Na, Videokonferenz beendet?«, fragte er lächelnd.

»Hast du gelauscht?«, fragte die Oberkommissarin streng. Das Lächeln ihres Kollegen erlosch. »Nur Spaß«, sagte sie und grinste. »Lass dich nicht veräppeln!«

»Ich darf also reinkommen?«, fragte van Deest.

»Klar«, sagte Sibylle Wiemken. »Aber nur, wenn du mir noch mehr Kaffee einschenkst.«

Während van Deest das tat, schrieb seine Kollegin eine Mail an Gundi Lüchts Adresse: »Macht die Besprechung ohne mich. Ich melde mich später bei S.« Sie schickte die Mail ab und klappte den Rechner zu, ehe sie den Kaffeebecher entgegennahm.

38.

Gundi Lüchts Küche war winzig, also frühstückten alle im Wohnzimmer. Van Dieken hatte Brötchen mitgebracht, Joke Reents halbierte sie gekonnt und Leni butterte die Hälften im Akkord. Gundi reichte Käse, Honig und Aufschnitt herum, Rieken produzierte Tee und Kaffee nach. Stahnke lümmelte als Einziger beschäftigungslos in seinem Sessel. Er sah übernächtigt aus, denn seine Unterredung mit Sibylle Wiemken in den frühen Morgenstunden hatte lange gedauert. Entsprechend fiel sein Bericht aus.

»Das gibt es doch gar nicht«, rief Leni, als Stahnke fertig war. »Hunde, die Bargeld riechen können? Davon habe ich noch nie gehört.«

»Hunde können alles riechen«, sagte Joke Reents. »Sie benutzen 40 Prozent ihrer Gehirnkapazität für die Geruchswahrnehmung, Menschen nur drei. Angeblich können Hunde 10.000 Mal besser riechen als ein Mensch! Es gibt aber auch höhere Schätzungen.«

»Aber reden können sie nicht«, wandte Leni ein. »Und auch mit dem sprachlichen Verstehen ist es so eine Sache. Wie also macht ein Mensch einem Hund klar, worum es ihm gerade geht, geruchstechnisch betrachtet?«

»Dabei macht man sich den Spieltrieb des Hundes zunutze«, sagte Rieken. »Der ist allerdings sehr unterschiedlich ausgeprägt. Hängt von der Rasse ab, ist aber auch sehr individuell. Man muss lange suchen, um richtige Talente zu finden. Die werden dann intensiv ausgebildet. Hunde begreifen in der Regel recht schnell, was du von ihnen willst, und sind scharf auf Belohnung.«

»Du darfst ihnen bloß nicht zu viele Leckerli geben, sonst werden sie zu fett und passen nicht mehr in die guten Verstecke!«, behauptete van Dieken und biss genüsslich in ein Schinkenbrötchen.

»Quatschkopf.« Rieken war selbst Hundehalter, das merkte man. »Einem agilen Hund kannst du so viele Leckerli geben, wie du willst, das arbeitet der locker ab, anders als du! Außerdem sind die Tiere ebenso scharf auf liebe Worte und Streicheleinheiten. Das Suchen selbst sehen sie als Spiel an und fühlen sich allein dadurch schon belohnt.«

»Ich glaube, die Welpen sind los«, knurrte Stahnke. »Auf den Köter fahrt ihr wohl mächtig ab. Der Rest von dem, was ich erzählt habe, interessiert offenbar nicht weiter.«

»Und ob.« Gundi Lücht schleckte sich Honig von den Fingern. »Dein alter Ruderkumpel Wolfram Hart arbeitet mit den holländischen Mocros im Drogen- und Schwarzgeldhandel zusammen. Er hat Georg Piotrowski mit der Bedrohung von dessen unehelicher Tochter erpresst und Kriminalrat Siebrandt mit dessen pädophilem Sohn. Piotrowski musste ihn bei der Produktion von Kinderpornos unterstützen, die er einsetzte, um weitere Personen öffentlich zu diskreditieren, zum Beispiel Bruno Renken. Siebrandt musste dich kaltstellen, weil deine Ermittlungen ihm zu gefährlich wurden. Noch etwas vergessen?«

Rieken pfiff durch die Zähne. »Klingt logisch, Mädel! So verstehe sogar ich das.«

»Weil es zu einfach ist«, haute Stahnke dazwischen. »Okay, Gundi, gut mitgedacht, ich nehme den Welpen-Spruch zurück. Aber das kann noch nicht alles sein! Da fehlen Bausteine. Warum, zum Beispiel, lässt Wolfram

Hart mich kaltstellen, um wenig später zu versuchen, mich umbringen zu lassen? Und Leni noch dazu?«

»Weil du nicht aufgehört hast«, sagte van Deest mit vollem Mund. »Wer nicht hören will, muss fühlen.«

Stahnke schüttelte den Kopf. »Gefühlt hatte ich schon! Meine Suspendierung, der Statusverlust – das war ein verdammt harter Schlag. Noch dazu einer, bei dem er meinen eigenen Laden gegen mich eingesetzt hat. Überlegt mal: Wenn das gegen mich nicht reicht, was wäre der logische nächste Schritt? Mord?«

»Nee«, sagte der Inselpolizist. »Anzeige natürlich! Den legalen Weg gehen, wenn auch nur scheinbar. Den Apparat noch stärker gegen dich einsetzen. Alles andere wäre inkonsequent.«

»Geradezu amateurhaft«, bekräftigte Stahnke. »Warum sollte Wolfram Hart so handeln?«

»Wolfram ist nicht der einzige Koch, der in unserem Topf rührt«, sagte Leni.

»Von wem reden wir?«, fragte Rieken. »Von diesem Pottebakker?«

»Unsinn«, wehrte Stahnke ab. »Aber danke für die Erwähnung! Beene Pottebakker ist ein alter … Kunde von uns. Urgestein der antikapitalistischen Gesellschaftsumstrukturierung durch Vermögensumverteilung und der biochemischen Bewusstseinserweiterung, wenn ihr versteht, was ich meine.«

»Kiffender Langfinger.« Van Dieken zuckte mit den Schultern. »Sind diese Typen nicht längst aus der Mode? Gibt doch inzwischen leistungsfähigere Modelle! Porsche fahrende Kokain-Banker mit blauem Parteibuch und so.«

»Backe ist ein lebendes Fossil«, bestätigte Stahnke. »Nach menschlichen Maßstäben müsste der längst unter der Erde sein, aber irgendwie schlägt er der Evolution immer wieder ein Schnippchen. Seit einiger Zeit scheint er im Mittelalter-Business unterwegs zu sein, aber ich würde mich wundern, wenn er seine früheren Tätigkeitsfelder nicht auch beackern würde.«

»Und der war Zeuge beim Mord an Jörg Visser?«, fragte Joke Reents, der nicht alles mitbekommen hatte. »Wer war er denn – einer von den Eis essenden Mönchen? Oder der Pestkranke, der vor Lenis Zeit lag?«

»Weder noch, Backe hatte einen eigenen Stand«, erläuterte Stahnke. »Er bestreitet auch, etwas mitbekommen zu haben. Das sagt er aber grundsätzlich immer. Ich würde ihm gerne noch einmal auf den Zahn fühlen.« Er musste grinsen: »Unangenehme Vorstellung, zumal er kaum noch welche hat.«

»Dann knöpfen wir uns den doch mal vor.« Rieken hieb sich mit der Faust in die Handfläche. »Van Dieken und ich melden uns freiwillig. Wir kennen uns aus.«

»Von wegen«, wehrte Stahnke ab. »Der schüttelt euch ab wie ein Elefant zwei Ameisen. Nee, den knöpfe ich mir selbst vor.«

»Du solltest lieber nicht mehr vor die Tür gehen«, warnte Gundi Lücht. »Nicht, dass es wieder Tote gibt! Außerdem war dein Gesicht in allen Nachrichten. Irgendwann erkennt dich einer, dann haben sie dich.«

Stahnkes Gesicht verfinsterte sich. Die junge Kriminaltechnikerin hatte recht, und das gefiel ihm nicht. »Ich muss selbst mit Backe reden, sonst macht er dicht, und wir erfahren gar nichts«, grummelte er.

Leni lächelte spitzbübisch. »Okay, das kriegen wir hin!«, sagte sie. »Aber diesmal kommst du nicht drum herum.«

»Um was?«, fragte Stahnke.

39.

Zum Abschied verteilte Sibylle Wiemken Süßigkeiten ans Pflegepersonal ihrer Krankenhausstation. Lauter Kram aus der Kantine, aber alle waren froh, dass kein *Merci* darunter war. Fast jeder, der sich bedanken wollte, schenkte *Merci*, daher hassten sämtliche Krankenschwestern das Zeug.

Van Deest war lange vorher gegangen, eine Ablösung war nicht mehr erschienen. Schließlich war nichts vorgefallen, während die verwundete Oberkommissarin im Krankenhaus gelegen hatte. Ihre Vorgesetzten schienen andere Sorgen zu haben.

Ihren Rollkoffer im Schlepp, ging Sibylle Wiemken zum Taxistand und ließ sich nach Hause fahren. Dort leerte sie den Postkasten, warf Kontrollblicke in alle Zimmer, füllte die Waschmaschine und schnappte sich eine abgewetzte Umhängetasche. Dann ging sie hinunter zu ihrem Auto und fuhr los. Zurück zum Krankenhaus.

Auf dem Krankenhausparkplatz wartete sie einige Minuten, bis eine Parkbucht mit Blick auf den Haupteingang frei wurde. Dort hinein rangierte sie ihren Wagen, öffnete die Umhängetasche, nahm eine Kamera mit Teleobjektiv heraus und legte sie griffbereit auf den Beifahrersitz. Dann stellte sie die Rückenlehne schräger und schaltete ihr Hörbuch ein. *Sculldúggery Pleasant*, der schwarzhumorige Geisterdetektiv. Sie liebte das Zeug.

Das war auch gut so, denn das Warten zog sich hin. Sie dachte sehnsüchtig an van Deests guten Kaffee. Als sie spürte, wie ihre Blase allein auf den Gedanken reagierte, schob sie ihn beiseite. Das Krankenhaus hatte Besuchertoiletten und lag in Sichtweite, aber wenn sie dort jemand erkannte, war ihre Mission gescheitert.

Endlich erschien Karin Mansholt. Sie benutzte nicht den Haupt-, sondern einen Nebeneingang, und die Oberkommissarin hätte sie übersehen, wenn sie nicht einen pinkfarbenen Samtanzug getragen hätte. Die Pflegedienstleiterin lief eilig in Richtung Angestelltenparkplatz. Sibylle Wiemken brachte die Rückenlehne in Fahrposition und startete den Motor.

Karin Mansholt fuhr ein goldgelbes BMW-Cabrio, das hatte die Oberkommissarin schon am Tag zuvor in Erfahrung gebracht. Sehr teuer, sehr auffällig, leicht zu verfolgen, auch im dichten Stadtverkehr. Als Sibylle Wiemken sich sicher war, dass Karin Mansholt die vermutete Richtung einschlug, ließ sie etwas mehr Abstand. Beschattung war absolut nicht ihre Domäne, aber das Grundwissen besaß sie. Wozu gab es Kriminalromane?

Der Achterdiek war immer noch eine der nobelsten Wohngegenden Oldenburgs, obwohl die begehrte Lage am Wasser in Zeiten des Klimawandels ihre Tücken hatte. Beim letzten Hochwasser waren einige teure Villen in Mitleidenschaft gezogen worden. Man durfte aber annehmen, dass die Bewohner angemessen versichert waren; auf Almosen war hier niemand angewiesen. Auch Bruno Renken nicht.

Während Karin Mansholt ihr teures Goldstück parkte, wartete Renken in der offenen Haustür auf sie. Sibylle Wiemken hielt in gebührender Entfernung an. Häuser wie dieses lagen finanziell weit außerhalb der Reichweite eines Mannes in seiner Position, das hatte die Oberkommissarin recherchiert. Da reichten auch Schmiergelder als Zusatzeinnahme nicht aus. Wenn solche Häuser überhaupt auf den Immobilienmarkt kamen, dann im Millionen-Euro-Bereich – Plural. Tatsächlich aber wurden derartige Objekte kaum angeboten. Um in ihren Besitz zu gelangen, musste man sie schon erben. Oder eine Erbin heiraten.

Bruno Renken schloss die pinke Karin Mansholt in die Arme, sie küsste ihn, und Sibylle Wiemken drückte auf den Auslöser. Sicherheitshalber schoss sie eine ganze Bilderserie mit dem Teleobjektiv, ehe sich die schwere Haustür hinter den beiden schloss. Dann checkte sie erst ihr Handy, dann ihre Blase. Wie lange sollte und konnte sie noch warten?

Ein weiteres Auto rauschte an ihr vorbei, ein dunkelgrauer BMW. Als sie ihn erkannte, liefen Sibylle Wiemken kalte Schauer über den Rücken. Ihre verheilten Wunden begannen wieder zu schmerzen.

Der BMW hielt vor Bruno Renkens Haus, direkt hinter dem goldgelben Cabrio. Der Fahrer stieg aus. Die Oberkommissarin schaute durch das Teleobjektiv und pfiff leise vor sich hin. Der also! Jetzt wurde ihr einiges klar.

Dann stieg noch ein zweiter Mann aus, den sie ebenfalls erkannte. Sie war so schockiert, dass sie beinahe vergessen hätte, auf den Auslöser zu drücken.

40.

Leni hatte den Kontakt hergestellt. Die beiden kannten sich von diversen Mittelaltermärkten her, und obwohl sie nie viel miteinander zu tun gehabt hatten, gab es doch ein Grundeinverständnis zwischen ihnen. Ausgestoßene einer aussätzigen Welt. Menschen, die von einer durchgedrehten Gesellschaft für verrückt erklärt worden waren. Solche Leute mussten zusammenhalten.

Als sie ihm sagte, sie wolle Stahnke mitbringen, hatte Beene Pottebakker nur kurz gezögert. »Wie ist er denn gerade drauf, der Charmebolzen?«, hatte er gefragt.

»Handzahm. Ich sitze am längeren Hebel«, hatte Leni geantwortet. Das hatte Backe zufriedengestellt, er hatte einem Treffen zugestimmt. Stahnke, der mitgehört hatte, wäre beinahe geplatzt. Danach gleich noch einmal, als er hörte, welchen Treffpunkt die beiden ausmachten.

»So«, sagte Leni. »Jetzt kommst du nicht mehr darum herum. Jetzt machen wir dich fein!« Sie schubste ihn in Richtung Gundi Lüchts Kleiderkammer. Mit jedem Schritt verwandelte sie sich mehr in die übermütige, großspurige Steuerfrau von früher. Stahnke fühlte sich wieder wie der verschämte 16-Jährige von damals.

Als sie mit ihm fertig war, fühlte er sich wie ein Karnevals-Jeck. Er trug klobige Bundschuhe und Wadenwickel, weite schwarze Hochwasser-Hosen, eine weinrote, puffärmelige Baumwollbluse in Übergröße und ein rotsamtenes Barett mit einer langen Fasanenfeder. Um die Körpermitte war ein langer brauner Ledergürtel geschlungen, dessen Ende so geknotet war, dass es zwischen seinen Beinen herabbaumelte und ihm bei unvorsichtigen Bewegungen in den Schritt schlug. Vor dem Spiegel bekam er einen Tobsuchtsanfall. »So kann ich mich doch nirgendwo blicken lassen!«, schimpfte er.

»Du, mein Lieber, kannst dich momentan nur so irgendwo blicken lassen«, erinnerte sie ihn. »Und dort, wo wir hingehen, ganz besonders.«

Sie selbst hatte es geschafft, sich aus Gundis Gewandungsbeständen in eine leicht abgewandelte Version von Madame Nirmala zu verwandeln. In Hosen allerdings, man konnte nie wissen, ob sie nicht wieder über Gräben flüchten mussten. So machten sich die beiden auf den Weg, wozu wieder einmal Gundi Lüchts kleines Auto herhalten musste.

Auf den Weg nach *Walhalla*.

Das *Walhalla* lag in der Gemeinde Großefehn, irgendwo zwischen den Städten Leer und Aurich, dort, wo Ostfriesland am ostfriesischsten aussah. Saftige Wiesen, Kanäle, eine heruntergekommene Schleuse, Windmühlen – Stahnke sah das alles und hatte doch für nichts einen Blick. Er war in einem wichtigen Fall unterwegs, wie schon so oft, aber diesmal nicht als bevollmächtigter Vertreter staatlicher Autorität, sondern als Verfemter, den jeder Dorfpolizist festnehmen, jeder schlichte Bürger festhalten konnte. Diesmal, das wurde ihm immer klarer, ging es auch um seine Haut. Die auf höchst seltsame Weise bekleidet war.

Das *Walhalla* sah von draußen aus wie ein gewöhnlicher großer Dorfgasthof. Auf dem Parkplatz standen Autos, keine Eselskarren und Pferdegespanne. Der Eindruck von Normalität relativierte sich im mittelalterlich dekorierten Eingangsbereich und war beim Eintritt in die große Halle komplett verflogen. Ein langer hoher Raum mit rustikalem Balkenwerk, schwere Tafeln aus dickem Holz, thronartige Stühle. Plötzlich fühlte Stahnke sich gar nicht mehr verkleidet, sondern passend angezogen. Zumal Leni und er nicht die einzigen Gäste waren, die in Gewandung zu Tisch saßen.

Backe hatte einen Nischentisch gewählt, der durch Säulen und Balken so gut von den anderen Besuchern abgetrennt war, wie es in diesem offenen Saal eben ging. Seine unvermeidliche abgewetzte braune Lederjacke hing über der Stuhllehne, und so konnte man sehen, dass auch er mittelalterlich gekleidet war. Ohne Wadenwickel und Barett, aber sonst ganz ähnlich wie Stahnke, nur dass seine Klamotten gut eingetragen und leicht angeschmuddelt waren. Arbeitskleidung eben.

»Fiepko, altes Haus!« Backe, dessen riesenhafte Erscheinung auch im Sitzen zu erahnen war, langte über den Tisch hinweg und haute ihm mit seiner fleischigen Pranke donnernd auf die Schulter. »Und Madame Nirmala! Sonst sehen wir uns nur bei der Arbeit. Ich bin auf das Angenehmste entzückt! Met habe ich schon bestellt. Danke euch für die Einladung!«

Die Bedienung erschien aufs Stichwort, ebenfalls gewandet und mit drei Tonbechern voll süßlichem Honigwein. Sie verteilte auch die Speisekarten. Zur Auswahl standen fantasievoll betitelte Gerichte wie *Ragnars Streitaxt*, *Einar der Einzelkämpfer* oder *Björns Leibspeise*. Backe entschied sich für *Olaf der Urahne*. Dahinter verbarg sich ein Jungbullensteak, was der Riese witzig fand. »Nimm du doch *Saga die Seherin*«, schlug er Leni vor, »das passt zu Madame Nirmala. Und was nimmst du, Stahnke? Wie wär's mit *Odins Rache am Spieß*?«

»Danke, nein.« Der Name erinnerte ihn viel zu sehr an

den ermordeten Jörg Visser, auch wenn er dessen Leiche nur auf Tatortfotos gesehen hatte. Außerdem verbargen sich hinter der archaisch klingenden Bezeichnung lediglich Schweinemedaillons mit Champignons, Torfecken, feuriger Soße und Salat. Torfecken, hatte ihnen die Bedienung verraten, standen für Kartoffeln, die die Wikinger noch gar nicht kannten. Ein bisschen einfallsreicher hätte die Küche schon sein können, dachte Stahnke, gemessen an der wirklich gelungenen Raumgestaltung. Er entschied sich für *Lokis Süppchen*, eine gebundene Fischsuppe. Die lange Reihe von Ziffern hinter dem Namen, die für allerhand Zusatzstoffe standen, schreckte ihn nicht.

»In einem Restaurant in Baden-Württemberg habe ich mal einen *Kelten-Salat* gegessen«, sagte Leni. »Grüne Bohnen, Rauke, Ziegenkäse, diverse Kräuter, Honig und Leindotteröl. Das Rezept war ausgedacht, aber die Zutaten waren den Kelten tatsächlich alle bereits bekannt. So hätten die das hier auch machen sollen.«

Haarspalterei, dachte Stahnke. Er war froh über das lederne Täschchen an seinem überlangen Gürtel, in dem sich auch seine Kreditkarte befand. Ohne die würden sie alt aussehen, denn Leni hatte bestimmt keine goldenen Gulden dabei, und Backe ließ keinen Zweifel daran, dass er sich aushalten lassen wollte.

Als könnte er Gedanken lesen, zeigte Backe ihm grinsend sein lückenhaftes Gebiss und hob seinen Becher. »Auf den edlen Spender! Hätte nie gedacht, dass ich mal mit einem gesuchten Kriminellen an einem Tisch sitzen würde. Sonst passiert das immer nur anderen, und zwar mit mir.« Er lachte schallend über seinen Witz.

»Mach nur so weiter, wenn du mich ans Messer liefern willst«, zischte Stahnke ihn an. »Aber bilde dir bloß nicht ein, dass du die Belohnung bekommst, wenn gleich einer die Bullen ruft.«

»Eine Belohnung gibt es auch? Und du redest von Bullen! Was für ein Tag.« Er kippte sich den Met hinter die Binde und winkte der Bedienung. Als die mit fragender Miene drei Finger hob, nickte er lebhaft.

»Ich habe noch«, wehrte Stahnke ab. »Und Leni hat noch nicht einmal genippt.«

»Macht nichts«, strahlte Backe. »Mehr für mich.«

»Verdammt, wir sind nicht zum Saufen hier«, fauchte Stahnke. »Auch nicht zum Maskenball. Das weißt du genau.«

»Weiß ich«, sagte Backe. »Wegen Jörg Visser und Konni Smidt. Und weil ihr wissen wollt, wer deren Nachfolger als Geldbote wird.«

»Genau«, sagte Stahnke und holte erneut Luft.

Backe unterbrach ihn mit einer knappen Geste. »Das kann ich euch sagen«, erwiderte er. »Ich.«

Der Met wurde gebracht, das Lächeln der Bedienung stoppte die Unterhaltung. »Essen kommt auch gleich, ihr Recken«, flötete die Frau. »Auch für euch, Madame Nirmala. Skol zusammen.«

Jetzt leerte Stahnke doch seinen ersten Becher Met und griff nach dem zweiten, ehe Backe ihn sich einverleibte. »Verdammt, woher kennt die dich?«, fragte er Leni.

»Vielleicht war sie auf dem Markt in Timmel.« Leni zuckte mit den Schultern. »Oder auf einem der anderen Märkte, in Norddeich oder Dornum. Ich bin nun einmal eine öffentliche Person.«

»Wenn auch nicht so prominent wie unser Freund Stahnke«, sagte Backe. »Sei froh, wenn die Leute sie erkennen statt dich.«

Stahnke ließ sich auf kein weiteres Geplänkel ein. »Du bist der Nachfolger, sagst du?«, fragte er leise. »Hat Wolfram Hart dich angeworben?«

»Hart? Nee, das war eine Frau«, antwortete Backe. »Hat am Telefon ihren Namen nicht gesagt, aber ich habe sie trotzdem erkannt. Jörg hat sie mir mal gezeigt, als ich ihn besucht habe, vor einem Jahr oder so, in seiner Oldenburger Kellerwohnung, weil er gerade günstigen Stoff dahatte. Auf zehn Meter konnte ich die riechen! Sogar als sie mich angerufen hat, hatte ich ihr Parfüm in der Nase.«

»Isolde Müller«, sagte Stahnke. »Wolfram Harts Mitarbeiterin.«

Backe zuckte mit den ausladenden Schultern. »Kann sein. Kümmert mich nicht. Ist bloß eine Übergabe-Geschichte. Zwei große Taschen in Empfang nehmen, gut verstauen und abends zum vereinbarten Treffpunkt bringen. Keine große Sache, nichts Illegales.«

Leni lachte ungläubig. »Nicht? Wie kommst du denn darauf?«

»Nicht in meiner Welt«, schmunzelte Backe. »Wenn ich nicht reingucke, weiß ich nicht, was drin ist. So bleibt mein Gewissen rein.«

»Glaubst du immer noch, dass Unwissenheit vor Strafe schützt?« Stahnke schüttelte den Kopf. »Bei all den Vorstrafen solltest du es besser wissen.«

»Bei all meinen Vorstrafen sollten die vom System wissen, dass Bestrafung bei mir nichts nützt«, erwiderte Backe. »Hören die etwa deswegen damit auf? Siehste.«

Das Essen kam und erzwang die nächste Gesprächspause. Stahnke tauchte seinen Löffel in die Fischsuppe, dann sagte er: »Wann und wo bekommst du die zwei großen Taschen? Und wohin sollst du sie bringen?«

»Am Sonnabend in Dornum kriege ich sie«, antwortete Backe mit vollem Mund. »Dort ist am Wochenende Ritterfest am Wasserschloss, große Sache, da bin ich sowieso dabei. Meinen Stand habe ich schon aufgebaut, morgen früh bringe ich meinen Kram hin.« Er säbelte ein großes Stück von seinem Jungbullensteak ab. »Du bist da doch auch, Nirmala! Du stehst jedenfalls auf dem Belegungsplan.«

»Ach du Schande.« Leni ließ vor Schreck ein Stück Flammlachs in die Honig-Senf-Soße fallen. »Das hatte ich bei dem Trubel völlig vergessen! Wie soll ich das denn bloß schaffen? Meine Sachen sind alle beim Bauwagen, und außerdem weiß ich gar nicht ...« Hilfesuchend starrte sie Stahnke an.

»Frag mal Nidal Ekinci, ob der Tatort wieder freigegeben ist.« Stahnke nickte zustimmend. »Dein Auto auch. Bekommst du alles allein verladen?«

»Ich kann dir gerne helfen!«, bot Backe sich an. »Falls deine Karre nicht anspringt – für meinen Bulli habe ich einen Anhänger. Und ich werde im Augenblick nicht von der Polizei gesucht.«

Stahnke rollte mit den Augen. »Wann genau bekommst du die Taschen, und wo bringst du sie hin?«

»Keine Ahnung.« Backe breitete die überlangen Arme aus. »Irgendwann am Samstag wird einer kommen, ich weiß nicht, wer, und mir die Taschen geben. Später bekomme ich Nachricht, wo ich hin soll – ich weiß nicht, wann, und auch nicht, wie. So geht das Spiel. Wusste ich vorher, hat mir Jörg damals alles schon erzählt. Wenn er mal wieder stoned war.«

»Ich dachte eigentlich, die Leute wären sehr gut organisiert«, sagte Leni verwundert. »So kenne ich Wolfram Hart auch. Aber wenn ich dich so höre, kommt mir das alles ziemlich zufällig vor, um nicht zu sagen chaotisch.«

»Chaos!« Backe strahlte. »Das ist genau das Wort, das Jörg benutzt hat. Der, der hinter allem steckt, will Chaos verbreiten. Er will die herrschende Ordnung destabilisieren, unterminieren und zerstören. Die Leute sollen so verunsichert werden, dass sie an nichts mehr glauben und gleichzeitig alles für wahr halten, was ihnen gefällt, weil sie es immer und immer wieder um die Ohren gehauen bekommen. Gehirnwäsche für eine ganze Nation, versteht ihr? Wie es Trump und Musk mit den Amis machen. Oder Meloni mit Italien, Orban mit Ungarn, ist groß in Mode! Am Ende geht jeder auf jeden los und hält den größten Abzocker für den Erlöser. Genau das will der Typ, sagte Jörg. Dann schlägt er zu, dann greift er nach der Macht. Nicht allein natürlich, aber wenn am Ende die Beute verteilt wird, will er vorne dabei sein. Das ist sein Ziel.«

»So wie damals in Russland, als Gorbi die Sowjetunion abgeschafft hat, ohne etwas Neues an deren Stelle zu setzen?«, fragte Stahnke entgeistert.

»Das klingt für mich überhaupt nicht nach Wolfram Hart«, sagte Leni.

»Keine Ahnung, wer dieser Hart sein soll, von dem ihr immer redet«, sagte Backe. »Aber den Typ, den Jörg damals meinte, den habe ich gesehen. Den hat er mir einmal gezeigt, durchs Fenster, als er über den Parkplatz zu seinem Auto ging.«

Stahnke griff nach seinem neuen Prepaid-Handy. Zum Glück hatte Sibylle Wiemken ihn mit allen Fotos versorgt, die ihre Fälle betrafen. Er suchte eines heraus, das Gundi Lücht im Foyer von Wolfram Harts Kanzleigebäude gemacht hatte, wo er sich mit einem Kollegen unterhielt. Er zeigte es Backe. »Hier, ist er das? Erkennst du ihn wieder?«

Backe schaute und nickte. Sein dicker verhornter Zeigefinger tippte auf das Display. »Genau, das ist er.«

»Der Linke, oder?«, fragte Stahnke, nur um sicherzugehen. Links stand Wolfram Hart.

Backe schüttelte den Kopf. »Nee, der Rechte«, sagte er.

Leni beugte sich über den Tisch. »Das ist Gerhard Juncker«, sagte sie. »Der Mann, der uns töten wollte.«

»Nicht nur uns«, sagte Stahnke.

»Übrigens, der andere«, sagte Backe, der ihnen ungerührt zugehört hatte. »Der Linke.« Er kratzte sich am Kopf.

»Kennst du ihn doch?«

»Nee, kein Stück. Aber ich habe ihn schon mal gesehen. Letztes Wochenende, auf dem Mittelaltermarkt in Timmel.«

41.

Zum ersten Mal seit dem Attentat fuhr Sibylle Wiemken auf eine Tankstelle. Sie wunderte sich, wie leicht ihr das fiel. Vermutlich, weil diese Großtankstelle mit ihren zahlreichen Säulen und den breiten Gassen dazwischen kaum an die kleine enge Tanke erinnerte, in der die beiden Autos sie in die Zange genommen hatten, eingesperrt wie eine Maus in der Falle. Trotzdem schaute sie sich aufmerksamer als sonst nach allen Seiten um, ehe sie zum Kassengebäude hinüberlief, um zu bezahlen und die Toilette aufzusuchen. Danach rief sie ihre Dienststelle an, um eine Autonummer checken zu lassen. Das Resultat deckte sich mit ihren Erwartungen.

Was jetzt, fragte sie sich, als sie wieder hinter dem Steuer saß. Wie weiter? Noch war sie krankgeschrieben, bis übers Wochenende. Ihren Vorgesetzten konnte sie sowieso nicht berichten, was sie da eben gesehen und erfahren hatte. Auch Thorsten Venema und den anderen Kolleginnen und Kollegen nicht, das hätte keinen Unterschied gemacht. Kurz entschlossen startete sie den Motor und fuhr in dieselbe Richtung, aus der sie gekommen war.

Die beiden BMWs standen immer noch vor dem Haus, der große dunkelgraue und das schnittige Cabrio, dieses auffällige goldgelbe Ding, das so gar nicht zur Gehaltsstufe einer Pflegedienstleiterin passte. War Karin Mansholt das nicht bewusst? Oder war es ihr egal?

Das dunkelgraue Fahrzeug weckte stärkere Gefühle als vorhin der Besuch der Tankstelle. Holger Siebrandts Auto.

Der pädophile Sohn ihres obersten Chefs, dessen ausgelebte Veranlagung der Hebel war, um Siebrandt senior zu erpressen und ihn dazu zu bringen, seine Position gegen seine eigenen Mitarbeiter zu missbrauchen. Hatte sie gedacht. Jetzt stellte sich die Sache etwas anders dar. Zogen Vater und Sohn wissentlich am selben verbrecherischen Strang? Oder hielt Holger Siebrandt seinem Vater gegenüber nur die Illusion aufrecht, er sei hier eines der Opfer, obwohl er zu den Tätern gehörte? Ebenso wie der Mann im grauen Business-Anzug, der mit ihm zusammen das Haus von Bruno Renken betreten hatte. Sie hatte ihn als einen der Männer auf Gundi Lüchts Fotos wiedererkannt.

Sibylle Wiemken griff nach ihrer Kamera, überspielte die Fotos auf ihr Handy und schickte sie mit dem Vermerk »Bericht folgt« an die Leeraner Kriminaltechnikerin. Dann verbarg sie den Fotoapparat in der unauffälligen Umhängetasche und stieg aus. Vielmehr, sie hatte es vor. Kaum jedoch hatte sie die Fahrertür geöffnet, spürte sie den Druck von kaltem Metall hinter ihrem linken Ohr. Gleichzeitig nahm sie den Duft von frisch gebrühtem Kaffee wahr.

»Augen schön geradeaus«, sagte van Deest. »Tür zu, Gurt anlegen und losfahren, sobald ich es sage. Schön ruhig bleiben. Tu genau, was ich dir sage, sonst wird es eine kurze Fahrt.«

Die Enttäuschung, die sie spürte, war maßlos. Er also auch! Van Deest, der treue Kollege mit dem leckeren Kaffee, dem sie zwischendurch mal kurz misstraut hatte, als ihr klar wurde, dass der Polizeiapparat, dem sie sich so verbunden fühlte, längst nicht mehr die feste Burg war, für die sie ihn gehalten hatte. Sondern ein von Bisams durchwühlter und zersetzter Deich, der beim nächsten Ansturm der Elemente brechen und das Chaos hereinlassen würde. Sie hatte diesen

Verdacht weggewischt und sich sogar dafür geschämt. Als er vorhin zusammen mit Holger Siebrandt Bruno Renkens Haus betreten hatte, glaubte sie noch, er tue das vielleicht unter Zwang. Wie konnte sie nur so blöd sein!

Er stieg hinter ihr ein, sie startete den Motor und fuhr los. »Links«, kommandierte van Deest. »Und an der nächsten Ampel rechts. Achtung, hier ist Tempo 50. Bis zum Ortsausgangsschild.«

Mistkerl, dachte die Oberkommissarin. Oder hatte sie das halblaut ausgesprochen? Van Deest reagierte nicht, das sah sie im Rückspiegel. »Wie haben sie dich denn gekriegt?«, fragte sie ihn. »Familie? Oder Leiche im Keller?«

»Fahr zu«, erwiderte van Deest ungerührt. »Keine Tricks! Von wegen persönliche Beziehung aufbauen. Darüber sind wir doch längst hinaus.«

»Oder Geld«, mutmaßte Sibylle Wiemken. »Sie haben dich gekauft. Was hast du gekostet? Sechsstellig, vermute ich mal. Unterer sechsstelliger Bereich. Gezahlt mit Schwarzgeld. Für so was gehen die nicht einmal an ihre Portokasse.«

»Madame Oberschlau.« Van Deest lachte leise. »In 500 Metern rechts ab. Dahinter weiter mit Tempo 70.«

»Wo fahren wir denn hin? Kleine Landpartie?« Die Oberkommissarin stellte fest, dass sie die Strecke kannte. Die Umgebung wurde zusehends ländlicher. Diese Route war sie schon häufig gefahren.

»An der Gabelung links halten«, kommandierte van Deest. »Ab da noch sieben Kilometer, dann vor dem nächsten Ortsschild rechts.«

»Verdammt, was soll das?«, fragte sie mit bebender Stimme. »Wo lotst du mich hin?«

»Das hast du doch längst geschlussfolgert«, spottete van Deest. »Du Miss Marple von Oldenburg.«

Sie hielt sich an der Gabelung links, wie befohlen und gewohnt, fuhr weiter nach Tungeln und bog vor dem Ortsschild ab. Die Straße wurde zur Holperpiste. Routiniert vermied sie die schlimmsten Schlaglöcher. Als sie den Reiterhof erreichte, zitterten ihre Hände. Sie parkte vor dem Mietstall, wie immer. »Und jetzt?«, fragte sie.

»Jetzt steigen wir aus und gehen zu Paulas Box«, sagte van Deest und öffnete die linke hintere Tür. »Ich behalte die rechte Hand in der Jackentasche, vergiss das nicht.«

Sibylle Wiemken hatte weiche Knie, als sie die Stallgasse betrat. Außer ihnen schien kein Mensch im Gebäude zu sein. Pferde schnaubten, Hufe scharrten, Leiber scheuerten an Boxenwänden. Die üblichen Laute, keine Unruhe, geschweige denn Panik. Kein unüblicher Geruch. Die Oberkommissarin wusste, wie Pferdeblut roch. Hier war offenbar keins vergossen worden. Also kein Filmzitat aus dem *Paten*. Trotzdem fürchtete sie sich vor dem, was sie in Paulas Box erblicken würde.

Sie sah gar nichts. Die Box ihres Pferdes war leer.

Sibylle Wiemken fuhr zu van Deest herum und packte ihn mit beiden Hände an seiner lächerlichen Windjacke. »Was habt ihr mit ihr gemacht?«, zischte sie ihn an, so leise, wie es ihre Furcht zuließ. »Wohin habt ihr sie gebracht? Wo ist sie jetzt?«

Etwas drückte von unten an ihr Kinn, presste sich in ihre Haut. Wieder der kalte Lauf von van Deests Waffe. »Es geht ihr gut«, sagte er. »Beruhige dich, deinem Pferd geht es gut. Nimm die Hände runter. Einen Schritt zurück. Gut so. Jetzt nimm dein Handy, ich habe dir einen Link geschickt.«

Während sie ihr Smartphone aus der Tasche zog, starrte sie van Deest ins Gesicht. Er schaute unbeteiligt, fast freundlich zurück. Die Waffe in seiner Hand sah wesentlich unfreundlicher aus. Es war ein *Snubnose*-Revolver mit kurzem Lauf, der gut in eine Jackentasche passte. Die Dinger nannte man auch *Belly Guns*. Gut für Bauchschüsse aus nächster Nähe.

Sie öffnete die Mail, die van Deest ihr geschickt hatte. Der Link führte zu einer Life-Kamera. Deren Weitwinkelobjektiv zeigte eine geräumige Box, ausgestattet mit allem, was gut und teuer war. Darin stand Paula, ihre Stute, und kaute gemütlich Hafer. Allem Anschein nach ging es ihr gut.

»Siehst du«, sagte van Deest. »Sie hat sich verbessert.«

»Genauso wie du, was?«, erwiderte die Oberkommissarin. »Wo ist das?«

»Woanders«, sagte van Deest. »Das muss dich nicht interessieren.«

»Weit weg kann es nicht sein«, vermutete Sibylle Wiemken. »Heute früh muss Paula noch hier gewesen sein, sonst hätte sich jemand vom Stall bei mir gemeldet.«

»Sicher nicht.« Der Mann mit dem Revolver grinste kalt. »Die haben eine Sprachnachricht von dir bekommen, dass dein Gaul kurzfristig anderswo hin verlegt wird, für eine Weile, zwecks Ausbildung. Ungeheuer, was KI alles kann! Du würdest selbst glauben, dass du das bist.«

Die Stalltür öffnete sich, jemand betrat den Gang. Sibylle Wiemken wandte sich halb um, holte Luft. Van Deest hob die Waffe. »Ich warne dich!«, raunte er. »Ein falsches Wort, dann geht es dir schlecht. Und dein Pferd ist tot. Verstanden? Wenn ich nicht innerhalb einer Stunde melde, dass du mit im Boot bist, geht dein Gaul zum Abdecker. Ist das angekommen?« Er steckte den Revolver ein und behielt die Hand in der Tasche.

Mit der Todesdrohung hatte die Oberkommissarin gerechnet. Die Vorstellung ihrer geliebte Paula in einem

Schlachthof jedoch war zu viel für ihre Widerstandskraft. Was hatte sie nicht schon alles erfahren und auf heimlich aufgenommenen Videos gesehen von den Zuständen in solchen Todesfabriken! Schlimm genug, was mit Rindern, Schweinen und anderen Nutztieren dort geschah. Ihre Paula aber war ihr Kind, ein süßes, braves Kind mit seidigem, herrlich duftendem Fell. »Was wollt ihr von mir?«, krächzte sie. »Was soll ich machen?«

»Erst mal keinen Blödsinn«, sagte van Deest. »Vorwärts!« Sie gingen zurück zur Stalltür, vorbei an der jungen Frau in Gummistiefeln und Latzhose, die sich auf dem Hof mit Ausmisten ein paar Euro verdiente und die Sibylle Wiemken flüchtig kannte. Aber wiederum nicht so gut, dass sie nach Paula gefragt hätte. Lächelnd tauschten sie einen Gruß aus, dann waren die Besucher schon wieder im Freien.

Van Deest dirigierte Sibylle Wiemken zum Auto. »Einsteigen«, kommandierte er. »Vorher gibst du mir dein Handy.« Sie gehorchte widerstandslos. Unterwerfung, stellte sie fest, war eine Einbahnstraße, die abwärts führte. Der Wunsch, ihrem Entführer das Knie in die Leiste zu rammen, zuckte kurz durch ihre Gedanken, wurde aber von der Vorstellung, Paula könnte im Schlachthof verbluten, augenblicklich verdrängt.

»Jetzt zu dir nach Hause«, sagte van Deest. »Dort bekommst du nähere Instruktionen. Zur Sicherheit bleibe ich über Nacht bei dir. Keine Sorge, ich halte mich außerhalb deines Schlafzimmers auf und bin nur der Wächter. Das kennst du schon.«

Sie wischte sich die Augen, ehe sie losfuhr. So fühlt man sich also, wenn man sich ergeben hat, dachte sie. Einem fremden Willen. Jemandem, der Macht über andere ausübte. Das war wie ein Leben unter einer Burka. Das war

Missbrauch, 24 Stunden am Tag. Ihr freier Wille rang nach Luft, wollte sich nicht ersticken lassen. Hatte er – hatte sie noch eine Chance? Sie musste kämpfen, aber wie konnte sie das, wenn ihr Wille gelähmt und betäubt war?

Auf der Landstraße schaltete sie hoch. Bei jedem Gangwechsel schluchzte sie leise.

42.

Das Dornumer Wasserschloss glänzte in der Sonne wie frisch gewaschen. Das traf auch zu, denn vergangene Nacht hatte es heftig geregnet. Der Boden war tief, der Rasen rutschig, und auf dem holprigen Pflaster standen Pfützen. Das große Zeltlager machte einen zerrupften Eindruck; nicht alle altertümlich anmutenden Zelte hatten dichtgehalten, überall hingen und lagen Bettzeug und Kissen zum Trocknen. Dem mittelalterlich bunten Markttreiben jedoch tat das keinerlei Abbruch. Der Zustrom an Besuchern mit und ohne Gewandung war groß, die Stimmung hervorragend, und an den Ständen wurde bereits lebhaft gehandelt. Es versprach ein ausgezeichneter Umsatztag zu werden.

Bei der Einlasskontrolle unterm Torbogen wurden die Gewandeten unter den Besuchern besonders freundlich und in angemessenem Ton empfangen. Und kontrolliert. Ein stattlicher Mann in Wikinger-Kluft samt Umhang und Plastikrucksack musste sein Messer vorzeigen, das er waagerecht hinten am Gürtel trug, den weißen, aus Elfenbein gedrechselten Griff nach rechts, um einen schnellen Einsatz zu ermöglichen. Die Torwache stellte fest, dass die Klinge vollkommen stumpf war, und ließ den Wikinger passieren.

»Gott zum Gruße, wackere Krieger! Speis und Trank warten auf euch, klingendes Spiel und Tanz, und wenn ihr möchtet, könnt ihr euch im Bogenschießen und Axtwerfen messen!« Eine dralle Frau mit langem grünem Kleid, weißer Schürze und Leinenhaube musterte zwei hochgewachsene Hellebardenträger kritisch: »Die Dinger sind doch nicht richtig spitz, oder? Wir wollen keinen Ärger mit dem Ordnungsamt bekommen!«

»Keine Sorge, die Waffen sind reine Deko!«, beeilte sich Gundi Lücht zu versichern. Joke Reents, der gerade erst in seine Rolle hineingefunden hatte, fühlte sich unsanft mit der Realität konfrontiert. Hätte die Maid nicht von »fürstlicher Obrigkeit« reden können statt vom schnöden Amt? Und die Hellebarde, die ihn ein gutes Stück überragte, war obenrum aus echtem Metall. Von wegen Deko! Das Ding wollte er nicht zwischen die Rippen gerammt bekommen, auch wenn es nicht scharf geschliffen war. Der Inselpolizist fand sich als Landsknecht ganz schön echt. Ebenso wie seine Gundi.

Hatte er gerade eben »seine Gundi« gedacht? Gut, dass die nicht Gedanken lesen konnte! Erstens war sie noch gar nicht wirklich seine, und zweitens hätte sie das Possessivpronomen empört zurückgewiesen. Sie bestand darauf, ihr eigener Herr zu sein. Also Herrin. In diesem Fall allerdings Knecht. Hieß die weibliche Form Knechtin? Hm, wohl nicht. Aber Magd klang ganz falsch.

»He, träumst du? Pass auf, wo du hinläufst!« Gundi Lücht zerrte ihn am Arm um eine schlammige Pfütze herum. »Vergiss nicht, die Stiefel sind aus meinem Bestand! Hab keine Lust, die nachher zu putzen und neu einzufetten. Am besten kaufst du dir irgendwo eigene.«

Ein Trupp staubiger, leicht verbeulter Ritter taperte an ihnen vorbei, alle verschwitzt und aufgekratzt. Anscheinend hatte es bereits die erste Vorführung gegeben. Schade, solch einen Ritterkampf hätte er gerne angeschaut, aber vermutlich traten die Männer mehrmals an. Die Unterhaltung klang osteuropäisch; Joke Reents glaubte, tschechische und polnische Wortfetzen herauszuhören. Echt international hier, dachte er anerkennend.

Überhaupt schien das Dornumer Ritterfest eine ganze Nummer größer zu sein als der Mittelaltermarkt in Timmel. Das lag nicht nur daran, dass ein echtes Wasserschloss die Kulisse bildete. Alles war professioneller, geordneter, klarer organisiert. Und auch kommerzieller. Gerade eben fanden sich auf der zentralen Bühne Vertreter der verschiedenen Aussteller-Zünfte ein, um über Mikrofon ihre Waren und Dienstleistungen anzupreisen. Sehr stilvoll und unterhaltsam, fand der Inselpolizist, trotzdem war das ein Werbeblock. Und die Preise an den Ständen hatten sich gewaschen.

»Vorsicht!«, rief jemand von der Seite her. Joke Reents zuckte zusammen, beinahe hätte er seine Hellebarde gesenkt und sich kampfbereit gemacht. Dazu bestand aber kein Anlass. »Vorsicht, der Hund kackt!«, rief die Frau an einem Stand mit Kopfbedeckungen aller Art. Die Hundehalterin eilte pflichtschuldig herbei, eine Plastiktüte über die Hand gestreift. Original Mittelalter ging anders, dachte Joke Reents amüsiert. Aber bestimmt hätte er als Marktbeschicker auch keine Lust, tagelang in etwas anderem als Matsch herumzustapfen. Womöglich barfuß.

Auftragsgemäß hielten Gundi Lücht und er nach gewandeten Gestalten außerhalb der Stände und Schaugruppen Ausschau. Deren gab es reichlich, gefühlt mehr als in Timmel. Einen pestkranken Bettler hatten sie noch nicht entdeckt. Dafür kam ihnen ein Sarazene entgegen, klein von Gestalt und mit braunem Teint, mit glitzerndem Helm, besticktem Wams und samtenem Umhang. Oder sollte das der *13. Krieger* sein, die Figur aus dem gleichnamigen Film? Dieser Charakter war angeblich in der Wikingerszene recht beliebt. Eine der wenigen dunkelhäutigen Figuren, von denen man das sagen konnte.

Erst im letzten Moment erkannte Joke Reents, wen er vor sich hatte. Im Kostüm des *13. Kriegers* steckte niemand anderes als Oberkommissar Nidal Ekinci! War der etwa doch mit im Boot? Nein, war er nicht, da war sich der Inselpolizist sicher. Wenn der sie hier erkannte, war ihre Tarnung aufgeflogen! Joke Reents reagierte schnell, so schnell, als hätte er sich diese Tarnaktion lange vorher überlegt. Er griff nach seiner Begleiterin, zog sie nah heran, legte seine Hände um ihr Gesicht und küsste sie.

Erst spürte er ihre Lippen, dann ihre Zähne. »Sag mir sofort einen guten Grund, oder ich beiße dir deine vorwitzige Nase ab!«, zischte sie ihn an.

»Nidal Ekinci steht hinter dir!«, hauchte Joke Reets. »Spiel mit, sonst erkennt er uns noch!«

Gundi Lücht entspannte sich, ihre Arme legten sich um seine Taille. Aus den Augenwinkeln erkannte der Inselpolizist, dass Ekinci mit seiner Frau und zwei kleinen Kindern unterwegs war, was ihn ausreichend in Anspruch nahm, um ihn von seiner Umgebung abzulenken. Ein paar Schritte noch, dann war die Gefahr gebannt.

»Er ist weg«, murmelte Joke Reents. »Wir können aufhören.« Er nahm seine Hände herunter. Gundi Lücht grinste ihn an, dann gab sie ihm ein schnelles Küsschen auf den Mund. Der Inselpolizist spürte, wie sein Herz ins Stolpern kam.

»Guck mal da!«, rief die Kriminaltechnikerin. »Wer gerade auf der Bühne steht!«

Es war Leni Franzen. Vielmehr Madame Nirmala. Sie war dran, ihr Gewerbe vorzustellen, und es hatte den Anschein, als tue sie das nicht zum ersten Mal. In Turban und Sari schritt sie elegant an die Bühnenrampe, wiegte sich in den schmalen Hüften und deklamierte mit klangvoller Altstimme einige Verse, die sich wie Indisch oder Sanskrit anhörten. »Fühlt ihr euch verloren in dieser verworrenen Welt?«, fragte sie dann. »Seid ihr auf der Suche nach Sinn, nach Glück, nach euch selbst? Besucht mich in meinem Ashram-Zelt, ich nehme euch an die Hand. Ich zeige euch Wege zu tieferer Erkenntnis. Ich helfe euch sehen, was noch niemand zuvor geschaut hat. Das Heute ist nur ein Schatten zwischen gestern und morgen! Ich weise euch das Licht, das in euch leuchtet.« Sie verbeugte sich huldvoll und nahm den rauschenden Beifall wie einen fälligen Tribut entgegen.

»Wow«, staunte Joke Reents. »Die Frau hat Klasse.«

Gundi Lücht knuffte ihn in die Seite. »Schon wieder auf der Pirsch, Casanova? Riskier bloß keinen Ärger mit Stahnke.«

»Mit Stahnke? Wieso?« Es dauerte, bis der Inselpolizist begriff, was seine Kollegin meinte. »Ach, denkst du wirklich, er will etwas von ihr?«

Gundi Lücht lachte. »Jetzt begreife ich, warum bei euch auf Borkum jahrelang an *Klaasohm* Frauen verprügelt werden konnten, ohne dass die Polizei eingeschritten wäre. Ihr seid alle blind, ganz einfach!«

»Gar nicht!«, maulte der Inselpolizist. »Das kann ich dir beweisen. Ich habe Stahnke nämlich schon entdeckt. Du auch?«

Die Kriminaltechnikerin stellte sich auf die Zehenspitzen. »Da vorne, gleich an der Bühne! Ich kenne doch meine eigenen Klamotten.« Stahnke trug diesmal eine eng anliegende lederne Haube, ein grünes Wams unter einem ärmellosen Kettenhemd und wadenlange dunkelgrüne Hosen. Seine breiten Füße hatten in den Riemensandalen eine schlammgraue Färbung angenommen. Auf Stahnkes Rücken hingen ein Langbogen und ein verzierter Köcher, aus dem Pfeile mit bunten zerzausten Federn ragten. Sie sahen wie Spielzeug aus, aber Gundi Lücht wusste es besser.

»Starr ihn nicht so an«, sagte Joke Reents. »Das fällt auf.«

»Musst du gerade sagen.« Sie hakte sich bei ihm ein und zog ihn mit. »Lass uns lieber Backes Stand suchen. Aber unauffällig, wenn's geht.«

An einem großen Ausschank vorbei erreichten sie die Marktgasse, in der mehrere Stände mit Kleidung und Lederwaren aufgereiht waren. Beene Pottebakker war nicht zu übersehen. Seine zerfurchte Gesichtshaut sah ledriger aus als die Taschen, die er verkaufte, sein Lachen übertönte das Stimmengewirr mit Leichtigkeit, und sein lückenhaftes Gebiss verlieh ihm viel mittelalterliche Authentizität. Mehrere Kunden interessierten sich für seine Ware, Backe verhandelte mit allen gleichzeitig. Kein günstiger Zeitpunkt für eine Geldtaschen-Übergabe.

Vor Madame Nirmalas Zelt standen die Sinnsuchenden Schlange. Ihre Ansprache auf der Bühne schien Eindruck gemacht zu haben. Gundi Lücht und Joke Reets schlenderten weiter. Als gemischtgeschlechtliches Landsknechtspaar zogen sie ebenfalls die Blicke der Besucher auf sich. Vielleicht hätten sie doch eine weniger auffällige Gewandung wählen sollen, dachte der Inselpolizist. Dafür war es jetzt zu spät.

Er hätte Lust gehabt, sich im Axtwerfen zu versuchen, aber dieser Stand wurde gerade von zwei Mönchen in braunen Kutten belagert. Ein ums andere Mal wirbelten die kurzen Äxte durch die Luft, beinahe jedes Mal blieben die Schneiden in der schartigen Baumscheibe, die als Ziel diente, stecken. Die beiden schienen sich ein Duell zu liefern, das sicher noch etwas dauern würde. Joke Reents hielt nach anderen Betätigungen Ausschau. Das Armbrustschießen war eher für Kinder gedacht, aber beim Bogenschießen gab es auch Angebote für Erwachsene.

Er reichte Gundi Lücht seine Hellebarde, ließ sich einen Langbogen und drei Pfeile geben, zahlte einen Euro und versuchte sein Glück. Der erste Pfeil sauste hoch über die Scheibe hinweg ins Fangnetz, und die Sehne verpasste ihm einen schmerzhaften Schlag auf den linken Unterarm. Nachdem ihm der Standbetreiber gezeigt hatte, wie er zielen und seine Finger von der Sehne lösen sollte, ging es besser. Sein dritter Pfeil steckte nahe am Scheibenzentrum. »Das läuft!«, freute er sich und erstand drei weitere Pfeile. Gundi Lücht ließ sich von seiner Begeisterung anstecken, stellte beide Hellebarden weg und griff ebenfalls zum Bogen. Schon lieferten sich die beiden einen Wettkampf, der einige Zuschauer anlockte. Darunter einen stattlichen Wikinger, der hinten quer an seinem Gürtel ein Messer mit Elfenbeingriff trug.

Nach mehreren Runden einigte sich das Landsknecht-Pärchen auf unentschieden. »Jetzt habe ich Hunger«, sagte Joke Reents strahlend. »Bogenschießen verbrennt ganz schön Kalorien! Irgendwo habe ich doch eine Fressbude gesehen.«

»Kunststück«, erwiderte Gundi Lücht. »Überall stehen hier welche! Die erkennst du daran, dass alle dicht umlagert sind. Es ist nämlich Mittag, alle wollen jetzt essen.«

Tatsächlich hatte sich das Marktgeschehen von den Verkaufsständen zu den Tavernen und Furage-Ständen verlagert. Pfannkuchen, Spießbraten, Reibekuchen, Waffeln – alles ging reißend weg. Dafür konnten die Anbieter von Säften und Ölen, Waffenrepliken und Instrumenten, Leder und Gewandung in dieser Zeit selbst Pause machen. Einige packten Mitgebrachtes aus, andere bekamen dampfende Schüsseln gebracht. Händler und Angehörige, die im Sommer viele Wochenenden unterwegs waren, hatten längst ihre Routinen entwickelt.

»Dann lass uns mal sehen, was Backe macht«, schlug der Inselpolizist vor. Er und Gundi Lücht stiefelten los.

Backe schien an seinem Taschenstand noch Kundschaft zu haben. Er unterhielt sich mit einer Dame, die ihnen den Rücken zuwandte und deren Hosenrock und Sandalen man nur mit viel gutem Willen als Gewandung bezeichnen konnte. Offenbar kaufte sie nichts, denn sie ging mit leeren Händen. Gundi Lücht wirbelte zu Joke Reents herum und legte ihm die Hand in den Nacken. Der folgende Kuss raubte ihm fast die Sinne. Darauf hätte er die ganze Zeit gewartet, dachte er, wenn er nur gewusst hätte, wie unglaublich das war.

Dann ließ sie ihn los und ernüchterte ihn blitzartig. »Das war die Frau aus der Anwaltskanzlei«, flüsterte sie ihm zu. »Die kennt mich. Ist sie weg?«

Der Inselpolizist nickte stumm. Sein Blick suchte Backe, den Taschenverkäufer. Auch der war weg. »Verdammt!«, schimpfte er. »Hat die Übergabe etwa schon stattgefunden?«

»Nein, Isolde Müller hatte nichts dabei«, versicherte Gundi Lücht. »Bestimmt hat sie Backe nur den Übergabeort mitgeteilt. Da hinten ist er!« Sie zog Joke Reents mit, hinein ins dichteste Getümmel.

43.

Leni war ein wenig erschöpft, als sie das »Pause«-Schild vor den Zelteingang hängte, aber sehr mit sich zufrieden. Ihre Bühnenshow hatte voll eingeschlagen, seitdem hatte sie einen Klienten nach dem anderen gehabt, hatte in den Gesichtern von Menschen gelesen und ihre Stimmen gedeutet, während sie zwischen nachtblauen, sternenbestickten Dekodecken auf Handflächen und in ihre Glaskugel geschaut hatte, und hatte wolkige Analysen gestellt, die alle wunderschön positiv und hoffnungsfroh geklungen hatten. All ihre Kunden hatten mit Freude den Obolus bezahlt, fast alle freiwillig mehr. Jetzt war Mittag, der Ansturm war abgeflaut, und sie konnte sich um andere Dinge kümmern. Nachmittags würde sie wieder auf der großen Bühne stehen. Darauf freute sie sich diebisch. Was sollte sie diesmal mit den Besuchern anstellen – eine Coaching-Verarsche vielleicht? Sie hatte beim größten Manipulator gelernt, dem Bhagwan, sie konnte alle modernen Scharlatane in die Tasche stecken.

Der dunkle Vorhang vor dem Eingang wurde beiseitegeschoben. Zwei Personen traten ein, ein Mann und eine Frau. Ganz schön dreist, dachte Leni, können die nicht lesen? Die Frau ging voran, sie trug einen Hosenrock und Sandalen, dazu eine geschnürte Bluse, die bei gutem Willen ansatzweise als Mittelalter durchgehen konnte. Sie strömte einen starken süßlichen Parfümgeruch aus.

»Tut mir leid, ich mache gerade Mittagspause«, sagte Leni höflich, aber entschieden. »Möchten Sie vielleicht in einer

Stunde wiederkommen? Ich kann erkennen, dass das ein guter Zeitpunkt wäre.«

Die Frau lächelte affektiert. Der Mann schob sich an ihre Seite. Er war groß, breit und kräftig. Gekleidet war er wie ein Spielmann, mit bunt gestreiftem geschnürtem Wams, Pluderhosen, Schnabelschuhen und einem breitkrempigen Federhut, der sein Gesicht beschattete. Mit der linken Hand nahm er seinen Hut ab, mit der rechten zog er eine Pistole aus seinem Wams. Die Pistole trug einen Schalldämpfer.

Leni erkannte den Mann sofort. Sogar zweimal, nämlich als den Mann, der sie bis zum Schießstand verfolgt hatte und erst von Stahnkes Revolverschüssen vertrieben worden war. Und als ihren früheren Ruderkumpel Gerhard Juncker.

»Meinen Respekt, Kleine!«, sagte Juncker lächelnd. »Du hast etwas gemacht aus deiner großen Klappe! Und du hast dich nicht unterkriegen lassen. Nicht einmal, als ich dich in Grund und Boden stampfen musste, weil du einem von Wolframs Klienten zu lästig geworden bist. Ich würde es bedauern, aber solche Gefühle liegen mir fern.« Er richtete die Pistole auf sie. »Einen Gefallen musst du mir tun. Ruf unseren gemeinsamen Freund Fiepko Stahnke her. Dann bist du uns wieder los und kannst Mittagspause machen.« Seine Begleiterin lachte, als hätte er einen grandiosen Witz gemacht.

Leni lachte auch. Es klang befreit. »*Du* steckst also dahinter! Das hätte mir klar sein müssen. Wie perfide! Meine Zeit beim Bhagwan in Oregon gegen mich zu verwenden. Dabei habe ich mich nie in meinem Leben so anständig verhalten wie damals!«

Juncker grinste. »Zu anständig vielleicht. Nirmala, die Reine, die Fehlerlose! Den Namen hat dein Meister dir angehängt, und du hast noch gedacht, der wäre eine Anerkennung. Wie ein Aussatz war der, ein Warnsignal! Vorsicht, hier kommt Fräulein Überanständig. Deine Fähigkeiten haben sie gerne genutzt, aber für deine Haltung haben sie dich gehasst. Wärst du mal lieber mit dem einen oder anderen in die Kiste gehüpft, dann hätten sie dich vielleicht nicht verraten. So aber haben sie dich mit Vergnügen ans Messer geliefert.«

Leni taumelte. Madame Nirmala! Wie naiv war sie gewesen, wie dumm war sie immer noch! Und was für einen Wirkungstreffer hatte sie einstecken müssen. Achtung, dachte sie, fall nicht gleich wieder auf ihn herein. Der Mann ist ein schrecklicher Manipulator, der schlägt sogar den Bhagwan.

»Genug damit«, sagte Juncker. »Los, Handy raus, Stahnke anrufen! Oder besser, schreib ihm eine Nachricht. Hier, wo ich sehen kann, was du treibst mit deinen flinken Fingern.«

»Vergiss es«, sagte Leni scharf. »Wenn ich das mache, erschießt du ihn. Und dann mich. Geht gar nicht anders. Den Teufel werde ich tun! Da musst du dir schon etwas Besseres einfallen lassen.«

Juncker gab seiner Begleiterin einen Wink. Mit einem schnellen Sprung war sie bei Leni, packte ihren Arm, drehte sich mit der Schulter unter ihre Armbeuge und schleuderte sie durch die Luft. Der Aufprall mit dem Rücken auf dem Boden nahm ihr die Luft. Als sie durchsucht wurde, leistete Leni keinen Widerstand. »Hier!«, rief die Frau triumphierend und hielt das Smartphone in die Höhe.

»Mach«, sagte Juncker und nickte ihr zu. Die Frau begann zu tippen.

»Bis du jetzt wenigstens glücklich?«, keuchte Leni, als sie wieder zu Atem gekommen war. »Bist du zufrieden damit, Wolframs Handlanger zu sein? Der, der die Drecksarbeit macht für den großen Edelanwalt? War das dein großes Ziel im Leben?«

»Handlanger? Ich?« Jucker schaute sie kopfschüttelnd an. »Mädel, du hast überhaupt nichts kapiert. Er übrigens auch nicht. Wolfram denkt, ich arbeite für ihn. Dabei dient er mir.«

Junckers Begleiterin hatte einen Text in Lenis Handy getippt, den sie Juncker zeigte. Er nickte, sie schickte die Nachricht ab.

»Judas«, fauchte Leni. »Eingebildeter Judas! Bloß, dass du deine Opfer nicht nur verrätst, du richtest sie gleich selbst hin. Konni Smidt hast du doch erschossen, stimmt's? Und das mit Jörg Visser, das warst du auch.«

»Visser nicht. Aber Konni? Klar.« Juncker nickte gleichmütig. »Was für ein Hohlkopf. Ließ alles mit sich machen und war trotzdem immer bereit zu verzeihen, wenn man ihn mal wieder brauchen konnte. Aber dann wurde er zum Risiko. Fing an zu plaudern, da musste er weg. Und Stahnke musste aus dem Verkehr gezogen werden. Zwei Fliegen mit einer Klappe.«

»Trotzdem wolltest du ihn erschießen?« Leni machte ein ungläubiges Gesicht. »Erst verleumden, dann töten? Du wusstest wohl nicht, was du wolltest.«

»Dabei, meine Liebe, ging es in erster Linie um dich.« Lächelnd zwinkerte er ihr zu. »Auch mal schön, nicht? Ich wusste nicht, was Stahnke dir schon erzählt hatte. Sicher ist sicher. Und der Fall Stahnke musste ebenfalls final gelöst werden. Wolfram glaubte, es würde reichen, ihn zu diskreditieren und aus dem Dienst zu drängen, und dafür hat Isolde als misshandelte Fotografin einen schönen Vorwand geliefert.« Er nickte seiner Begleiterin zu, die geschmeichelt den Blick senkte. »Ich aber war für eine endgültige Lösung.

Außerdem ergänzten sich beide Pläne doch ausgezeichnet. Wenn Stahnke selbst als Mörder dasteht, kräht nach seinem gewaltsamen Ableben kein Hahn mehr nach ihm. Man würde sagen, das hätte er verdient. Ist doch logisch, oder?«

»Zwingend logisch«, sagte eine Stimme hinter Juncker. »In deiner Welt! In meiner lässt du jetzt deine Waffe fallen, oder du bist final erlöst. Ich zähle bis eins.«

Juncker bückte sich und legte seine Schalldämpferpistole auf den Boden. Dann drehte er sich zu Stahnke um. »Schau an, der grüne Bogenschütze!«, sagte er grinsend. »Du kommst wie gerufen! Folgst immer noch aufs Wort.«

»Allerdings«, schnaubte Stahnke. »Ich komme sogar ohne Kennwort, aber dann bewaffnet. Erkennst du die Pistole? Sie gehörte unserem Freund Piotrowski. Den hast du auch auf dem Gewissen! Versuche das gar nicht erst zu leugnen. Der Meisterschuss in die Stirn konnte nur von dir stammen.«

»Warum sollte ich das leugnen?« Juncker breitete die Arme aus. »Dazu besteht kein Anlass. Piotrowski, ja. Konni – natürlich! Und viele andere vor ihm. Manche Menschen sind lebend nützlich, andere tot. Ich sehe das ganz emotionslos.«

»Und warum gibst du den Mord an Jörg Visser nicht zu? Der hat für dich gearbeitet und war auch eine Plaudertasche, hat sich sogar mit mir herumgestritten, auf *Facebook*«, sagte Leni. »Du hast ihn in Timmel erstochen.«

»Während einer Geldübergabe, die ich selbst angeordnet habe?«, fragte Juncker. »Um meine eigenen Geschäfte zu torpedieren? Mein eigenes Geld zu klauen? Und dabei noch einen Teil der Scheine liegenzulassen, wie mir Siebrandt senior erzählte? Leni, ich bitte dich.«

»Wer war es denn dann?«, fragte Stahnke.

»Ich denke, ich weiß es«, sagte Juncker. »Aber das finden wir heute noch heraus. Die nächste Geldübergabe läuft bereits, danach wissen wir mehr. Und haben ein paar Probleme weniger.«

»Die läuft bereits?«, rief Leni, ohne auf Stahnkes warnenden Blick zu achten. »Verdammt, Backe! Wir müssen …«

Ein seltsames Geräusch ertönte. Stahnke schrie auf und fasste sich an den rechten Oberarm. Piotrowskis Pistole entglitt seinen kraftlosen Fingern. Aus seinem Ärmel rann Blut.

Ein Mann hatte sich zwischen zwei Bahnen der Plane, deren Verschnürung er durchtrennt hatte, in Madame Nirmalas Zelt geschoben. Er trug eine Mönchskutte. Die Pistole, die er in der Hand hielt, besaß ebenfalls einen Schalldämpfer, genau wie die von Juncker, die bereits wieder in der Hand ihres Besitzers ruhte. Mit der anderen Hand hob er Stahnkes Pistole auf und steckte sie ein. »Ruhigstellen«, sagte Juncker und deutete auf Stahnke und Leni. »Vorher fesseln und knebeln. Wer weiß, vielleicht brauchen wir sie noch. Isolde, du kümmerst dich um die Frau, Holger um Stahnke.«

»Holger Siebrandt«, sagte Stahnke. »Der Mönch mit der Knarre, schau an. Ich habe schon von Ihnen gehört. Leider etwas spät, sonst hätte ich mir das Verhalten Ihres Vaters eher erklären können.«

Siebrandt, größer als ein Vater und gut aussehend, starrte ihn aus grauen Augen kühl an. Dann schlug er mit dem Lauf seiner Waffe auf Stahnkes linke Hand – und die Schusswunde darunter. Der suspendierte Erste Hauptkommissar schrie laut auf und ging in die Knie.

»Keine Spielereien«, schnauzte Juncker den Mann in der Kutte an. »Heb dir das für deine Videos auf. Los jetzt, an

Händen und Füßen fesseln, alle beide! Und nicht zaghaft sein beim Knebeln.«

»Keine Sorge«, sagte Holger Siebrandt. Er trat Stahnke in den Rücken, sodass der vornüberfiel, und zerrte seine Arme nach hinten.

»Wollt ihr ihn nicht zuerst verbinden?«, rief Leni empört. »Er blutet doch!«

»Lass ihn bluten«, sagte Juncker. »Das hört schon irgendwann auf, so oder so.« Er ging neben seinem früheren Crewmitglied in die Hocke. »Du darfst es als große Ehre betrachten, dass ich mich persönlich um euch kümmere«, sagte er. »Zusammen mit meinen engsten Mitarbeitern! Gewöhnlich mache ich mir meine Hände mit so was nicht schmutzig. Wofür gibt es die Mocros und anderes Mafia-Gesindel? Die sind dafür gerade gut genug. Verbrauchsmaterial! Ich arbeite auf einem anderen Level. Die Leute, für die ich tätig bin, gehören zu den ganz Großen dieser Welt.«

»Kann ich mir vorstellen«, keuchte Stahnke unter Schmerzen. »Elon Musk wahrscheinlich oder die Ölscheichs! Alle, die daran interessiert sind, dass Deutschland als Ganzes den Bach runtergeht. Das war schon dein Plan, ehe du angefangen hast, Jura zu studieren.«

»Das hast du dir gemerkt, was?« Juncker kicherte. »Bestimmt hast du das für ein Hirngespinst gehalten. Ein Grund mehr, dass du über den Jordan musst, mein Freund. Denn Hirngespinste waren das keineswegs.«

»Willst du mir erzählen, dass du für Elon Musk arbeitest?«, fragte Stahnke. Leni, bereits geknebelt, machte große Augen.

»An der Feinjustierung musst du noch arbeiten«, höhnte Juncker. »Ich gebe dir einen Tipp. Wem nützt es, wenn Deutschlands größte Autohersteller falsche strategische

Entscheidungen treffen, weil ich die Eier der Top-Manager in der Hand halte und quetsche? Wer hat ein Interesse daran, dass unsere Bahn ins Chaos rutscht und unsere Autobahnen zerbröseln? Wer freut sich über zerstörte Brücken und zerfetzte Datenkabel? Über illegale Migration gewaltbereiter Islamisten? All das und vieles mehr passiert, weil ich dafür sorge, dass es passiert. Entweder mit Druck oder mit Geld, viel Geld. Das geschmuggelte Schwarzgeld ist bloß Mittel zum Zweck. Ein Nebenerwerb, der ins Mosaikbild gehört.«

Jetzt wusste Stahnke, welchen Namen Gerhard Juncker meinte. Er wollte ihn ausspucken, aber der Knebel, den Holger Siebrandt in seinen Mund schob, hinderte ihn daran. Siebrandt junior und Isolde Müller rissen zwei der bestickten Decken aus der Dekoration und legten sie über die beiden Gefesselten. Dann verließen sie das Zelt.

44.

Es war nicht leicht, Backe durch das Marktgewühl zu folgen, nicht zuletzt, weil auf der Kampfbahn Gruppen von gepanzerten Rittern spektakuläre Gefechte vorführten und Zuschauer in dichten Trauben die Absperrungen belagerten. Zum Glück waren sowohl die Verfolger als auch der Verfolgte ungewöhnlich groß und ragten aus der Menge heraus. Trotzdem hätte Joke Reents den Taschenhändler beinahe aus den Augen verloren, weil ein älterer, stark beleibter Ritter gerade Schwertkampf in Zeitlupe vorführte, assistiert von drei jüngeren Recken, die ihn ebenso zeitverzögert angriffen und sich von ihm abwehren ließen. Zum Glück aber hatte Gundi Lücht aufgepasst und Backes breites Kreuz gerade noch im Zeltlager der Marktbeschicker verschwinden sehen. Als die beiden Hellebardenträger die Stelle erreichten, an der sie Backe zuletzt erspäht hatten, war er verschwunden.

»Wohin jetzt?«, fragte Joke Reents.

Die Kriminaltechnikerin musterte den Boden, suchte nach Spuren – aussichtslos, der Rasen war vollkommen aufgeweicht und zertrampelt. Zudem kamen sie nach wenigen Schritten an eine Weggabelung. »Es hilft nichts«, sagte Gundi Lücht. »Du nach rechts, ich nach links. Wir gucken in alle Zelte rein, klar? Egal, wie doof die Bewohner das finden.«

»Wir trennen uns?« Der Inselpolizist schluckte. »Was ist, wenn einer von uns Backe findet? Wie benachrichtigen wir uns gegenseitig?«

»Hier.« Gundi Lücht drückte ihm eine Trillerpfeife in die Hand. »Ich habe auch eine. Wenn du ihn siehst oder sonst etwas Verdächtiges, gibst du Signal. Kräftig reinpusten.«

»Trillerpfeifen?«, wunderte sich Joke Reents. »Die gab's im Mittelalter aber noch nicht! Wieso hast du denn so was mit?«

»Weil ich eine Frau bin«, zischte sie ihn an. »Schon aufgefallen?« Sie stapfte los zu den Zelten auf der linken Seite.

»In der Tat«, murmelte der Inselpolizist und setzte sich ebenfalls in Bewegung.

Das erste Zelt auf seiner Seite stand weit offen. Auf dem breiten Bett lag ein dicker Mann in Unterwäsche und schnarchte. Joke Reents eilte weiter zum nächsten Zelt und öffnete die Plane am Eingang. Auch hier stand ein breites hölzernes Bett im Zentrum des Raums, auch hier lag darauf ein Mann auf dem Rücken, allerdings innig vereinigt mit einer walkürenhaften Frau, die auf ihm ritt wie Wagners Rheintöchter auf den Wogen des Flusses. »Verpiss dich, du Spanner!«, brüllte der Mann, und das tat der Inselpolizist auch.

Ehe er das nächste Zelt erreichte, hörte er Gundis Trillerpfeife. Er rannte los, so schnell es seine Stulpenstiefel zuließen. Schon war er an der Gabelung. Aus welchem Zelt war der Pfiff gekommen? Los, Gundi, dachte er flehend, pfeif noch einmal!

Sie tat es. Der Pfiff kam aus dem übernächsten Zelt, einem besonders großen. Und brach abrupt ab.

Joke Reents wollte losstürmen, die Hellebarde im Anschlag, aber er riss sich am Riemen. Die Planen am Zelteingang hingen lose herab – eine einladende Falle, in die er nicht tappen wollte. Geduckt lief er zur Rückseite des Zeltes. Diese Dinger hatten keine Böden, das wusste er, die Bahnen waren mit Pflöcken im Rasen fixiert, die Stangen mit Seilen verstagt. Einer der Pflöcke schien sich gelockert zu haben, steckte nur halb im Grund. Den Rest besorgte die stumpfe Klinge der Hellebarde, auch bei den beiden benachbarten Pflöcken. Ehe der Inselpolizist die Plane anhob, vergewisserte er sich, dass diese Zeltseite im Schatten lag. Dann kroch er hinein.

Das Erste, was er im Zwielicht des Zeltinneren sah, war eine verschleierte Frau in orientalischer Gewandung. Sie trug eine große, prallvolle Tasche an einem Riemen über der Schulter, eine weitere stand zu ihren Füßen. Ihr gegenüber stand ein großer, stattlicher Mann, der wie ein Wikinger angezogen war. War das Backe? Nein, Backe war noch etwas breiter, sein Gesicht war nicht so glatt und ebenmäßig, und er trug kein Messer waagerecht hinten am Gürtel. Vielmehr Messerscheide. Die Klinge blitzte in der erhobenen Hand des Mannes. Sie sah scharf und gefährlich aus.

Zu spät, ich bin zu spät, dachte Joke Reents, als er seinen langen Körper vollständig unter der Zeltplane hindurchschob. Alles geschah wie in Zeitlupe, auch seine eigenen Bewegungen kamen ihm quälend langsam vor. Jetzt sah er auch Gundi Lücht, seine Gundi, bewegungslos am Boden liegen, vermutlich niedergeschlagen. Im Hintergrund, zwischen der verschleierten Frau und dem Messer-Mann, stand Backe. Gerade trat er aus dem Schatten heraus und hob den Arm. Hatte er sich etwas drumgewickelt? Einen Umhang offenbar. Gegen eine scharfe Messerklinge würde das nicht helfen.

Das Messer fuhr herab, die Spitze zielte auf die Brust der Verschleierten. Backes Hand zuckte dazwischen, schien die Klinge aufzufangen. Ein metallisches Kreischen ertönte. Das Messer prallte ab. Wie konnte das sein?

Endlich war Joke Reents auf den Beinen. Er holte mit seiner Hellebarde aus. Etwas stoppte ihn in der Bewegung. Über ihm ertönte ein reißendes Geräusch. Verflucht, warum waren diese Zelte nicht höher! Durch den Riss im Zeltdach fiel ein Sonnenstrahl auf Backes Hand, die zu glitzern anfing. War das ein Panzerhandschuh? Gar nicht so dumm, dieser Koloss, dachte der Inselpolizist. Gut mitgedacht.

Der große Mann im Wikinger-Outfit ließ das Messer aus seiner blockierten Hand fallen, fing es mit der Linken auf. Eine schnelle, fließende Bewegung, dann steckte die Klinge tief in Backes Oberschenkel. Stöhnend knickte der Riese ein. Als der Wikinger das Messer mit einem Ruck herauszog, schoss Blut aus der Wunde. Erneut hob der Mann sein Messer gegen die verschleierte Frau, die wie versteinert dastand.

Die Plane am Eingang wurde zurückgeschlagen, ein weiterer Lichtstrahl fiel ins Innere. Jetzt erkannte Joke Reents den Mann mit dem Messer – es war Wolfram Hart. Den Mann im Eingang kannte er nicht, aber dass er eine Pistole in der Hand hielt, sah er auch im Gegenlicht. Eine Pistole mit Schalldämpfer. »Komme ich zu früh?«, fragte der Mann und trat näher zur Mitte des Zeltes. »Lassen Sie sich nicht stören, Herr Hart. Ich warte.«

Das Zeltdach über Joke Reents riss endgültig auf. Die Hellebarde fuhr herab, die stumpfe Klinge traf das Handgelenk des Mannes am Eingang. Der schrie auf und ließ seine Pistole fallen. Wäre die Klinge scharf gewesen, hätte sie die Hand glatt abgeschlagen, dachte Joke Reents. Daher die Einlasskontrollen! Aber dass Wikinger Wolfram Hart ein zweites Messer in seinem Rucksack eingeschmuggelt hatte, war den Aufpassern entgangen. Pech für die verschleierte Frau. Beinahe.

Für einen Moment stockte jede Bewegung im Zelt. Backe hockte blutend da, der Neuankömmling hielt sich das Handgelenk, Joke Reents verharrte mit gesenkter Hellebarde, die Verschleierte stand da wie eine Salzsäule. Zwischen allen lag die Pistole auf dem Boden. Wer sie in die Hand bekam, war Herr der Lage. Joke Reents ließ seine Hellebarde los und warf sich nach vorne, aber er war am weitesten davon entfernt. Backe streckte seine gepanzerte Hand aus, dann kippte er stöhnend um. Wolfram Hart ließ sein Messer fallen und sprang wie aus dem Startblock. Seine Finger waren am nächsten dran.

Fast. Gundi Lücht, soeben aus ihrer Benommenheit erwacht, war schneller. Sie hatte lange Arme und lange Finger. Als Hart zugreifen wollte, starrte er in die Mündung des Schalldämpfers. »Zurück!«, schnauzte sie ihn an. »Und Sie da, runter mit Ihnen! Auf den Bauch!«

Wolfram Hart wich zurück, die Arme gehorsam erhoben. Der andere Mann ließ sich auf Hände und Knie sinken. Er ächzte dabei, anscheinend war er nicht mehr der Jüngste.

Die verschleierte Frau ließ den Gurt von ihrer Schulter rutschen. Die Tasche plumpste zu Boden. »Van Deest«, sagte sie mit heiserer Stimme. »Was bist du nur für ein Schwein.« Sie zerrte sich den Schleier vom Gesicht. Ihre Augen waren rot und verquollen, dunkle Make-up-Spuren zogen sich über ihre Wangen.

»Sibylle!« Gundi Lücht hatte sich zum Sitzen aufgerichtet. Überrascht ließ sie die Pistole sinken. »Wie kommst du hierher, um Gottes willen? Gehörst du auch zu dieser Bande?«

»Was sollte ich machen?«, schluchzte Sibylle Wiemken. »Sie haben Paula!«

»Wenn ich den Typen hier richtig verstanden habe, hätte sie hier sterben sollen«, sagte Joke Reents. »Aber warum? Das verstehe ich nicht.«

»Falsche Spuren legen vielleicht.« Gundi Lücht ließ sich von ihm auf die Beine helfen. »Von den wahren Tätern ablenken. Tötung zur Vertuschung einer weiteren Straftat, noch nie gehört?«

»Hör auf, mich zu schulmeistern!«, begehrte der Inselpolizist auf. »Ablenkung von wem? Wer sind die wahren Schuldigen?«

Wieder flog die Zeltplane am Eingang zurück, wieder erschien ein Mann mit einer Pistole. Er trug eine Mönchskutte. Diesmal schoss Gundi Lücht sofort. Das ploppende Geräusch des gedämpften Schusses wurde von einem unterdrückten Stöhnen abgelöst. Holger Siebrandt ging im Zelteingang zu Boden. Die Kriminaltechnikerin kickte ihm die Waffe aus der Hand. »Da draußen sind noch mehr!«, rief sie. »Schnell, die hauen ab!« Sie wollte über Siebrandt hinwegsteigen, war aber noch nicht wieder sicher auf den Beinen, und als der Angeschossene nach ihr griff, kam sie im Eingang zu Fall. Joke Reents, der hinzustürmte, um Gundi Lücht beizustehen, machte das Chaos perfekt. Als er es endlich nach draußen geschafft hatte, war vor dem Zelt niemand mehr zu sehen.

»Was ist mit Leni und Stahnke?«, fragte Gundi Lücht. »Müssten sie nicht inzwischen hier sein? Einer von uns muss nach ihnen sehen.«

»Mach ich«, sagte der Inselpolizist, während er ins Zelt zurückkehrte. »Sowie Backe und unsere Gefangenen versorgt sind. He, aufhören! Was soll das!« Er bückte sich und zerrte Sibylle Wiemken von dem Mann weg, den sie van Deest genannt und den sie mit beiden Händen am Hals gepackt hatte. »Loslassen, du erwürgst den noch! Wer ist das überhaupt?«

»Ein Verräter«, keuchte die Oberkommissarin. »Ein verfluchter Verräter! Wo habt ihr Paula versteckt? Raus mit der Sprache, wo?« Sie wand sich in Joke Reents' Griff und trat nach dem Liegenden.

»Renkens Landhaus«, stöhnte van Deest. »Der Kerl hat einen eigenen Reitstall. Er und seine neue Ische. Mach dir keine Sorgen, die sind pferdeverrückt, die werden Paula nichts tun.«

Gundi Lücht starrte ihre Oldenburger Kollegin verständnislos an. »Ich dachte, Paula sei deine Tochter!«, rief sie.

»Ich habe nun einmal keine Kinder!«, rief Sibylle Wiemken verzweifelt. »Aber ich habe Paula! Die liebe ich mehr als alles andere. Das wussten diese Schweine genau.« Wieder versuchte sie, nach van Deest zu treten.

»Apropos«, sagte Gundi Lücht. »Wo ist denn das größere Schwein hin?«

Wolfram Hart war verschwunden, ebenso wie die beiden prallvollen Taschen, die Sibylle Wiemken hatte fallen lassen. An der Stelle, wo Joke Reents unter der Zeltwand hindurchgekrochen war, klaffte ein langer Schnitt.

45.

Stahnke hatte sich unter seiner Decke hin und her gewälzt wie eine waidwunde Kegelrobbe und sich dabei in dem Stoff verheddert, sodass er kaum von der Stelle gekommen war. Dafür wurde der Atem knapp, denn er war professionell gefesselt und geknebelt worden. Sein schmerzender Oberarm und der Blutverlust taten ein Übriges. Er spürte, dass er kurz davor war, das Bewusstsein zu verlieren.

Das änderte sich, als die Deko-Decke über ihm mit einem Ruck entfernt wurde. Endlich wieder frischere Luft, zuerst nur durch die Nase, dann endlich auch durch den Mund, als der Knebel gelöst wurde. »Danke«, stöhnte er. »Vielen Dank!«

»Keine Ursache, Fiepko, alter Kuhpfeifer«, erwiderte Wolfram Hart. »Übertreib es nicht. Das war der letzte Wunsch, den ich dir erfülle.«

Stahnke erlitt einen Hustenanfall. Dass Wolfram Hart zum Ritterfest kommen würde, hatte er nicht nur geahnt; nachdem Backe den Anwalt wiedererkannt hatte, hatte er fest damit gerechnet. Dass Hart aber jetzt bei Leni und ihm im Zelt hockte, war kein gutes Zeichen. »Wen hast du diesmal umgebracht?«, fauchte Stahnke ihn an.

»Man kann nicht immer so, wie man möchte«, sagte Hart und versetzte Stahnke einen Schlag auf den verletzten Arm, sodass der laut aufstöhnte. »Das musste ich in den letzten Jahren leider öfter feststellen. Unser gemeinsamer Freund Gerhard hat mir durch seine verdeckten Aktionen zwar zu beachtlichen Erfolgen als Rechtsanwalt verholfen, die illegalen Gewinne aber überwiegend für sich behalten. Meine Einnahmen waren erheblich, bewegten sich jedoch innerhalb der offiziellen Gebührenordnung. Ich muss gestehen, dass meine Ansprüche schneller gestiegen sind als meine Einkünfte. Da ich weiß, dass für Gerhard große Geldmengen nichts anderes sind als Manövriermasse, als Mittel zum Zweck, dachte ich mir, ich greife mal in dieses Manöver ein und leite ein bisschen von der Kohle zu mir um. Dank meinem geschwätzigen Angestellten Jörg Visser war ich darüber informiert, wie alles ablief. Es ist zwar schade um Jörg, aber ein bisschen Schwund ist immer, nicht wahr?«

»Um dich wird es nicht schade sein«, sagte Stahnke, »wenn du für lange Zeit im Knast verschwindest.«

»Ich dachte mir schon, dass wir auch in diesem Punkt verschiedener Meinung sind, mein Freund.« Wolfram Hart hielt sein Messer in der Hand. »Ich setze mich lieber ab und genieße die Zeit, die mir noch bleibt. Gerhard wird nichts gegen mich unternehmen, dazu habe ich zu viel Material über seine Unternehmungen gebunkert. Dass ich mich deiner Leute nicht entledigen konnte, ist bedauerlich, aber nicht entscheidend; die handelten ohne Mandat und daher illegal, die werden ihr Wissen schön für sich behalten. Solange du ihnen nichts anderes sagst. Und das wirst du nicht mehr können. Du gehst dorthin, wo Konni schon ist, und deine kleine Leni kommt mit. Schreib mir eine Karte.« Er legte die Schneide seines Messers an Stahnkes Hals.

Eine mit dicken Nägeln gespickte Sandalensohle erschien auf seinem Handgelenk. Ein haariges Bein, das aus einer Mönchskutte ragte, senkte das volle Gewicht eines Männerkörpers auf das empfindliche Konstrukt aus Knochen, Knorpeln und Sehnen. Der Mann in der Kutte hörte nicht auf, als Wolfram Hart laut aufschrie, auch nicht, als sein Schreien zum Brüllen wurde, sondern erst, als das Handgelenk knackte. »Sagtest du was?«, fragte Rieken scheinheilig. »Ist laut hier, ich kann dich nicht verstehen.«

Während van Dieken, ebenfalls als Mönch gewandet, sich um Leni kümmerte, befreite Rieken Stahnke von seinen Fesseln. Dann machte er Anstalten, den Arm seines früheren Chefs provisorisch zu verbinden.

»Lass mich, das kriege ich selbst hin«, sagte Stahnke mit gepresster Stimme. »Kümmert euch lieber um Gundi und Joke! Wo sind die, kommen sie klar? Hat Backe die Übergabe hinbekommen?«

»Übergabe hat stattgefunden, aber die Kohle steht hier in eurem Zelt.« Er zeigte auf die beiden Taschen, die Wolfram Hart neben dem Eingang abgestellt hatte. »Alle sind noch am Leben. Backe ist etwas angekratzt, so ähnlich wie du. Aber keine Sorge, darum musst du dich nicht kümmern. Das haben wir deinem kleinen Kurden aufs Auge gedrückt.«

»Nidal Ekinci? Ist der hier? Den wollte ich doch raushalten. Aua, pass gefälligst auf!« Stahnke stellte fest, dass Riekens Erste Hilfe ebenso ruppig ausfiel wie seine pseudopolizeilichen Aktionen. Früher hätte ihm das Zweite größere Sorgen bereitet, jetzt kümmert er sich nur um das Erste. »Ihr bringt den Jungen in Teufels Küche! Und wenn er zu viele Details in seinen Bericht schreibt, dann stecken wir auch in der Tinte.«

»Gundi hat ihn sich vorgeknöpft.« Rieken lachte anerkennend. »Das ist eine ganz energische Braut, die ist richtig! Sie baut eine Story aus allem, was sich nicht vertuschen lässt. Vermutlich wird es ein versuchter Überfall von Mönch Nummer drei, Holger Siebrandt, und Ex-Kollege van Deest auf Backe, bei dem alle verletzt wurden. Gundi hat mit einer fremden Waffe in Notwehr geschossen, Joke hat van Deest aus demselben Grund aufs Handgelenk geschlagen.« Rieken grinste spitzbübisch: »Gerade dachte ich noch, wie doof, dass das Messer fehlt, mit dem Backe attackiert wurde. Aber hier ist es ja, wie praktisch!«

»Habe ich Hörprobleme?«, fragte Stahnke und stöhnte. »Ich höre dauernd Holger Siebrandt. War der nicht vorhin noch hier? Und wer ist van Deest? Ich glaube, ich komme nicht mehr mit.«

»Kein Ding, Chef, atme erst mal durch«, sagte van Dieken gönnerhaft. »Wir räumen den Saustall schon auf. Morgen erzählen wir dir die Einzelheiten.«

Überall Mönche, dachte Stahnke. Mönche und Sterne. Ich glaube, ich höre die Engel singen. Dann verging alles in einem fernen Rauschen.

46.

Am nächsten Morgen weckte Leni ihn mit einem Becher Kaffee. Als er sich herumwälzte, um nach dem Henkel zu greifen, war die Erinnerung wieder da. »Aua!« Ächzend stemmte er sich am Kopfteil des Bettes in die Höhe. Dann schnupperte er argwöhnisch. »Warum stinke ich eigentlich so nach Fusel?«

»Rieken hielt es für eine gute Idee, euch alle mit Schnaps zu besprenkeln«, antwortete Leni. »Um zu erklären, warum ihr so über den Markt getorkelt seid. Aufgefallen seid ihr trotzdem. Zwei angeheiterte Mönche, dazwischen ein besoffener Bogenschütze! Dagegen hat kaum jemand Wolfram und mich beachtet. Ein Wikinger und eine Wahrsagerin, die Händchen halten, fallen offenbar nicht sonderlich auf.«

»Ihr habt Händchen gehalten?« Stahnke pustete über seinen heißen Kaffee. »Ach so, verstehe. Seine verletzte Hand! Du bist bei Rieken und van Dieken in die Lehre gegangen, was?«

»Was willst du? So ist er wenigstens brav mitgekommen.«

»Und wo ist er jetzt?«, fragte Stahnke besorgt.

Leni wies mit einer Kopfbewegung auf die dünne Wand, die den Schlafraum ihres Bauwagens vom Wohnbereich trennte. »Da drüben. Aber gefesselt.«

»Und wo hast du geschlafen?«, rutschte es Stahnke heraus. Dabei hatte er längst gesehen, dass auch das zweite Kopfkissen neben seinem zerknautscht war.

»Na wo wohl, alte Schnarchnase.«

Draußen näherte sich ein Auto. Leni sprang auf und lugte aus dem Fenster. Stahnke kontrollierte schnell seinen Bekleidungszustand: oben herum vollständig, wohl wegen der verbundenen Armwunde. Unter herum nicht so.

»Rieken und van Dieken«, meldete Leni. »Mit Brötchen! Nicht zu fassen. Wir werden noch eine richtige Outlaw-WG.«

Vor dem Frühstück wurden die Plätze getauscht. Stahnke zog aufs Sofa um, Wolfram Hart wurde in den Schlafraum geschleift und auf dem Bettvorleger platziert. Rieken hatte vorausschauend seinen Gehörschutz mitgebracht, den er sonst beim Schießen verwendete. Den setzte er Hart auf und fixierte ihn mit Klebestreifen.

»Holger Siebrandt wurde verarztet und verhaftet«, berichtete van Dieken. »Van Deest ist ebenfalls in Haft. Befragt wurden beide auch schon, sollen aber noch kein Wort gesagt haben. Holger Siebrandts Vater, unser Kriminalrat, hat sich krankgemeldet. Angeblich hat er es mit dem Herzen. Wundern würde es mich nicht.«

»Und Backe?«, erkundigte sich Stahnke.

»Liegt im Krankenhaus«, sagte Rieken. »Seine Stichwunde am Bein ist tief, der Blutverlust war erheblich. Er hat momentan Zeugenstatus. Gundi hat ihre Story also gut verkauft.«

»Und was ist mit Sibylle?«, fragte Stahnke. »Sibylle Wiemken? Wird sie wegen Beteiligung am Schwarzgeldschmuggel angeklagt?«

»Nee, wieso auch?«, fragte Rieken grinsend. »Dafür hätten die Kollegen erst mal etwas Belastendes finden müssen. Konnten sie aber schlecht. Wir haben die Geldtaschen aus dem Zelt geholt, nachdem wir dich zu Lenis Auto geschleift hatten. Jetzt liegt das Zeug bei mir im Kofferraum.«

»Und ihr Pferd? Hat sie ihr entführtes Pferd schon wieder zurück?«

»Keine Ahnung.« Rieken biss in sein Schinkenbrötchen. »Müssen wir uns auch um Pferde kümmern? Mir reicht schon der Kerl nebenan.«

»Lasst uns den doch zeitnah an die Kollegen von der Polizeiinspektion Leer/Emden ausliefern«, schlug van Dieken vor. »Stahnke, der Hart ist deine Eintrittskarte zurück in den aktiven Polizeidienst! Nicht nur, dass er der Mörder von Jörg Visser ist, er kann bestimmt auch eine Menge Informationen liefern über die Machenschaften von diesem Gerhard Juncker, jedenfalls über die, an denen er selbst beteiligt war. Womöglich erkauft er sich damit den Kronzeugenstatus. Auf jeden Fall, wenn wir den abliefern, kommst du wieder groß raus, Stahnke. Und Kriminalrat Siebrandt fährt ein.«

Stahnke legte sein angebissenes Brötchen hin. Er hatte keinen rechten Appetit. »Wisst ihr, was mich furchtbar ärgert?«, fragte er. »Dass wir den falschen Schlagmann erwischt haben. Der richtige ist uns durch die Lappen gegangen. Der weitaus gefährlichere.«

»Ach, die haben beide früher mit dir zusammen gerudert, stimmt's?«, fragte Rieken. »Ihr drei und Konni Smidt, den Gerhard Juncker erschossen hat, um dir den Mord in die Schuhe zu schieben. Oder war das der Hart? Ich komme schon ganz durcheinander. Ihr müsst eine echt herzige Mannschaft gewesen sein damals.«

»Pass auf, was du sagst«, intervenierte Leni. »Ich habe auch dazugehört! Als Steuerfrau. Musste diesen Trümmerhaufen auf Kurs halten.«

»Dann waren also nicht nur alle vier aus dem Vierer an diesem Fall beteiligt, sondern sogar alle Fünf«, sagte van

Dieken. »Fünf von vier, das klingt wie ein Thrillertitel von Arne Dahl.«

»Keine faulen Witze«, knurrte Stahnke. »Erzählt mir lieber, wie wir es anstellen, Gerhard Juncker ebenfalls dingfest zu machen! Er ist der weitaus gefährlichere von den beiden. Mit Sicherheit hat er den sehr viel größeren Schaden angerichtet, und wie ich ihn kenne, hört er damit auch nicht auf. Wir müssen ihn kriegen, aber wie?«

»Dazu müssten wir erst mal wissen, wo«, sagte Leni. »Nämlich wo er sich aufhält. Daraus ergibt sich vielleicht eine Möglichkeit.«

»Kann er das wissen?« Rieken zeigte mit dem Daumen auf das abgetrennte Schlafzimmer. »Seine Angestellte, diese Isolde Müller, war doch mit Juncker zusammen. Vielleicht kann er es über die herausbekommen.«

»Warum sollte er?«, fragte Stahnke. »Einer wie Wolfram Hart tut nichts umsonst.«

»Wir könnten einen Deal mit ihm machen«, schlug Leni vor. »Er gibt uns Infos, wie wir an Gerhard Juncker herankommen, und dafür …« Sie stockte. »Was können wir ihm anbieten? Für ihn auszusagen? Mir würde die Zunge verdorren.«

»Ihn laufen zu lassen.« Van Dieken zuckte mit den Achseln. »Wenn der andere so viel schlimmer ist, hättet ihr auf jeden Fall etwas gewonnen, oder?«

»Niemals«, grollte Stahnke. »Klar, ihr habt recht. Aber nein. Ich will sie beide unschädlich gemacht wissen, koste es, was es wolle.« Er betastete seinen schmerzenden Oberarm. »Ist die Kugel, die mich getroffen hat, eigentlich noch da drin? Vielleicht sollte sich ein Arzt meine Wunde anschauen.«

»Ist längst passiert«, sagte Leni und lächelte. »Gestern

Abend noch, als du im Land der Träume warst. Die Kugel ist raus, die Wunde ist versorgt und genäht. Ich soll dir aber nicht sagen, wer das gemacht hat, von wegen Dienstvergehen und so.« Sie ahmte eine geisterhaft hohl klingende Stimme nach: »Sagen Sie niemandem, dass ich hier war, bei unserem Verfemten. Sonst bin ich mein Beamtenjäckchen los. Das ist zwar eng, aber es hält warm.«

Alle lachten, Stahnke mit schmerzverzerrtem Gesicht. »Ist schon eine Schau, unser Doktor Mergner!«, rief Rieken. »Schade, dass wir ihn nicht hochleben lassen dürfen.«

»Er hat übrigens auch nach Wolframs Handgelenk geschaut«, fügte Leni hinzu. »Fetter Bluterguss und Bänderdehnung, kein Bruch. Glück gehabt.«

»Das konntest du auch schon mal besser, Rieken«, sagte van Dieken.

Stahnke winkte ab: »Schluss mit den Faxen. Und fertig werden mit Frühstücken! Ich will mit Wolfram Hart reden. Rieken, du nimmst Kontakt zu Gundi Lücht und Joke Reents auf, ich will wissen, wie die beiden klarkommen.«

»Miteinander?«, witzelte Rieken. »Prächtig, möchte ich wetten.«

»Schnauze! Und du, van Dieken, kümmerst dich um Sibylle Wiemken. Ich könnte mir vorstellen, dass sie zurück nach Oldenburg ist, entweder in ihre Wohnung oder zu Bruno Renken, wegen ihres Pferdes. Klär das mal, du kennst dich in Oldenburg schon ein bisschen aus.«

Rieken und van Dieken wechselten einen Blick, dann nickten sie Stahnke zu und erhoben sich. Van Dieken ging zur Tür, Rieken wandte sich noch einmal um. »Hier«, sagte er und reichte Stahnke seinen *Smith & Wesson Target Champion* Großkaliber Revolver mit ergonomisch geformtem Holzgriff. »Weil du doch Piotrowskis Pistole verbaselt hast. Nicht, dass du nackt dastehst, wenn es drauf ankommt! Diese Wumme magst du doch, jedenfalls hatte ich neulich im Schießstand den Eindruck.«

Stahnke griff nach dem edlen Teil. »Und du?«, fragte er, während er den Revolver einsteckte.

Rieken grinste und gab Stahnke noch eine Schachtel Patronen. »Mach dir um mich keine Sorgen. Ich habe immer genug zum Ballern.« Er grüßte und verschwand.

»So«, sagte Stahnke zu Leni, »jetzt knöpfen wir uns Wolfram vor.«

Sie machten sich nicht die Mühe, den großen Mann zurück in den Wohnbereich zu schleifen. Leni zerrte ihm die Ohrenschützer samt Pflaster herunter und setzte sich im Schneidersitz aufs Bett. Stahnke zog sich einen Hocker heran und setzte sich in den Schlafraumeingang, den er damit wirkungsvoll blockierte. Den Revolver behielt er in der linken Hand. War er geladen? Natürlich war er das. Rieken hielt nichts von ungeladenen Waffen.

Wolfram Hart setzte ein wölfisches Lächeln auf. »Darf man gratulieren?«, fragte er höhnisch. »Zum Gewinn des zweiten Platzes? Schade, dass es zum Hauptgewinn nicht gereicht hat.«

»Gratuliere zur Selbsteinschätzung«, konterte Stahnke. »Aber mit dir sind wir fürs Erste ganz zufrieden. Einen Raubmörder samt Mordwaffe und Beute fängt man nicht alle Tage auf frischer Tat. Wir sind stolz auf unsere Truppe, nicht wahr, Leni?«

»Schöne Truppe! Ein zusammengewürfelter Haufen von ausgemusterten Provinzbullen, Landeiern und Kleinkriminellen. Ihr hattet mehr Glück als Vaterlandsliebe. Wenn Gerhard seine Mocros-Kontakte richtig genutzt und deren

Leute mehr zum Einsatz gebracht hätte, hättet ihr keine Chance gehabt.« Wolfram Hart setzte eine geringschätzige Miene auf, die halbherzig wirkte. Welches Spiel spielte er gerade?

»Das sehe ich anders«, warf Leni ein. »Unsere Seite hatte zweimal direkten Feindkontakt mit den Mocros. Beide Male kamen die Mafiosi nicht zum Erfolg, weder gegen Sibylle Wiemken noch gegen Stahnkes Bootsbesatzung. Am Ende musste Gerhard sogar persönlich eingreifen, um wenigstens zum Teilerfolg zu kommen, indem er unseren alten Ex-Trainer erschoss. Was für ein Held.«

»Ich glaube, Wolfram möchte uns sagen, dass wir uns mit dem Erreichten zufriedengeben sollen«, sagte Stahnke, »und nicht nach Höherem streben! Nämlich danach, Gerhard Juncker auch noch zu kriegen. Für so einen dicken Fisch sind wir alle nämlich viel zu klein geraten, stimmt's? Also sollten wir Wolfram der Polizei ausliefern, mitsamt allen Beweisen, die wir gegen ihn haben, damit ich anschließend wieder zu den Guten gehören darf. Ich muss zugeben, das klingt verlockend, jedenfalls für mich. Für Wolfram selbst leider gar nicht, denn damit dürfte klar sein, dass er den Rest seiner Tage im Knast verbringt. 15 Jahre plus Sicherungsverwahrung, das war es dann, mein Lieber.«

»Irre ich mich«, erwiderte Hart, »oder hast du mir gerade unterschwellig einen Deal angeboten? Meine Freiheit gegen meine Hilfe bei der Ergreifung von Gerhard Juncker?«

»Träum weiter«, knurrte Stahnke. »Oder frag deine Mocros.« Die früheren Crew-Kameraden starrten einander an. Jeder wartete auf ein Zugeständnis des anderen, keiner wollte einen Zentimeter weichen. Ein *Mexican Standoff*, wie die Amerikaner sagten. Oder ein Patt.

»Wann kommt deine Familie eigentlich aus dem Urlaub zurück, Wolfram?«, fragte Leni unvermittelt. »Nächste Woche, stimmt's? Zwei Wochen Dubai, anschließend zwei Wochen Bahamas. Das geht ins Geld. Kein Wunder, dass du Gangster bestehlen musst, bei solchen Ausgaben.«

»Das Geld steht mir zu«, behauptete Wolfram Hart. »All die Jahre hat Gerhard viel zu viel für sich behalten. Ich habe mir nur genommen, was ich längst hätte bekommen müssen.«

»Ich könnte mir denken, dass deine Geschäftspartner das anders sehen«, sagte Leni kühl. »Gerhard Juncker sowieso, aber auch deine verehrten Mocros. Mafiosi mögen es gar nicht, wenn jemand in die eigene Kasse fasst. Dann ergreifen sie drastische Maßnahmen.«

»Na und? Was sollen die mir noch tun, wenn ich sowieso lebenslang in den Bau gehe?«, höhnte Hart.

»Die können warten«, sagte Leni. »Und sie haben auch Leute in den Knästen. Aber zunächst einmal halten die sich an deine Familie, wenn sie von dem Schwarzgeldraub erfahren. Wetten?«

Wolfram Hart wurde blass. »Das würdest du nicht tun«, stammelte er. »Das würdest du nicht! Was können meine Kinder dafür? Was hat meine Frau damit zu tun?«

»Abgesehen davon, dass sie dein geraubtes Geld verprassen und immer neues haben wollen? Gar nichts«, erwiderte Leni lächelnd. »Aber willst du das den Mocros erklären? Ich würde es gar nicht erst versuchen.«

»Weißt du eigentlich, was du tust?«, schrie Wolfram Hart. »Du bedrohst meine Familie mit dem Tod! Du nimmst meine Frau und meine Kinder als Geiseln!«

»Das hast du also verstanden«, sagte Leni. »Dumm bist du nicht. Dann mal raus mit deinem Gegenangebot.«

»Ich weiß, wo Gerhard Juncker sich aufhält«, sagte Wolfram Hart.

»Woher?«, fragte Stahnke misstrauisch.

»Unter anderem, weil ich weiß, wo er für solche Fälle investiert hat«, sagte Hart. »Wo er ein Rückzugs-Refugium besitzt. Und allerhand Geldquellen, mit denen er sich gut über Wasser halten kann. Dort kannst du ihn finden.«

»Woher weiß ich, dass er wirklich dorthin geflüchtet ist?« Stahnke schüttelte den Kopf. »Einer wie Gerhard setzt niemals alles auf ein Pferd. Er könnte jetzt dort sein, aber auch ganz woanders. Seine Mittel reichen doch bestimmt einmal um den ganzen Planeten.«

»Mehrmals«, erwiderte Hart. »Trotzdem, ich weiß mit Sicherheit, wo er gerade ist. Nämlich dort, wo ich sagte.«

»Hast du ihm einen Tracker aufs Handy gespielt?« Leni lachte. »Oder eine Wanze in den Schuhabsatz getackert? Erzähl uns keine Märchen.«

»Kleine Leni«, sagte Wolfram Hart so freundlich, dass es Stahnke kalt den Rücken herunterlief. »Du bildest dir eine Menge ein auf deine Menschenkenntnis, nicht wahr? So viel, dass du nicht für möglichst hältst, andere könnten sich ebenfalls im menschlichen Geist auskennen. Vielleicht sogar besser als du, viel besser! Ja, ich habe Gerhard verwanzt, aber ganz anders, als du denkst. Dafür todsicher.«

Sekundenlang herrschte Stille. Dann sagte Stahnke: »Die Frau. Isolde Müller. Sie ist deine Angestellte. Gerhard denkt, er hätte sie dir abspenstig gemacht, sie sei seine Freundin und würde für ihn spionieren. Aber in Wahrheit ist es umgekehrt, auch wenn sie vielleicht mit ihm vögelt. Sie ist deine Agentin. So dicht dran an ihm, wie es nur geht.«

Wolfram Hart antwortete nicht, aber sein selbstzufriedenes Lächeln sprach Bände. Leni schien beeindruckt zu sein.

»Also wo?«, fragte Stahnke. »Wo sind die beiden?«

»Was bekomme ich dafür?«, fragte Wolfram Hart.

»Kronzeugenstatus«, sagte Stahnke. »Maximal. Und nur, wenn die Staatsanwaltschaft mitspielt.«

»Nicht akzeptabel«, erwiderte Hart. »Sobald ihr Gerhard habt, lasst ihr mich gehen. Ohne Wenn und Aber.«

»Niemals.« Stahnke schüttelte den Kopf. »Du bist ein Mörder, und ich hatte dein Messer schon an der Kehle. Du spinnst doch.«

»Was du bekommst«, sagte Leni, »ist, was du behältst. Deine Familie. Kein Wort an die Mocros über deine Eingriffe in ihre Geschäfte. Denk dir einen Grund aus, warum du Jörg Visser ermordet hast, du wirst genügend Zeit dafür haben. Und das Schwarzgeld kannst du auch behalten.«

»Was?«, fuhr Stahnke auf. »Wieso willst du ihm das Geld lassen? Das sind Millionen!«

»Genau.« Leni nickte. »Er weiß, wie man solches Geld wäscht, damit seine Familie in den nächsten Jahren davon leben kann. Mach das, dann gehen deine Leute dir nicht von der Fahne. Und du lässt deine Kollegen aufmarschieren, um dich vorzeitig aus dem Knast zu holen. Etliche Jahre wirst du absitzen, das hoffe ich jedenfalls, aber es bleibt dir eine Perspektive. So, mehr gibt es nicht. Was sagst du?«

Stahnke öffnete den Mund und klappte ihn wieder zu. Was für ein Rollentausch, dachte er. Ich mache die Analyse, sie trifft die Entscheidungen. Kann auch sexy sein. Er wunderte sich über seine eigene Denkweise. Dann gestand er sich ein, dass er Leni längst mit anderen Augen sah.

Wolfram Hart nahm sich Zeit. Sekundenlang verlor er die professionelle Kontrolle über seine Mimik, und man konnte sehen, wie es in ihm arbeitete. Dann sagte er: »Sie sind in Buzsák. Das ist in Ungarn, nahe am Balaton. Gerhard hat dort ein Ferienhaus, eher einen kleinen Palast, luxuriös und gut gesichert. Außerdem gehört ihm der größte Teil der umliegenden Ferienressorts. Dort kann er leben wie ein Gutsherr. Nicht, dass ihm das reichen würde.« Wolfram Hart verzog sein Gesicht. »Aber für eine Weile hält er es dort aus.«

»Ungarn gehört zur EU«, sagte Stahnke. »Bestimmt haben wir ein Auslieferungsabkommen.«

»Gerhard lebt dort unter anderem Namen«, sagte Hart. »Und er hat sich die örtliche Verwaltung gefügig gemacht. Spenden hier, Bakschisch dort, er weiß genau, wie das geht. Ehe der sich ausliefern lässt, ist er längst weiter zu seinem nächsten Luxusversteck.«

Stahnke rutschte auf seinem unbequemen Hocker hin und her. Dabei schlug der Revolver in seiner linken Hand an den Türrahmen. Stahnke schaute auf die Waffe, als sehe er sie zum ersten Mal. »Dann machen wir es eben anders«, sagte er.

Leni schaute ihn besorgt an. »Was hast du vor?«, fragte sie.

Stahnke ignorierte sie. »Wir haben deine Taschen ausgeräumt«, sagte er. »Ich habe dein Handy, deine Papiere und Wagenschlüssel. Zwei Wagenschlüssel. Wo steht der Benz?«

»Der steht in Oldenburg, hinter meiner Kanzlei«, sagte Wolfram Hart. »Der Golf müsste noch auf dem Parkplatz in Timmel stehen.«

Stahnke erhob sich und räumte den Koffer beiseite. Leni stieg über den gefesselten Wolfram Hart hinweg, stülpte ihm die Ohrenschützer über und schloss die Schlafraumtür hinter sich. »Mach bloß keinen Mist«, sagte sie in gedämpftem Ton.

»Es geht nicht anders«, sagte Stahnke und steckte den Revolver ein. »Gerhard darf auf keinen Fall davonkommen. Er stellt eine Gefahr dar, die über jedes Maß hinausgeht. Die Sache muss ich selbst regeln.«

»Wie denn?«, fragte Leni. »In Unterhosen? Und mit einer Schusswunde im Arm?«

»Das mit dem Arm geht schon, ich nehme Tabletten mit.« Stahnke schaute an sich hinunter: »Aber Klamotten brauche ich, da hast du recht. Joke Reents soll mir welche bringen, es sind noch welche von mir bei Gundi im Haus. Er kann sich auch um Wolframs Golf kümmern, der in Timmel steht, sonst fällt der noch auf. Am besten fährt er mich gleich mit dem Ding nach Oldenburg, den Benz holen. Danach regelt ihr das untereinander mit der Bewachung von Wolfram. Er darf nur unter Aufsicht telefonieren, klar? Jede Info über Gerhards Aufenthalt gebt ihr direkt an mich weiter.«

»Und du?«, fragte Leni. »Du fährst nach Ungarn und knallst ihn ab? Das kannst du nicht machen! Du bist doch kein Killer.«

»Nein, bin ich nicht«, sagte Stahnke. »Aber keine Regel ohne Ausnahme. Es geht nicht anders.«

47.

Es war ein sonniger, warmer Vormittag, als Sibylle Wiemken aus dem Auto stieg. Das Brummen von Rasenmähern unterstrich die Ruhe am Achterdiek mehr, als dass es sie störte. Sie hatte an derselben Stelle geparkt wie letztes Mal. Es kribbelte hinter ihrem linken Ohr, aber als sie sich umdrehte, stand da niemand mit einer Pistole. Kein verräterischer van Deest, der sich hatte bestechen und kaufen lassen. Um sich einen teuren Oldtimer leisten zu können, wie die Oberkommissarin inzwischen wusste. Dafür war er zum Verbrecher geworden. Dabei hatte man dieses blöde Mercedes-Cabrio noch nicht einmal entführt. So wie Paula.

Sie schlenderte auf das Eingangsportal zu, musterte das goldgelbe Auto, das danebenstand, und drückte den Klingelknopf. Ein melodischer Gong ertönte, schallte durchs ganze Gebäude und hinten wieder hinaus. Unmöglich, den zu überhören, dachte Sibylle Wiemken, nicht einmal bei der Gartenarbeit. Prompt stellte der Rasenmäher seine Arbeit ein. Trotzdem dauerte es eine ganze Weile, bis sich drinnen Schritte näherten. Die Tür schwang auf.

»Guten Morgen«, sagte Bruno Renken. »Kommen Sie herein.«

Er hat keinen Grund, mich ins Haus zu bitten, dachte die Oberkommissarin, als sie den Flur betrat. Er hat nicht einmal Grund, mich zu grüßen. Sein Verhalten sollte mich stutzig machen.

»Vielen Dank«, sagte Sibylle Wiemken. »Schön, Sie zu sehen.«

Renkens Aufzug war zum Schreien. Über Shorts und T-Shirt hatte er sich eine lange grüne Gärtnerschürze vorgebunden, dazu trug er gelbe Gummistiefel und blaue Gummihandschuhe mit langen Schäften. Wie Serienmörder Dexter, wenn er mal wieder einen getöteten Gangster zerstückeln will, dachte die Oberkommissarin. Eigentlich müsste dieser Hausflur noch mit Plastikfolie ausgekleidet sein. Aber das war er nicht.

Der Flur hatte die Dimensionen einer Halle. Die Tür zum Wohnzimmer stand offen, ebenso der Durchgang zur Terrasse. Sibylle Wiemken sah Blumenrabatten, eine Holzhütte, einen Teepavillon, den weitläufigen, kurz geschorenen Rasen und einen beschäftigungslosen Aufsitzmäher. Sonnenstrahlen fielen aus dem Garten hinein. Im Flur hingen große Bilder in Glasrahmen. Jede Bewegung spiegelte sich darin. Auch die hinter der Oberkommissarin.

Aus den Augenwinkeln erkannte sie Karin Mansholt, die Pflegedienstleiterin aus dem Krankenhaus, Fahrerin des goldgelben Cabrios, Lebensgefährtin und Komplizin von Bruno Renken. Sie näherte sich mit lautlosen Schritten, in der Hand eine aufgezogene Spritze. Noch zwei Schritt, noch einen, dachte Sibylle Wiemken. Jetzt.

»Keine Bewegung!«, rief van Dieken. Wie aus dem Boden gewachsen, stand er plötzlich in der Wohnzimmertür, ein dunkler Schemen mit vorgestreckten Armen, eine Neun-Millimeter-Pistole in beiden Händen wie auf dem Schießstand. »Hände über den Kopf, alle beide! Ja, auch die Hand mit der Spritze. Und nicht abdrücken, Herzchen! Vergiss nicht, abdrücken kann ich auch.«

Betont langsam zog die Oberkommissarin ein Paar

Latexhandschuhe aus der Tasche, streifte sie über und nahm Karin Mansholt die Spritze aus den Fingern. »Betäubungsmittel oder Gift?«, erkundigte sie sich wie beiläufig. »Wo wollten Sie mich denn anschließend entsorgen?«

»In der Grube hinter dem Holzschuppen dort, vermute ich«, sagte van Dieken. »In dem Schuppen liegt eine große Plastikplane. Eine Säbelsäge habe ich auch gesehen.«

»Alles fotografieren«, sagte Sibylle Wiemken. »Sobald wir diese beiden Turteltäubchen verpackt haben. Aber vorher sagt ihr mir, wo genau ihr meine Paula versteckt haltet. Und zwar schnell, sonst holen wir die Säbelsäge.«

»In Rastede! Erwin Dröges Mietstall! Der gehört uns.« Bruno Renken fiel auf die Knie. »Da steht auch der Transportanhänger. Sie können gerne meinen Wagen nehmen, der hat eine Anhängerkupplung.«

»Das ist aber sehr freundlich«, sagte die Oberkommissarin. »Das hätte ich gar nicht erwartet von einem Gattinnenmörder.«

»Das hat sie sich ausgedacht! Alles war ihre Idee!«, rief Renken. »Ich habe gesagt, lass doch alles so weiterlaufen, das Geld reicht für uns drei, und meiner Frau ist es sowieso egal. Aber das kam für sie nicht infrage! Sie hat mir gesagt, wie viele von den Pillen ich schlucken soll und wie viele meine Frau. Das kam alles von ihr!«

»Du miese Ratte«, fauchte Karin Mansholt. »Du bist so ein ekliges Schwein!«

»Ratte oder Schwein, entscheide dich mal, Herzchen.« Van Dieken zog sein Smartphone halb aus der Brusttasche: »Ansonsten rede gerne weiter. Wird alles aufgezeichnet.«

»Kommst du klar mit dem Pärchen?«, fragte die Oberkommissarin. »Sonst ruf an wegen Verstärkung. Ich fahre jetzt mein Pferd holen.«

»Mach mal«, sagte van Dieken. »Ich komme zurecht.«

»Aber benimm dich!«, rief Sibylle Wiemken noch über die Schulter. »Nicht, dass ich wiederkomme und alle liegen zerstückelt in der Grube.«

»Och, Mönsch«, jammerte van Dieken. »Nichts darf man.« Die Gesichter von Karin Mansholt und Bruno Renken waren leichenblass geworden. Van Dieken freute sich. So etwas gefiel ihm.

48.

»Du kannst Pause machen«, sagte Leni. »Ich übernehme.«

Joke Reents nickte und verließ das Zimmer.

Sie hatten Wolfram Hart in Gundi Lüchts Haus gebracht. Die Kriminaltechnikerin hatte mit den Augen gerollt und gestöhnt, dann aber gemeint, darauf käme es jetzt auch nicht mehr an. Der Rechtsanwalt saß in einem abgenutzten, aber bequemen Sessel, gefesselt, jedoch mit einem gepolsterten Hocker unter den ausgestreckten Füßen. Er bekam zu essen, zu trinken und ausreichend Schmerztabletten für sein nur noch leicht geschwollenes Handgelenk. Sein Handy bekam er nur, wenn es Textnachrichten zu beantworten gab, und auch dann unter Aufsicht.

Vor allem gab es ein WC gleich nebenan. Das war der Hauptgrund, warum Leni darauf bestanden hatte, den hochgewachsenen Mann aus ihrem Bauwagen auszuquartieren, denn dort gab es lediglich eine Campingtoilette mit Sammeltank. »Was da reinkommt, muss auch wieder raus, und das geht nicht von allein«, hatte sie gesagt und den Vorgang detailreich geschildert. »Wer von euch macht das freiwillig?« Niemand. So blieb nur die Verlegung.

»Wie sieht es aus, ist unser weißer Ritter schon in Ungarn angekommen?«, fragte Hart mit süffisantem Grinsen. »Oder soll ich sagen: unser Rächer mit dem weißen Hut? Du weißt doch, in den Hollywood-Western hatten die Guten immer helle Cowboyhüte auf. Die Bösen trugen dunkle.«

»Das hast du früher schon behauptet«, sagte Leni. »Du wirst lachen, ich habe darauf geachtet. Es stimmt nicht, was du sagst. Schwarz und weiß sind zufällig verteilt. Du bist ein Lügner, Wolfram Hart, und warst es früher schon. Ist das Voraussetzung, um Anwalt werden zu können? Oder kommt das automatisch mit der Berufspraxis?«

»Fragt die gewerbsmäßige Wahrsagerin. Du weißt schon, dass unter dem Begriff ›Lügnerin‹ im Lexikon ein Bild von dir ist?«

»Blöde Retourkutsche.« Leni setzte sich in den Sessel direkt vor Wolfram Hart und checkte dessen Smartphone. Keine neue Nachricht von Isolde Müller, Gerhard Junckers Partnerin und Wolfram Harts Vertrauter. An Hinterhältigkeit standen die beiden einander in nichts nach, fand Leni.

»Apropos Kutsche. Ich hoffe, unser Stahnke kommt mit meinem Mercedes klar«, sagte Wolfram Hart. »Dass er Automatik hat, kommt seiner Armverletzung eigentlich entgegen, aber ich könnte wetten, dass er noch nie einen Automatikwagen gefahren ist. Unser alter Traditionalist.«

»Wieso eigentlich immer ›unser‹ Stahnke?«, erwiderte Leni. »Es ist schon eine Weile her, dass wir zusammengehört haben, eine Mannschaft waren. Ich finde nicht, dass du nach all den Jahren noch Anspruch auf einen Anteil an ihm hast, so verschieden, wie ihr euch entwickelt habt.«

»Weißt du, was mir gerade auffällt?« Wolfram Hart schmunzelte wieder. »Genauso wie jetzt gerade haben wir beide jahrelang voreinander gesessen, du am Steuerruder, ich am Schlagriemen. Aug in Aug! Wenn zwei von uns noch etwas gemeinsam haben sollten, dann wir beide, oder?«

»Hör bloß mit der Schleimerei auf! Du glaubst doch nicht, dass ich auf irgendetwas reinfalle, das aus deinem

Mund kommt.« Leni versuchte, so verächtlich wie möglich zu klingen.

»Verstehe«, antwortete Wolfram Hart. »Du glaubst nur an deine eigenen Lügen. Das immerhin ist etwas, was ich nicht tue. Mich selbst belügen.«

»Inwiefern belüge ich mich selbst?« Leni biss sich auf die Lippen. Sie wollte sich doch nicht auf diesen gewissenlosen Verbrecher einlassen, nicht einmal mit Worten!

»Weil du Stahnke hast ziehen lassen«, sagte Wolfram Hart. »Und dir vormachst, du bekämst ihn anschließend zurück. Denn das wirst du nicht.«

»Zurückbekommen? Was für ein Unsinn.« Es ärgerte sie, dass sie spürte, wie sich ihre Wangen röteten. »Stahnke und ich gehören einander nicht. Wir kommen klar, okay. Wir mögen uns. Freunde eben. Warum sollte ich einen Freund nicht zurückbekommen?«

»Aus zwei alternativen Gründen«, sagte Hart. »Erstens kommt Stahnke vielleicht gar nicht lebendig zurück. Gerhard Juncker ist ein hervorragender Schütze, sein Haus ist unter anderem durch Videokameras gesichert, und wenn er Stahnke zuerst sieht, wovon ich ausgehe, wird er nicht zögern. Gerhard ist völlig gewissenlos, darum ist er im Vorteil. Stahnke mag ein harter Hund sein, aber an Gerhard kommt er nicht heran.«

»Sei dir da nicht zu sicher«, widersprach Leni. Aus Prinzip, nicht aus Überzeugung.

»Und wenn er ihn doch erwischt«, fuhr Wolfram Hart fort, »dann kommen wir zu zweitens. Stahnke kann Gerhard Juncker nicht verhaften, denn er kann ihn weder über mehrere Grenzen mit zurücknehmen noch ihn vor Ort der Polizei übergeben. Ich sagte schon, dass Gerhard die dortigen Behörden im Sack hat, inclusive Polizei. Also gibt es nur eine Möglichkeit – er muss ihn erschießen. Wenn Stahnke es also nach Hause schafft, kommt er als Mörder.« Der Anwalt wollte seine Arme ausbreiten wie am Ende eines Plädoyers, wurde aber durch seine Fesseln daran gehindert. »Du bekämst nicht den Stahnke zurück, den du kennst, sondern einen Stahnke, der einen Mord begangen hat.«

Leni war völlig klar, was ihr früherer Ruderkumpel da tat, trotzdem verfehlten seine vergifteten Worte ihre Wirkung nicht.

Wolfram Hart stocherte noch einmal nach. »Wenn du dich dann mit ihm zusammentust, teilst du Tisch und Bett mit einem Killer.«

»Das Zimmer teile ich jetzt schon mit einem«, fauchte Leni ihn an. »Mit dir, du Mörder! Du treibst keinen Keil zwischen uns.«

»Warum auch«, sagte Wolfram Hart. »Das tut ihr schon selbst.«

Sein Handy in Lenis Hand brummte. Eine Textnachricht von Isolde Müller. »Wir verlassen heute noch Buzsák. Fahren nach Odessa. Haus an der Promenade. Morgen mehr. IM.« Verflucht, dacht Leni, auch das noch! Juncker zog von Ungarn weiter in die Ukraine, ins Kriegsgebiet. Das verkomplizierte die Sache ungemein. Wie sollte Stahnke ihm dorthin folgen? Und falls er das schaffte, wie sollte er anschließend zurückkommen? Wie auch immer, die neue Lage musste sie ihm sofort mitteilen. Aber das tat sie nicht.

Stattdessen sinnierte sie schweigend. In ihr keimte ein Gedanke auf, den sie vollkommen unglaublich fand. Trotzdem war er da. Ob das so ging? War das ein Ausweg?

»Wolfram, du bist bereits ein Mörder«, stellte sie fest. »Und du wolltest mindestens einen zweiten Mord begehen.«

»Das hatten wir schon«, gab sich Hart gelangweilt.

»Bei dir kommt es also auf einen weiteren Mord nicht an.«

Der Anwalt hob überrascht die Augenbrauen. »Meinst du? Lass es uns herausfinden, mach mich los.«

»Gerhard weiß, dass du ihn bestohlen hast«, fuhr Leni fort. »Sobald er die Gelegenheit hat, wird er dich auslöschen. Vermutlich lässt er andere das erledigen. Wahrscheinlich die Mocros.«

»Das wird er schön bleiben lassen«, erwiderte der Anwalt. »Ich bin nützlich für ihn, das ist meine beste Lebensversicherung.«

»Du *warst* nützlich für ihn«, korrigierte Leni. »Willige Anwälte gibt es mehr als genug. Mehrere davon arbeiten für Gerhard, das weißt du. Unter anderem *De Jonge & Aywad* in Veendam. Wetten, dass sie die Verbindungsleute zu den Mocros sind? Du hast kein Alleinstellungsmerkmal. Ich an deiner Stelle würde mein Testament machen.«

»Mach du lieber deines!«, gab Wolfram Hart trotzig zurück. »Du stehst doch ganz oben auf seiner Liste.«

»Ich habe nichts zu vererben«, sagte Leni. »Und über den Listenplatz sollten wir uns nicht streiten, das sind Marginalien. Wir sollten lieber nicht abwarten, sondern aktiv werden.«

»Das tut Stahnke doch gerade, nicht wahr?« Hart zog fragend die Augenbrauen hoch.

»Ich finde, du wärst der bessere Mann für diesen Job«, sagte Leni. »Du bist der Schlagmann.«

»Ich?« Wolfram Hart hob seine gefesselten Hände. »Wie denn?«

»Halt deine Klappe«, sagte Leni, »und hör mir gut zu.«

49.

»Hallo«, sagte Stahnke. »Ich bin's. Ich bin jetzt in Buzsák. Die Sonne geht gerade auf. Ich habe volle Sicht auf das Haus. Sieht unbelebt aus. Kein Auto auf dem Stellplatz, drinnen und draußen ist alles ruhig.«

»Hallo«, sagte Leni. »Schön, dass du dich meldest. Geht es dir gut?«

»So weit okay«, sagte Stahnke. »Der Arm pocht etwas, und geschlafen habe ich auch nicht viel. Nur zwei Stunden auf einem Rastplatz in Tschechien, nachdem ich nachts auf der Autobahn fast eingepennt wäre.«

»Wie war's an der Grenze?«, fragte Leni.

»Total locker«, antwortete Stahnke. »Die haben mich einfach durchgewinkt. Dabei habe ich mir solche Mühe gegeben, den Revolver und die Munition im Auto zu verstecken! Hätte ich mir alles sparen können.«

»Pass auf, Stahnke«, sagte Leni. »Ich muss dir etwas sagen.« Sie holte tief Luft.

»Was musst du mir sagen? Ist etwas passiert? Seid ihr aufgeflogen?«, fragte Stahnke mit mühsam gedämpfter Stimme. »Geht es euch allen gut? Nun sag schon!«

»Uns allen geht es gut«, sagte Leni in beschwichtigendem Tonfall. »Keiner ist krank oder verletzt, niemand wurde verhaftet. Außer Bruno Renken und seiner Komplizin Karin Mansholt, die sitzen im Bau. Und Sibylle hat ihr Pferd wieder.«

»Also was?«, fragte Stahnke. »Gerhard ist nicht mehr hier, stimmt's?«

»Das stimmt«, sagte Leni.

»Hat er Wind bekommen? Hat uns jemand verraten?«

»Nicht, dass ich wüsste«, sagte Leni. »Er hat einfach sein nächstes Refugium angesteuert. Davon hat er mehrere.«

Stahnke fluchte und stöhnte abwechselnd. »Wo sind sie hin, er und seine Begleiterin?«, fragte er dann. »Gib mir alle Daten, ich mache mich sofort auf den Weg.«

»Nein, Stahnke«, sagte Leni.

»Haben wir keine Daten?«, fragte Stahnke. »Verdammt, wie kriegen wir raus, wo Gerhard jetzt ist? Weiß Wolfram das nicht? Ich dachte, er hat über seine Isolde den direkten Draht. Leg ihm Daumenschrauben an!«

»Habe ich quasi schon«, sagte Leni. »Er ist auch schon los.«

»Wie, er ist los. Du meinst, er ist entkommen?«, rief Stahnke erschrocken.

»Nein, das meine ich nicht.« Leni schluckte hörbar. »Stahnke, ich habe Wolfram losgeschickt, damit er die Sache erledigt. Verstehst du? Er wird Gerhard Juncker töten. Dazu hat er persönliche Gründe. Er wird es machen, nicht du.«

»Du hast ihn losgeschickt? Das heißt, du hast ihn freigelassen?« Stahnke wurde laut. Im Hintergrund begannen Hunde zu bellen.

»Frei würde ich das nicht nennen«, widersprach Leni. »Ich habe hier sein handschriftlich verfasstes Geständnis. Ich habe Dokumente, die einen Teil seiner illegalen Machenschaften beweisen, heruntergeladen mit seinen Codes und sicher abgespeichert. Ich habe das Schwarzgeld, das wir ihm versprochen haben, bis auf einen kleinen Teil, den er als Reisespesen mitbekommen hat. Und ich habe die Drohung gegen seine Familie und sein vergöttertes Eigentum erneuert. Man könnte sagen, ich habe hier seine Eier im Schraubstock. Sag du mir, ob man das frei nennen kann.«

»Ich nenne das Wahnsinn.« Man konnte hören, dass Stahnke sich nur schwer beherrschte. »Gerhard und er haben jahrzehntelang unter einer Decke gesteckt! Klar, ich traue jedem der beiden zu, den anderen zum eigenen Vorteil um die Ecke zu bringen, aber auf Kommando? Leni, weißt du, was du getan hast? Du hast alles aufs Spiel gesetzt!«

»Und du«, sagte Leni ruhig, »hast dich selbst aufs Spiel gesetzt. Das will und werde ich nicht zulassen. Ich hätte dich nicht wegfahren lassen dürfen, das war ein Fehler. Den habe ich korrigiert.«

»Wie ist Wolfram denn unterwegs? Ich habe doch seinen Mercedes«, sagte Stahnke. »Hat er den Golf genommen? Oder einen Mietwagen?«

»Den Golf, aber nur bis zum Flughafen«, sagte Leni.

»Wohin fliegt er?«, fragte Stahnke.

»Gib dir keine Mühe«, sagte Leni. »Ich werde es dir nicht sagen. Keiner der anderen wird es dir sagen. Wir haben gemeinsam entschieden. Einstimmig.«

»Meuterei«, knurrte Stahnke. »Ihr gehört alle an der Großrah aufgeknüpft! Oder über die Planke geschickt.«

»So gefällst du mir«, sagte Leni. »Nur den Humor nicht verlieren. Pass auf, eine Adresse gebe ich dir doch. Schreib mit.«

Sie diktierte, er schrieb. »Das ist doch hier!«, rief er dann. »Eine Adresse in Buzsák. Was soll das?«

»Das ist ein Wellness-Hotel«, sagte Leni. »Die haben auch einen Kurarzt. Ich habe dir dort ein schönes Zimmer gebucht, mit Vollpension und jeder Menge Anwendungen. Geh hin, dusche, iss was Leckeres und schlaf dich aus. Dann sehen wir weiter.«

»Du kleine Göre mit der großen Klappe«, seufzte Stahnke. »Glaubst du, ich tanze immer noch nach deiner Pfeife? Oder ich rudere nach deiner Flüstertüte, wie früher?«

»Das hoffe ich doch«, sagte Leni sanft. »Mach es so, Nummer eins! Ich melde mich wieder. Käpt'n, Ende.« Weg war das Gespräch.

50.

Zuerst schäumte Stahnke vor Wut, schimpfte und polterte, bis die Hunde hinter den Zäunen um ihn herum ein Höllenkonzert anstimmten. Dann setzte er sich in Wolfram Harts Mercedes und fuhr zu der durchgegebenen Adresse. Das Wellness-Hotel entpuppte sich als einladend und modern, an der Rezeption sprach man Deutsch, sein Zimmer war geräumig und im Voraus bezahlt – bereits ab dem Vortag, sodass er es gleich beziehen konnte. Frühstück wurde ihm aufs Zimmer gebracht. Er aß Rührei mit Speck, ging duschen, zog die lichtdichten Vorhänge zu und legte sich hin. Den ganzen Tag über schlief er wie ein Toter.

Als er spät abends wieder zu sich kam, fühlte er sich wie zerschlagen. Er zog sich den Bademantel über, der zur Zimmerausstattung gehörte, stellte fest, dass es eine Kochecke mit Mikrowelle gab, und wärmte sich Kaffee vom Frühstück auf. Der schmeckte furchtbar, war aber eindeutig besser als nichts. Die angetrockneten Brötchen rutschten damit einigermaßen runter.

Als sich sein Smartphone meldete, dachte er an Leni und nahm das Gespräch sofort an. Es war ein Video-Call, und es war nicht Leni. Das grinsende Gesicht auf dem Display gehörte Wolfram Hart. Er saß dicht neben Gerhard Juncker. Im Hintergrund lachte Isolde Müller.

»Fiepko, alter Kuhpfeifer!«, rief Hart. »Ich wollte dich nur beglückwünschen zu deiner tollen Mannschaft. Das sind echt erstklassige Spezialkräfte, die sich dir angeschlossen haben! Wie der Herr, so das Gescherr, nicht wahr?«

»Das ist wie bei euch«, erwiderte Stahnke. Selten zuvor war er so voller Hass gewesen. »Gleich und gleich gesellt sich gern! Die Guten in den Untergrund, die Schlechten ins Luxusressort nach Odessa. So geht das neuerdings. Das ist wohl diese schöne neue Chaos-Welt, von der Gerhard schon so lange schwärmt.«

»Armer Stahnke, heul du nur!«, höhnte Gerhard Juncker. »Ich wäre auch traurig, wenn alles, woran ich immer glaubte, unter meinen Händen zu Staub zerfiele. Gewöhn dich dran! Du und deinesgleichen, ihr habt aufs falsche Pferd gesetzt. Solidarität und Sozialität, das ist alles nur Gerede! Am Ende setzen nur die Starken ihre Interessen durch. Ein Blick in die Geschichtsbücher, und du weißt Bescheid! Ob Kaiser oder König, Papst oder Oligarch, ganz egal. Macht und Geld kommen immer zu denen, die sie wirklich wollen. Die alles und jeden dafür opfern, außer sich selbst!«

Die drei auf dem Bildschirm lachten schallend wie über einen dreckigen Witz. Die sind betrunken, dachte Stahnke. »Was gibt es zu feiern?«, fragte er.

»Was es zu feiern gibt!«, kreischte Isolde Müller. Sie hob ein Sektglas und goss Champagner ein, dass es überschäumte und spritzte. »Das fragt der ernsthaft! Dieser Idiot!«

»Wir feiern die Wiedervereinigung«, sagte Wolfram Hart. »Ihr denkt, wir seien geflohen, und ihr könntet uns gegeneinanderhetzen. Den einen dazu bringen, den anderen zu töten. Lass dir sagen, ihr liegt so falsch wie immer. Wir sind euch überlegen, im Denken wie im Handeln, und das in jedem Augenblick, auch wenn ihr denkt, ihr hättet triumphiert. Gerade dann sind wir stark! Jetzt, genau in diesem Augenblick, sammeln wir unsere Truppen, um den nächsten Schlag zu führen. Ihr wisst nicht, wann, ihr wisst nicht, wo, ihr wisst nur, dass er kommt. Ihr lebt in der Angst davor, und genauso soll es sein!«

»Genieß du nur die letzten Zuckungen eures Systems«, sagte Wolfram Hart und hob sein Glas. »Eure Tage sind gezählt! Die neue Ordnung wird jedem seinen Platz zuweisen. Du kannst dir sicher vorstellen, wo deiner dann sein wird. Nastrowje!« Er hob sein Glas, stieß mit Gerhard Juncker an und prostete Isolde Müller zu.

Ein anschwellender Ton untermalte das Geschehen. »Was ist das?«, fragte Stahnke. »Eine Alarmsirene?«

»Das geht hier schon den ganzen Abend so.« Juncker machte eine wegwerfende Handbewegung. »Unser großer Freund Putin zeigt den ukrainischen Faschos mal wieder, wo der Hammer hängt. Auch deren Tage sind gezählt. Dann ist das Land reif zur Schlachtung! Wir haben uns schon ein paar schöne Stücke gesichert, wie in anderen Ländern auch. Unsere Saat geht auf, du wirst es sehen! Das gibt eine fette Ernte.«

»Gratuliere«, sagte Stahnke in sarkastischem Ton. »Einen eigenen *Iron Dome* habt ihr wohl auch schon?«

»Kein Grund, sich ins Hemd zu machen, du Hosenschisser!«, rief Wolfram Hart. »Diese Villa hier liegt direkt neben einem Krankenhaus. Gleich hinter uns, einmal über die Straße, ist ein Supermarkt. Uns passiert nichts. Wir sind unbesiegbar, was, Leute?«

»Unbesiegbar!«, brüllten Wolfram Hart, Gerhard Juncker und Isolde Müller im Chor.

Stahnke hatte seinen Blick fest an das Display geheftet, daher konnte er alles sehen, obwohl es blitzschnell geschah.

Die Feuerzunge, die durch den Raum zuckte, den Qualm, der sich ballte wie riesige Fäuste, die Schuttbrocken, die von oben herabstürzten. Das Bild kippte und wirbelte herum, als die Druckwelle das Mobiltelefon gegen die Wand schleuderte. Dann war die Verbindung weg. Tot.

In den Spätnachrichten sah er Bilder vom neuesten russischen Drohnenangriff auf die ukrainische Stadt Odessa am Schwarzen Meer. Nach Angaben der dortigen Behörden seien unter anderem ein Krankenhaus und ein Supermarkt getroffen worden. Auch umliegende Wohnhäuser seien zerstört, die Zahl der Opfer noch nicht abschließend ermittelt, man gehe jedoch von mehr als 30 Toten aus. Ziel solcher Angriffe, so ein ukrainischer Regierungssprecher, sei die Schwächung der Infrastruktur, der Versorgung und der öffentlichen Ordnung. Das angerichtete Chaos solle den Widerstandswillen der Bevölkerung zermürben.

»Sie wollten das Chaos«, murmelte Stahnke. »Manche Leute bekommen immer ihren Willen.«

51.

Sonne im Gesicht. Blumenduft durchs offene Fenster. Entferntes Verkehrsrauschen, das an Brandung erinnerte. Stahnke konnte es kaum glauben. Immer noch nicht, nach all den Wochen. Alles nur ein Traum, Einbildung, Fieberwahn? Lieber hielt er seine Augen noch ein Weilchen geschlossen.

Bis Kaffeegeruch den Blumenduft verdrängte. »Glaub bloß nicht, dass ich das jetzt immer mache«, sagte Leni. »Heute ausnahmsweise noch einmal.«

»Wieso, gestern war ich dran«, sagte Stahnke und gähnte ausgiebig. »Und vorgestern auch!«

»Ganz genau. So soll es weitergehen.« Sie küsste ihn auf die stoppelige Wange. »Ich habe mich noch mal erbarmt, weil doch gestern deine Abschiedsparty war. Ganz schön feucht-fröhlich, alles, was recht ist! Ordnungshüter kennen sich aus mit der Vernichtung von Alkohol.«

»Einer muss es ja machen.« Stahnke schlürfte genussvoll. Gestern! Der gefürchtete Tag. Er war endlich gekommen und wieder gegangen. Die Welt war nicht untergegangen, wer hätte das gedacht. Erster Hauptkommissar Stahnke, Leiter der Mordermittlung, das war einmal. Jetzt war er Pensionär. Das Auslaufmodell Stahnke war endgültig ausgelaufen.

»Es war schön, all die lieben Freunde noch mal zu sehen«, schwärmte Leni. »Und Freundinnen, versteht sich. Apropos, glaubst du, dass es mit Gundi und Joke jemals etwas

Festes wird? Irgendwie sind die wohl zusammen, aber wie, kann ich dir nicht sagen. Wirkt auf mich wie ein permanentes On-Off, aber aus Prinzip, wenn du mich fragst.«

»Als ob ich dich gefragt hätte.« Der Kaffee begann seine belebende Wirkung zu entfalten. »Was ist denn das mit uns, fragst du mich das auch? Nachgeholte jugendliche Torheit oder gelebte Nostalgie?«

»Historische Notwendigkeit.« Leni zwinkerte ihm zu. »So, mein Lieber, wer rastet, der rostet! Rentner haben bekanntlich nie Zeit, also sieh zu, dass du aus den Federn kommst. Am Wochenende ist Wikingerfest in Norddeich, Madame Nirmala ist dabei. Kommst du mit?«

»Nur, wenn du heute Abend mit mir auf den Schießstand gehst.« Stahnke schwang die Beine aus dem Bett.

»Schon wieder ein Abend mit Rieken und van Dieken? Ich weiß nicht, ob ich die schon wieder ertrage! Findest du nicht auch, dass die beide einen deutlichen Rechtsdrall haben?«

»Die haben einen Knall, darauf können wir uns einigen. Bekloppte haben es nun einmal an sich, dass sie gerne nach rechts abdriften. Darum darf ich die Burschen nicht zu lange aus den Augen lassen! Aber Verrückte wie die sind unheimlich hilfreich, wenn einem der Rahmen des Gesetzes plötzlich zu eng wird und die Luft abschnürt. Außerdem will ich endlich wieder mit diesem Revolver schießen. In Ungarn bin ich bekanntlich nicht dazu gekommen.«

»Sei froh.« Augenblicklich war Leni wieder ernst. »Eine Mordwaffe hätte ich nicht in meinem Haus geduldet, auch wenn es nur ein Bauwagen ist. Und einen Mörder schon gar nicht.«

»Was heißt schon Mord, was heißt schon Mörder.« Stahnke zwängte sich in die kleine Nasszelle. »Die Mordmerkmale Heimtücke und Gewinnsucht wären überhaupt nicht erfüllt gewesen.«

»Interessante Überlegungen für den ehemaligen Leiter der Mordermittlung«, sagte Leni. »Deine Pensionierung war wohl doch eine gute Maßnahme. Der Gesetzgeber hat sich etwas dabei gedacht.«

»Findest du denn nicht, dass die Welt ohne die verbrecherische Hälfte unseres früheren Vierers ein besserer Ort ist als mit?«, fragte Stahnke, während er sich die Zähne putzte und gurgelte. »Ich hätte einen Haufen Probleme gelöst und viel Schlimmes verhindert. Das wäre es doch wert gewesen.«

»Stattdessen hat der große Wohltäter Putin das Nötige erledigt«, sagte Leni. »Schickst du ihm dafür ein Dankesschreiben?«

»Jetzt wirst du aber unsachlich«, sagte Stahnke, schälte sich aus dem Mini-Bad, schloss Leni in die Arme und küsste sie. »Na, frisch genug?«

»Unglaublich frisch, das reicht für zwei.« Sie wischte sich Stahnkes Schaumreste vom Mund. »Zieh dich an, wir gehen frühstücken. Gundi hat uns eingeladen.«

Während Stahnke an seinen Socken zerrte, sagte er: »Die amerikanische Lösung. Irgendwie stellt die mich nicht zufrieden.«

»Amerikanische Lösung? Was soll das sein?«

»Die Bösen werden enttarnt, sie gestehen – und dann sterben sie. Sieht man oft in Hollywoodfilmen. So erspart man sich lästige Dinge wie lückenlose Beweise, zuverlässige Zeugen, hinterhältige Anwälte, korrupte Richter, Berufung und Revision, Reue und Gnadengesuche, gute Führung, vorzeitige Entlassung, Resozialisierung und Rückfalltäter. All diesen Kram, der unser Rechtssystem in der Realität so aufwendig, langwierig und teuer macht. Stattdessen knall und peng, alle tot, soll Gott sie aussortieren.«

»Amen«, sagte Leni und nickte. »Ja, so sind sie, die Amis. Jedenfalls viele von denen. Einige habe ich damals in Oregon kennengelernt. Wenn du denen weismachst, dass du in Gottes Namen zu denen sprichst, kannst du alles mit ihnen machen.« Sie bugsierte Stahnke zur Bauwagentür hinaus. »Tja, was soll ich sagen. Anscheinend denkt Putin so ähnlich wie ein Hollywood-Regisseur. Oder andersherum.«

Stahnke quetschte sich auf den Beifahrersitz. Sein rechter Arm war zwar wieder in Ordnung, aber er fand es angenehm, sich chauffieren zu lassen. Auf seinem Smartphone studierte er die Meldungen der *Tagesschau*. »Ex-Kriminalrat Siebrandts Gerichtsverhandlung wurde angesetzt«, berichtete er. »Bis dahin bleibt er in U-Haft, gut so. Und hier, hey! Interpol hat Wolframs Partnerkanzlei in den Niederlanden ausgehoben«, rief er überrascht. »Die war eine Tarnfirma der Mocros! Und einer der angeblichen Anwälte, dieser Aywad, war der örtliche Mafia-Boss, der seine Leute gegen Bezahlung für Gerhard und Wolfram morden geschickt hat. Wunderbar, hoffentlich heben die das ganze Netzwerk aus, mit Stumpf und Stiel.«

»Damit die Welt endlich ein besserer Ort wird.« Leni fädelte ihr kleines Auto in den Bundesstraßenverkehr ein. »Du siehst, es wird immer noch daran gearbeitet. Auch ohne dich.«

»Wieso eigentlich ohne mich?«, fragte Stahnke versonnen. »Wie die Erfahrung gezeigt hat, muss man kein aktiver Polizist sein, um Polizeiarbeit zu leisten. Wenn man die richtigen Leute kennt, kann man trotzdem auf den Ermittlungsapparat zurückgreifen. Und man spart sich eine Menge sinnlose Bürokratie. Als Gestaltungsmodell für meinen Ruhestand könnte ich mir das durchaus vorstellen.«

»Um Himmels willen.« Leni lachte laut. »Was wäre dann mein Job? Gouvernante eines freischaffenden Kopfgeldjägers? Oder die *Mrs Stringer* für eine männliche *Miss Marple*?«

»Warum nicht gleich *Sherlock Holmes* und *Doktor Watson*«, schlug Stahnke grinsend vor. »Oder, Moment mal – mit Gundi und Joke, Rieken, van Dieken und Sibylle die *Glorreichen Sieben*!«

»Langweilig wird es mit dir jedenfalls nicht«, sagte Leni kopfschüttelnd.

»Das kann ich dir versprechen«, erwiderte Stahnke feierlich. »Hoch und heilig.«

ENDE

Hauptkommissar Stahnke ermittelt:

1. und 2. Fall: Ein anderes Blatt / Thors Hammer
ISBN 978-3-939689-11-9

3. Fall: Ebbe und Blut
ISBN 978-3-8392-2664-3

4. Fall: Der Tod läuft mit
ISBN 978-3-934927-86-5

5. Fall: Fürchte die Dunkelheit
ISBN 978-3-8392-2665-0

6. Fall: Solo für Sopran
ISBN 978-3-939689-63-8

7. Fall: Der siebte Schlüssel
ISBN 978-3-934927-99-5

8. Fall: Wut und Wellen
ISBN 978-3-939689-34-8

9. Fall: Sand und Asche
ISBN 978-3-939689-15-7

10. Fall: Zorn und Zärtlichkeit
ISBN 978-3-939689-64-5

11. Fall: Der Fluch der goldenen Möwe
ISBN 978-3-86412-013-8

12. Fall: Langeooger Lügen
ISBN 978-3-8392-2667-4

13. Fall: Ostfriesische Verhältnisse
ISBN 978-3-86412-077-0

14. Fall: Langeooger Serientester
ISBN 978-3-8392-2883-8

15. Fall: Langeooger Dampfer
ISBN 978-3-8392-2666-7

16. Fall: Hetzwerk
ISBN 978-3-8392-2830-2

17. Fall: Verrat verjährt nicht
ISBN 978-3-8392-0089-6

18. Fall: Oldenburger Kohlkönig
ISBN 978-3-8392-0292-0

19. Fall: Borkumer Rache
ISBN 978-3-8392-0456-6

20. Fall: Tödlicher Vierer
ISBN 978-3-8392-0911-0

Alle Bücher von Peter Gerdes finden Sie unter **www.gmeiner-verlag.de**